KOBIETY z ULICY GRODZKIEJ

Weronika

Weronika

LUCYNA OLEJNICZAK

Prószyński i S-ka

Projekt okładki
Luiza Kosmólska

Zdjęcie na okładce
© Ildiko Neer/Arcangel Images

Redaktor prowadzący
Anna Derengowska

Redakcja
Ewa Witan

Korekta
Katarzyna Kusojć
Maciej Korbasiński

Łamanie
Ewa Wójcik

ISBN 978-83-8097-119-6

Warszawa 2017

Wydawca
Prószyński Media Sp. z o.o.
ul. Rzymowskiego 28, 02-697 Warszawa
www.proszynski.pl

Druk i oprawa
Drukarnia POZKAL Spółka z o.o.
88-100 Inowrocław, ul. Cegielna 10-12

Książkę tę dedykuję
mojej córce Magdzie

Część pierwsza

ROZDZIAŁ 1
KRAKÓW, MAJ
– CZERWIEC 1938

*C*iepłe majowe powietrze wpływało przez uchylone okno do pokoju Matyldy. Dało się w nim wyczuć zapach kwitnących w pobliżu drzew i woń bukiecików konwalii, sprzedawanych przez owinięte chustami kobiety. Wraz z zapachami zaczęły też przenikać do świadomości Matyldy hałasy ulicy, kroki przechodniów, nawoływania, śmiech dzieci.

Zacisnęła mocniej powieki, aby zatrzymać piękny sen, ale ten zaczął blaknąć i uciekać. Ostatnio powtarzał się jednak tak często, że i tak doskonale pamiętała każdy szczegół.

Oto stoi na scenie teatru, w światłach ramp, starając się nie patrzeć na widownię. Wie, że miejsca przeznaczone dla rodziców są puste, i nie chce po raz kolejny przeżywać zawodu. Dźwięcznym głosem wygłasza swoją kwestię:

Na głowie mam kraśny wianek,
W ręku zielony badylek,
Przede mną bieży baranek,
Nade mną leci motylek.

I nagle widzi, że dwa fotele w drugim rzędzie wcale nie są puste. Rodzice jednak przyszli! Siedzą ramię przy ramieniu i uśmiechają się do niej, dumni i szczęśliwi. Mama ma na dłoniach jedwabne rękawiczki, wkłada je zawsze na „wielkie wyjścia", żeby ukryć plamy po odczynnikach na palcach. Matylda widzi, jak oboje ukradkiem ocierają łzy wzruszenia.

Kłania się i jak na skrzydłach pędzi ze sceny w ich kierunku. Mama wstaje ze swojego miejsca, wyciąga do niej ręce…

I w tym momencie sen zawsze się kończy. Ale i tak czuła ulgę, wiedziała, że byli i widzieli ją na scenie. To dla nich, a zwłaszcza dla mamy, grała tamtego wieczoru.

Z niechęcią wstała z łóżka, zrobiła szybką toaletę i zabrała się do pracy, żeby zdążyć jeszcze przed obiadem. Dochodziło południe, na śniadanie było już za późno, zresztą wcale nie czuła głodu.

Przepis na kolejny kosmetyk, produkowany w aptece „Pod Złotym Moździerzem", był już niemal gotowy. Matylda chciała jeszcze tylko raz sprawdzić dokładnie proporcje podane w starych zapiskach matki. Korzystała z gotowych już receptur Wiktorii, czasami tylko udoskonalając je według własnej fantazji. Jak to się dzieje, że wciąż czuje zapach konwalii?

Mydełka, kremy do ciała i twarzy, a ostatnio szampony do włosów, sporządzane głównie na bazie ziół, cieszyły się coraz większą popularnością. Wytwarzane były na miejscu i w niewielkich ilościach, toteż rozchodziły się niemal w dniu, w którym były wyłożone do sprzedaży. Joasia i jej mąż musieli robić zapisy na poszczególne produkty, a na jednym ze wspólnych spotkań zaczęli wraz z Matyldą całkiem poważnie się zastanawiać nad założeniem osobnej fabryczki, produkującej kosmetyki. Opuszczony budynek po starej mydlarni na peryferiach miasta nadawałby się doskonale na ten cel, cena też była przystępna. Sprawami formalnymi miał się zająć Julek, przyszywany brat i przyjaciel Matyldy, przyszły prawnik.

Na razie zajęty był przygotowaniami do zbliżającego się egzaminu dyplomowego na Uniwersytecie Jagiellońskim. Wolny czas dzielił między naukę a poszukiwania Meli, porwanej przez handlarzy żywym towarem, oraz szukanie byłego narzeczonego Matyldy. Michał, jak już zdołano ustalić, uczestniczył w zbrodniczym procederze swego stryja.

Tym razem Julek wybrał się po raz kolejny do Berlina, żeby potwierdzić otrzymane niedawno informacje w tej sprawie. Wszyscy z niecierpliwością czekali na jego powrót, tym bardziej że pobyt nieco się przeciągał i zaczęto już się obawiać najgorszego. Julek nie telefonował, nie dawał żadnego znaku życia, a miał przecież do czynienia z niebezpiecznymi przestępcami. Matylda nie potrafiła się na niczym skupić, z rosnącym niepokojem wyczekiwała chwili, kiedy znów będzie mogła zobaczyć ukochanego brata i usłyszeć jego głos. Jedynie Julek umiał ją pocieszyć po strasznych wydarzeniach z zeszłego roku. Tylko on znał dokładnie wszystkie szczegóły tej historii i tylko jemu mogła się szczerze wypłakać.

Głośne pukanie przerwało jej rozmyślania. W szparze lekko uchylonych drzwi ukazała się głowa służącej, Tekli. Zatrudnienie jej do pomocy w domu było pomysłem Matyldy, która zupełnie straciła ochotę do jakichkolwiek działań. Wpadła w stan przypominający raczej wegetację niż życie. Jadła, oddychała, zajmowała się apteką, ale wszystko to robiła mechanicznie i bez zaangażowania. Przez kilka ostatnich miesięcy nie mogła sobie poradzić z uczuciem pustki po odejściu Michała, ze świadomością, że została oszukana i tylko cudem uniknęła strasznego losu. Trudno jej było pogodzić się z faktem, że człowiek, który wyznał jej swoją miłość, zaręczył się z nią nawet, był zwykłym oszustem. Mało oszustem: przestępcą, zajmującym się handlem kobietami. To było dla niej najgorsze. Jak mogła tak się pomylić? Jak mogła nie zauważyć, że związała się z potworem?

Przestała się zajmować domem, żyła jakby obok. Dręczyło ją też poczucie winy w stosunku do Meli, swojej dobrej przyjaciółki. To przez nią właśnie, przez Matyldę, Mela zaginęła i nikt nie mógł jej teraz odnaleźć. Myśl o tym, a właściwie niemal pewność, co mogło się z nią stać, prześladowała Matyldę w dzień i w nocy. Chciała umrzeć i gdyby nie wsparcie Julka, skończyłaby ze sobą. Wiedziała, co należy wziąć, żeby odejść w miarę bezboleśnie. Wprawdzie nie skończyła studiów farmaceutycznych, ale wystarczająco dużo czasu spędziła w aptece matki, żeby takie rzeczy wiedzieć.

Bywało, że w chwilach największej rozpaczy Julek zostawał u niej na noc. Bał się zostawiać swoją przybraną siostrę sam na sam z jej myślami. Zasypiała wtulona w niego jak dziecko i w ten sposób choć na chwilę mogła zapomnieć o dręczących ją koszmarach.

Joasia z mężem całymi dniami siedzieli w aptece, ktoś więc musiał zająć się domem i gotowaniem, zwłaszcza że rosnąca jak na drożdżach Marta, ich córeczka, potrzebowała regularnych i zdrowych posiłków. Niania miała zbyt dużo obowiązków przy ruchliwym jak żywe srebro dziecku, a babcia Michalska była już za stara na opiekowanie się dziewczynką i prowadzenie gospodarstwa. I tylko to skłoniło Matyldę do szukania służącej oraz kucharki w jednym, sama mogła się obejść byle czym. Młoda służąca nie była wprawdzie mistrzynią kuchni, ale wystarczyło, że coś tam potrafiła przygotować. Sprzątała też nieźle.

– Chciałam tylko powiedzieć, że idę dziś na targ. – Okrągła twarz Tekli aż poczerwieniała z wysiłku, gdy gosposia wdrapała się na piętro. Tęga dziewczyna otarła pot z czoła rękawem wzorzystej bluzki. – Jakby panienka miała co specjalnego na myśli, to kupię.

– Nie – odparła Matylda obojętnym tonem. – Co tam Tekla kupi, to będzie.

I co jeszcze dostanie o tej porze. Matylda pamiętała dobrze, że za życia mamy na targ wychodziło się

13

wczesnym rankiem, żeby dostać najświeższe produkty, ale Tekla i tak zawsze robiła po swojemu. Ktoś powinien był się nią zająć i dopilnować jej w pracy, ale Matyldzie było to obojętne, a babci Michalskiej dziewczyna nie słuchała.

Ku jej rozdrażnieniu drzwi otworzyły się ponownie, z hukiem odbijając się od ściany. Już miała wybuchnąć gniewem, kiedy do pokoju wpadł jak burza Julek. Zaskoczona Matylda zapomniała natychmiast o służącej i chwilę później wylądowała w objęciach młodego mężczyzny, nie zwracając uwagi na nic innego.

Tekla wzruszyła tylko ramionami i sapiąc z wysiłku, zaczęła iść z powrotem na dół.

– W ogóle jej nie obchodzi, co się w tym domu dzieje – mruczała pod nosem. – Może być to, a może tamto. Pomyślałby kto, że niby pani domu, a niczym się nie interesuje. I żeby się bratem tak cieszyć? Sodomia i gomoria!

Dla Matyldy najważniejszy był teraz długo wyczekiwany gość. Nic innego się nie liczyło. Nawet nie zauważyła, kiedy Tekla wyszła z pokoju.

– Lulek! – zawołała uszczęśliwiona. – Nareszcie wróciłeś! Nawet nie wiesz, jak bardzo się o ciebie martwiłam! Jak bardzo...

Julek obracał ją wokół własnej osi, zasypując pocałunkami i nie pozwalając dokończyć zdania. Odsunął dziewczynę w końcu na odległość ramienia i wpatrując się w drogie mu rysy twarzy, wyszeptał z uczuciem:

– Ja też tęskniłem jak szalony. Matysia moja... Matysia!

14

Matylda zamknęła oczy i nagle poczuła jego usta na swoich. Po trwającym nie dłużej niż kilka sekund zaskoczeniu zaczęła oddawać mu pocałunki z żarem, o jaki nigdy by siebie nie podejrzewała. Nikt, nawet Michał, nie wzbudził w niej do tej pory tak gorących emocji. Ogarnęło ją niewyobrażalne szczęście.

– Mój Boże! – Ocknęła się nagle przestraszona. – Co my robimy? Przecież tak nie można...

Julek z trudem oderwał się od niej i wymamrotał niezbyt przytomnie:

– Dlaczego, Matysiu? Dlaczego?

– Bo przecież jesteśmy...

– Rodzeństwem? Bzdura! Przecież tak naprawdę to nie jesteśmy. A ja cię kocham od zawsze. Nie czułaś tego?

Chciała wyjaśnić, że ona też od zawsze go kochała, lecz tylko jak brata, ale nie pozwolił na to, znów zamykając jej usta pocałunkami. Po chwili nie była już tak pewna tego, co chciała wcześniej powiedzieć. Tulił ją do siebie i całował, a ona poddawała się temu z radością. Jeszcze nigdy nie czuła się tak szczęśliwa jak w tym momencie.

Kiedy w końcu oderwali się od siebie, stanęli, nagle speszeni, nie wiedząc, co dalej. Minął pierwszy poryw, dali upust swojej tęsknocie i dopiero teraz zaczęli sobie uświadamiać, jak bardzo to zmieniło relacje między nimi.

– Matysiu... – zaczął z trudem Julek, wpatrując się z niepokojem w twarz dziewczyny. – Jeśli nie podzielasz moich uczuć, zapomnij, co powiedziałem. Wybacz

15

mi. Tak długo wyobrażałem sobie nasze spotkanie, marzyłem o tej chwili, a kiedy w końcu cię zobaczyłem, straciłem głowę. Jeśli nie chcesz, nie mówmy już o tym. Znów będę tylko twoim bratem... – Przełknął z trudem ślinę. – I wszystko wróci do...

Nie pozwoliła mu dokończyć. Objęła jego twarz dłońmi i z czułością przyciągnęła do siebie.

– Do normy? – spytała, całując go delikatnie. – Naprawdę potrafiłbyś zapomnieć o swoich uczuciach? Bo ja nie. Ja też chyba od zawsze cię kochałam. Właśnie teraz mi to uświadomiłeś.

– Ale... – usiłował się uśmiechnąć, lecz usta mu drżały – powiedziałaś kiedyś, że dla ciebie nie jestem mężczyzną...

– Bo byłam głupia! – Znów przyciągnęła go do siebie. – Mój Boże, jaka ja byłam głupia przez te wszystkie lata!

Ponowne pukanie do drzwi sprawiło, że odskoczyli od siebie jak oparzeni. Tym razem do pokoju wpadła uradowana Joasia, żeby się przywitać z Julkiem. Dowiedziała się od Tekli o od dawna wyczekiwanym gościu. Jeśli nawet zauważyła zmieszanie obojga, to nie dała nic po sobie poznać.

– Witaj w domu, Julku! – Uściskała go z całej siły. – Tak się cieszę, że w końcu jesteś. Może teraz to dziewczę trochę się ożywi, bo była już nie do wytrzymania.

Mrugnęła do niego i roześmiała się głośno z własnego żartu. Julek spojrzał z miłością na zmieszaną Matyldę. To było tak do niej niepodobne, że mogło znaczyć tylko jedno. Czuł się najszczęśliwszym człowiekiem na świecie.

– Chodźcie na obiad, już gotowy. – Joasia objęła oboje serdecznym gestem. – Ja muszę szybciutko zjeść, żeby wymienić moją gorszą połowę w aptece.

Zeszli po schodach, żartując. Wszyscy wiedzieli, że Joasia i jej mąż świata poza sobą nie widzą i w tym stadle nie było ani gorszej, ani lepszej połowy. Stanowili doskonale zgrany duet.

Babcia Kasperkowa byłaby taka szczęśliwa, westchnęła w duchu Matylda. I to nie tylko z powodu Joasi.

Podczas obiadu Julek opowiadał o swoim pobycie w Berlinie i efektach poszukiwań. A właściwie o ich braku.

– Nie znalazłem go, drań zdążył się już gdzieś ulotnić. Podobno wyjechał do Argentyny, ale to jeszcze niesprawdzona wiadomość – zwrócił się do wciąż jeszcze zaczerwienionej z emocji Matyldy. – Ale sporo tam na jego temat usłyszałem. Wystarczająco dużo, żeby mieć pewność, że od początku wiedział o procederze swego stryja i brał w tym wszystkim czynny udział.

Matylda z niedowierzaniem kręciła głową. Wciąż trudno jej było uwierzyć, że mężczyzna, za którego miała wyjść za mąż, okazał się takim draniem. Jeśli ona uważała się za dość dobrą aktorkę, to jakże genialnym aktorem był Michał. Uwierzyła mu bez zastrzeżeń i jak pierwsza naiwna dała się omamić obietnicami wielkiej filmowej kariery. Gdyby nie Julek i jego dociekliwość, kto wie, gdzie by się teraz znajdowała. Może tam, gdzie Mela.

A ona sama wepchnęła przyjaciółkę w łapy tych złoczyńców.

Nie było dnia, żeby nie myślała o Meli, nie było nocy, żeby nie miała koszmarów na jej temat. Wiedziała, że nigdy w życiu sobie tego nie daruje. Zerwała też na jakiś czas z aktorstwem. Nie była w stanie występować na scenie po tym wszystkim, co się wydarzyło. Zaczęło się od śmierci mamy, a później ta okropna sprawa z Melą. A wszystko dlatego, że ona, Matylda, uparła się robić to, co jednak chyba nie było jej przeznaczeniem. Sprzeciwiła się losowi i przekleństwo prababki dosięgło jej bliskich po raz kolejny.

Powiadomiona o zaginięciu dziewczyny policja wszczęła wprawdzie poszukiwania, jednak sprawa utknęła w martwym punkcie. Historia Meli stała się tylko kolejnym przypadkiem w toczącym się śledztwie. Nikt, mimo coraz większej liczby dowodów przeciwko stryjowi Michała, nie zdołał mu udowodnić powiązań z handlarzami żywym towarem. Świadkowie ginęli w tajemniczych okolicznościach albo nabierali wody w usta. Lub też, jak Michalina Kowalik, dziewczyna, której udało się uciec z domu Olbrychta, zamykani byli w szpitalu dla obłąkanych.

– A Mela? Dowiedziałeś się czegoś na jej temat?

Julek w milczeniu pokręcił głową.

– Zupełnie nic? Przecież nie mogła tak po prostu zapaść się pod ziemię.

– Przykro mi, Matysiu, ale tak to właśnie wygląda.

Zaraz po zniknięciu Meli Matylda pojechała z Julkiem do podwarszawskiego dworku Olbrychta, ale nikogo tam już nie zastali. Panujący wszędzie nieporządek świadczył, że jego mieszkańcy uciekali w wielkim pośpiechu. Stróż potwierdził tylko, że pan domu wyjechał wraz ze swoimi gośćmi niemal zaraz po otrzymaniu jakiegoś telefonu.

– Słyszałem – chętnie opowiadał starszy mężczyzna – jak pan krzyczał potem do kogoś, że trzeba szybko się zwijać, bo „ta wariatka narobiła kłopotów". No i z samego rana, jeszcze przed świtem, wszyscy wyjechali. Były z nimi jakieś młode kobiety, których wcześniej nie widziałem. Nie wiem, skąd one się tu wzięły.

Matylda nie miała wątpliwości, że ktoś z Kobierzyna zadzwonił do Olbrychta i opowiedział mu o jej wizycie i rozmowie z Michaliną. Podejrzewała mrukliwego pielęgniarza, lecz teraz nie miało to już żadnego znaczenia.

Mela została wywieziona do Berlina, ale Julek jej tam nie odnalazł.

– Byłem nawet w kilku domach publicznych…

Matylda skuliła ramiona, jakby ktoś ją uderzył.

– …jednak nie znalazłem tam żadnej dziewczyny od Olbrychta. Prawdopodobnie zostały od razu wywiezione za granicę. Pojechałem nawet do Hamburga, bo z tamtego portu najczęściej wysyłają je statkami w świat, przeważnie do Nowego Jorku i do Buenos Aires. A niektóre podobno przemycane są też pociągami przez Rumunię, skąd trafiają do Konstantynopola, Bejrutu, Aleksandrii i Algieru. To mocno utrudnia poszukiwania. Niestety, nie udało mi się jeszcze ustalić, do którego z tych miast trafiła Mela.

– Boże... – Joasia pierwsza odzyskała głos. – Nie mogę w to uwierzyć! Sama mam córkę i jak sobie pomyślę, że ona też mogłaby kiedyś... Nie, to wręcz niepojęte! Biedna Mela.

Z wrażenia zupełnie zapomniała, że miała zmienić męża, pewnie czekającego już na nią z niecierpliwością. Ocknęła się jednak i popędziła na dół, do apteki.

Matylda siedziała przy stole, wpatrując się bez słowa w rysy na drewnianym blacie, jakby chciała z nich coś wyczytać.

– Proszę, nie poruszajmy tego tematu przy mężu Joasi – powiedziała cicho. – Porozmawiamy później, w moim pokoju.

Julek zgodził się bez wahania. Mało znał męża Joasi, o którym zawsze mówiono „mąż", nawet jego żona inaczej go nie nazywała. Nikt nie pamiętał, jak ma na imię, on sam chyba też już zapomniał. Był niepozorny, drobnej budowy i zupełnie przeciętnego wyglądu. Zwracano się do niego, jeśli już w ogóle, to bezosobowo. Ale ten małomówny i skryty mężczyzna był najlepszym, według Joasi, mężem na świecie i najlepszym ojcem dla małej Marty. Był też świetnym farmaceutą, choć z pewnością nie nadawał się na kompana do rozmów i zwierzeń. Sam mówił o sobie niewiele i chyba nie interesowały go szczegóły życia innych ludzi. Prawdopodobnie nie wiedziałby, co z takimi informacjami zrobić.

Skończyli obiad, wymieniając przy stole jakieś mało istotne informacje na temat ruchu w aptece i ostatnich planów, związanych z rozszerzeniem działalności, po czym mąż Joasi wrócił do pracy, a młodzi przenieśli się do pokoju Matyldy.

Matylda postawiła dzbanuszek z herbatą i filiżanki na okrągłym stoliku, przysunęła dwa fotele i stanęła na środku pokoju, czekając na Julka, który zaczął się nagle interesować książkami na jej półce. Przesuwał po ich grzbietach palcem, jakby szukał czegoś do czytania, ale nieobecna mina świadczyła o tym, że myślami błądził zupełnie gdzie indziej.

– Matysiu. – Odwrócił się nagle, patrząc na nią z poczuciem winy. – Widzę, że cię ta nowa sytuacja krępuje. Sprawiłem ci tylko kłopot.

– Przyznam, że trochę mnie to wszystko zaskoczyło. Ale nie twoje wyznanie, tylko moja własna reakcja. Dopiero teraz uprzytomniłam sobie, że od dawna już nie myślałam o tobie jak o bracie, ale chyba podświadomie bałam się, że ty nie odwzajemniasz moich uczuć.

– Podświadomie?

– No tak, bo do tej pory nie zdawałam sobie sprawy, że cię kocham.

Julek podbiegł do Matyldy i przytulił ją do piersi z całej siły.

– Naprawdę mnie kochasz? Naprawdę?

– Naprawdę – wystękała z wysiłkiem, usiłując wyrwać się z jego objęć. – Ale puść mnie, wariacie, bo udusisz!

Julek objął ją delikatniej, kołysząc w objęciach jak małe dziecko. Z czułością ucałował czubek głowy dziewczyny, upajając się ziołowym zapachem jej włosów.

– To pewnie ten nowy szampon?

– Ot, i cały romantyzm ulotnił się jak kamfora.

– Matylda roześmiała się głośno, kiedy dotarł do niej sens słów Julka. – Tak, to nasz nowy szampon. Będziemy go sprzedawać po...

– Przestań. – Zamknął jej usta pocałunkiem, a ona z radością zamilkła. Przez moment zapomniała o otaczającym ją świecie, Michale, a nawet o Meli.

Ale tylko przez moment.

– Opowiedz teraz, co ci się udało ustalić, bo musimy opracować nową strategię. – Oderwała się niechętnie od Julka. – Mamy dla siebie mnóstwo czasu, teraz tak łatwo już cię nie wypuszczę.

– Na razie nigdzie się nie wybieram, bo za miesiąc egzamin dyplomowy. Jak go obleję, to chyba się załamię. O mały włos, a nie wróciłbym z tych Niemiec, bo akurat zamknęli przejście graniczne z powodu epidemii pryszczycy. Ledwo zdążyłem, w ostatniej niemal chwili.

– Nie oblejesz, mój ty geniuszu. Jesteś najlepszy.

Chciał ją znów objąć, ale pchnęła go delikatnie na fotel, dając do zrozumienia, że nie teraz. Julek usiadł i drżącą ręką sięgnął po filiżankę z herbatą. Widać było, że z trudem panuje nad swoimi emocjami i że robi to tylko na wyraźne życzenie Matyldy. Sam najchętniej nie wypuszczałby jej teraz z ramion.

– Tak jak już mówiłem – upił łyk i odstawił ostrożnie filiżankę na stolik, żeby sięgnąć po coś do kieszeni

– szukałem Meli w Berlinie, ale wygląda na to, że została natychmiast sprzedana gdzieś dalej. Nikt jej nie widział, nikt też nie znał miejsca pobytu Michała, chociaż jest dość znany w tamtym środowisku i niedawno widziano go w Berlinie. Być może sam pojechał gdzieś z „towarem".

– Nie mów tak... tam była też Mela...

– Wiem, kochanie, ale dla tych łotrów to tylko towar, nie ludzie. Tak właśnie mówią o tych nieszczęsnych dziewczynach.

Wyjął z kieszeni zmięty kawałek papieru i rozprostował go na kolanie.

– Wyrwałem ten list z rąk jednego z handlarzy w Hamburgu, w chwili, gdy ktoś mu go przekazywał. Myślałem, że może będzie tam coś na temat Meli i dziewcząt, z którymi została uprowadzona, ale drań powiedział, że jej tam na pewno nie było. Niezupełnie z własnej woli to powiedział – dodał z zaciętą miną.

– A teraz zobacz sama tę pożal się Boże epistołę.

Józek! Pięcioro dziewcząt przyjechało tu pomyślnie i są już w drodze do Nowego Jorku. W porcie hamburskim aż się kotłuje od policjantów, więc z trudem załadowaliśmy towar na okręt. Dwie byłyby nas zdradziły swoim płaczem, ale ty wiesz przecież, chloroform dobrze działa. Kazka aresztowano. Wysłałem te dziewczyny do San Francisco, na Blue Bird. Tam już sobie mogą wołać ojca i matki, ile zechcą. Jeśli masz już swój towar, przywieź go na giełdę dziewcząt. Adres masz. Jakby policja zwróciła na ciebie uwagę,

uciekaj do Bremy. A gdyby dziewczyny się wzbrania-
ły, przywieź je tam, gdzie wiesz. Tam już się je nauczy
rozumu.

 B. Zniszcz zaraz.

 Matylda ze świstem wypuściła wstrzymywane długo powietrze. Uświadomiła też sobie, że przez cały czas
tak mocno zaciskała szczęki, aż poczuła ból zębów.

 – Zabiłabym drania na miejscu – nie wytrzymała
w końcu. – Ale skąd pewność, że Meli tam nie było?

 – Poturbowałem go nieco i szybko stał się skłonny
do pomocy. To zwykły tchórzliwy gnojek. Przysięgał,
że to były same Żydówki, blondynkę na pewno by zauważył.

 – I puściłeś go wolno? Nie wierzę…

 – I słusznie. Oddałem go w ręce tamtejszej policji, a z listu zrobiłem kopię, żeby ją pokazać naszym.
Wprawdzie tamci policjanci współpracują z polski-
mi, ale zbyt dużo już wiem na ten temat, żeby im tak
do końca wierzyć. Musieli podpisać moją kopię i dać
pieczątkę, na dowód, że jest zgodna z oryginałem. Jutro wybiorę się z tym do odpowiednich władz.

ROZDZIAŁ 2

Rano zaspana jeszcze Matylda zeszła do apteki, chociaż najchętniej zostałaby w łóżku ze swoimi myślami. Tym razem, po raz pierwszy od bardzo dawna, były to przyjemne rozmyślania. Uczucie do Julka zmieniło cały jej świat. Gdyby nie zaginięcie Meli, nic nie psułoby teraz jej szczęścia. Ze stratą byłego narzeczonego pogodziła się już dość dawno. Najdłużej cierpiała jej miłość własna. Świadomość, że została oszukana i upokorzona, dręczyła ją najbardziej.

– Potrzebujecie pomocy? – spytała, witając się z Joasią. – Bo gdyby nie – dodała z nadzieją – to wróciłabym do pokoju i spróbowała jeszcze popracować nad naszym ostatnim produktem. Nie jestem pewna jednego składnika, a nie mogę go odnaleźć w zapiskach mamy.

– Nie, Matti, damy sobie radę. – Joasia machnęła ręką. – Ale jutro będzie dostawa i wtedy na pewno będziemy potrzebować dodatkowych rąk do pracy. Teraz, jeśli możesz, kup tylko gazetę, bo mój mąż nie zje przecież śniadania bez lektury, a gazeciarz coś dzisiaj zastrajkował. Już dawno powinien ją przynieść.

W tej chwili, jakby tylko czekał na sygnał, wpadł do apteki drobny, zasapany chłopiec. Wymachując ogromną płachtą, wołał już od progu:

– No, przepraszam, przepraszam, ale był wypadek po drodze...

– I musiałeś wszystko zobaczyć? – domyśliła się Matylda.

– Nooo... pewnie, że tak. Samochód wpadł na latarnię. Ale nic nikomu się nie stało – dodał z lekką nutą zawodu w głosie.

– Dawaj gazetę i leć dalej, bo pewnie inni też czekają.

Chwycił pieniążek w locie i już go nie było.

– No i co tam się dzieje w świecie? – spytała Joasia, oglądając się za siebie, czy aby mąż nie słyszy. Nie lubił, kiedy ktoś przed nim czytał wiadomości i jeszcze je komentował. Ale na szczęście nie było go w pobliżu.

– Ciekawa jestem, czy piszą coś o wojnie.

Matylda przerzuciła strony, zatrzymując wzrok na poszczególnych nagłówkach.

– To co zwykle. Niby każą się spodziewać wojny w każdej chwili, z drugiej strony uspokajają, że może jednak nie. Za to znowu coś o Hitlerze. Niepokoi mnie, jak szybko rośnie jego siła i popularność.

– Fakt. Mój mąż twierdzi, że jest tak zaborczy i żądny władzy, że to właśnie jego najbardziej należy się obawiać. I co tam piszą?

– Jest teraz z wizytą w Rzymie. Wyobrażasz sobie, że zbudowali specjalnie nowy dworzec na jego przyjazd? Posłuchaj tylko: „Cały nowy dworzec iluminowany jest potokami światła neonowego w kolorach: czerwonym, zielonym i białym. Ściany zewnętrzne i sala centralna toną w kwiatach i sztandarach. Na dworcu ustawiono szereg posągów symbolizujących Niemcy i Włochy".

– Przyjmują go jak króla.

– Tak. Ale posłuchaj dalej: „Przy dźwiękach hymnu niemieckiego za kanclerzem wysiadła świta: von Ribbentrop, Goebbels, Himmler, generał Keitel i inni. Następnie Hitler z królem Wiktorem Emanuelem z jednej strony i Mussolinim z drugiej przeszedł przed frontem oddziałów honorowych, prezentujących broń. Przed dworcem kanclerz Hitler zajął miejsce w powozie króla i poprzedzany przez szwadron kirasjerów w srebrzystych zbrojach, ruszył w trasę triumfalną".

Joasia przebiegała wzrokiem artykuł, wyszukując co ciekawsze szczegóły.

– „Cała droga oświetlona pochodniami ustawionymi na kilkuset świecznikach, Koloseum natomiast czerwonym światłem, sprawiającym wrażenie pożaru". Jak za Nerona, co za cyrk. – Zaszeleściła gazetą i odłożyła ją z niesmakiem na stolik. – Wygląda na to, że wracają czasy pogaństwa. Ten człowiek już się czuje bogiem i władcą świata, a tamci go tylko w tym wyobrażeniu podtrzymują. Nie wiem, mam złe przeczucia co do przyszłości nas wszystkich…

– Nie kracz – upomniała ją bez przekonania Matylda.

Lecz sama też była zaniepokojona wydarzeniami w świecie, zwłaszcza przedłużającą się wojną w Hiszpanii. To nie mogło dobrze się skończyć.

– Julek mówi, że…

– A właśnie, Julek – przerwała jej Joasia, najwyraźniej chcąc zakończyć poprzedni temat. – Czy tak mi się tylko wydawało, czy coś jest między wami? Coś więcej niż bratersko-siostrzane uczucie?

Matylda roześmiała się głośno.

– Widzę, że nic w tym domu ci nie umknie. Tak, właśnie uświadomiliśmy sobie nawzajem, co tak naprawdę nas łączy. To znaczy ja sobie uświadomiłam.

– Pogratulować refleksu… Przecież to było widać już od dawna i jesteś chyba jedyną osobą, która nie zdawała sobie z tego sprawy. Nawet moja świętej pamięci mama to zauważyła.

– Naprawdę?… – Matylda zrobiła wielkie oczy.

– A naprawdę. Czekaliśmy tylko, aż to do ciebie dotrze. Prawdę mówiąc, sama miałam ci za złe tego Michała, bo bardzo lubię Julka i serce mi się ściskało na widok jego rozpaczy.

– Dlaczego w takim razie nic mi nie mówiłaś?

– A co by to dało? Znając ciebie, jeszcze bardziej byś się trzymała tamtego, choćby po to, żeby udowodnić, jak bardzo wszyscy inni się mylą.

Matylda i Joasia zbliżyły się do siebie od czasu pamiętnych wypadków sprzed roku. Dawniej były sobie bardziej obce, żyły pod jednym dachem, ale jakby osobno. Joasia miała swoje życie, męża i dziecko, Matylda zaś była wolnym duchem. Wydawało się, że niewiele je łączy, że nie mają wspólnych tematów, kiedy już przyszło im zasiąść razem do stołu. Jedyne, o czym mogły jeszcze porozmawiać, była apteka. A to za mało, żeby się zaprzyjaźnić.

Tymczasem w trudnych chwilach Joasia okazała się bardzo ciepłą i współczującą kobietą, siostrą, jakiej Matylda nigdy nie miała. Z wiekiem ujawniało się w niej coraz więcej cech matki, Zuzanny Kasperkowej, którą Matylda w dzieciństwie uwielbiała. Po ucieczce Michała to Joasia, wraz z Julkiem, otoczyła dziewczynę najtroskliwszą opieką. Znając jednak dumę Matyldy, robiła to dyskretnie, żeby ta nie zauważała jej starań. Jeśli w ogóle udawało jej się w tamtych dniach cokolwiek zauważać. Musiało upłynąć trochę czasu, żeby Matylda mogła znów zacząć żyć normalnie, bez zamykania się w sobie i obwiniania o to, co stało się z Melą.

– Wiesz… – Matylda się zamyśliła. – Wciąż nie mogę uwierzyć, że mogłam się aż tak pomylić co do tego człowieka. Przecież znaliśmy się dość długo i powinnam była coś zauważyć. Nie wiem, jakiś fałsz, udawanie, a tu nic. Naprawdę nic mnie nie zaalarmowało. Wydawał się taki zakochany, wrażliwy i delikatny, przecież pisał sztuki teatralne. Nigdy nie wykorzystał sytuacji, nawet mnie nie dotknął, w znaczeniu, no wiesz… Tylko pocałunki i delikatne pieszczoty. Czy tak się zachowuje oszust i handlarz żywym towarem?

– Owszem, sprytny oszust może tak się zachowywać – odparła z całą brutalnością Joasia. – Już to przecież przerabialiśmy razem z Julkiem, zapomniałaś? Może on po prostu nie chciał „zepsuć towaru" stryjowi. Przestań się zastanawiać i doszukiwać czegoś, czego wcale nie było. I nie poruszaj znów tego tematu przy Julku, proszę. On już wystarczająco dużo wycierpiał z powodu całej tej historii. Nie łam mu na nowo serca.

Matylda wciąż nie mogła zrozumieć, dlaczego ją to spotkało. Właśnie ją, inteligentną kobietę, potępiającą i wyśmiewającą głupotę innych naiwnych aktoreczek, które tak łatwo dawały się omamić obietnicami sławy. Przecież nie była młodziutkim dziewczątkiem, skończyła dwadzieścia pięć lat. Według nieżyjącej już babci Kasperkowej była nawet starą panną.

– Nie mówmy o tym. – Joasia rzuciła okiem na leżącą obok gazetę i uśmiechnęła się do siebie. – Poczytajmy może coś, co nie dotyczy polityki. Ani Hitlera.

Otworzyła znów płachtę „Czasu" i przez chwilę przeglądała ją w milczeniu.

– O! Może chcesz posłuchać o sposobach zapobiegania biegunce u kurcząt? Nie? No to o ponadstuletniej samobójczyni? Niedoszłej zresztą.

Matylda z zaciekawieniem zerknęła w jej kierunku.

– Żartujesz chyba.

– Ani trochę, posłuchaj: „W Buenos Aires stuośmioletnia staruszka usiłowała popełnić samobójstwo, rzucając się do rzeki. Jak tłumaczyła swoją decyzję, życie ją już zmęczyło. Desperatkę odratowano".

– Jakie to smutne, biedna kobieta. Nawet umrzeć jej się nie udało.

Matylda nie wytrzymała i parsknęła śmiechem.

– Wybacz, to rzeczywiście smutne, ale nie mogę. Nie za późno na samobójstwo? Przecież wystarczyłoby jej wytrzymać jeszcze co najwyżej rok. Kiedy ona się właściwie urodziła? W tysiąc osiemset trzydziestym roku, dobrze liczę? To przecież mogła nawet słuchać na żywo Chopina. Chociaż nie, on tam raczej nie koncertował.

– Masz na myśli Buenos Aires?

– Tak – odpowiedziała zmienionym tonem Matylda, a uśmiech nagle znikł z jej twarzy.

Sięgnęła po papierosa, zapaliła i głęboko zaciągnęła się dymem.

– Co się znowu stało, o co chodzi? – spytała Joasia.

– Buenos Aires. To tam, gdzie wywożone są dziewczyny i gdzie może być Mela.

Joasia z szelestem zamknęła gazetę.

– A ta znowu swoje… Wracam do apteki. Szkoda mi czasu na wałkowanie tego samego na okrągło. Zajmij się w końcu czymś innym, bo zwariujesz. A inni przy tobie.

Wyszła z pokoju i jeszcze przez dłuższą chwilę ze schodów dolatywało jej gniewne tupanie.

W ciszy, jaka nagle zapanowała w pokoju, słychać było tylko brzęczenie wielkiej, tłustej muchy, obijającej się o szybę. Matylda usiłowała ją zabić gazetą, ale po kilku nieudanych próbach lekko uchyliła okno i pozwoliła owadowi uciec na zewnątrz. Sama myśl o tym, że mogłaby złapać muchę gołą ręką, przejmowała ją obrzydzeniem. Pamiętała paskudne, tłuste muchy, unoszące się zawsze chmarami nad obornikiem w Mogile. Wpadały potem do kuchni, gdzie Julek łapał je w locie i podtykał Matyldzie małe truposze pod nos, na dowód, jaki jest szybki. Próbował nawet proponować jej zawody w łapaniu much, ale się nie zgadzała, więc w odwecie gonił ją i dotykał rękami, w których przed chwilą trzymał muchy. Nie znosiła tego. A teraz?, uśmiechnęła się do własnych myśli, teraz jego dotyk sprawia mi przyjemność.

Rozwinęła pomiętą nieco gazetę i zaczęła ją przeglądać bez większego zainteresowania.

Trudno jej było zabrać się na nowo do pracy nad kosmetykami, kiedy głowę miała zaprzątniętą czymś innym. Przepełniały ją nowo odkryte uczucie do Julka i przypomniana przez niedawny sen, ale nigdy całkiem nieodrzucona miłość do teatru. Tak, to były dwie największe pasje jej życia. Z jednej zrezygnowała z rozmysłem, drugiej o mały włos nie przegapiła.

Jestem beznadziejna, westchnęła w duchu, do niczego.

„W Berlinie – zerknęła znów na rozpostartą płachtę gazety – piętnastoletni syn zadenuncjował własnego ojca wdowca, który utrzymywał stosunki ze służącą Żydówką".

Ludzie, na jakim świecie żyjemy?! To straszne, otrząsnęła się, to nie może być prawda. Przypomniała sobie opowieść ojca o dziadku potworze, którego jej matka nie potrafiła jednak oddać w ręce policji. A może zrobiłaby to, gdyby nie dostał wylewu? Nikt tego nie wiedział i bardzo prawdopodobne, że sama Wiktoria również. Matylda zaczęła się zastanawiać, co ona sama zrobiłaby na miejscu matki, i doszła do wniosku, że chyba jednak nie miałaby skrupułów. Potwór to potwór, ktoś taki nie powinien mieć żadnej taryfy ulgowej.

Mama była za dobra, za naiwna, sądząc choćby po jej zachowaniu w Paryżu, a jednocześnie mądra i odważna. Skomplikowany charakter. Ciekawe, które cechy po niej odziedziczyłam? Na pewno nie dobroć ani łagodność, odpowiedziała sobie w myślach Matylda.

Wróciła do lektury.

„W Anglii wymyślono plan ochrony miasta przed nalotami bombowymi. Jest to sieć balonów na uwięzi, z nich opuszczane będą liny stalowe, w które zaplącze się samolot".

Coś w rodzaju stalowej pajęczej sieci, skwitowała z niedowierzającym prychnięciem. Ciekawy pomysł, ale raczej rodem z powieści Verne'a. Wątpliwe, czy zda egzamin.

„Jeśli balony zostaną uszkodzone, nie spłoną w powietrzu, tylko w miarę ulatniania się gazu opadną na ziemię, a tam będą już czekały brygady remontowe, które je naprawią i wypuszczą z powrotem".

Aha… brygady będą spokojnie czekały, a potem naprawiały balony podczas nalotu bombowego. Łatwo coś takiego wymyślać, siedząc za biurkiem w czasie pokoju. Zwykłe dziennikarskie bzdury.

Zniechęcona Matylda odłożyła gazetę na stolik. Zupełnie nie potrafiła się skupić. Zeszła znów na dół, do apteki.

– Wiesz, jakoś nie mogę sobie znaleźć miejsca – powiedziała do zaskoczonej jej widokiem Joasi. – Daj mi coś do roboty, bo zwariuję.

– Dobrze się składa, bo nawet sama miałam cię prosić o pomoc. Zauważyłam coś dziwnego.

Matylda podążyła za nią na zaplecze. Znajomy zapach kojarzył jej się nieodmiennie z mamą i dzieciństwem. Pociemniałe ze starości szafy, pamiętające jeszcze dziadka i pradziadka, przypominały jej zabawy z dzieciństwa, kiedy to udawała, że sprzedaje leki klientom.

I dlaczego w końcu nie chciałam studiować farmacji? – zastanowiła się po raz kolejny w ciągu ostatnich miesięcy. Ech.

– A co się dzieje?

Joasia wyjęła plik recept z szuflady biurka i wręczyła go Matyldzie.

– Mogłabyś je przejrzeć i poszukać konkretnego nazwiska? Już od jakiegoś czasu przychodzi do nas mężczyzna z receptami na narkotyki, głównie na morfinę. Mam wrażenie, że to nie są recepty od jednego lekarza, ale nie mam pewności. Przejrzyj je, proszę.

– Myślisz, że to morfinista?

– Takie mam podejrzenie. Ostatnio słyszałam, że zatrzymano kogoś takiego w Warszawie. Chodził do różnych lekarzy i korzystając z ich nieuwagi, kradł bloczki z receptami, a potem sam wypisywał środki odurzające. Może i ten działa podobnie?

– Minęłaś się z powołaniem, powinnaś była zostać śledczą w policji, a nie aptekarką.

– Nie ma z czego kpić, należy być czujnym, zwłaszcza w aptece. A co do minięcia się z powołaniem, to może spójrz na siebie. Nie znam nikogo innego, kto by się tak minął z powołaniem jak ty. Przecież gołym okiem widać, że kochasz aptekę.

Matylda spojrzała zdumiona na Joasię.

– Co ty znowu opowiadasz? Ja i apteka? Raczej ja i teatr, z tym bym się zgodziła.

– Tak, apteka. Poznaję to po twojej minie za każdym razem, kiedy tu wchodzisz. Wyglądasz jak kot, który zobaczył słoninkę – zaśmiała się głośno i nagle umilkła, jakby coś odwróciło jej uwagę. – Zobacz – szepnęła, wskazując na widoczną z zaplecza aptekę – to on, to ten człowiek. Lecę go obsłużyć, zobaczymy, kto tym razem wydał mu receptę.

Do apteki wszedł elegancko ubrany mężczyzna. Był szykowny i przystojny, czekające w kolejce kobiety obrzucały go ciekawskimi spojrzeniami. Matyldzie się nie podobał, za bardzo jej przypominał Michała. Podeszła bliżej, chowając się za oszklonymi szafkami, żeby posłuchać ich rozmowy.

– Niestety, chwilowo skończyły nam się zapasy. – Joasia udała żal, spoglądając na receptę. – Proszę przyjść za kilka dni, postaramy się to zdobyć jak najprędzej.

Niezadowolony mężczyzna pożegnał się i wyszedł, nie chcąc jednak zostawić recepty.

– Nie ma potrzeby, poszukam gdzie indziej – mruknął tylko na odchodne.

Podekscytowana Joasia znów pobiegła na zaplecze.

– Mówię ci, on jest jakiś podejrzany. Widziałaś, jak się spłoszył, kiedy zaproponowałam mu zostawienie recepty? Zapamiętałam jego nazwisko, musimy to zaraz sprawdzić.

Za ladą stanął mąż Joasi, a obie kobiety zabrały się do przeszukiwania recept z ostatniego tygodnia.

– O, jest! – Joasia wyciągnęła przed siebie dowód rzeczowy. – Jan Wiśnicz, a lekarz… zaraz, zaraz… – Nachyliła się nad niewyraźną pieczątką. – Kaczara, Kaczora, a może Kaczawa?… Nieważne, szukamy innych recept.

– Ja też mam! – zawołała Matylda. – Musimy założyć, że nazwisko klienta jest zmyślone, ale to lekarza już raczej nie. I na mojej recepcie jest ta sama pieczątka.

Po chwili się okazało, że na kilku znalezionych receptach nazwisko lekarza było to samo, więc pan Wiśnicz nie stosował raczej takich samych metod jak oszust z Warszawy.

– Nie zastanowiło cię, że przychodził do apteki kilka razy w tygodniu? – Matylda spojrzała z niedowierzaniem na Joasię.

– Nie. Był sprytny i przychodził raz do mnie, raz do mojego męża. Poza tym czasami musiał wysyłać kogoś innego. Wiesz, tylu ostatnio mamy klientów, że trudno ich spamiętać. Skupiamy się tylko na tym, żeby nie popełnić błędu przy wydawaniu leków.

– Ale coś cię jednak zaalarmowało, czyli jesteś czujna, nie tylko jeśli chodzi o leki.

Joasia uśmiechnęła się nieznacznie na ten komplement, ale widać było, że sprawił jej przyjemność.

– Ty też byłabyś. À propos, nie myślałaś o tym, żeby teraz jeszcze zacząć studia? Patrz, jest ogłoszenie w gazecie sprzed kilku dni, specjalnie je dla ciebie wycięłam.

– Nie sądzisz, że już za późno dla mnie? Mam dwadzieścia pięć lat.

– Nie wydaje mi się, żeby to był jakiś problem. Złóż papiery, a przekonasz się sama.

Matylda zerknęła na wycinek z gazety. Uniwersytet Jagielloński ogłaszał zapisy na studia na Oddziale

Farmaceutycznym na rok tysiąc dziewięćset trzydzieści osiem – trzydzieści dziewięć. Zapisy rozpoczynały się dwunastego września. Z uwagi na ograniczoną jak co roku liczbę miejsc przyjmowani mieli być tylko kandydaci z najlepszymi kwalifikacjami i największymi uprawnieniami, ze szczególnym uwzględnieniem pochodzących z zachodniej Małopolski i przyległych jej części Rzeczypospolitej.

– Czy ja wiem... zastanowię się nad tym, jest jeszcze trochę czasu.

– Byle nie za długo, moja droga – Joasia wyjęła jej wycinek z ręki – czytaj dalej. „Pragnący się zapisać na pierwszy rok studiów winni wnieść podania do Dyrekcji Oddziału Farmaceutycznego U.J. (Instytut Chemiczny U.J., Kraków, ulica Olszewskiego 2) w czasie od pierwszego do dziesiątego września, załączając stosowne dokumenty".

– Do września? No to mam jeszcze sporo czasu.

– Teoretycznie. Czas szybko płynie, a trzeba zebrać wszystkie dokumenty. Odszukaj metrykę urodzenia, świadectwo dojrzałości w oryginale i... – pochyliła się nad ogłoszeniem – i wypełnioną kartę indywidualną, formularz można dostać w sekretariacie, jak tu piszą. Nie ma co czekać, do roboty!

– O rany – westchnęła teatralnie Matylda – mam wrażenie, jakbym słyszała swoją mamę. Dobrze, powiedziałam, że się nad tym zastanowię. A teraz powiedz lepiej, co zrobimy z tym naciągaczem.

– Przypuszczam, że już go tu nie zobaczymy. Gdyby jednak się pojawił, jedna z nas zawiadomi natychmiast policję i niech oni się już nim dalej zajmą.

ROZDZIAŁ 3

Kopia wiadomości odebranej jednemu z handlarzy kobietami w Hamburgu została przekazana policji. W pierwszym odruchu Julek chciał osobiście wybrać się do Buenos Aires, by tam szukać Meli, ale mu to skutecznie odradzono. A nawet wręcz zakazano. Był zupełnie prywatną osobą, w dodatku znajomym dziewczyny, mógł więc tylko utrudnić sprawę swoją niekompetencją. Podziękowano mu za dotychczasową pomoc i poradzono, żeby resztę zostawił fachowcom. Niechętnie, ale musiał się pogodzić z tą decyzją.

– Obiecałem ci, że ją odnajdę – żalił się do Matyldy, która jednak podzielała zdanie policjantów.

– Już dużo pomogłeś, naprawdę, a to są zbyt niebezpieczni ludzie. Nie przeżyłabym, gdyby i tobie stała się krzywda. Zresztą nie zapominaj, że lada chwila masz egzamin dyplomowy, i teraz powinieneś głównie na tym się skupić. Szkoda by było, gdybyś oblał.

Julek musiał jej przyznać rację. Przez jakiś czas postanowił więc nie pokazywać się na Grodzkiej, żeby się nie rozpraszać i skupić tylko na nauce. Widok Matyldy, jej obecność, a w końcu świadomość, że ukochana też odwzajemnia jego uczucia, sprawiały, że zapominał o całym świecie. Jedyne, czego wtedy pragnął, to być blisko niej, tulić ją aż do utraty tchu. Reszta mało go obchodziła. Dlatego całkowite odcięcie się od ukochanej na jakiś czas było teraz jedynym wyjściem.

Matylda tęskniła, wiedziała jednak, że nie może mu przeszkadzać. Próbowała zająć się apteką i sklepem ojca, lecz jej myśli biegły w kierunku Julka i Meli. Miewała koszmary senne, w których widziała swoją przyjaciółkę wołającą o pomoc. W takich chwilach biegła do policjantów zajmujących się tą sprawą, żeby pytać o postępy w śledztwie. Niewiele się dowiadywała, ponieważ sprawę przejęła policja warszawska, a ściślej mówiąc, specjalnie powołana do tego zadania sekcja. Tam Matylda nie miała już nikogo znajomego. Musiała się zatem zadowalać skąpymi informacjami udzielanymi w Krakowie. Kolega Julka, ten, który był z nimi w Kobierzynie, został oddelegowany do innej sprawy.

Policjanci wiedzieli, że Matylda sama cudem uniknęła podobnego losu, starali się więc informować ją na tyle, na ile pozwalały procedury. Zwłaszcza że to od niej właśnie otrzymali najwięcej wiadomości.

Niestety, nadal nie posiadano żadnych pomyślnych wieści. Dodatkowo sytuacja polityczna w Berlinie stała się napięta, a zagrożenie wojną było coraz bardziej realne, więc inne sprawy odsunięto na boczny tor. W takiej sytuacji wyjazd za granicę był utrudniony, a na razie wszystkie ślady prowadziły właśnie do Berlina. To tam przewożono młode kobiety i stamtąd wysyłano je do innych krajów.

Najważniejszą sprawą było rozpracowanie szajki w Berlinie, Polskę uważano tylko za jeden z punktów werbunkowych. Oczywiście próbowano zastawić sidła na Kazimierza Olbrychta w kraju, niestety, od pamiętnego pospiesznego wyjazdu nie pojawił się już więcej w swoim podwarszawskim dworku. Ani on, ani jego bratanek Michał.

Jedyne, co mogła zrobić Matylda, to nagłaśniać sprawę uprowadzeń i przestrzegać młode kobiety przed niebezpieczeństwem. Niewiele mogła zrobić sama, jako osoba prywatna, ale myślała o założeniu organizacji zajmującej się tym problemem. Nie było to łatwe, liczyła na pomoc Julka, przyszłego prawnika, i jego kolegów ze studiów, równie chętnych do pomocy.

Tymczasem musiała się zadowolić drukowaniem ulotek ostrzegających młode dziewczęta przed oszustami oraz publikowaniem podobnych ostrzeżeń w prasie. Udawało się to tylko dzięki dobrej woli zaprzyjaźnionego właściciela małej drukarni, pamiętającego jeszcze jej matkę, oraz dzięki znajomemu dziennikarzowi w krakowskiej gazecie.

– Walczysz z wiatrakami. – Ciocia Zosia, przyjaciółka mamy, nastawiona była sceptycznie. – Młode, naiwne dziewczęta zawsze będą marzyły o lepszej przyszłości, którą im obiecują ci naciągacze. Niestety są przekonane, że taki miły i życzliwy człowiek nie może być zły. Uwierzą w gładkie słówka i obietnice kariery albo małżeństwa. Co tu się zresztą dziwić, nawet starsze, zdawałoby się, mądrzejsze, dawały się nabrać...

Zamilkła, zdając sobie sprawę z nietaktu. Przecież w ten sam sposób zachowała się Matylda.

Ale ta machnęła tylko ręką.

– Ciociu, nie musisz mnie oszczędzać. Właśnie dlatego, że sama przez to przeszłam, chcę teraz ostrzec inne. Jeśli uda mi się uratować choć jedną, to i tak uważam, że warto. Poza tym chcę doprowadzić do zdemaskowania i ukarania wszystkich członków tej szajki. Takie szumowiny nie powinny chodzić po tym świecie.

– Moje ty biedne, naiwne dziecko – westchnęła ciotka. – Nawet jeśli ich wszystkich wyłapią, to czy myślisz, że winni zostaną surowo ukarani? Szczerze w to wątpię. Pamiętasz tę aferę erotyczną z Poznania, sprzed kilku lat?

– Coś chyba słyszałam, ale nie pamiętam szczegółów. Nie czytam takich...

– No właśnie, wielu ludzi nie czyta „takich", więc jak potem mogą wiedzieć, co się dzieje. – W głosie pani Zofii pojawił się ostry ton. – Złości mnie takie podejście do sprawy.

Matylda poczuła się skarcona, ale nie mogła odmówić ciotce racji. Do tej pory uważała, że takie artykuły, zwłaszcza w „Tajnym Detektywie", są tylko dla odbiorców żądnych taniej sensacji i że człowiekowi kulturalnemu nie wypada czytać tych bzdur. Problem w tym, że „porządne" gazety nie poświęcały tej sprawie zbyt wiele uwagi.

– To prawda – mówiła dalej ciotka – że najwięcej informacji na ten temat było w brukowcach, ale czasami trzeba, pomijając głupoty, które wypisują w tego typu magazynach, zajrzeć i tam. Inne gazety długo zamiatały sprawę pod dywan, bo chodziło o ludzi na wysokich stanowiskach. Brukowce, co trzeba im uczciwie przyznać, z nikim i niczym się nie liczą.

– Wiem tylko, że chodziło o jakieś domy schadzek, funkcjonujące w samym centrum miasta.

– Domy schadzek – to mało powiedziane. To były miejsca, gdzie starzy, obleśni degeneraci urządzali orgie z dwunasto-, czternastoletnimi dziewczynkami. Z dziećmi!

– Nie wiedziałam...

– No właśnie. A najgorsze, że w cały ten brudny proceder zamieszani byli szanowani obywatele Poznania. Najważniejszą zaś osobą, kierującą wszystkim, był człowiek tak zasłużony, że nikomu do głowy by nawet nie przyszło, żeby go podejrzewać.

– Kto to taki?

– Feliks Piekucki.

Pani Zofia rozłożyła palce dłoni i zaginając je po kolei drugą ręką, zaczęła wyliczać:

– Współorganizator powstania wielkopolskiego, zasłużony oficer i pierwszy komendant miasta po odzyskaniu niepodległości. A przy tym zaciekły służbista i nieugięty strażnik surowych norm moralnych. Wyobrażasz to sobie?

Zacisnęła pięści, aż pobielały jej kostki dłoni.

– To był najbardziej znany człowiek w mieście. Gwiazda poznańskiego radia i moralny autorytet. Wygłaszał mądre pogadanki na niemal każdy ważny temat. Wszędzie go było pełno.

– Nie mogę wprost uwierzyć. – Matylda z niedowierzaniem kręciła głową.

– A jednak. Sama widzisz teraz, jak potrafią udawać tacy zwyrodnialcy i oszuści. Trudno z nimi walczyć. Największą ich siłą, a jednocześnie tarczą jest zaufanie, którym zazwyczaj się cieszą.

– I jak to się skończyło? Rozumiem, że wszyscy gniją w więzieniu?

– Taaa...

– Chyba nie chce ciocia powiedzieć, że się wywinęli?...

– To właśnie chcę powiedzieć, moje dziecko. Dlatego też uważam, że walczysz z wiatrakami. Sąd uznał, że wpływowi obywatele wystarczająco najedli się wstydu podczas głośnego procesu, więc nie ma potrzeby bardziej ich karać. Część z nich dostała tylko karę w zawieszeniu, inni, w tym Piekucki, poszli do więzienia, ale tylko na półtora roku. Według sądu na ich korzyść przemawiały zasługi dla narodu i działalność społeczna.

– To przecież chore...

– Owszem, chore. Ludzie na stanowiskach, znani i bogaci, wywiną się z każdego zarzutu. A stryj twojego byłego narzeczonego należy do tej grupy. Jeśli już ktoś zostanie ukarany, to tylko płotki, takie jak jego bratanek. I to też niezbyt surowo. On również ma pieniądze, jak przypuszczam.

– Czyli co? Mam siedzieć z założonymi rękami?

– Nie, działaj, tylko nie licz zbytnio na sprawiedliwość sądów. Bardziej skupiłabym się na pomocy tym biednym dziewczętom, odszukaniu ich w świecie, przestrzeganiu innych. Tylko tak można ukrócić ten proceder.

– Pomoże nam w tym ciocia?

– Pomogę. Zrobię wszystko, co tylko będzie w mojej mocy. Tym bardziej – dodała cicho – że w wyniku tej afery straciła zdrowie, a następnie zmarła dwunastoletnia córeczka mojej kuzynki.

Zapadła cisza. Matylda nie bardzo nawet wiedziała, jak ma to skomentować.

Milczenie przerwała ciotka, jakby kończąc na głos swoją myśl:

– To podobne sprawy, z tym tylko, że dziewczęta wykorzystywane na miejscu, w Polsce, przy odrobinie szczęścia można jeszcze odnaleźć i uratować. Gorzej z tymi, które zostają wywiezione za granicę. Ale nie można przecież rezygnować z działania.

Matylda kochała ciocię Zosię i od zawsze bardzo się liczyła z jej zdaniem. To właśnie ona po śmierci Wiktorii była dla dziewczyny oparciem. Nie widywały się zbyt często, ale Matylda wiedziała, że drzwi ciotki są dla niej zawsze otwarte, czy to w dzień, czy w nocy. I że ta czuwa nad nią dyskretnie z daleka, jednak nic nie może ujść jej uwagi.

Małgosia, córka cioci Zosi, początkowo odsunęła się trochę od Matyldy, kiedy ta zrezygnowała z aktorstwa. Młoda, dwudziestoletnia panna bardzo liczyła na korzyści płynące z małżeństwa kuzynki z bratankiem słynnego producenta filmowego, tymczasem skończyło się, jak skończyło. Na szczęście jednak niedawno poznała młodego lekarza, Karola Lubicza, i zapomniała o swoich wcześniejszych marzeniach o scenicznej karierze.

– Wiesz – mówiła dalej ciotka – jak powiadają, nie ma tego złego. Gdybyś jednak wyjechała do Berlina, moja córka wyruszyłaby za tobą, chyba nie dałabym rady jej zatrzymać. Nie wiem, po kim jest taka uparta. Ten jej Karol – zaśmiała się krótko – będzie miał z nią krzyż pański w przyszłości. Ale to już nie mój problem.

– Mają zamiar się pobrać?

– Tak. Myślę, że niedługo ogłoszą zaręczyny.

– To pięknie. Cieszę się ogromnie, ciociu.

Pani Zofia spojrzała na Matyldę z troską.

– A co z tobą? Czas ucieka, wiesz przecież, że im później, tym trudniej ci będzie urodzić pierwsze dziecko. Masz kogoś?

Tylko przyjaciółka mamy miała prawo do zadawania tak osobistych pytań. Zachowująca rezerwę w stosunku do innych Matylda przed ciotką nie miała żadnych tajemnic.

– Mam. – Zarumieniła się nieoczekiwanie dla samej siebie. – Mam, i to już od bardzo dawna.

– Od dawna? – Zaskoczona pani Zofia spojrzała na Matyldę, unosząc wysoko brwi. – I ja o niczym nie wiem?… Oj, nieładnie. – Pogroziła jej żartobliwie palcem.

– Ja też nie wiedziałam, ciociu. Odkryłam to dopiero przed kilkoma dniami.

Pani Zofia przyglądała jej się przez chwilę ze zmarszczonymi brwiami, ale kiedy Matylda miała już wyjaśnić swoje słowa, na twarzy ciotki pojawił się błysk zrozumienia.

– Julek?... No tak, to oczywiste, że Julek! Cały czas miałam nadzieję, że coś z tego w końcu będzie. – Klasnęła z radości w dłonie. – Ależby się twoja mama ucieszyła!

– To ona też?...

– Chcesz wiedzieć, czy coś podejrzewała? Chyba tak, moja droga. W każdym razie zauważyła, co do ciebie czuje Julek, i miała nadzieję, że ty to odwzajemnisz. Twierdziła, że ze swoim charakterkiem, jak to określała, nie znajdziesz nikogo bardziej odpowiedniego.

– No, pięknie – mruknęła Matylda. – Wszyscy dookoła wiedzieli, wszyscy spiskowali, a ja nie miałam o niczym pojęcia.

– Czy to teraz takie ważne, kochanie? To zresztą nie był żaden spisek, wszyscy po prostu mieli nadzieję, że w końcu sama zauważysz. I zauważyłaś. Szkoda tylko, że mama tego nie dożyła.

Posmutniały obie. Każda z nich na swój sposób tęskniła za Wiktorią.

– Nie miałam lepszej przyjaciółki w życiu niż twoja mama.

– A ja – westchnęła Matylda – nie mogłabym mieć lepszej mamy. Tylko tego też nie rozumiałam...

– Dobrze. – Ciotka postanowiła zmienić smutny temat. – Powiedz lepiej, co planujecie. I kiedy.

Matylda otrząsnęła się, jakby przeszedł ją dreszcz, ale nie było to nieprzyjemne uczucie. Miała dziwne wrażenie, że czuje obok czyjąś przyjazną obecność. I nie chodziło tylko o ciocię Zosię.

– Na razie – odpowiedziała z uśmiechem – Julek musi zdać egzamin dyplomowy, to już lada chwila. A co do reszty, to nie mieliśmy jeszcze czasu o tym porozmawiać, ale myślę, że weźmiemy ślub najszybciej, jak się da. Już i tak zbyt długo czekaliśmy.

– No to cudownie, muszę zacząć szykować kapelusz na tę uroczystość.

Zofia znana była ze swoich pięknych kapeluszy. Każdy z nich był prawdziwym dziełem sztuki. Sama je projektowała, a wykonaniem zajmowała się zaprzyjaźniona modystka. Ciocia nosiła skromne kapelusiki na co dzień i strojne na specjalne okazje. Ale weselnego jeszcze nie miała sposobności nigdy zaprojektować.

– Muszę pomyśleć o dwóch na taką okoliczność. Przecież nie wystąpię w takim samym kapeluszu na dwóch ślubach.

– Dwóch? – zdziwiła się Matylda.

– No, dwóch. Przecież Małgosia też pewnie niedługo wyjdzie za mąż.

– Żeby tylko nie wybuchła wojna, mam jakieś złe przeczucia. Wtedy i Julek, i przyszły mąż Małgosi zostaną powołani, jak kiedyś tatko.

Ciotka wzruszyła ramionami bez przekonania.

– Skarbie, przecież nie może być wojny za wojną.

Matylda nie skomentowała, choć tego rodzaju logika jakoś nie trafiała jej do przekonania.

– Zresztą pewnie sama jeszcze ją pamiętasz.

– Prawdę mówiąc, niewiele. Mieszkaliśmy z Julkiem u babci Heli w Mogile i mieliśmy o wojnie raczej niewielkie pojęcie. Ot, czasem we wsi pojawili się jacyś żołnierze, czasem słyszeliśmy odgłosy strzałów z daleka. I tyle. Nie zdawaliśmy sobie sprawy z zagrożenia. Teraz to co innego.

Zofia machnęła ręką.

– Nie mówmy o tym. Mam nadzieję, że to wszystko, co się teraz dzieje w świecie, rozejdzie się po kościach.

Nie podzieliła się z Matyldą swoimi obawami, nie opowiedziała o wybijaniu szyb sklepowych na Kazimierzu, czego była świadkiem kilka dni wcześniej. Ani nawet o podobnym incydencie przy Rynku Głównym, w składzie porcelany Grossa. Po pierwsze, dlatego żeby nie przywoływać wspomnień związanych z podobnym wypadkiem, w wyniku którego zginęła Wiktoria, po drugie, uważała, że jeśli się o czymś głośno nie mówi, to nie jest takie ważne ani straszne.

Niestety, agresja skierowana przeciwko Żydom, podsycana przez politykę Hitlera, wzmagała się i rozszerzała na inne państwa. W Austrii palono książki żydowskich autorów, rozbijano i grabiono sklepy żydowskich kupców. W gazecie, której Matylda nie zdążyła jeszcze przeczytać, była wzmianka o zawieszeniu w czynnościach trzech profesorów uniwersytetów w Wiedniu i Grazu, między innymi fizyka, laureata Nagrody Nobla, tylko z powodu semickiego pochodzenia ich żon.

Sytuacja stawała się coraz bardziej niebezpieczna i trudno już było łudzić się nadzieją, że cokolwiek „rozejdzie się po kościach". Hitler stawał się coraz silniejszy, zyskiwał wciąż nowych wyznawców i fanatyków.

Coraz częściej mówiło się też o jego planach stworzenia czystej rasy niemieckiej, panów świata. A w pokojowych warunkach było to przecież nie do zrealizowania.

– Kochanie – ciotka Zosia westchnęła głośno, otrząsając się z ponurych myśli – zostawmy politykę, gazety zawsze straszą wojną, żeby mieć lepszą sprzedaż. Zastanówmy się lepiej nad stworzeniem organizacji albo stowarzyszenia, dzięki któremu będzie można jakoś pomóc tym nieszczęsnym młodym kobietom. Potrzebne nam będzie do tego wsparcie prawnika, wszystko musi być legalne i oficjalne, żeby się z nami liczono. Przecież trzeba będzie zwracać się do innych organizacji, z innych państw.

– Julek...

Pani Zofia przerwała jej machnięciem ręki.

– Julek, nawet jeśli już dostanie dyplom i tytuł magistra praw, nie będzie miał jeszcze żadnego doświadczenia. Ma natomiast – dodała szybko, ubiegając reakcję dotkniętej tym stwierdzeniem dziewczyny – dobre chęci i zna sprawę od podszewki, jeśli można tak rzec. Bardzo nam się przyda, a jeszcze bardziej jego kontakty w środowisku prawniczym.

Matylda znowu musiała przyznać ciotce rację. Jeśli chcą naprawdę coś zdziałać, muszą zabrać się do tego z najlepszymi ludźmi i najlepszymi środkami.

– To prawda, tylko... Tylko to znowu potrwa Bóg wie ile, a tymczasem biedna Mela potrzebuje tej pomocy już, natychmiast.

– Rozumiem cię doskonale, ale co nagle, to po diable. Co wcale nie przeszkadza nam w szukaniu pomocy, zanim stworzymy tę naszą organizację. Jak ją nazwiemy, masz już jakiś pomysł? Bo ja mam.

– Wiktoria! – powiedziały jednocześnie, jakby to było oczywiste.

– Tak, „Wiktoria". Po pierwsze, dla uczczenia twojej mamy, która, gdyby żyła, pierwsza zajęłaby się tą sprawą, po drugie zaś, będzie oznaczało wiktorię, czyli zwycięstwo. Bo przecież musi nam się udać, prawda?

ROZDZIAŁ 4

W połowie czerwca Julek był już po egzaminach i z niepokojem czekał na wyniki. Wprawdzie miał wrażenie, że dobrze mu poszło, ale co innego czuć, a co innego mieć to już na papierze. Matylda próbowała go podtrzymywać na duchu, jednak też się denerwowała. Nie znała wprawdzie tego typu emocji, bo sama nie skończyła studiów, lecz wyobrażała sobie, ile to może kosztować nerwów.

W końcu nadszedł ów tak długo wyczekiwany dzień i okazało się, że Julek zaliczył wszystkie przedmioty z wynikiem pozytywnym. Na uroczystość rozdania dyplomów chciał zabrać Matyldę, ale ta ze zdenerwowania dostała rozstroju żołądka i musiała zostać w domu. Nawet nie przypuszczała, że aż tak będzie to wszystko przeżywać.

– Nie dam rady, kochanie. – Pocałowała go na odchodne. – Narobiłabym ci tylko wstydu, gdybym w najważniejszym dla ciebie momencie…

Roześmiali się oboje na samą myśl, co mogłoby się wtedy wydarzyć. Jak dzieci zaczęli nawet prześcigać się w wymyślaniu i budowaniu coraz to ciekawszych opisów takiej sytuacji.

W końcu została sama. Przez ciągnące się beznadziejnie godziny snuła się po domu, nie wiedząc, co ze sobą zrobić. Nie potrafiła się na niczym skupić. Czekała.

Mama skończyła studia, Julek też, a ja? – pomyślała nagle z goryczą. Jestem do niczego, nie mam żadnego konkretnego zawodu, trochę pracuję w aptece, trochę w sklepie taty, lecz tak naprawdę to co ja właściwie potrafię robić? Byłam kiedyś dobrze zapowiadającą się aktorką, ale to też jakoś się rozmyło. Co ten Julek we mnie widzi? Co on będzie ze mnie miał? On, zdolny, przystojny prawnik, idealna partia dla każdej panny na wydaniu. Jeszcze chwila, a sam się zorientuje, że popełnia błąd.

Spojrzała w lustro i przygładziła sterczące na boki włosy. Znów pozwoliła im rosnąć swobodnie. Nie przejmowała się modą na krótkie fryzury, najlepiej czuła się w dłuższych. Mama lubiła jej złotorude loki, Julek też. Nikomu innemu nie musiała się podobać.

Z lustra spoglądała na nią zgorzkniała, smutna, młoda jeszcze kobieta.

– Jestem do niczego! – wykrzyczała do swojego odbicia. – Do niczego!

Skrzypnęły drzwi i w progu stanęła babcia Michalska. Matylda obejrzała się zirytowana, kto śmie wchodzić bez pukania, ale zobaczywszy babcię, rozchmurzyła się natychmiast. Staruszka miała już kłopoty ze słuchem, więc i tak nie usłyszałaby zaproszenia do wejścia. W ciągu ostatnich lat mocno się posunęła, dodatkowo przygnębiła ją także sprawa z Michałem, zwłaszcza że zdążyła polubić narzeczonego Matyldy i wciąż nie mogła uwierzyć, że też dała mu się oszukać.

– Nie przeszkadzam ci, kochanie? – spytała głośno, lecz zaraz dodała ciszej, sama zdając sobie sprawę z tego, że krzyczy: – Oj, pewnie tak... A ja już nie mogę wysiedzieć u siebie. Kiedy ten Julek w końcu wróci z dyplomem? Taka jestem z niego dumna i wciąż nie mogę uwierzyć, że to mój wychowanek taki jest zdolny. Co ja mówię, wychowanek, wnuczek najukochańszy. Jak rodzony przecież.

– Babciu kochana... – Matylda wyciągnęła do niej ręce. – Ja też nie mogę się doczekać, posiedzimy tu obie, będzie raźniej.

– A ty co, płakałaś?

– Nie, tak jakoś...

– No przecież widzę, że płakałaś. Dlaczego? Powinnaś być szczęśliwa, masz najlepszego mężczyznę pod słońcem. Nawet nie wiesz, jak się ucieszyłam, kiedy mi o tym powiedział.

– To babcia też się nie domyślała?

– Że co?... Czego nie miałam?

– Nie domyślała się babcia? – Matylda krzyknęła jej prawie do ucha.

– Aaa. No nie. Myślałam, że on cię kocha jak siostrę. Cieszę się, bo nieraz myślałam, jaka by była z was ładna para, ale stale traktowałam was jak rodzeństwo. A tu taka historia, patrzcie państwo.

Matylda nie zdążyła odpowiedzieć, dlaczego płakała, bo obie usłyszały hałas przy drzwiach na dole, wyraźny znak, że Julek już wrócił. Wbiegł po schodach, pokonując po kilka stopni naraz.

– Witam kobiety mojego życia! – zawołał od progu, rzucając się najpierw do rąk babci, a następnie chwytając w objęcia Matyldę. – Macie przed sobą magistra praw. Proszę, oto dowód!

Ostrożnie wyjął z twardej tuby zwinięty rulon papieru i uroczyście podał go Matyldzie, a ta, drżącym z przejęcia głosem, zaczęła czytać głośno, a babcia zaglądała jej przez ramię, żeby nie tylko słuchać, ale i zobaczyć cenny dokument.

My, Rektor Uniwersytetu Jagiellońskiego
I Dziekan Wydziału Prawa
tegoż Uniwersytetu poświadczamy, co następuje:

Pan – Michalski Juliusz
Rodem z – Krakowa
Po odbyciu czteroletnich studiów prawniczych w Uniwersytecie Jagiellońskim
W latach 1933/34 – 1937/38 i pomyślnym złożeniu czterech przepisanych egzaminów rocznych,
A mianowicie...

– E tam, wyniki egzaminów nie są takie ważne. – Julek chciał odebrać dokument z rąk Matyldy, lecz uchyliła się tylko ze śmiechem.

– Dlaczego? Zobaczymy, jak ci się ta sztuka udała. Czyżby ledwo, ledwo?

Julek się obruszył.

– No wiesz… nawet nie zdajesz sobie sprawy z tego, jak trudne to były egzaminy. A ja jakoś ostatnio nie za bardzo się przykładałem i dlatego nie najlepiej to wyszło.

Natychmiast spoważniała.

– Przepraszam, kochanie. Wiem, dlaczego się nie przykładałeś. To wszystko przeze mnie…

Chciał jej przerwać, jednak mu nie pozwoliła.

– Nie zaprzeczaj, wszyscy wiedzą. Ale zdałeś mimo wszystko, bo jesteś zdolny, a ja czuję się z ciebie ogromnie dumna. Dla mnie jesteś prawdziwym bohaterem.

– Ja też, ja też jestem dumna! – Babcia Michalska bardziej chyba wyczytała z ust Matyldy, niż usłyszała, ale potwierdziła to z całą mocą.

– No dobrze. – Zadowolony Julek dał się udobruchać. – To czytaj te wyniki. Są, jakie są.

Matylda rozwinęła dyplom.

A mianowicie:

Egzaminu Pierwszego:

Z Prawa Rzymskiego, Teorii Prawa, Historii Prawa Polskiego i Historii Prawa na Zachodzie Europy,

Ze stopniem – dobrym

Egzaminu Drugiego:

Z Prawa Kościelnego, Ekonomii Politycznej, Prawa Politycznego i Prawa Narodów,

Ze stopniem – dobrym

Egzaminu Trzeciego:

Ze Skarbowości, Ekonomii Politycznej, Prawa Politycznego i Prawa Narodów,

Ze stopniem – dobrym

Egzaminu Czwartego:

Z Prawa Cywilnego, Postępowania Sądowo-Cywilnego, Prawa Handlowego i Wekslowego oraz Prawa Międzynarodowego Prywatnego,

Ze stopniem – bardzo dobrym.

TYTUŁ

MAGISTRA PRAW

Stanowiący Dowód Ukończenia Uniwersyteckich Studiów Prawniczych i Uprawniający do Ubiegania się o Stopień Doktorski.

– Och, ty oszuście! – zaśmiała się Matylda, trącając go żartobliwie w bok. – „Nie najlepiej to wyszło", co?

– Powinno być bardzo dobrze od góry do dołu. – Julek z trudem ukrywał, jaką radość sprawiły mu jej słowa.

– Kujon, jak babcię kocham, kujon! No i z postępowania sądowo-cywilnego masz wynik bardzo dobry, a właśnie taki człowiek będzie nam potrzebny. – Matylda jeszcze raz uściskała Julka. – Opowiem ci później o naszych planach.

– Naszych? – zdziwił się Julek. – O czymś nie wiem?

– No, na razie cioci Zosi i moich, ale kiedy się dowiesz, o co chodzi, to i o twoich – uspokoiła go Matylda.

– No dobrze – zgodził się – o interesach porozmawiamy później, a teraz zapraszam moje panie na obiad do restauracji. Przecież musimy jakoś uczcić mój dyplom.

Uszczęśliwiona babcia Michalska poszła się szykować do wyjścia, a młodzi zostali sami. Julek z uwagą przyglądał się Matyldzie. Nikt tak jak on nie potrafił zauważyć nawet najmniejszej zmiany w jej zachowaniu.

– Czemu jesteś smutna? – zapytał w końcu. – Coś się stało?

– Nieee. Wydaje ci się tylko.

– Już ja cię znam. Mów natychmiast albo cię nie zabiorę na obiad…

– Bo wiesz… tak sobie pomyślałam, że nie pasuję do ciebie. Jesteś wykształcony i mądry, a ja? Gęś, która nawet studiów nie skończyła. Stara, bez zawodu…

– I głupia – dokończył Julek. – Głupia jak but z lewej nogi. Co się stało z moją buntowniczą i odważną Matyldą? Jak w ogóle mogłaś choć przez chwilę tak pomyśleć?

– No bo to prawda. Dopiero teraz sobie uświadomiłam, że przy tobie jestem nikim. Mama miała rację, że mnie goniła do nauki. Ale ja, chociaż miałam idealne warunki, nie chciałam. Marzyła mi się sława i pieniądze. Nawet aktorką byłam niespecjalną, bo inaczej już dawno by mnie ktoś zauważył i zaangażował. A tak to tylko zainteresował się mną handlarz żywym towarem. Jestem tylko towarem…

Zrzuciła ze stołu gazetę i sięgnęła po papierosa.

Zaskoczony Julek po raz pierwszy chyba w życiu nie wiedział, jak zareagować. Był pewien, że kto jak kto, ale właśnie Matylda należała do silnych, radzących sobie w życiu kobiet. Wydawało mu się, że ją zna doskonale. Z niedowierzaniem pokręcił głową.

– Matysiu – ocknął się wreszcie i z całej siły przytulił ją do piersi. – Co ty znowu za głupstwa wygadujesz? Na miłość boską! Natychmiast przestań, bo ci chyba przyłożę.

Ale ona rozszlochała się tylko w odpowiedzi. Tłumiony od dawna żal znalazł teraz swoje ujście. Płakała nad swoim życiem, nad nietrafionymi wyborami, utraconymi szansami i w końcu z niepewności, czy ten, którego tak naprawdę kochała przez całe życie, ostatecznie jej nie zostawi. Bo po co mu ktoś tak niewydarzony jak ona?

Próbowała mu to nawet powiedzieć, lecz nie dopuścił jej do głosu, przyciągnął do siebie i całował. Początkowo broniła się, bardzo chciała wykrzyczeć swój żal, jednak stopniowo zaczęła się poddawać. Pocałunki stawały się coraz bardziej gorące, oboje zatracili się w nich bez reszty. Matylda zesztywniała na chwilę, kiedy Julek gorączkowo odpinał guziki jej bluzki, zaraz jednak zrezygnowała z oporu i sama zaczęła mu w tym pomagać. Osunęli się na perski dywan, kupiony jeszcze przez dziadka. Potrącona przypadkiem tuba, w której był dyplom, potoczyła się w kąt pokoju i z głuchym odgłosem stuknęła o ścianę.

Pomagając sobie nawzajem, szybko pozbyli się ubrań i po chwili leżeli ciasno spleceni ze sobą na podłodze.

Kiedy krzyknęła cicho, Julek uniósł się nad nią na wyprostowanych rękach i zajrzał jej z niedowierzaniem i czułością prosto w oczy.

– Matyniu, ty jeszcze nigdy?… Naprawdę?…

Zawstydzona, pokręciła tylko przecząco głową.

W restauracji nie mogli wytrzymać, żeby się nie dotknąć, choćby przypadkiem. Gdyby nie to, że babcia Michalska usiadła między nimi, pewnie trudno byłoby ich rozdzielić. Powietrze wokół obojga było tak naładowane, że niemal iskrzyło. Rozmawiali o błahych sprawach, ale było oczywiste, że nie mogą się doczekać, kiedy znów zostaną sami. Gdyby nie to, że babcia tak bardzo się nastawiła na wyjście, z pewnością by zrezygnowali z tego pomysłu. I tak już zamiast na obiad wybrali się na kolację. Lekko zawstydzony Julek tłumaczył babci, uciekając spojrzeniem w bok, że wieczorem będzie przyjemniej.

Cóż znaczyło takie drobne kłamstewko dla uszczknięcia dodatkowych chwil sam na sam z Matyldą!

Ale staruszce i tak było obojętne, czy to obiad, czy kolacja. Tak rzadko miała możliwość jeść poza domem, a już zwłaszcza w eleganckiej restauracji, że cieszyła się z każdej okazji. Teraz, zaczerwieniona z emocji, pozwalała się obsługiwać kelnerom w białych kurtkach, uwijającym się wokół stolika.

Piękne, wystrojone i błyszczące od klejnotów kobiety wzbudzały w niej dziecięcy niemal zachwyt. Nigdy wcześniej nie obracała się w takim towarzystwie, prawie całe swoje dotychczasowe życie spędziła na wsi. Dopiero od kilku lat mieszkała w Krakowie, w domu Matyldy, lecz wciąż czuła się tu obco. Tęskniła za Mogiłą, rodzinną wsią, za swoimi zwierzętami, za polem pod lasem. Nieraz śniła o tym, że znów jest w swoim domu, i wtedy czuła się szczęśliwa. Gdyby nie pożar, który strawił cały jej dobytek, nigdy nie dałaby się przekonać, by zamieszkać w mieście.

Dlatego też młodzi, widząc uszczęśliwioną babcię, nie mieli serca jej tej radości pozbawiać. Z przyjemnością spoglądali na rozjaśnioną twarz staruszki.

– Widziałaś, jak nam się przygląda ten elegancki pan? – szepnęła babcia, nachylając się w stronę Matyldy. – Chyba wpadłaś mu w oko.

Dziewczyna zerknęła na sąsiedni stolik i siedzącego przy nim mężczyznę. Drgnęła, nieprzyjemnie zaskoczona. Miała wrażenie, że skądś go zna. Przystojny brunet z przystrzyżoną linią czarnych wąsów spoglądał na nią, nawet nie starając się ukryć zainteresowania. Szykowne ubranie, sygnet z wielkim brylantem na ręku, szpilka z perłą w krawacie i złota papierośnica – wszystko to obudziło w Matyldzie niemiłe wspomnienia. Elegancki mężczyzna miał w sobie coś z Michała. Niby zewnętrznie nie był do niego podobny, a jednak dostrzegła w nim coś, co jej przypomniało tamtego. Poza tym chyba już go gdzieś widziała wcześniej.

Julek zauważył zmianę nastroju Matyldy i zmarszczył brwi.

– Co jest, Matyś?

Podążył za jej spojrzeniem – i szybko zrozumiał bez słów.

– Kochanie, nie każdy elegancki mężczyzna w lokalu jest alfonsem – powiedział półgłosem, żeby babcia nie usłyszała. – Odpręż się.

– Wiem, ale nawet nie o to chodzi. – Nagle przypomniała sobie, skąd go zna. – To człowiek, który przychodzi z receptami na morfinę do naszej apteki.

Do stolika mężczyzny podszedł drugi, chwilę porozmawiali, następnie gość odszedł, zabierając ze sobą małą paczuszkę. Koperta, zapewne z gotówką, szybko zniknęła w kieszeni bruneta. Ci dwaj najprawdopodobniej załatwiali jakieś ciemne interesy.

Matylda przyglądała się tej scenie ze zmarszczonymi brwiami. Coś jej to przypominało. Transakcje załatwiane przy kawiarnianym stoliku, w podobnej sytuacji widziała po raz pierwszy Michała. Czyżby to była wciąż ta sama szajka?

Mężczyzna zauważył, że zwrócił na siebie uwagę, i wyjmując brzuchaty zegarek z kieszonki marynarki, udał nagle, że gdzieś się spieszy. Skinął ręką na kelnera, uregulował rachunek i rzucając napiwek na stolik, wyszedł z restauracji, nawet nie patrząc w stronę Matyldy. Nie znał jej, więc nie mógł wiedzieć, że go rozpoznała, ale czuł przez skórę, że lepiej będzie zniknąć.

– Myślisz, że przekazał tamtemu morfinę? – spytała szeptem Julka. – A jeśli on jest zamieszany w sprawę tych kobiet, to nie chcę wiedzieć, po co im te narkotyki. Musimy pójść na policję.

– I co im powiesz? Masz jakieś dowody? Matysiu, chyba jesteś przeczulona na tym punkcie.

Nie mieli dłużej już okazji porozmawiać na ten temat, bo właśnie nadszedł kelner z kartą dań.

– Co zamawiamy? – spytał Julek, spoglądając na obie panie.

Matyldzie było obojętne, byle szybko móc wrócić do domu, Julkowi raczej też, ale babcia miała zamiar celebrować tę kolację. Poza tym była bez obiadu i w przeciwieństwie do młodych czuła już głód.

– Co tu mają? – Założyła okulary i pochyliła się nad menu. – Oj, taki tu wybór, że sama nie wiem, co wziąć... Może... – przesuwała palcem po karcie – ...co powiecie na ozorki cielęce w sosie pomidorowym? Albo nie. A gdyby tak potrawkę z sarniny? Nie, może jednak kaczka duszona z czerwoną kapustą. No, sama już nie wiem...

Młodzi roześmiali się, widząc niezdecydowanie staruszki.

– Proponuję kurczęta smażone à la Villeroi – podpowiedziała jej Matylda.

– A co to takiego? Chyba nigdy nie jadłam.

– To po prostu smażone kurczęta, ale przygotowuje się je w specjalny sposób. Najpierw dusi się je na maśle z warzywami, potem miękkie już kawałki macza w rozbełtanym cieście z masła, mąki, śmietany i żółtek, obsypuje grubo bułką tartą i smaży na złoty kolor.

– O, to ja poproszę – ucieszyła się babcia Michalska. – A wy co bierzecie?

– To ja może tę potrawkę z sarniny, a ty, Matysiu?

– A ja potrawkę z baraniny z ogórkami. Możemy później nawzajem popróbować naszych dań.

Ugrzeczniony kelner już stał przy stoliku.

– A do tych kurcząt i sarniny co państwo sobie życzą? Sałatę czy mizerię? A może czerwoną kapustę?

Kiedy już dodatki zostały wybrane, należało wybrać deser.

– Proponuję państwu szarlotkę z jabłek i gruszek, wyśmienicie się dziś udała naszemu kucharzowi. Albo może kawę mrożoną.

– A jak ona mrożona, jak lody? – chciała wiedzieć babcia.

– Niezupełnie, ale naprawdę bardzo zimna. To kawa z żółtkami, podawana w pucharkach, przybrana ocukrowaną bitą śmietaną. Mogą być jeszcze lody. Pyszne, kręcone u nas, na miejscu.

I znów każde z nich wzięło coś innego. Jedynie co do alkoholu byli zgodni, zamówili najlepsze czerwone wino, chociaż do kurcząt bardziej pasowałoby białe. Przeważyło zdanie samej babci.

– Sików to ja nie będę piła, wino ma być czerwone jak rubin.

Kolacja była tak pyszna, że Julkowi i Matyldzie nawet udało się na chwilę zapomnieć, że spieszno im do domu. Przy winie babcia chichotała jak młoda dziewczyna, zapewniając, że to chyba jeden z najpiękniejszych dni w jej życiu.

– Za twoje sukcesy, moje dziecko! – Uniosła kieliszek w górę. – I za wasze szczęście! Dziękuję Bogu, że dał mi dożyć takich chwil.

Babcia Michalska miała rodzonego syna, ale przed laty Filip wyrzekł się swoich rodziców i wyjechał do Paryża, gdzie skończył studia medyczne i pracował w klinice swego teścia. Po wojnie wrócił do Krakowa i wstąpił do zakonu, ale jego relacje z matką rozluźniły się jeszcze bardziej. Owszem, odwiedzała go od czasu do czasu, ostatnio coraz rzadziej z powodu wieku, nie czuła jednak z nim takiej więzi jak z Julkiem. To osierocone dziecko nieznanych rodziców, przygarnięte przez nią przed laty, bez reszty zawładnęło jej sercem. Kochała go jak własnego wnuka, chociaż ten rodzony żył gdzieś tam, we Francji, i nigdy nie miała okazji go poznać. To Julek sprawiał jej najwięcej radości i dumy. Teraz spoglądała z miłością na młodego, przystojnego mężczyznę, który nie wiedzieć kiedy tak wyrósł z małego, płaczliwego i zamkniętego w sobie dziecka z sierocińca.

I tylko zażenowany młody kelner nie mógł zrozumieć, dlaczego starsza pani tak się cieszy, życzy szczęścia i dopytuje o ślub swoich wnuków, skoro są rodzeństwem. Przecież wyraźnie podkreślała, dość głośno zresztą, że to brat i siostra. Ten świat chyba całkiem zwariował…

– Jestem… jest… – Babcia czknęła głośno i obejrzała się wokół z zażenowaniem. – Chyba mam już dość, kochani. Zaprowadźcie mnie do domu.

Młodym nie trzeba było dwa razy powtarzać.

– Jestem taka szczęśliwa, moje dzieci. Sprawiliście mi taką radość… – powtarzała przez cały czas, idąc do dorożki.

Helena Michalska nie uznawała samochodów i bała się do nich wsiadać, twierdząc, że to chyba wynalazek samego szatana. Na szczęście w Krakowie nietrudno było jeszcze o dorożkę. Uszczęśliwiona babcia spoglądała z wysoka na rozświetlone latarniami ulice, na jasne od rzęsistych świateł okna kawiarni, a w końcu na ogromny księżyc nad Sukiennicami, aż zmęczona nadmiarem wrażeń usnęła, opierając głowę na ramieniu Matyldy. Pod domem Julek wziął kruchą staruszkę na ręce i ostrożnie zaniósł do jej pokoju.

Nie obudziła się nawet wtedy, kiedy Matylda rozbierała ją do snu.

ROZDZIAŁ 5

*D*ni i noce mijały szczęśliwym kochankom na wzajemnym poznawaniu siebie, odkrywaniu nieznanych dotąd przyjemności. Zwłaszcza Matyldzie, która mimo dość swobodnego zachowania i podkreślania na każdym kroku swojego „wyzwolenia" tak naprawdę niewiele wiedziała na temat fizycznej miłości. Wcześniejsze opowieści Meli wywoływały w niej mieszaninę fascynacji i obrzydzenia. Inna rzecz, że przyjaciółka nie spotkała nigdy prawdziwej miłości i jej doświadczenia niewiele miały wspólnego z uczuciem.

Przyszedł w końcu czas, kiedy minęła pierwsza gorączka i nauczyli się już bardziej panować nad swoją, odkrytą tak nagle, namiętnością.

– A co będzie, jeśli zajdziesz w ciążę? – spytał któregoś dnia zaniepokojony Julek. – Zupełnie o tym nie pomyślałem...

– Za to ja pomyślałam – uspokoiła go Matylda. – Swoją drogą – zaśmiała się głośno – gratuluję refleksu. Minął miesiąc, a ty już się martwisz...

– Przepraszam…

– Nie masz za co przepraszać. Bałam się tylko po pierwszym razie, ale teraz już tego pilnuję. Mama mnie wszystkiego nauczyła. Nie musisz się martwić.

– Wiesz – Julek spojrzał jej głęboko w oczy – dla mnie to nie byłby żaden powód do zmartwienia, wręcz przeciwnie. Marzę o tym, żeby mieć z tobą dziecko, założyć rodzinę, ale w końcu to ty musiałabyś je nosić, a później urodzić. Nie wiem, czybyś chciała…

– Zaraz, zaraz… czy ty mi się oświadczasz?

– Właśnie tak! Matysiu, wyjdziesz za mnie?

– Co za pytanie, pewnie, że wyjdę! – potwierdziła to, co zobaczył najpierw w jej oczach. Najpiękniejszych, w jakie kiedykolwiek patrzył.

Matylda usiłowała pokryć wzruszenie udawaną szorstkością.

– I pierwsza w tej rodzinie mam zamiar być naprawdę szczęśliwa! – dokończyła wyzywająco.

Ku jej zaskoczeniu Julek zerwał się nagle i wybiegł z pokoju. Wrócił po chwili, z tajemniczą miną, i ukląkł, a potem wziął Matyldę za rękę.

– Matysiu, zatem oficjalnie proszę cię o rękę… – zaczął uroczystym tonem. – Na dowód mojej miłości daję ci ten oto pierścionek.

Matylda ze wzruszeniem rozpoznała piękny srebrny pierścionek z olbrzymim koralem, należący przedtem do babci Michalskiej. Obiecała kiedyś, że da go Julkowi dla jego przyszłej narzeczonej.

– I niech ci przyniesie szczęście – dokończył, wkładając pierścionek na palec swojej ukochanej.

Dochodzące z kuchni odgłosy głośnej rozmowy wywabiły Matyldę z jej pokoju. Zanim jeszcze tam weszła, usłyszała wyraźny, podniesiony głos Tekli, młodej służącej.

– A co mi się tu stare baby będą wtrącać! Sroce żem spod ogona nie wypadła! Idzie mi stąd!

Kiedy Matylda stanęła w drzwiach, speszona dziewczyna usiłowała szybko ochłonąć. Poprawiła tłusty kosmyk włosów spadający jej na czoło i wierzchem dłoni wytarła błyszczące od śliny usta.

– Co tu się dzieje? – Matylda spoglądała to na nią, to na babcię.

Skulona na krześle Helena Michalska wyglądała na rozgniewaną, lecz zanim zdążyła się odezwać, uprzedziła ją Tekla.

– A nic tam, psze pani. Krzyczałam trochę głośno, bo ona przecież głucha, to i trzeba krzyczeć, a ja tylko...

– Słyszałam, co Tekla krzyczała – przerwała jej Matylda, tracąc cierpliwość. Przestała nad sobą panować. – Jak śmiesz tak się odzywać do mojej babci?! Dla ciebie ona jest panią, a nie starą babą czy „oną"! Co tu się stało? Nie ty...! – Podniosła otwartą dłoń do góry. – Pytam babcię!

Staruszka słyszała teraz bez trudu, bo zdenerwowana Matylda również podniosła głos.

– Matysiu, chciałam ją tylko spytać, kiedy w końcu zrobi na obiad to mięso, co to je kupiła przed kilkoma dniami na targu. Sama widziałam, jak przyniosła do domu ładny kawałek cielęciny. Przecież w końcu się zepsuje. A ona na mnie z krzykiem, że będą dziś leniwe i żebym się nie wtrącała w nie swoje sprawy. Wczoraj kopytka ze skwarkami, przedwczoraj kasza ze skwarkami, a gdzie ta cielęcina?

– No właśnie, dlaczego Tekla nie zrobi w końcu mięsa? – Matylda zwróciła się w stronę czerwonej jak piwonia służącej.

– Eee... tego... zepsuło się, no to musiałam przecież wyrzucić...

– Jak to zepsuło się? Kupiłaś już nieświeże? Chyba wybiorę się do tego rzeźnika i powiem mu, co o tym myślę. U kogo kupowałaś?

– No nie, proszę pani, jak kupowałam, to było jeszcze świeże. – Dziewczyna zaczęła krzyczeć piskliwym głosem. – Ale... ale w domu gorąco, to się zepsuło. Najlepiej to zrobić ze służącej złodziejkę! Wszyscy jesteście tacy sami!

– Słychać was w całym domu. – Do kuchni weszła Joasia. – Co tu się dzieje? Poza tym co to znaczy, że wszyscy jesteśmy tacy sami?

– No, że źle traktujecie służące i macie je za złodziejki. – Tekla już zdążyła się uspokoić i teraz hardo wysunęła brodę do góry. – Inne służące mają to samo.

– Jeśli zwykłe pytanie o mięso tak Teklę oburzyło, to widać coś jest na rzeczy – chłodno podsumowała Matylda. – Najbardziej nie podoba mi się zachowanie Tekli w stosunku do babci, ale dobrze, porozmawiajmy teraz o mięsie. Niech nam Tekla powie, jak to możliwe, że tak szybko się zepsuło. Czy to było w ten dzień, kiedy odwiedził cię twój narzeczony?

– No co mi tu pani znowu *amputuje*! – oburzyła się służąca, ale zdradził ją rozbiegany wzrok.

– Na razie jeszcze niczego nie amputuję, ale niech Tekla uważa, bo jestem tego bliska. – Matylda chciała jeszcze coś dodać, lecz tamta zakrzyczała ją, wymachując rękami w powietrzu.

– Wszystkie jesteście tacy sami! Poprzednie też się czepiali.

– Taak?... – zainteresowały się natychmiast Matylda i Joasia. – A czego konkretnie się czepiali?

– No właśnie takich bzdur.

– Czyli jakich?

– A że to mięso ginie, a że co innego, a potem i tak napisali o mnie dobrze. Szanowali mnie, nie to co wy. – Wyzywająco uniosła głowę.

– Mówisz o referencjach, tak? – upewniła się Matylda.

– Ano tak, nie inaczej.

– Mogłaby nas Tekla zostawić na chwilę same?

Tamta jakby tylko czekała na ten sygnał.

– Oczywiście, muszę jeszcze przetrzeć na korytarzu.

Kiedy zostały same, Joasia spojrzała pytająco na przyjaciółkę.

– O co chodzi? Coś wiesz na temat jej referencji?

– Nie, ale tak się składa, że właśnie niedawno czytałam na ten temat w „Czasie". Być może te jej są uczciwe, lecz różnie to podobno bywa. Chciałabym, żebyśmy razem przyjrzały się im jeszcze raz.

Matylda wróciła po chwili z referencjami Tekli w ręku.

– Z artykułu, który mi wpadł w oczy – dokończyła myśl – wynikało, że ustawa zabrania wystawiania złego świadectwa służącym. Jeśli więc pracodawca nie chce wystawić referencji, same je sobie piszą.

– Ale co się stało, przecież dawniej tego nie było?

– Teraz prawo jest po ich stronie, więc zhardziały. Wychodzą z założenia, że jak nie ta praca, to będzie inna. Mają duże wymagania i chciałyby zarabiać jak najwięcej, przy minimum wysiłku z ich strony. A zarabiają przecież około piętnastu, dwudziestu złotych, co przy średniej pensji urzędnika, czyli około trzystu złotych, wcale nie jest tak mało. Dochodzi do tego jeszcze ubezpieczenie, mieszkanie i wikt.

– Nie mówiąc już o tym, co przy okazji wyniosą dla swoich narzeczonych – mruknęła Joasia.

Referencje Tekli napisane były nieporadnym językiem, z błędami, ale w końcu poprzednia pracodawczyni nie musiała być osobą wykształconą. Wynikało z nich, że bardziej pracowitej, uczciwej i zdolnej służącej przyszły pracodawca nie mógłby znaleźć. Skarb, jakiego ze świecą by szukać niemalże.

– Czy tu chodzi o naszą Teklę? – Zdumiona Joasia odłożyła kartkę na stolik. – Czytałaś to wcześniej?

Matylda zmieszała się pod jej spojrzeniem.

– Rzuciłam tylko okiem – przyznała niechętnie. – Kto czyta referencje, wiadomo, że pracodawca źle nie napisze, a nawet jak to zrobi, to służąca taką opinią się nie pochwali. To przecież czysta formalność. No dobrze, nie czytałam.

Joasia pominęła jej odpowiedź milczeniem, co sprawiło, że Matylda poczuła się jeszcze bardziej niezręcznie. Chciała coś dodać, ale tamta przerwała jej w pół słowa.

– Dobrze, rozumiem, dlaczego tak się wtedy stało, nie mówmy już o tym. Przypadkiem znam jej poprzednią pracodawczynię, panią Korabiowską, to żona profesora uniwersytetu. Jakoś nie chce mi się wierzyć, żeby napisała tę nieporadną laurkę. To wykształcona osoba. Mogę do niej zadzwonić i spytać osobiście. Poczekaj tu na mnie, zaraz wracam.

Przez otwarte gwałtownie drzwi do kuchni wpadła Tekla z podejrzanie czerwonym uchem. Z trudem pozbierała się z podłogi i udając, że właśnie przecierała drzwi, wróciła na korytarz.

Joasia przyszła po kilkunastu minutach, prowadząc ze sobą służącą.

– No – powiedziała, siadając w fotelu i zakładając nogę na nogę. – Na szczęście pani Korabiowska ma telefon i szczęśliwie była w domu, mogłyśmy więc sobie szczerze porozmawiać na temat nieuczciwych służących.

Przestraszona dziewczyna mięła w rękach brudną szmatę, którą wcześniej wycierała kurze w korytarzu. Rozbieganym spojrzeniem przeskakiwała od jednej kobiety do drugiej.

– Wyobraź sobie, Matysiu – Joasia nawet nie patrzyła w stronę Tekli – że ten nasz skarb, którego ze świecą by szukać po świecie, był najgorszą służącą, jaką pani Korabiowska miała. Brudas, kłamczucha i prawdopodobnie złodziejka, chociaż nie złapano jej za rękę, więc to ostatnie to tylko przypuszczenie. Profesorowej zginął naszyjnik z pereł, pamiątka po matce. Podejrzewa Teklę, ale dowodów nie ma. Wyrzuciła ją z pracy za inne przewinienia, których nie ma co tu przytaczać. Mięso też ginęło. O, przepraszam, „szybko się psuło".

Matylda spojrzała surowo na Teklę.

– Czy to dziś jest dzień odwiedzin narzeczonego?

– Tak, a czemu?…

– Poproszę zatem, żeby nas Tekla zaprowadziła do swojego pokoju. Natychmiast.

– Ale po co?

– Okaże się. Idziemy.

Tekla niechętnie ruszyła przodem, usiłując jeszcze po drodze protestować, że poskarży się gdzieś tam, że uprzedzi inne dziewczyny, żeby się nie najmowały do pracy na Grodzkiej, ale nikt jej już nie słuchał. Sama zresztą czuła, że to koniec jej pracy w tym domu. Postanowiła jednak bronić do końca resztek swojej godności, licząc, że a nuż się uda.

W małym pokoiku panował zaduch nie do wytrzymania. Brudne ubrania walały się po całym pomieszczeniu, dziewczyna nie dbała przesadnie o higienę. W kącie, pod ścianą leżało coś, co zostało przykryte narzutą z fotela.

Matylda podeszła i podniosła nakrycie. Oczom pracodawczyń ukazały się małe płócienne woreczki naprędce uszyte z poszewek na poduszki. Przy okazji Matylda rozpoznała materiał ze swojej ulubionej poszewki, haftowanej jeszcze przez babcię Kasperkową.

– Co tam jest? – spytała Joasia, podchodząc bliżej.
– Możesz nam to rozwiązać?

– To moje rzeczy, nie wolno tam zaglądać. Nie ruszajcie.

– Nie mamy takiego zamiaru – spokojnie odpowiedziała Joasia, wyręczając w tym Matyldę, która znów była bliska wybuchu. – Sama nam pokażesz, nawet tego nie tkniemy palcem. No, już!

W woreczkach znajdował się cukier, mąka i ryż, dosypywane pewnie każdego dnia po trochu, żeby nie było widać do razu ubytku w kuchni. Pod materacem znalazły się też dwie srebrne łyżki z kompletu pozostałego w spadku po przybranej babce Matyldy, Klementynie Bernatowej, oraz nóż do sera.

Znalazły się też kolorowe pocztówki, które przysyłała Matyldzie ciotka Ivonne ze swoich podróży wraz z mężem po świecie. Było ich sporo, żadna nie miała znaczka, widać było ślady po odklejaniu ich nad parą. Tekla musiała je zabierać, licząc na to, że Matylda nie będzie drugi raz ich czytać.

– Nie mogła Tekla po prostu poprosić o te znaczki? – Matylda ze zdumieniem przeglądała odzyskane pocztówki. – Przecież bym je dała, nie zbieram marek. Zależy mi tylko na samej korespondencji.

Do zaduchu w pokoju doszedł jeszcze przykry zapach potu coraz bardziej zdenerwowanej służącej. Ciemne plamy pod jej pachami powiększały się z minuty na minutę. Joasia podeszła do okna i otworzyła je na całą szerokość, łapczywie wdychając świeże powietrze.

– Niedobrze mi – mruknęła. – I nie tylko z powodu smrodu.

Obie już bez oporów zaczęły przeglądać rzeczy Tekli. Znalazła się zaginiona dawno jedwabna bielizna Matyldy, prezent z Francji, oraz piękna chusta w kwiaty, własność babci Michalskiej. Była to jej tak zwana „paradna chusta", zakładana tylko na wyjścia do kościoła, której babcia nie mogła odżałować. Była pewna, że nieuważna służąca wyrzuciła ją przez przypadek do śmieci. Prawda miała ją zadziwić, ale i ucieszyć.

Na dnie kuferka ukazała się mała szkatułka, sprytnie zagrzebana w szmatach.

– O, a to co? – Matylda wyjęła znalezisko. Szkatułka była zamykana na kluczyk.

– Niech to zostawią! – Tekla rzuciła się w stronę pracodawczyni, usiłując wyrwać jej z ręki szkatułkę. – To rzeczy po mojej świętej pamięci mamusi. Nie wolno wam!

– W każdej innej sytuacji tak, ale nie w tej. W tej z pewnością nam wolno. Proszę o kluczyk. – Matylda wyciągnęła przed siebie otwartą dłoń.

– Nie mam!

– Proszę po raz ostatni, inaczej rozbiję szkatułkę młotkiem.

– Nie odważy się…

– Ależ odważy się, odważy… Kluczyk!

Tekla niechętnie wygrzebała kluczyk ze stanika i zrezygnowanym gestem podała go Matyldzie.

Wieczko otworzyło się z cichym trzaskiem, ukazując imponującą zawartość. Wewnątrz leżał sznur pereł, z całą pewnością nienależący do biednej służącej, oraz...

Matylda poczuła, jak oblewa ją fala gorąca. Nie wierząc własnym oczom, wyjęła z kasetki pierścionek zaręczynowy podarowany jej przez Michała. Ogromny szafir, otoczony drobnymi brylancikami, zamigotał w promieniach wpadającego przez okno słońca.

Zaraz po tym, jak się okazało, że narzeczony przepadł bez wieści i ślubu nie będzie, Matylda zdjęła pierścionek z palca i wrzuciła go do szuflady w toaletce. Pamiętała tylko, że z niemałym trudem ściągnęła go wtedy z palca. Potem wymazała ten fakt z pamięci. Aż do dzisiaj.

– Pani, ja nie... – zaskamlała Tekla, składając błagalnie ręce. – Ja nie chciałam go ukraść, tak go tylko chciałam sobie w spokoju pooglądać, bo w życiu takiego cuda nie widziałam.

– A perły? – spytała Joasia, gdyż Matylda nadal nie mogła wydusić z siebie słowa. Nie dość, że odkryła kradzież, to jeszcze zostało jej przypomniane nieszczęsne narzeczeństwo. I to w jakich okolicznościach!

– A perły to po mojej świętej pamięci mamusi...

– Dużo ta świętej pamięci mamusia zostawiła Tekli – mruknęła Joasia. – No nic, spytamy najpierw panią Korabiowską, bo dziwnym zbiegiem okoliczności zginął jej z domu sznur pereł. A tak przy okazji, narzeczony Tekli jest grabarzem, tak?

– Nooo. A co?

– Bo mam nadzieję, że chociaż pochował z szacunkiem naszą świętej pamięci zepsutą cielęcinę – odparła z przekąsem młoda aptekarka.

Na twarzy służącej odbił się wyraźny wysiłek umysłowy. Przetrawiała te słowa z trudem, widać poczucie humoru nie było jej najmocniejszą stroną. Już miała coś odpowiedzieć, kiedy Matylda odzyskała znów głos.

– Musimy zawiadomić policję – oświadczyła stanowczo. – Joasiu, możesz zadzwonić na komisariat, żeby tu ktoś od nich przyszedł?

– Pani kochana, nie! – Tekla rzuciła się w kierunku Matyldy, usiłując niezdarnie objąć ją za nogi. Przewróciła przy tym dawno nieopróżniany kosz na śmieci.

Okazało się, że to nie był koniec niespodzianek owego popołudnia.

Pośród resztek jedzenia i zasmarkanych skrawków materiału uwagę Matyldy zwróciła pękata, niebieska koperta z odklejonym znaczkiem i śladami otwierania jej nad parą. Spojrzała na nadawcę i zbladła. Nogi odmówiły jej posłuszeństwa i musiała przysiąść na skraju łóżka.

– Co to za list? – Joasia zawróciła już od drzwi. – Od kogo?

Matylda bez słowa podała jej kopertę.

Zdumiona Joasia spoglądała to na jedną kobietę, to na drugą, a w końcu na list, nie umiejąc znaleźć odpowiednich słów, żeby jakoś skomentować sytuację.

List nadano z Argentyny, z Buenos Aires, a nadawcą był... Michał Olbrycht.

ROZDZIAŁ 6

*D*laczego ona nie oddała ci tego listu? – nie mógł zrozumieć Julek.

Przyszedł do Matyldy akurat w chwili, kiedy dwóch policjantów wyprowadzało z domu zapłakaną i szarpiącą się Teklę. Dużo czasu musiało upłynąć, zanim dowiedział się czegokolwiek z chaotycznych relacji Matyldy i Joasi.

– Myślę, że nie chodziło tylko o sam znaczek. – Matylda w końcu ochłonęła na tyle, żeby móc odpowiadać na pytania. – Zawsze mogła go przecież odkleić i udawać, że stało się to gdzieś na poczcie. Przypuszczam, że zobaczyła gruby list z zagranicy i z chciwości postanowiła do niego zajrzeć. Nie wiem, czego się spodziewała, może pieniędzy? Otworzyła go niezdarnie, rozrywając przy tym kopertę, a ponieważ nie udało jej się zakleić z powrotem, wolała wyrzucić list, niż narażać się na wymówki. Jak tłumaczyła, dostaję tyle innych, że nie powinnam była zauważyć braku tego jednego.

– No tak, tylko kołek potrafiłby wymyślić takie wyjaśnienie – mruknął rozzłoszczony Julek.

– A ja myślałam, że zostawił mnie tak, bez słowa...
– szepnęła jakby do siebie Matylda.

Spojrzał na nią badawczo. Zaniepokoił go ten ton, ale starał się nie dać nic po sobie poznać. Matylda jednak zauważyła zmianę jego nastroju.

– Lulku kochany, to niczego między nami nie zmienia, naprawdę. To już przeszłość, ale...

– Ale?...

– Ale tak mi jakoś lżej, że jednak nie porzucił mnie bez słowa – uśmiechnęła się do niego blado, licząc na zrozumienie – cokolwiek zresztą napisał w tym liście.

Matylda zdała sobie sprawę, że w całej tej historii najbardziej chyba ucierpiało jej poczucie godności. Nie ma nic gorszego dla kobiety, niż zostać porzuconą bez słowa wyjaśnienia. Jakby nie była nawet tego warta. Julek rozumiał to i nie komentował, chcąc wierzyć, że nie chodzi tu o nawrót uczuć do Michała.

– To nie czytałaś go jeszcze?

– No co ty? Kiedy? Przecież dopiero co zabrali Teklę na komisariat, a przedtem było tu niezłe zamieszanie.

– Jasne, prawda. To co, otwieramy list?

– Poczekajmy na Joasię, obiecałam, że przeczytam go przy was obojgu. Poszła tylko poprosić męża, żeby ją zastąpił w aptece.

Nie czekali długo. Zdyszana Joasia wpadła do pokoju Matyldy, przywitała się z Julkiem i z rozmachem usiadła w fotelu, aż zaskrzypiały sprężyny.

– No – wysapała, starając się złapać oddech – bałam się, że będziemy musiały jeszcze czekać na ciebie, a tego bym już nie wytrzymała. Ciekawe, co ten drań ma na swoje usprawiedliwienie.

Matylda wyjęła z rozerwanej koperty gruby plik zapisanych gęstym maczkiem kartek.

– Ale chyba muszę się przedtem czegoś napić. – Odłożyła z powrotem list. – Nie ma tam jeszcze w kredensie tej orzechówki babci Zuzy?

– Żartujesz chyba. – Joasia spojrzała na nią pobłażliwie. – Już dawno wypiłyśmy.

– A, to nawet dobrze, bo i tak była za słodka. Ale coś tam jeszcze powinno być.

Julek przyniósł na wpół opróżnioną butelkę koniaku i rozlał go do pękatych kieliszków.

Matylda upiła łyczek alkoholu, odetchnęła głęboko i zaczęła czytać.

– *Najdroższa moja...* – Już przy pierwszych słowach głos jej się załamał.

– Dawaj! – Joasia wzięła od niej list. – Ja przeczytam. – *Naj...*, dobra, darujmy sobie te łzawe wstępy.

Masz pełne prawo uznać mnie za ostatniego drania, ale błagam, pozwól mi się chociaż wytłumaczyć. Nie liczę na wybaczenie, bo stało się coś tak złego, że trudno tego wybaczenia oczekiwać, na swoją obronę mam tylko to, że kocham Cię szczerze i z całego serca. I naprawdę miałem zamiar się z Tobą ożenić.

Julek odchrząknął nerwowo i machinalnie sięgnął po swój kieliszek.

Owszem, wiedziałem o praktykach mojego stry-
ja, sam mu nawet trochę pomagałem, ale przysięgam
na wszystko, co mi święte, nie zdawałem sobie spra-
wy ze skali tego proceduru. Poza tym, szczerze mó-
wiąc, niewiele mnie obchodził los nieznanych mi
dziewcząt. Moim zdaniem dostawały swoją szansę,
a co potem się z nimi działo, już mnie nie obchodzi-
ło. Tak było do czasu, kiedy poznałem Ciebie. Z po-
czątku byłaś dla mnie kolejną zdobyczą dla stryja,
który, jak chciałem wierzyć, miał Ci załatwić jakąś
rolę w niskobudżetowym filmie w Berlinie. W zrobie-
nie z Ciebie gwiazdy za granicą już nie bardzo wie-
rzyłem. Wiedziałem jednak, że za każdą pozyskaną
aktorkę stryj dostaje spory procent, więc mu pomaga-
łem. Sam przecież dostawałem swój udział od tego.
Ale uwierz mi, błagam, wtedy jeszcze naprawdę nie
wiedziałem o domach publicznych i o tym, jaki los
spotykał w końcu te dziewczyny. Stryj trzymał mnie
z dala od prawdy o swej działalności, słusznie podej-
rzewając, że mógłbym się nie zgodzić na współpracę
przy tym procederze. A potem zakochałem się w Tobie
i wtedy zaczęły się kłopoty ze stryjem.

Joasia przerwała na chwilę, by złapać oddech.
– Cyniczny drań – bezbarwnym tonem stwierdziła
Matylda.
Joanna upiła spory łyk koniaku i wróciła do lektury.

Spodobałaś mu się bardzo, z czego ja, głupi, ucie-
szyłem się jak dziecko, nie wiedząc, że w myślach już

przeliczał pieniądze, które mógłby za Ciebie dostać.
Nie mogłem też zrozumieć jego niezadowolenia, wręcz
złości, kiedy mu powiedziałem o naszych planach.
Pamiętasz ten wieczór u niego w domu, kiedy mia-
łem przyjść do Twojego pokoju, a zamiast mnie zjawił
się ten stary wieprz, znajomy stryja? Teraz jestem już
pewien, że stryj dodał mi czegoś do kieliszka wódki
na dobranoc, po czym straciłem świadomość i ockną-
łem się dopiero w swoim pokoju, kiedy zaczęłaś wzy-
wać pomocy. Ten drań nie chciał dopuścić, żeby coś
między nami zaszło. Stąd też jego wściekłość na tam-
tego prezesa, czy kim on tam naprawdę był. Potrzebna
mu byłaś nietknięta.

– Czyli mieliśmy rację. – Julek pokiwał głową.
– Chodziło jednak o to, żeby nie zepsuć „towaru".
Matylda nie odezwała się i tylko pobielałe kostki
zaciśniętych pięści świadczyły, ile wysiłku kosztowało
ją słuchanie tych słów i zachowanie spokoju.

Ale o tym wszystkim dowiedziałem się dopiero
po jakimś czasie. Na kilka dni przed naszym wspól-
nym wyjazdem do Berlina stryj zadzwonił do mnie,
żądając, abym natychmiast przyjechał do Warsza-
wy, bo stało się coś bardzo złego. Nie chciał wyjawić
szczegółów, kazał mi tylko sprawdzić, czy gdzieś nie
wyjechałaś. Odparłem, że to niemożliwe, bo za kilka
dni mieliśmy razem wyruszyć do Berlina, ale nalegał,
żebym sprawdził, czy jesteś na miejscu. Kazał mi się
spieszyć, reszty miałem się dowiedzieć w Warszawie.

Zadzwoniłem czym prędzej do apteki i ku swemu zdziwieniu usłyszałem, że rzeczywiście wyjechałaś gdzieś w pośpiechu.

– Kto mu powiedział, ty? – Matylda zrobiła wielkie oczy.

– Nie. – Joasia pokręciła przecząco głową. – Ale chyba przypominam sobie tę rozmowę. Odebrał mój mąż. Kiedy spytałam, kto dzwonił, odpowiedział, że nie wie, bo ten ktoś przedstawił się dość niewyraźnie i od razu, stanowczym tonem, zażądał rozmowy z tobą. Gdy powiedział, że wyjechałaś gdzieś z Julkiem, rozłączył się. Kto mógł przypuszczać, że to był Michał. Jezu kochany...

– Pojechaliśmy wtedy do Kobierzyna, żeby porozmawiać z Michaliną Kowalik, tą, której udało się uciec z domu Olbrychta. – Julek wstał i zaczął nerwowo krążyć po pokoju. – Ktoś musiał poinformować tamtego drania o naszej wizycie w szpitalu i wykorzystał to na swój sposób.

– Dlaczego później mi nie powiedziałaś? – spytała Matylda z wyraźnym żalem w głosie. – Mogłabym się domyślić, że to był on, a tak to...

– Kiedy, Matysiu? Kiedy miałam ci powiedzieć? Po waszym powrocie z Kobierzyna zapanował taki chaos, że po prostu zapomniałam. Zresztą naprawdę nie sądziłam, że to mogło być coś ważnego, tym bardziej że ten ktoś nie zostawił żadnej wiadomości. Przecież telefon w aptece dzwoni bez przerwy. W tym całym zamieszaniu, jakie później zapanowało, po prostu wyleciało mi to z głowy. Przepraszam.

– Dajmy już spokój, co się stało, to się już nie odstanie. Czytaj dalej.

Joasia musiała trochę ochłonąć, zanim wróciła do listu. Dotarło do niej, że gdyby powiedziała wtedy Matyldzie o tajemniczym telefonie, może sprawy potoczyłyby się inaczej.

– Nie obwiniaj się. – Julek uznał, że powinien się wtrącić. – Uważam, że to i tak niczego by nie zmieniło. Z listu wynika, że Michał wyruszył do Warszawy natychmiast po tym, jak usłyszał, że Matysi nie ma w domu. Nie zdążyłaby go już zatrzymać. Jeszcze nie wymyślono telefonów, które można by nosić ze sobą w kieszeni – zażartował, żeby rozładować napięcie.

Joasia spojrzała na niego z wdzięcznością. Podniosła kartki trzęsącymi się jeszcze rękami i zaczęła czytać, ale głos wciąż jej się łamał ze zdenerwowania.

– Dajcie to, bo chyba nigdy nie skończymy. – Julek wyciągnął rękę w kierunku Joasi, która z ulgą podała mu list.

Nic z tego nie rozumiałem. Mieliśmy wyjechać za kilka dni, pobrać się, a Ty nagle zniknęłaś bez słowa. Byłem wściekły. Na miejscu stryj powiedział mi, że prawdopodobnie dowiedziałaś się o mojej współpracy z nim i wraz ze swoim bratem pojechaliście do Berlina, żeby tam zdemaskować naszą działalność. Nadal nie rozumiałem, co takiego nagannego było w załatwianiu dziewczętom małych rólek w niemieckich filmach, ale wtedy stryj powiedział mi o burdelach. I o filmach, owszem, ale pornograficznych.

– Jakich?! – niemal równocześnie wykrzyknęły kobiety.

To było coś nowego. Matylda poczuła ciarki na całym ciele. Ot, o mały włos, a miałaby swoją wymarzoną karierę filmową...

Nie chciałem w to wszystko wierzyć, ale wyśmiał mnie i moją naiwność. Tknięty złym przeczuciem, spytałem o Melę, którą przecież osobiście, wraz z Tobą, odprowadziłem na dworzec. Niestety, podobno kilka dni wcześniej wysłał ją i kilka innych dziewcząt do Berlina. Wpadłem w szał, gdyby nie współpracownik stryja, zatłukłbym go chyba na miejscu. Wybiegłem z gabinetu i tak jak stałem, wyruszyłem do Niemiec. Na szczęście miałem przy sobie paszport, stryj nakazał mi go wziąć „na wszelki wypadek". Byłem tak zdenerwowany Twoją nieobecnością i dziwnym zachowaniem stryja, że nawet się nad tym nie zastanawiałem. Po prostu robiłem, co kazał. Chyba liczył na to, że pomogę mu w ratowaniu interesu i do Berlina pojedziemy razem. Bałem się, że zrobi Ci krzywdę, więc chciałem tam być przed nim. Już wtedy zrozumiałem, że to niebezpieczny człowiek. Przez wiele godzin podróży miałem czas, żeby wszystko przemyśleć na nowo. Zacząłem się nawet zastanawiać nad nagłą śmiercią mojego ojca, jego starszego brata, właściciela dużego majątku. Sprowadzony wtedy lekarz stwierdził zawał serca, ale...

– Pomiń to – rzuciła zimno Matylda. – Nie obchodzi mnie, jak umarł jego tatuś.

W dalszej części listu Michał pisał o tym, jak przyjechał do Berlina, lecz nie znalazł tam ani Matyldy, ani Meli. Dowiedział się natomiast, że całą partię „towaru", czyli dziewcząt, które niedawno przyjechały z Polski, wysłano już do Hamburga, a stamtąd statkiem do Argentyny. Jeden z handlarzy podobno rozpoznał na zdjęciu Matyldę. A w każdym razie twierdził, że „wyglądała na podobną". Michał był więc pewien, że jego narzeczona znalazła przyjaciółkę, ale przy okazji sama wpadła w sidła przestępczej szajki.

Pierwszą moją myślą było to, że za wszelką cenę muszę Cię odnaleźć. Wszystko wskazywało na to, że wysłano Cię, jak pozostałe kobiety, do Buenos Aires. Nie byłem przygotowany na tak daleki wyjazd. Najpierw trzeba było zorganizować pieniądze na podróż, w tym celu zlikwidowałem swoje konto w banku. Wiedziałem, że te pieniądze już mi się w Polsce nie przydadzą, bo wracać raczej nie miałem po co. Potem wiza i wszelkie inne formalności. To wszystko trwało, a ja każdego dnia umierałem z niepokoju o Ciebie.

– Oj, biedaczysko. No, naprawdę... Dlaczego mam jednak nieodparte wrażenie, że to była po prostu ucieczka szczura z tonącego okrętu?

Kiedy już wszystko było załatwione, pojechałem do Hamburga, a stamtąd statkiem z „towarem" znanego mi już pośrednika. To był prawdziwy koszmar. Dopiero podczas tej podróży przekonałem się, jakie

piekło zgotowali swym ofiarom stryj i jemu podobni.
W tym ja sam, niestety. Część z tych kobiet podróżo-
wała jako „żony" podstawionych mężczyzn. Jak na-
prawdę będzie wyglądać ich małżeństwo, miały się
dowiedzieć dopiero na miejscu. Inne, te zabrane siłą
z ulicy, trzymane były pod pokładem, gdzie każdy ma-
rynarz mógł je wykorzystać. Te słabsze umierały, a ich
ciała po prostu wyrzucano za burtę.

W Buenos Aires zaprowadzono je, jak bydło,
na targ. Rozebrane do naga wprowadzano na scenę,
za kotarę.

Julek musiał przerwać, tym razem to jego zaczęło
coś drapać w gardle. Poszedł do kuchni po coś do picia. Kiedy wrócił, Matylda paliła papierosa za papierosem, Joasia ocierała łzy rękawem. Nikt nie był już
w stanie powiedzieć ani słowa.

Kiedy kotara opadała, mężczyźni i kobiety rzucali
się do nich, żeby dotknąć, szczypać je, ocenić skórę
i piersi. Badali wymiary, zęby i włosy. Widziałem,
jak jedna z nich została kupiona przez małżeństwo
w średnim wieku za pięćdziesiąt funtów szterlingów.
Kiedy pomyślałem, że Ty też mogłaś przez to przecho-
dzić, byłem bliski obłędu. Błąkałem się po targu, już
po zakończeniu sprzedaży, pokazując każdemu Two-
je zdjęcie – pamiętasz? – to zrobione w Zakopanem.
Jedna z odbitek stoi u mnie w pokoju, drugą noszę
zawsze ze sobą. Ale nikt Cię nie rozpoznał. Opisywa-
łem też Melę, nie miałem wprawdzie jej fotografii, ale

ktoś w końcu ją rozpoznał, twierdząc, że tak pięknych blond włosów dawno tu nie widziano. Niestety, została sprzedana, nikt jednak nie wiedział komu i gdzie. Jeden z rozmówców twierdził wprawdzie, że kupił ją jakiś bardzo bogaty Anglik, lecz to nie jest potwierdzona informacja. Jeśli to prawda, a on rzeczywiście jest tak bogaty, to może mieć całą sieć domów publicznych i odnalezienie w jednym z nich Meli graniczyłoby z cudem.

Ale nie spocznę, póki jej nie znajdę, przysięgam Ci, Matysiu. Czuję się winny jej losu, jak i innych sprowadzonych tu siłą dziewczyn. Mógłbym się zabić, o czym myślę nieustannie od Berlina, ale nikomu by to nie przyniosło nawet najmniejszej korzyści. Bardziej przydam się tu, na miejscu, próbując naprawić, co się da.

Spotkałem jedną z tych biedaczek, zwerbowaną przez stryja w wieku piętnastu lat. Dziewczyna wierzyła, że jedzie robić karierę aktorską w Berlinie. Kiedy zeszła ze statku w Buenos Aires, była już w ciąży. Sprzedawano ją do kolejnych domów publicznych, dziecko odebrano. Po kilku latach udało jej się uciec i zgłosić na policję, akurat w dniu, gdy ja tam przyszedłem, szukając waszych śladów. Ta osiemnastolatka wyglądała jak wrak człowieka. Była wychudzona, trzęsła się, pomimo upału tropikalnego lata owinięta szalem. Miała blizny na całym ciele, jej cera była blada, o żółtym odcieniu, włosy matowe i przerzedzone, klatka piersiowa zapadnięta. Wierz mi, Matysiu, będę umierał z tym obrazem przed oczami, bo choć nie ja

ją namówiłem do wyjazdu, czułem się współodpo-
wiedzialny. Spytałem, kto ją tu wysłał, i powiedziała o stryju oraz kilku innych osobach, które dobrze
znałem, a nawet uważałem za swoich dobrych znajomych.

Dobrze, że policjanci prowadzili tę sprawę niemra-
wo i bez przekonania, bo inaczej musieliby zwrócić
uwagę na moje pochodzenie, nazwisko i dziwne zainteresowanie losem tych dziewczyn. Prawdopodobnie
skończyłoby się to kilkoma tygodniami w areszcie,
póki stryj by się o tym nie dowiedział i dla własnego
bezpieczeństwa nie uruchomił swoich kontaktów, żeby mnie uwolnić. A może jednak nie chciałby mnie
ratować? Przecież już teraz wie, że mógłbym działać
na jego szkodę. Po rozmowie z pewnym sierżantem,
mającym upodobanie do taniego wina, nabrałem
pewności, że tutaj raczej Cię nie znajdę. Powiedział
mi, że na targu już dawno nie było żadnej rudej. Miałem cichą nadzieję, że jednak zostałaś w kraju i unik-
nęłaś tego nieszczęścia. I rzeczywiście, potwierdził to
później jeden z członków szajki, który niedawno przyjechał do Buenos Aires, szukając tu schronienia, bo
jak sam stwierdził, „zrobiło się tam zbyt gorąco”. Był
w Międzylesiu, kiedy stryj odebrał telefon od pielęgniarza z Kobierzyna.

– A jednak! Mieliśmy rację!
– Tego można się było domyślać, bo skąd niby miałby wiedzieć o naszej wizycie w szpitalu?

I to wtedy stryj wezwał mnie podstępem, żebym nie zdążył skontaktować się z Tobą. Wiedział, że gnany niepokojem, zacznę Cię szukać, nawet na końcu świata. A on pozbędzie się mnie w ten sposób. Widocznie przestałem mu już być potrzebny jako wspólnik. Wspólnik, który nie do końca orientował się w tych wspólnych interesach.

– No jasne, niewiniątko… – parsknęła Joasia.
Julek nie miał żadnych wątpliwości.
– Kłamca albo kompletny idiota. *Tertium non datur.*

Matysiu, nawet nie wyobrażasz sobie, jaką poczułem ulgę, kiedy się dowiedziałem, że ostatecznie nie padłaś jego ofiarą. Jesteś bezpieczna, a to jest dla mnie najważniejsze. Czuj się zwolniona ze swojego słowa, z naszego narzeczeństwa. Będę Cię miał w sercu do końca mojego życia, ale Ty zasługujesz na kogoś innego, lepszego. Zatrzymaj, proszę, pierścionek zaręczynowy, ma dużą wartość materialną i może kiedyś Ci się przyda. Niech będzie moim prezentem pożegnalnym.

Kocham Cię

Michał

PS. Jeśli znajdę Melę, pozwolę sobie znów do Ciebie napisać. Nie podaję adresu zwrotnego, bo nie zniósłbym ewentualnej odpowiedzi. Masz prawo mnie nienawidzić i wyrzucić ze swojego życia, ale ja nie chcę się o tym dowiadywać z listu.

M.

W ciszy, jaka zapanowała nagle w pokoju, słychać było tylko tykanie starego, zabytkowego zegara na ścianie. Znów odmierzał beznamiętnie swoje minuty, jakby zupełnie nic się nie stało.

– Koszmarna historia. Trochę chyba żal mi tego Michała, w końcu stryj i jemu zrujnował przy okazji życie.

– Żartujesz? – Julek spojrzał z niedowierzaniem na Joasię. – Ma dokładnie to, na co sobie zasłużył. Nigdy się nie zastanawiał, w czym tak naprawdę bierze udział? Nie próbował tego zgłębić, dowiedzieć się, za co dostaje takie duże pieniądze? Mieszkanie w Krakowie, wyjazdy zagraniczne, najnowszy model samochodu? Tylko za wynajdywanie młodych kandydatek na aktorki, co do czego sam zresztą miał wątpliwości? Było mu z tym wygodnie. Egoista i egocentryk, który się w końcu zakochał. I tylko to ociepla nieco jego wizerunek.

– Nie jesteś obiektywny, bo chciał ci odebrać Matyldę.

– Może i nie jestem, ale jeszcze potrafię myśleć logicznie. Założę się, że jedyne, czego on teraz żałuje, to tego, że wszystko się posypało. I że skończyło się dostatnie i wygodne życie. A że przy okazji stracił narzeczoną, to tylko przykry dodatek. Bo nie sądzę, żeby miał sobie z tego powodu strzelać w łeb.

Tylko Matylda siedziała wciąż bez ruchu, niezdolna do wypowiedzenia nawet jednego słowa. Musiała to wszystko przetrawić na nowo, w samotności. Zdążyła już pogodzić się ze stratą narzeczonego, zdążyła go

znienawidzić, ale teraz jej spokój został na nowo zbu-
rzony.

Klątwa babki po raz kolejny dała o sobie znać,
jakby dla przypomnienia, że życie kobiet z tej rodziny
nigdy nie będzie łatwe i proste.

ROZDZIAŁ 7

*J*ulek niepokoił się stanem psychicznym Matyldy, która znów była cicha i przygaszona. Byle drobiazg wytrącał ją z równowagi i wtedy, zamiast, jak dawniej, robić awantury, zamykała się w sobie. Czuł, że jego ukochana wciąż jeszcze nie może się uwolnić od tamtej miłości. Niby nic na ten temat nie mówiła, ale znał ją zbyt dobrze, żeby nie brać tego pod uwagę.

Poza tym oboje nadal martwili się o los Meli, chociaż Matylda chciała wierzyć, że Michał dotrzyma obietnicy i odnajdzie tę biedaczkę, choćby pod ziemią. Najbardziej drażniła ją teraz bezradność i niemożność działania. Gdyby tylko mogła, pojechałaby do Buenos Aires, żeby osobiście szukać tam przyjaciółki. Chciała działać, robić cokolwiek, byle tylko nie czekać bezczynnie na wieści. Nie docierało do niej, że może tak czekać nawet przez kilka lat. Skąd pewność, że Mela nie została już wywieziona z Buenos Aires i sprzedana do któregoś z portowych miast czy też gdzieś daleko, w głąb kraju? Nikt tam przecież nie prowadził ewidencji kobiet sprowadzanych nielegalnie z Europy.

Nie przyjmowała tego jednak do wiadomości. Każdego dnia wypatrywała listonosza, codziennie też z rozczarowaniem odbierała od niego nic nieznaczącą korespondencję. Zmartwiony Julek poprosił w końcu o pomoc ciotkę Zosię. Tylko ona jedna miała jakiś wpływ na Matyldę i mogła, bez narażenia się na wybuchy złości dziewczyny, próbować ją przekonać, że takie zachowanie nic nie pomoże w tej sytuacji.

– Mogę? – Do pokoju zapukała pani Zofia.

Matyldzie udało się ukryć grymas zniecierpliwienia i niechęci. Nie chciała sprawiać ciotce przykrości, ale nie miała ochoty na rozmowy. W tym jednym przypadku była jednak w stanie się poświęcić. Ciocia przypominała jej mamę, dziewczyna liczyła się z jej zdaniem i za nic nie chciałaby jej urazić.

– Ciocia zawsze może. – Uśmiechnęła się blado. – Tylko proszę mnie nie namawiać, żebym zajęła się sobą i przestała się martwić, bo „przecież wszystko jakoś się ułoży"...

– Nawet nie mam takiego zamiaru i nie z tym tu przyszłam – przerwała jej z uśmiechem Zosia. – Chciałabym tylko zdać ci relację z moich poczynań w sprawie fundacji.

Matylda poczuła, jak zalewa ją fala gorącego wstydu. Uświadomiła sobie nagle, jak jest żałosna, obnosząc się z tym swoim żalem i smutkiem, zamiast próbować robić coś pożytecznego. Ciocia po raz kolejny ją zadziwiła. Była jak mama, działała, a nie biadoliła.

– Ciociu, nawet nie wiem, co mam teraz powiedzieć...

– A nic. Ciesz się tylko wraz ze mną, że znalazłam prawników gotowych nam pomóc za naprawdę niewielkie pieniądze, a także nakłoniłam do współpracy naprawdę ważne i wpływowe osoby. Możemy zaczynać w ciągu najbliższego miesiąca. Na razie biuro będzie u mnie, bo nie mamy jeszcze odpowiedniego lokalu.

– Tym ja się już zajmę. – Matylda poczuła nagły przypływ energii. – Ciocia ratuje mi życie. W każdym razie to psychiczne na pewno.

Zosia tylko uśmiechnęła się lekko. Dobrze wiedziała, czym może wyrwać Matyldę z przygnębienia. Znała córkę swojej najlepszej przyjaciółki od dziecka i wiedziała, że ta zawsze była najszczęśliwsza w działaniu i walce. Nieważne z kim i nieważne przeciw komu. Tylko teraz, kiedy była już dorosła, jej wybory stały się mądrzejsze i bardziej dojrzałe.

– A skąd weźmiemy ten lokal? – spytała z powątpiewaniem w głosie. – Wiesz, jak drogie są pomieszczenia do wynajęcia w Krakowie?

– Mam taki jeden na oku. I to nawet za darmo, czynszu od nas nie wezmą. – Matylda zrobiła przebiegłą minę. – Tylko światło i co tam będzie potrzebne.

– Zaraz, zaraz… Czy ty aby nie masz na myśli mieszkania nad sklepem twojego ojca, przy Szpitalnej?

Jeszcze niedawno rozmawiały na temat wynajęcia pustego mieszkania. Lokatorzy, którzy tam mieszkali przez kilka lat, wyemigrowali do Ameryki, do syna. Matylda wciąż nie miała głowy, by zająć się tą sprawą czy nawet dać ogłoszenie do prasy. Sklep z herbatą już dawno sprzedała, Maksymilian, chłopak, który spłoszył konia tamtego tragicznego wieczoru, kiedy Wiktoria została ranna, już tam nie pracował. To on i jego matka byli ostatnimi osobami, które łączyły ją ze sklepem. Matylda nadal po cichu wspomagała tych dwoje, dzięki czemu Maks mógł kontynuować naukę w szkole. Okazał się bardzo bystrym i mądrym chłopcem, nigdy też nie zawiódł zaufania, jakim go obdarzyła tamtego dnia, gdy przyszła do domu jego matki. Żal jej było jednak tamtego mieszkania, nie chciała go sprzedawać, bo budziło w niej miłe wspomnienia z dzieciństwa. Borucki mieszkał wtedy osobno, z powodu Filipa. Wolała wynająć mieszkanie przybranego ojca, ale też nie chciała wpuścić tam pierwszej lepszej osoby z ulicy. Może dlatego tak długo to wszystko trwało.

– Tak, ciociu, myślę, że nie znajdę dla niego lepszego zastosowania.

– Ale czy nie jest za duże na nasze potrzeby?

– Jest dość duże, to prawda, ale można by przeznaczyć jeden lub dwa pokoje na tymczasowe lokum dla kobiet, które znajdą się bez dachu nad głową. Na biuro wystarczy jeden.

– Matysiu – ciocia Zosia wyciągnęła do niej obie ręce – jesteś nadzwyczajna! Ale...

– Ale co?

– Wiesz, że stracisz na tym finansowo. Zastanów się jeszcze, przecież korzystniej dla ciebie byłoby wynająć komuś to mieszkanie.

– Nie, to już postanowione. Mnie te pieniądze nie uratują życia, a mogę się przysłużyć naprawdę dobrej sprawie. No to kiedy się wprowadzamy?

– Jak tylko załatwimy wszystkie formalności. Matysiu, nawet nie wiesz, jak się cieszę i jaka jestem z ciebie dumna!

Nieodrodna córka swojej matki, pomyślała pani Zofia, patrząc z rozczuleniem na Matyldę. Ta rudowłosa młoda kobieta zdawała się świecić jakimś wewnętrznym blaskiem, wręcz przepełniała ją chęć działania. Miała w sobie mnóstwo dobrej energii.

– A może wyjedziemy gdzieś na trochę? – zaproponował pewnego dnia Julek. – Mamy teraz taki mętlik w głowach, że potrzeba nam trochę dystansu, żeby przynajmniej uporządkować myśli. Jak będziemy tylko krążyć po pokoju i czekać na wieści od Michała, to zwariujemy. Z przeprowadzką i urządzaniem fundacji na Szpitalnej też musimy jeszcze trochę poczekać.

– Sama nie wiem. Prawdę mówiąc, nie chce mi się nigdzie wyjeżdżać.

– Proszę, choćby na krótko. – Starał się nie zwracać uwagi na brak entuzjazmu w jej głosie. – Nigdy jeszcze nie wyjeżdżaliśmy razem, patrz, jakie piękne mamy lato. Joasia na pewno zwolni cię na parę dni, a ja też nie mam teraz żadnych zobowiązań.

– A nie mówiłeś czasem, że chcesz popracować w sądzie?

– Tak, kochanie, mówiłem o przystąpieniu do aplikacji sądowej. Już załatwiłem formalności, ale zaczynam dopiero we wrześniu. Jest więc jeszcze mnóstwo czasu. No – poprawił się z uśmiechem – może nie takie mnóstwo, bo mamy drugą połowę czerwca. No to jak będzie? Znalazłem takie fajne miejsce pod Ojcowem, u rodziny mojego kolegi.

– Daj mi czas do namysłu. Poza tym musiałabym zrobić jakieś zakupy przed wyjazdem, potrzebne mi nowe buty, jakieś wygodne spodnie.

– No to w czym problem? Idź i kup, co trzeba.

– Nienawidzę zakupów.

– Nie wierzę, a kto do tej pory robił to za ciebie?

– Chodziłam zawsze z kimś, głównie z Melą...

Kiedy ostatnio wybrały się razem na zakupy? – usiłowała sobie przypomnieć Matylda. Chyba przed wyjazdem do Zakopanego. Tak, to było wtedy. Pamiętny wyjazd z Michałem. Ze zdziwieniem i z ulgą stwierdziła, że wspominanie narzeczonego coraz mniej ją boli. Gorzej było, kiedy myślała o Meli. W miarę upływu czasu ból zamiast cichnąć, narastał. Brakowało jej wybuchów entuzjazmu przyjaciółki, jej radości życia i tego uroczego dziwienia się wszystkiemu, co nowe. Najbardziej zaś uwierała Matyldę świadomość, że tej naiwnej, ale z gruntu dobrej dziewczynie stała się tak wielka krzywda. Najgorsza, jaką można zrobić kobiecie.

– Kochanie, mogę iść z tobą, jeśli chcesz. Nie znam się wprawdzie na damskich fatałaszkach, ale chociaż ci potowarzyszę.

– Nie, wolę już sama. Nie ma chyba nic bardziej denerwującego niż nudzący się facet na zakupach.

Na Rynku Głównym jak zwykle było sporo ludzi mimo panującego tam obezwładniającego upału.

Nawet gołębie wydawały się nim zmęczone. Dreptały bez entuzjazmu wokół sypanego im przez przechodniów ziarna, podrywały się ciężko i leniwie do lotu, gdy ktoś za blisko do nich podszedł. Dwie młode roześmiane dziewczyny przykucnęły wśród ptaków, pozując do zdjęcia. Matylda przyglądała im się z przyjemnością, były takie śliczne i radosne.

Jedna z nich, drobna blondynka, ubrana w czerwoną bluzkę w białe groszki i białą spódniczkę, z głośnym śmiechem przytrzymywała słomkowy kapelusik, na którym koniecznie chciał przysiąść gołąb. Druga, w białej sukience i takim samym kapelusiku, wstydliwie chowała kolana, odsłaniające się przy kucaniu.

Starając się nie myśleć znów o Meli, z którą teraz kojarzyły jej się nieustannie wszystkie mijane kobiety o jasnych włosach, Matylda ruszyła w stronę Sukiennic. Minęła dzieci huśtające się na łańcuchach otaczających pomnik Mickiewicza i z ulgą weszła w przyjemny cień pod arkadami.

– Powróżyć, piękna pani?

Matylda drgnęła zaskoczona. Pogrążona w myślach, zupełnie nie zauważyła starej, pomarszczonej Cyganki.

– Nie, dziękuję. – Stanowczo pokręciła głową.

Tamta spojrzała na nią badawczo. Jeszcze przed chwilą zaczepiła tę młodą, smutną kobietę, jak wiele innych tego dnia. Teraz jednak czuła, że z tą jedną koniecznie musi porozmawiać.

– Pani nie musi płacić, kochana. Ale radzę posłuchać.

– Powiedziałam przecież, że dziękuję! – zirytowała się Matylda.

Wciąż jeszcze pamiętała opowieść o wróżbie Cyganki sprzed lat. Mama dość często o tym mówiła, zapewniając, że wszystko później się sprawdziło. Czy to możliwe, żeby teraz ona, Matylda, spotkała tę samą kobietę? Całkiem możliwe... Poczuła wokół siebie dziwny chłód, jakby nagle powiał wiatr.

– Klątwa rzecz straszna, pani. Straszna...

Była już kilka kroków dalej, gdy usłyszała te słowa. Stanęła w miejscu jak skamieniała, nie mając siły, by się odwrócić.

– Jeśli nie wybaczysz, klątwa spadnie kiedyś na twoją córkę.

– Czego pani ode mnie chce?! – Matylda odwróciła się z gniewem, lecz poczuła lęk. Skąd ta kobieta wiedziała o klątwie? – Proszę zostawić mnie w spokoju!

Cyganka jednak zdawała się zupełnie jej nie słuchać.

– Nie lekceważ tego, pani. Nie można...

Pod arkady Sukiennic weszła grupa roześmianych harcerek w szarych mundurkach z białymi kołnierzykami i granatowymi chustami. Przekrzykiwały się wesoło, czerwone od upału i emocji. Spod nasuniętych na bakier beretów wystawały mokre od potu włosy. Kiedy w końcu przeszły, Cyganki już nie było. Matylda rozglądała się wokół z niedowierzaniem, lecz kobieta znikła tak nagle, jak wcześniej się pojawiła. Zupełnie jakby rozpłynęła się w powietrzu.

Znów poczuła chłodny powiew, niepasujący do panującego dziś skwaru. Może to po prostu przeciąg?

– próbowała myśleć racjonalnie, nie chcąc dopuścić do siebie zabobonnego lęku. Choć nigdy nie przyznałaby się do tego głośno, wierzyła w przepowiednie i wróżby. Oraz w działanie klątwy. Miała na to zbyt wiele dowodów w dziejach własnej rodziny.

Wróciła czym prędzej do domu, chwilę później przyszedł tam Julek.

– Już? – zdziwił się na jej widok. – Szybko ci poszło. Myślałem, że kobiety tracą poczucie czasu na zakupach.

– Nie, niczego nie kupiłam. Nie byłam w stanie.

Opowiedziała mu o dziwnym spotkaniu z Cyganką. I o jeszcze dziwniejszych słowach starej kobiety.

– Matysiu, no przestań… wierzysz w takie bzdury?

– Mówisz tak, jakbyś sam nie wierzył. Znam cię nie od dziś, przede mną nie musisz udawać. Zresztą sama nie wiem, co o tym myśleć. Całe to gadanie o klątwie i przebaczeniu można przecież powtarzać każdemu, zawsze do kogoś będzie pasowało, ale skąd ta kobieta wie, że będę miała córkę?

Jako racjonalny prawnik próbował zlekceważyć obawy Matyldy, choć miał podobne. Wychowywał się w otoczeniu prawie samych kobiet, temat rodzinnej klątwy musiał często powracać w rozmowach, co nie mogło pozostać bez wpływu na stosunek Julka do wszelkiego rodzaju przepowiedni. Do tej pory jednak nie przejmował się tym zbytnio, dopiero teraz, kiedy klątwa mogłaby zagrażać jego ukochanej, poczuł strach. A jeśli to wszystko prawda?

– Cholera, a niby komu ja mam wybaczyć? I co? – Matylda w złości złamała papierosa w popielniczce.

– Przecież kochałam swojego ojca, to był najlepszy człowiek na świecie. A dziadka nawet nie znałam i poza obrzydzeniem wobec tego człowieka nie żywię do niego żadnych innych uczuć. Nie mogę go nienawidzić, nie znając go. Na pewno nie chciałabym mieć z nim do czynienia, mam mu za złe to, jak traktował mamę, ale nienawiść? I co powinnam mu wybaczyć? Zrobił w życiu tyle złego, że nie da się tak po prostu tego wybaczyć. To już poza nim i jego ofiarami. Mam nadzieję, że smaży się teraz w piekle, ale jest mi obojętny.

– Ale wuj Antoni nie był przecież twoim prawdziwym ojcem...

– Był najprawdziwszym ojcem na świecie!

– Matysiu, dobrze wiesz, o co mi chodzi. O więzy krwi, związek biologiczny. I jeśli to się weźmie pod uwagę, twoim prawdziwym ojcem był ten Francuz, zapomniałem imienia.

– Pascal – mruknęła niechętnie Matylda.

– No właśnie, Pascal. A jemu wybaczyłaś?

– To, że zrobił mamie dziecko, zostawił ją samą, a potem wyparł się wszystkiego? Nigdy! Nawet nie chciał mnie zobaczyć, twierdząc, że nie jestem jego córką, podając przy okazji w wątpliwość prowadzenie się mojej mamy. Myślisz, że to można po prostu wybaczyć?

– Myślę, że to trzeba będzie wybaczyć, jeśli prawdą jest, że klątwa...

– Przestańże już z tą cholerną klątwą! Nie chcę więcej słuchać tych bzdur!

Do pokoju wpadła z hałasem Marta, córeczka Joasi. Znów uciekła swojej opiekunce, która z trudem nadążała za ruchliwą czterolatką.

– Ciociu, nie wolno krzyczeć na mojego wujka! – Podbiegła do Julka i objęła go za kolana, spoglądając wojowniczo na Matyldę. – A ty, niedobra ciocia. A ty! – Pogroziła jej paluszkiem.

Młodzi się roześmiali, dziewczynka rozładowała napiętą atmosferę.

– Bawiliśmy się tylko, wcale nie krzyczałam na wujka. Jakżebym śmiała. – Matylda mrugnęła porozumiewawczo do Julka.

– Wcale się nie śmiałaś. – Mała zrobiła znów nadąsaną minkę. – Krzyczałaś.

– No dobrze już, dobrze. Już nie będziemy się tak bawić, obiecuję.

Matylda podeszła do Marty i żartobliwie potargała jej ciemne loczki. Chciała ją pocałować, ale mała odsunęła się od niej, zabawnie marszcząc nosek.

– A fuj, cioci buziak brzydko pachnie!

Matylda speszyła się, a Julek tylko pokiwał głową, jakby to było oczywiste. Już dawno prosił, żeby przestała palić, bo całując ją, ma wrażenie, że całuje cygarniczkę. Matylda broniła się, twierdząc, że ukochany przesadza, ale reakcja dziecka dała jej teraz do myślenia. Prawdę mówiąc, sama już chciała rzucić papierosy, nagle przestały jej smakować.

– Wujkowi dam buziaczka. – Marta podbiegła do Julka, który podniósł ją i mocno przytulił.

– Jak to dobrze, że ma mnie kto bronić w tym domu. – Obrócił się z małą wokół własnej osi. – Ale ciocia wcale nie krzyczała, ona po prostu ma taki donośny głos. Nie martw się, wszystko w porządku. Wracaj teraz do niani, nieładnie tak uciekać. A jak będziesz grzeczna, to przyjdę poczytać ci bajkę na dobranoc. Zgoda?

– Zgoda! – Buzia dziewczynki rozjaśniła się jak słońce. Marta podeszła do stojącej w kącie, jeszcze zasapanej od biegu opiekunki i machając wszystkim na pożegnanie, dała się wyprowadzić z pokoju.

– Widzisz, jaką mam obrończynię? Strzeż się, moja droga. A swoją drogą – dodał, zanim Matylda znalazła jakąś ciętą ripostę – to same dziewczyny w tym domu. Czy zdarzyło się, żeby któraś z kobiet w waszej rodzinie urodziła chłopca?

Matylda zmarszczyła brwi w zamyśleniu.

– No nie, masz rację. Wprawdzie byli przecież bliźniacy, Stefan i Adam, synowie dziadka, ale ich matka nie była z nami spokrewniona. My pochodzimy od Hanki, mojej prababki.

– A Joasia też nie jest z wami spokrewniona?

– Nie… To moja przyszywana siostra, córka babci Kasperkowej, przecież wiesz. Masz jednak rację, na Grodzkiej od lat mieszkają same kobiety, nawet jeśli nie są tej samej krwi. Może to też część klątwy?

– Jeśli tylko takie miałyby być jej skutki, to ja już ją lubię. – Julek usiłował przytulić wyrywającą się ze śmiechem Matyldę.

Mieli jeszcze wyjść razem do miasta, ale bez namysłu postanowili zrobić to później. Zadbał tylko o to, żeby zamknąć drzwi przed niespodziewanymi gośćmi.

ROZDZIAŁ 8

$\mathcal{K}$iedy Matylda dała się w końcu namówić na krótki wyjazd na wieś pod Ojcowem, na Grodzką przyszedł kolejny list od Michała. Trzęsącymi się ze zdenerwowania rękami rozerwała kopertę i przebiegła wzrokiem pierwszą stronę, szukając wiadomości na temat Meli. Niestety, nadal nie było to nic konkretnego.

Matysiu najdroższa!

Wprawdzie nie odnalazłem jeszcze Meli, ale dostarczono mi na jej temat nowych szczegółów. Znalazł się świadek, który widział ją na targu, w dniu, gdy statek z kobietami zawinął do portu. Podobno kiedy przyszła jej kolej, rozpoczęła się prawdziwa licytacja. Ona jedna miała typowo słowiańską urodę i piękne, sięgające niemal do pasa blond włosy. Taka uroda była rarytasem. Została w końcu zlicytowana przez jakiegoś starszego mężczyznę, ale mój informator nie wiedział, kto to był ani gdzie ją zabrał. Jedyne, co w tej historii być może jest pocieszające, to fakt, że na pewno nie był to żaden ze znanych tam pośredników ani

właścicieli domów publicznych. Tego człowieka wi-
dziano tam po raz pierwszy, powiadano nawet, że to
podobno jakiś milioner, chociaż nie bardzo chce mi
się w to wierzyć. Co taki milioner robiłby na targu
żywym towarem? W każdym razie kimkolwiek był,
zabrał Melę i zniknął z nią natychmiast.

Jak już zapewne wiesz, sprawdzałem w okolicz-
nych domach rozpusty, nigdzie jednak o niej nie
słyszano. Teraz zamierzam ruszyć śladem tamtego
mężczyzny, jest dość charakterystyczny, opisano mi
go dokładnie i wiem, że chyba miał sztuczną nogę,
bo mocno utykał. To bardzo ważny szczegół i liczę, że
pomoże mi on w poszukiwaniach. Nie trać nadziei,
kochana. Skoro ten człowiek nie sprzedał jej do żad-
nego z burdeli, to może przygotował dla niej inny,
lepszy los?

– Tak, na pewno... – mruknęła Matylda – ożenił się
z nią. A co, jeśli ją sprzedał w innym mieście?

– Coś nowego? – Do pokoju zajrzała Joasia. – Widziałam się z listonoszem, powiedział, że jest poczta
z Argentyny, więc nie mogłam się powstrzymać.

– Sama zobacz. – Matylda z rezygnacją podała jej
list. – Nie wiem, po co ten człowiek do mnie pisze,
skoro nie ma nic konkretnego do przekazania. Nie chce
mi się tego dalej czytać.

Joasia przebiegła wzrokiem zapisaną starannym,
równym pismem kartkę.

– Jak to nic konkretnego? A to o Elizie cię nie za-
interesowało?

– O jakiej Elizie? Gdzie? – Matylda niemal wyrwała jej list z ręki. – Pokaż, myślałam, że dalej nie ma już nic ciekawego.

Zapomniałem Ci, Matysiu, wcześniej napisać, że spotkałem w Berlinie Twoją dawną koleżankę z teatru, Elizę Milnicz, żonę producenta filmowego. O ile nic się nie zmieniło, występuje teraz w jednym z kabaretów w pobliżu Alexanderplatz jako Fifi, nie pamiętam dokładnie jego nazwy, Niebo, Piekło albo Raj – w każdym razie jakieś biblijne miejsce. Teraz już mam pewność, że oboje z mężem biorą czynny udział w handlu kobietami. Ona przygotowuje do nowej „pracy" te, które mają zostać na miejscu, w domach publicznych. Myślę, że jest doskonale zorientowana w działaniach szajki, są tam jednymi z ważniejszych postaci.

Podaję Ci tę informację na wypadek, gdybyś chciała ich wszystkich dopaść. Ja sam nie zdecyduję się jednak wrócić do Polski i świadczyć przeciwko nim w ewentualnym procesie, brak mi do tego odwagi, ale Ty możesz. Pomogę swoją wiedzą na temat ich działalności. Teraz wiem już bardzo dużo. Wiem też, że stryj przebywa obecnie w Berlinie i cieszy się tam bezkarnością.

Michał

Matylda jeszcze raz przeczytała na głos fragment dotyczący jej dawnej koleżanki.

– A to suka! Fifi… czyli kariery filmowej raczej nie zrobiła.

Kiedy Julek przyszedł na Grodzką, zastał obie kobiety w stanie najwyższego podekscytowania. Przekrzykiwały się nawzajem i przez dłuższą chwilę nie mógł zrozumieć, co się stało i skąd taka burzliwa dyskusja, wręcz kłótnia.

Bez zbędnych tłumaczeń dały mu do przeczytania list, a same krążyły po pokoju, paląc papierosy. Nawet Joasia dała się namówić i teraz zanosiła się kaszlem, ocierając łzy z twarzy.

– Niesłychane! – Julek oderwał w końcu wzrok od listu. – Drań siedzi w Berlinie jakby nigdy nic. Trzeba natychmiast dać znać odpowiednim władzom.

– A śledczy natychmiast pojadą do Berlina i go zgarną. Już to widzę. – Matylda machnęła papierosem w powietrzu. – Nie mam zamiaru czekać na żadne władze. Oboje muszą za to odpowiedzieć, i on, i Eliza. Już ja się postaram!

– No właśnie. Postara się! – wtrąciła zdenerwowana Joasia. – Może ty dasz radę wytłumaczyć tej wariatce, że wyjazd do Berlina jest teraz zbyt niebezpieczny. A ona tam się właśnie wybiera. I omal mnie nie pobiła za to, że jej nie popieram.

– Owszem, wybieram się do Berlina. I jeśli będzie trzeba, to pojadę tam sama!

Julek doskonale znał Matyldę, wiedział więc, że nic jej nie odwiedzie od raz podjętej decyzji. Trochę szkoda mu tylko było wypoczynku na wsi. Marzyło mu się wspólne spanie na świeżym sianie, jak za czasów dzieciństwa, ale teraz już nie takie grzeczne. Ciepłe mleko z rana, prosto od krowy, kąpiele w Rabie oraz wędrówki po skałkach i okolicznych jaskiniach. Teraz to wszystko zaczynało się nagle rozmywać i odsuwać w bliżej nieokreśloną przyszłość.

– Pojadę z tobą, wiesz o tym doskonale, ale może najpierw wybierzemy się na kilka dni pod Ojców? Berlin nie ucieknie. Odpoczniesz, obmyślimy jakiś plan, opracujemy strategię...

– A dajże ty mi święty spokój z tym swoim Ojcowem! Nie ma na co czekać, lepiej zacznij załatwiać formalności. Trzeba jechać najszybciej, jak to tylko możliwe. Potem zaczniesz tę swoją aplikaturę i nie będziesz miał na nic czasu. Berlin może nie ucieknie, ale stryj Michała może dać nogę i nigdy go nie znajdziemy.

– Matysiu, na miłość boską, to jest zadanie dla policji, nie dla nas. A już zwłaszcza nie dla ciebie...

Umilkł pod piorunującym spojrzeniem swojej narzeczonej.

– Pantoflarz... – mruknęła z niesmakiem Joasia. – Róbcie sobie, co chcecie, ja się już w to nie wtrącam.

Wstała z fotela i ruszyła w kierunku drzwi.

– Wracam do pracy. Ktoś przecież musi pozostać przy zdrowych zmysłach w tym zwariowanym domu.

Julek został na noc, wiedział, że Matylda będzie potrzebowała jego bliskości. Zbyt wiele się wydarzyło, musiała to z kimś obgadać i przeanalizować na tysiące sposobów. A tylko on nadawał się do takich rozmów, nikt inny nie miał do niej aż tyle cierpliwości.

– Jak myślisz? – szepnęła sennym głosem, kiedy za oknem słychać już było śpiew pierwszych ptaków.

– A może Mela nie trafiła do żadnego domu rozpusty, tylko ten człowiek ją uwolnił? Może jej się udało?

Odpowiedziało jej niewyraźne mruknięcie.

– No tak. Znowu mnie nie słuchasz.

Z westchnieniem odwróciła się na drugi bok i zasnęła kamiennym snem.

Załatwianie formalności wyjazdowych okazało się bardziej skomplikowane, niż im się wydawało. Zapomnieli, że z powodu zaostrzonej sytuacji politycznej wydawanie paszportów zostało ograniczone. Julek musiał użyć swoich specjalnych znajomości w biurze paszportowym, ale i tak zapowiadało się, że będą musieli czekać kilka tygodni.

– Skoro nie chcesz wyjechać za miasto, przynajmniej chodźmy nad Wisłę, na plażę – zaproponował podczas wspólnego obiadu na Grodzkiej. – Niczego w tym domu nie wysiedzisz, a przynajmniej skorzystamy z pięknej pogody. I trochę się opalisz, bo ostatnio wyglądasz blado i mizernie. A wieczorem wrócimy tam znowu, żeby pooglądać wianki. Co ty na to? Zapowiadają piękne pokazy pirotechniczne.

Matylda niechętnie, ale zgodziła się w końcu. Ją też denerwowało to czekanie i rozmyślanie, co będzie później.

– A co z waszym ślubem? – spytała babcia Michalska. – Kiedy w końcu dacie na zapowiedzi? Wiecie, że jestem już stara i mogę nie doczekać…

– Babciu – roześmiał się Julek, całując staruszkę w pomarszczoną dłoń – taki szantaż emocjonalny to przecież nie w babci stylu. Damy, damy, ale wcześniej mamy coś jeszcze do załatwienia.

Helena Michalska potargała jasne włosy wnuka i odrywając od niego oczy, zwróciła się do Matyldy:

– Jak będziesz za długo zwlekała, to ci go któraś panna sprzątnie sprzed nosa. Taki przystojny kawaler sam długo się nie uchowa. Ostrzegam cię.

– Babciu, a gdzie on znajdzie lepszą?

– Oj, kochana moja, oj...

Michalska pogroziła jej żartobliwie palcem.

– A ty – spojrzała znów na Julka – podciąłbyś trochę te włosy, bo wyglądasz jak czupiradło. Dorosłemu mężczyźnie nie przystoją takie kędziorki jak u dziecka. Albo dziewczyny, prawda, Matysiu?

– Mnie tam się podobają.

Julek rozłożył bezradnym gestem ręce.

– No i sama babcia widzi, nie mam wyjścia. Włosy muszą zostać.

Na plaży pod Wawelem trudno było znaleźć miejsce wśród rozłożonych koców i leżaków. Z wody dochodziły śmiechy dzieci i piski młodych kobiet. Co ładniejsze były bez przerwy „podtapiane" przez zalotników, ale nie wyglądały na niezadowolone. Bliżej brzegu dzieci kopały głębokie tunele, które natychmiast wypełniały się mętną wodą. Dalej młodzi ludzie grali w siatkówkę, wzbijając w górę tumany żółtego piasku.

Najbardziej jednak oblegany był wózek na dwóch kołach, z ogromnym napisem „Lody". Dorośli i dzieci, wszyscy karnie czekali, aż ubrany na biało mężczyzna w czapce z daszkiem wyjmie z wnętrza wózka zimny przysmak i wręczy go szczęśliwcowi z pieniędzmi. Nie wszystkich bowiem stać było na zakup, niektóre z dzieciaków tylko stały, przełykając ślinkę, albo prosiły kolegów o „liza".

Rozpostarli kraciasty koc w pobliżu wody i Matylda poszła włożyć strój kąpielowy w przebieralni. Kiedy wróciła, zastała Julka w towarzystwie nieznanej jej kobiety. W ręce trzymał olejek do opalania, jakby za chwilę miał nim smarować plecy przybyłej.

– Pozwól, Matysiu, że ci przedstawię moją koleżankę z roku, Ewę. – Julek wytarł natłuszczone dłonie w swoje uda i jak przyłapany uczniak poderwał się z koca. – A to Matylda, moja narzeczona.

Młoda kobieta przyjrzała się spod oka Matyldzie.

– Narzeczona? Myślałam, że siostra. Chyba już kiedyś się poznałyśmy.

– Nie przypominam sobie.

Julek uznał, że należy się wtrącić. Obie panie mierzyły się nawzajem niezbyt przyjaznym wzrokiem.

– Wychowywaliśmy się razem jak rodzeństwo, ale nie jesteśmy ze sobą w żaden sposób spokrewnieni – wyjaśnił z uśmiechem, który jednak nie rozładował sytuacji.

– Ach tak? – Panna Ewa podniosła się i otrzepała z piasku. – Cóż za romantyczny zwrot sytuacji. W takim razie nic tu po mnie. Dziękuję ci, Juleczku, za pomoc.

– Juleczku?... – syknęła Matylda, kiedy tamta wróciła na swój koc, nie zaszczycając jej nawet spojrzeniem na pożegnanie.

Po chwili zebrała swoje rzeczy i odeszła.

– I cóż to była za pomoc, jeśli można wiedzieć?

– Ależ, kochanie, to po prostu moja dobra koleżanka ze studiów. Nie mogła odkręcić buteleczki z olejkiem do opalania. Miałem jej odmówić? Jest tu sama.

– Jak dobra ta koleżanka? A poza tym, owszem, mogłeś jej odmówić.

– Matyś... czy ty aby nie jesteś zazdrosna?...

– Nie pochlebiaj sobie. Po prostu nie podoba mi się twoje zachowanie, przyszedłeś tu ze mną i nie powinieneś interesować się w tym czasie innymi kobietami.

Julek uśmiechnął się pod wąsem. Pochlebiła mu zazdrość Matyldy, tym bardziej że narzeczona rzadko kiedy pozwalała sobie na takie demonstrowanie swoich uczuć.

– Jakaś prawniczka?... – Matylda w zastanowieniu zmarszczyła brwi. – Czekaj, czekaj... czy to nie ta sama dziewczyna, w której kiedyś się kochałeś?

– Zaraz tam kochałeś! Spotykaliśmy się jakiś czas temu i tyle.

– A tak, już pamiętam. Radziłam ci wtedy, żebyś zaczął ją konkretniej zdobywać, zamiast zanudzać na śmierć wystawami i mądrymi dyskusjami. I wiesz co? – roześmiała się. – Cieszę się, że jednak mnie nie posłuchałeś.

Usiadła na kocu i rozłożyła nad sobą parasol. Przy jej delikatnej, skłonnej do oparzeń skórze było to konieczne. Matka zawsze ostrzegała ją przed nadmiernym wystawianiem się na promienie słoneczne. „Chroń zwłaszcza twarz, jeśli nie chcesz, żeby skóra schodziła ci płatami z czerwonego nosa. Poza tym u osób z twoją karnacją to po prostu niebezpieczne" – mówiła, wręczając Matyldzie krem własnej produkcji.

Było to bardzo przyjemnie pachnące „mazidło", jak je nazywały, zrobione na bazie kwiatów, ziół i olejku z pestek malin, według tajemnej receptury Wiktorii. Matylda pomyślała, że powinna odszukać ten przepis i znów zająć się produkcją tego specyfiku. Przydałby się osobom o wrażliwej skórze. Zwłaszcza dzieciom.

Szkoda, że przyszło mi to do głowy dopiero teraz, pomyślała. Zanim zdążymy wprowadzić taki krem na rynek, lato już się skończy.

– Nad czym tak się zadumałaś? – Julek osłonił dłonią oczy przed rażącym go słońcem.

– Przypomniałam sobie, że kiedyś mama robiła krem ochronny na słońce. Nie wszyscy przecież mogą się opalać, ja sama prędzej się poparzę, niż nabiorę złotej karnacji. Muszę koniecznie tym się zająć, to znaczy odszukać recepturę w zapiskach mamy. Przyda się na przyszły sezon, bo teraz już za późno.

– Aha – mruknął sennie, obracając się na brzuch.

– Poza tym zastanawiam się, skąd ta twoja Ewa miała olejek do opalania. Nie widziałam nigdzie takiego w sprzedaży.

– Może dostała od kogoś z zagranicy? O ile dobrze pamiętam, to miała chyba jakąś ciotkę w Anglii. Chcesz, to możemy zapytać.

– Aż tak ciekawa nie jestem.

Z wody dochodziły do nich śmiechy i piski kąpiących się plażowiczów. Dalej, na plaży, młodzieńcy w kostiumach kąpielowych grali w siatkówkę, ćwiczyli na rozstawionych wokół przyrządach gimnastycznych, huśtali się na linach zakończonych metalowymi obręczami lub wspinali na słupy. Za Wisłą, w oddali, widać było wyłaniający się z błękitnej mgiełki kopiec Kościuszki. Między opalającymi się ludźmi chodził chłopiec z wielkim koszem świeżych, jeszcze gorących obwarzanków.

– Biegniemy do wody! – Matylda potrząsnęła Julkiem, który zaczął zasypiać na słońcu. – Nie wolno spać na plaży, to niezdrowe.

Tak zawsze powtarzała mama. Matylda znów poczuła ból i tęsknotę. Bardzo brakowało jej tych rad. A nawet denerwujących ją wtedy upomnień.

Fale rzeki migotały w słońcu, w czystej wodzie widać było dno tuż przy brzegu, dalej Matylda bała się zapuszczać. Nie potrafiła pływać, wolała nie ryzykować, w przeciwieństwie do Julka, który tak się oddalił, że straciła go z oczu. Rozejrzała się wokół siebie, wycierając ramieniem zachlapane wodą oczy, ale pośród wielu unoszących się na falach głów nigdzie nie widać było jego jasnych kręconych włosów.

– Lulek! – zawołała, lecz jej głos zagłuszyły krzyki kąpiących się ludzi.

Jacyś chłopcy na brzegu usiłowali wrzucić piszczącą dziewczynę do wody, trzymając ją za ręce i nogi. Wyrywała się i wrzeszczała jak obdzierana ze skóry, co dodatkowo zdenerwowało Matyldę.

– Lulek! – krzyknęła przerażona już nie na żarty.

Wisła w zakolu pod Wawelem podobno nie była zbyt głęboka, ale mówiono, że można utonąć nawet w takiej sięgającej do kolan wodzie. Wystarczy, że człowieka złapie skurcz albo na chwilę straci przytomność. Nagle ogarnął ją paraliżujący strach. Jej serce spowił cień, jakieś przeczucie niebezpieczeństwa grożącego jej ukochanemu. Miała wrażenie, że błękitne niebo zasnuło się czarnymi chmurami, które przybierały kształt lecących w równym szyku samolotów. Otaczający ją ludzie krzyczeli, lecz wcale nie z radości, tylko z przerażenia. Widziała ich otwarte szeroko usta i szare twarze. Nagle samoloty zaczęły spadać, jeden po drugim, i ginęły w ciemnej, wzburzonej wodzie. Matylda poczuła dojmujący chłód.

W panice zaczęła biec z powrotem, chcąc jak najszybciej dotrzeć do brzegu, ale woda spowalniała jej ruchy. Może Julek najspokojniej w świecie siedzi już sobie na kocu? Z daleka nie mogła go zobaczyć, oślepiały ją promienie słoneczne, odbijające się od powierzchni wody. Z ulgą poczuła obejmujące ją od tyłu ramiona.

– Co ci jest, Matysiu? Co się stało?

Odwróciła się i zobaczyła przed sobą przestraszonego Julka, z twarzą oblepioną jeszcze mokrymi włosami. Przed momentem wyłonił się obok niej spod wody i nie zdążył ich jeszcze odgarnąć.

– Nie widziałam cię… myślałam, że…

Nie była w stanie opanować szczękania zębami. Dała się wyprowadzić na brzeg i posadzić na rozgrzanym od słońca kocu. Julek okrył ją swoją koszulą i przytulił mocno do siebie, aż w końcu przestała drżeć.

– Bałam się, że stało ci się coś złego, że utonąłeś.

– Głuptasie, przecież wiesz, że pływam jak ryba. Pamiętasz, jak u babci w Mogile robiliśmy z chłopakami zawody? I kto wtedy wygrywał? Tacy jak ja nie toną.

– Właśnie tacy toną. Właśnie tacy. Poza tym widziałam spadające z nieba samoloty.

– No, to już nie mnie dotyczy. – Julek usiłował ją rozśmieszyć. – Nigdy nie latałem i raczej nie będę. Mam inne plany na życie, kochanie. Przestań o tym myśleć.

Mogła już normalnie mówić, lecz wciąż jeszcze kurczowo trzymała go za rękę.

– Nie przeżyłabym chyba, gdyby i ciebie nagle mi zabrakło. Chodźmy już stąd, chcę wracać do domu.

Wieczorem Julek długo nie mógł namówić Matyldy, by ponownie wyszli z domu, ale nie rezygnował. Martwiły go częste zmiany nastroju ukochanej, koniecznie chciał ją trochę rozbawić. W końcu zgodziła się, dla świętego spokoju.

– Dobrze – powiedziała bez entuzjazmu – w końcu wianki są tylko raz w roku. Kto wie, czy dożyjemy kolejnych.

Nad Wisłą zgromadził się już spory tłum krakowian. Wokół biegały podekscytowane dzieci, szukające najlepszego miejsca, skąd będzie widać flotyllę ukwieconych barek i łódek. W dół rzeki spływały setki wianków z płonącymi świecami w środku. Widok był zachwycający i nawet Matylda poddała się radosnemu nastrojowi.

– Patrz! – zawołała, ciągnąc Julka za rękaw. – Patrz tam, na tę barkę! To chyba Wanda, co nie chciała Niemca.

Rzeczywiście, kiedy barka podpłynęła bliżej, widać było wyraźnie ustawioną na niej atrapę zamku i jakąś postać w białej szacie, rzucającą się do ciemnej wody.

– Czy to aby nie jest mężczyzna? – Spojrzeli jeszcze raz, rozbawieni. – To ma być ta piękna Wanda?

– No tak, chyba mężczyzna – potwierdził ktoś z boku. – W dodatku w białej koszuli nocnej.

Głośny śmiech długo jeszcze towarzyszył przepływającej barce. Kiedy ich minęła, widać było z drugiej strony wspinającą się na pokład kompletnie mokrą postać. Sięgająca kostek i oblepiająca teraz nogi mężczyzny koszula krępowała mu ruchy. Kilka razy bezskutecznie usiłował oprzeć nogę o brzeg barki, w końcu czyjeś pomocne dłonie wciągnęły go na pokład.

Wieczór zakończył zapierający dech w piersiach pokaz sztucznych ogni. Długo jeszcze mieli przed oczami wykwitające na ciemnym niebie kolorowe pióropusze i migoczące gwiazdki, rozpryskujące się we wszystkie strony.

– No i co? Nie żałujesz, że dałaś się w końcu wyciągnąć z domu? – spytał Julek, gdy wracali. Przepychali się przez rozbawiony tłum ludzi, radosny nastrój udzielał się wszystkim.

– Nie żałuję, Lulku najdroższy, nie żałuję! – Matylda aż podskakiwała z radości jak dziecko. – Ty zawsze wiesz, jak mi poprawić nastrój. Kocham cię za to.

Na paszporty przyszło im jeszcze poczekać, w pierwszym terminie nie były gotowe. Cały lipiec musieli więc siedzieć w mieście, bo Matylda z uporem odmawiała wyjazdu gdziekolwiek poza Kraków. Kiedy już w końcu otrzymali dokumenty, mogli zaplanować wyjazd na początek sierpnia.

ROZDZIAŁ 9

$\mathcal{P}$ociąg do Berlina, wbrew obawom Matyldy, wcale nie był przepełniony. Zajęli miejsce w niemal pustym przedziale, w środku siedział jeden tylko pasażer, starszy mężczyzna z siwą spiczastą bródką i starannie przystrzyżonymi wąsami. Jak się później okazało, profesor filozofii na Uniwersytecie Jagiellońskim. Jechał w odwiedziny do córki, mieszkającej od lat w Berlinie.

– A państwo też do rodziny czy w interesach, jeśli mogę spytać? – Od razu widać było, że starszy pan nie pozwoli im się nudzić podczas tej podróży.

– W interesach – mruknęła Matylda.

Nie lubiła rozmów z obcymi ludźmi, nie chciała jednak być niegrzeczna w stosunku do staruszka, więc uśmiechnęła się uprzejmie, chcąc złagodzić pierwszą reakcję. Zdawała sobie sprawę, że podczas tylu godzin podróży nie uniknie się takich rozmów, a lepsze rozmowy niż obrażone, wrogie milczenie.

– Tak, w interesach – potwierdził Julek – można to tak nazwać. Mamy tam do załatwienia pewną bardzo ważną sprawę…

Matylda rzuciła mu ostrzegawcze spojrzenie i szybko zmieniła temat:

– A pan dobrze zna Berlin? Bo my pierwszy raz jedziemy i nie wiemy, czego się spodziewać.

– Znam, bywam w nim co roku, od czasu, kiedy moja córka wyszła tam za mąż. Za Niemca, niestety... Dobry niby człowiek, uczony, ale jakoś trudno nam znaleźć wspólny język. A teraz, kiedy Hitler doszedł do władzy, jeszcze trudniej. Hans należy do jego najgorliwszych zwolenników i wyznawców. Zupełnie nie mogę tego zrozumieć, przecież mój zięć to inteligentny człowiek... Ale, ale, odbiegłem chyba od tematu. O co pani pytała?

– Czy dobrze zna pan Berlin.

– A tak, prawda. Znam, moi kochani, znam i ubolewam nad tym, co się teraz stało z tym miastem. Och, przepraszam, nie przedstawiłem się jeszcze – zerwał się nagle z ławki – Feliks Gliński, do usług.

Młodzi również dokonali prezentacji, starając się ukryć lekkie rozbawienie. Starszy pan wyglądał i zachowywał się jak typowy roztargniony profesor z dowcipów.

Pociąg zatrzymał się w szczerym polu. Dosłownie w polu, bo tuż za torami widać było uwijających się żniwiarzy. Ciepła pogoda sprzyjała rolnikom, zboże stało na polach prosto, żadne deszcze go nie położyły, prace trwały bez utrudnień.

Julek otworzył szeroko okno i do przedziału wpadł zapach nagrzanej w słońcu ziemi i słomy. Słychać było śpiew skowronka, unoszącego się gdzieś wysoko na czystym błękitnym niebie, dochodziły także dźwięki ostrzenia kos i głośne śmiechy kobiet układających zgrabne snopy. Mężczyźni przekrzykiwali się, nawoływali do współzawodnictwa, dzieci biegały po ściernisku, zbierając pojedyncze kłosy. Nic nie mogło się zmarnować. Daleko, pod lasem, widać było pasące się czarno-białe krowy.

Pociąg szarpnął wagonami, buchnął parą i ruszył, zostawiając za sobą widoki jak z obrazów Chełmońskiego. Julek zasunął z powrotem okno, zostawiając tylko niewielką szparę u góry, żeby do przedziału wpadało świeże powietrze.

Współpasażer zdążył tymczasem wyjąć z podróżnego kuferka kanapki i rozwijając je z czystych lnianych serwetek, zaczął zajadać ze smakiem. Młodzi również poczuli głód, przedział wypełniły więc teraz zapachy wędzonej kiełbasy i jajek na twardo. Babcia Michalska osobiście zadbała o prowiant na drogę dla swoich wnucząt.

– Mówił pan, że Berlin się zmienił. Jak? – przypomniał Julek, kiedy już skończyli jeść.

Mężczyzna starannie wytarł usta chusteczką, szczególną uwagę poświęcając wąsom i brodzie, następnie upił łyk gorącej kawy z metalowego naczynia z zakrętką. Przedział wypełnił się teraz jej aromatem.

– To termos. – Profesor uśmiechnął się na widok ich zaskoczenia. – Można przetrzymywać w nim zarówno gorące, jak i zimne płyny.

– Czyli naczynie Dewara? – spytał Julek.

– O, widzę, młody człowieku, że jest pan już obeznany z tym wynalazkiem?

– Coś tam słyszałem. Ale byłem przekonany, że wykorzystywane jest tylko do celów naukowych.

– Tak było jeszcze do niedawna, ma pan rację. Ale pewien niemiecki przedsiębiorca postanowił zacząć je produkować dla zwykłych ludzi. No i Niemcy ostatecznie się tym zajęli, bo tylko oni mieli odpowiednio zaawansowaną technologię do produkcji. Mam więc i ja ten nowy wynalazek. To prezent od córki i jej męża.

Starszy pan poczęstował młodych kawą. Smakowała trochę dziwnie, ale była prawie gorąca.

– A co z tym Berlinem?

Matylda zdążyła już się zorientować, że ich towarzysz podróży lubił przydługie dygresje, przy których łatwo gubił wątek.

– A tak, prawda. Pamiętam go sprzed lat, to było kulturalne centrum świata, niemalże jak renesansowa Florencja: cztery opery, najwięksi dyrygenci – Furtwängler, Klemperer, Kleiber, Walter – Busoni, Kurt Weill, poza tym balet Mary Wigman, teatr Maxa Reinhardta… Niepojęte, jak szybko to wszystko się zawaliło, w niespełna pół roku, po dojściu Hitlera do władzy.

– Nie lepiej jest chyba teraz w Austrii – wtrącił się Julek. – Słyszałem, że podobno od czasu anszlusu Wiedeń jest bardziej hitlerowski niż same Niemcy. Kolega opowiadał mi, że nad niektórymi sklepami widnieją nawet napisy: „Tutaj witamy się pozdrowieniem Heil Hitler!". A wszędzie do kupienia swastyki w postaci breloczków, przypinek i zawieszek, do wyboru, do koloru.

– A myśli pan, że ci ludzie mają jakiś wybór? Boją się o miejsca pracy, a nawet o swoje życie. Opowiem państwu historię jednego z moich byłych studentów.

Profesor Gliński rozsiadł się wygodnie, poklepał po kieszeniach marynarki i zrobił przepraszającą minę.

– Nie będziecie mi mieli państwo za złe, jak zapalę papierosa? Lubię tak po jedzeniu puścić sobie dymka.

Pokręcili przecząco głowami, chociaż Julek jakby z mniejszym entuzjazmem.

– Możemy bardziej uchylić okno, to tak bardzo was nie uwędzę. Proszę, to oryginalne chesterfieldy – podsunął złoconą papierośnicę pod nos Julkowi – proszę się częstować.

– Dziękuję, nie palę.

– A ja i owszem – Matylda udała, że nie zauważa nagany w oczach ukochanego – chętnie się poczęstuję. Nigdy nie próbowałam tej marki papierosów.

Zapalili oboje, Julek bardziej odsunął szybę. Rzeczywiście, niebieski dym tylko przez chwilę wirował w przedziale, potem równie szybko ginął za oknem.

– Jeden z moich byłych studentów urodził się i mieszka na stałe w Wiedniu, ale studiował na naszym uniwersytecie. Spotkałem go niedawno w Krakowie i gdyby sam mnie nie zaczepił, nigdy w życiu bym go nie poznał. Ten dawniej czarnowłosy młodzieniec teraz jest siwiuteńki jak starzec...

Profesor zaciągnął się papierosem, jakby chciał zebrać myśli. Widać było, że ta historia wciąż go bulwersuje.

– Może to w wyniku jakiejś choroby – skomentowała Matylda. – Słyszałam o takich przypadkach...

– Nie, moja droga pani – przerwał jej ze smutkiem – to nie była choroba...

– Co więc?

– Nazizm, hitleryzm, jak pani chce to nazwać. I strach. Chłopak przebywa teraz u swoich krewnych na wsi pod Krakowem, gdzie próbuje dojść do siebie po owych strasznych przeżyciach.

Znów zamilkł, wpatrując się niewidzącym wzrokiem w uciekający za oknem widok jakiegoś małego miasteczka, zbyt małego, żeby zbudowano tam stację kolejową.

– Opowiedział mi mrożącą krew w żyłach historię, jaka mu się przydarzyła kilka dni po zajęciu Austrii przez Hitlera. Wiedzieliście o obozie koncentracyjnym pod Monachium?

Matylda i Julek spojrzeli na siebie i zgodnie zaprzeczyli.

– No właśnie, mało jeszcze kto wie. A on istnieje i właśnie tam został zabrany ten mój student. Ale może zacznę od początku.

Wyjął z papierośnicy kolejnego papierosa, zaproponował go Matyldzie, ale tym razem odmówiła. Chesterfieldy były dla niej stanowczo zbyt mocne, jeszcze czuła lekki zawrót głowy po pierwszym.

– Dosłownie trzy dni po anszlusie naziści wpadli do niego nocą i zrobili rewizję. Popruli poduszki, kołdry, poszycia mebli, a nawet zdarli tapetę ze ścian. Nie powiedzieli, czego szukają, na pytanie o to dostał tylko kolbą w głowę. Wylali nawet wodę z akwarium, wraz z rybkami, do zlewu, jakby się spodziewali, że tam, pod piaskiem, coś jest ukryte.

– Ale dlaczego? Co on takiego zrobił?

– O to właśnie chodzi, że nic, o czym by wiedział. Ktoś chyba zrobił na niego donos ze zwykłej ludzkiej złośliwości albo zawiści. Jego brat jest znanym lekarzem w Wiedniu, może tamten się komuś naraził i ktoś w ten sposób chciał się odegrać na najbliższej rodzinie. Nie wiem, on też nie wiedział.

– To straszne…

– Straszne to dopiero będzie, moi drodzy. Zaprowadzono go, jeszcze tego samego dnia, do dawnej prefektury policji, gdzie jakiś Niemiec, smarkacz młodszy od niego, spytał, czy popierał Schuschnigga, niedawnego kanclerza Austrii.

– Czy była jakakolwiek dobra odpowiedź na to pytanie? – wtrącił powątpiewająco Julek.

– Podejrzewam, że nie uwierzyliby ani w zaprzeczenie, ani w potwierdzenie. Miał być wysłany do jednego z obozów koncentracyjnych Rzeszy, gdzieś pod Monachium, na biurku leżał już przygotowany wcześniej urzędowy papier, gotowy do podpisania.

– Tak za nic? Bez udowodnienia winy?

– Ano tak. To, co dalej opowiadał, wydaje się tak nieprawdopodobne, że gdybym go nie znał wcześniej jako uczciwego i prawdomównego młodego człowieka, nigdy bym mu nie uwierzył. W pociągu niemieccy strażnicy postawili go w otwartych drzwiach i strzelali obok do momentu, aż któryś z nich zauważył, że chłopakowi posiwiały skronie. Wrzucili go więc z powrotem do przedziału, kopiąc i bijąc. W obozie zachorował na grypę, której Niemcy panicznie się boją, więc zapakowali go w powrotny pociąg do Wiednia. Uciekł stamtąd podczas pracy przy rozbiórce starego gmachu sądu apelacyjnego tylko dzięki temu, że znał rozkład budynku.

– Wciąż nie mogę w to wszystko uwierzyć... – Matylda bezwiednie wyjęła papierosa z podsuniętej jej znowu papierośnicy. – Przecież to jakiś koszmar...

– Udało mu się jakoś przedostać do Krakowa, gdzie ma rodzinę. Opowiadał mi, że podróżował pociągami towarowymi, ukryty pod przewożonym ładunkiem. Kiedy dotarł do domu, rodzina go nie poznała. Schudł, posiwiał i wciąż miał wysoką gorączkę. Nie chciał nawet opowiadać o tym, co widział i przeżył podczas krótkiego, na szczęście, pobytu w obozie. Wspomniał tylko, jak zabawiali się z nim strażnicy, stawiali go po kilka razy pod szubienicą i w ostatniej chwili stamtąd zabierali. To wtedy całkiem posiwiał.

Zapadło milczenie. Ani Matylda, ani Julek nie znajdowali słów, żeby to jakoś skomentować. Do przedziału dochodził tylko miarowy stukot kół i gongi na mijanych przejazdach kolejowych.

– A młodzi kochają Hitlera i wierzą w niego jak w boga – dokończył profesor z goryczą. – Wzywa ich, żeby mu pomogli ocalić świat, a oni wracają do Niemiec i Austrii ze wszystkich stron świata. Zupełnie jak ćmy do światła. Tego nie potrafię zrozumieć. Jak można nie widzieć, że ten człowiek jest szalony?

Reszta podróży upłynęła im w milczeniu. Zmęczony profesor Gliński zdrzemnął się, opierając głowę o drzwi przedziału, Julek pogrążył się w lekturze, a Matylda wyszła na korytarz, żeby zapalić papierosa. Ona też zabrała ze sobą książkę na drogę, lecz zupełnie nie mogła się skupić na czytaniu. Stała, spoglądając na przesuwający się za oknem krajobraz, i rozmyślała o tym, co zastaną w Berlinie. Czy odnajdą Kazimierza Olbrychta, stryja Michała, czy uda im się spotkać z Elizą? I co z tego wszystkiego wyniknie?

Sprawdzający bilety konduktor obudził starszego pana, ale ten, najwyraźniej już zmęczony, nie miał specjalnej ochoty na dłuższe opowieści. Wypytywał więc, bardziej przez uprzejmość niż z ciekawości, o ich życie w Krakowie.

– Ma pani aptekę? – ożywił się nagle. – Naprawdę?

– Prawdę mówiąc, była to apteka mojej mamy, ja jestem teraz tylko współwłaścicielką – sprostowała Matylda. – Niestety, nie chciałam studiować farmacji...

– Kiedy ja sam studiowałem, ten kierunek był jeszcze na Wydziale Filozoficznym, znaliśmy się więc prawie wszyscy. Była tam jedna taka studentka, Wiktoria... – rozmarzył się – wszyscy się w niej kochaliśmy. Ale była niedostępna. Podejrzewaliśmy, że to za sprawą jakiegoś zawodu miłosnego, ale...

– Wiktoria Bernat?

– Tak, to ona. Czyżby...

– To właśnie moja mama.

Matylda poczuła, jak zwilgotniały jej oczy. Pomyślała też ze smutkiem, że to chyba niemożliwe, aby ten staruszek był kolegą jej mamy. Miałaby teraz... ile lat by teraz skończyła? – zaczęła szybko obliczać w myślach. Czterdzieści osiem? Tak. To przecież jeszcze nie starość. Fakt, że mężczyźni fizycznie starzeli się jakby szybciej od kobiet – spojrzała na prawie łysą głowę profesora i jego siwą bródkę – ale mimo wszystko...

– Przepraszam, czy pan był na tym samym roku, co moja mama?

– Nie – odrzekł ze śmiechem, odgadując w lot, dlaczego o to zapytała. – Kiedy pani mama zaczynała studia, ja już byłem na ostatnim roku, co jednak nie przeszkadzało mi podkochiwać się w młodszej koleżance. Nie byłem w tym zresztą odosobniony. Dzieliła nas zaledwie różnica kilku lat, ale wiem, że raczej staro wyglądam.

– Przepraszam, nie chciałam...

– Wiem, moja droga, wiem. Proszę sobie nie zaprzątać tym pięknej główki, przyzwyczaiłem się już. W mojej rodzinie wszyscy szybko siwiejemy albo łysiejemy, co dodaje nam wieku. Ważne, że duchem jesteśmy młodzi.

Profesor szerokim łukiem potarł łysinę.

– Co to znaczy, że apteka była własnością pani mamy? – Ku niekłamanej uldze Matyldy nie ciągnął dalej tematu swojego wyglądu. Już i tak czuła się wystarczająco niezręcznie. – Czyli już nie jest? Dlaczego zrezygnowała?

Na wieść o śmierci Wiktorii aż zaniemówił. Przez dłuższą chwilę przetrawiał tę wiadomość, potem westchnął z ogromnym smutkiem.

– Proszę przyjąć moje najszczersze kondolencje.
– Wstał ze swojego miejsca i skłonił głowę przed Matyldą, całując jej dłoń. – Nie mogę w to uwierzyć. Po prostu nie mogę. Taka cudna, tak zdolna dziewczyna...
Matylda opowiedziała mu o okolicznościach śmierci matki. Kiedy było jej zbyt trudno mówić, milkła na chwilę, szukając dłoni Julka. Od wspomnień nadal bolało ją serce, wciąż nie mogła się oswoić z tą stratą.

– Taka głupia śmierć. – Profesor z niedowierzaniem kręcił głową. – Szkoda, że nic nie wiedziałem, przyszedłbym chociaż na pogrzeb. Ale nie zauważyłem żadnego nekrologu. Kiedy to było?

– Siedem lat temu, w listopadzie. Były nekrologi w „Czasie", o ile dobrze pamiętam.

– Czyli to było w trzydziestym pierwszym? – Potarł w zamyśleniu czoło. – No tak, nie mogłem nic wiedzieć, bo jeździłem wtedy z wykładami po niemieckich uczelniach. Biedna Isia. Pamiętam, jak nam wszystkim imponowała, chociaż udawaliśmy, że wcale nie. Koledzy z jej roku opowiadali, że nigdy się nie zdarzyło, żeby była nieprzygotowana do odpowiedzi albo nie znała tematu. Bywało, że nawet zaskakiwała wykładowcę swoją wiedzą. Spotykaliśmy się czasami wszyscy w kawiarni przy winie i każdy z nas chciał ją upić w nadziei, że będzie przychylniejsza.

– I co? – Julek uśmiechnął się rozbawiony. Znał doskonale takie metody.

– I nic, po winie język miała jeszcze ostrzejszy. Ech, cóż to była za inteligentna bestyjka. Opowiadano mi, jak kiedyś odpowiedziała jednemu z profesorów, który nie chciał się zgodzić na obecność kobiet na jego wykładach. Miał się podobno wyrazić, że „po jego trupie", na co Isia hardo podniosła brodę i odparła spokojnym tonem: „Skoro tak, to poczekamy, panie profesorze...".

– Mama tak powiedziała?... – Matylda zrobiła wielkie oczy. – To niemożliwe...

– A jednak, droga pani. A jednak! – Profesor się zaśmiał. – Bardzo często okazuje się, że wcale nie znamy swoich rodziców.

Za oknem zaczęły się już pojawiać przedmieścia Berlina. Po długiej i dość męczącej podróży w końcu dojeżdżali na miejsce. Z przedziałów zaczęli wychodzić pasażerowie i obładowani bagażami ustawiali się już do wyjścia w korytarzu.

– A czy... – profesor zawahał się na moment – ...a czy pani ojciec, człowiek, który zmarł wraz z nią, to była właśnie tamta miłość? Czy dlatego, że tak go kochała, nie widziała innych mężczyzn?

– Nie. Tamten okazał się pomyłką.

– Czyli jakiemuś szczęśliwcowi w końcu się jednak udało... – skwitował z wyraźnym żalem.

Zanim się pożegnali, profesor Gliński dał jeszcze Julkowi wizytówkę, na której zapisał swój berliński adres.

– To na wypadek, gdybyście państwo czegoś potrzebowali. Berlin nie jest już tym samym przyjaznym miastem co kiedyś.

ROZDZIAŁ 10
BERLIN, SIERPIEŃ 1938

Już na dworcu zaskoczył ich widok powiewających wszędzie prostokątnych, czerwonych flag ze swastyką wpisaną w białe koło. Dalej było ich jeszcze więcej.

Łopotały na wietrze wzdłuż całego bulwaru, którym jechali taksówką do hotelu, powiewały w oknach domów, sklepów, a nawet na wieżach mijanych kościołów. Wisiało ich tysiące, całe miasto wydawało się nimi udekorowane, na fasadach budynków z trudem można było dostrzec okna między czerwonymi prostokątami materiału, zwisającymi niemal do ziemi.

Mijani po drodze ludzie wyglądali na zadowolonych i szczęśliwych.

Julek spytał kierowcę taksówki, czy berlińczycy zawsze tak się uśmiechają do siebie na ulicy.

– Owszem, tak; rozkaz wydał sam Führer – odparł z dumą mężczyzna. – Wszyscy mają być szczęśliwi. I są.

Fasada hotelu Kaiserhof również obwieszona była flagami Rzeszy. W środku, pod kopułą z matowego szkła, kołysały się kolejne flagi i proporce. Obsługa powitała wchodzących gości niskimi ukłonami i głośnym: „Heil Hitler".

– Ja nie mogę... – mruknęła Matylda. – Co za cyrk... Gdzie ty mnie przyprowadziłeś, nie było już miejsc w normalnych hotelach?

Julek postanowił zarezerwować właśnie ten, chyba najdroższy hotel w mieście, bo chciał, żeby zakosztowała trochę luksusu. A w dodatku była to ich pierwsza wspólna podróż zagraniczna. Pierwsza w ogóle i gdziekolwiek do tej pory, starał się więc, żeby Matylda ją zapamiętała od tej lepszej strony. I żeby jak najmniej myślała o tym, po co tu tak naprawdę przyjechali.

– Obawiam się, że w innych będzie podobnie. Chodzi mi oczywiście o atmosferę i wystrój. Korzystajmy zatem z tych wygód, bo gdzie indziej może ich nie być.

Odświeżyli się w ogromnej, wyłożonej kryształowymi lustrami łazience, wypachnili przygotowanymi tam wonnościami i zeszli do restauracji na obiad. Powoli przestawała ich dziwić i zaskakiwać wszechobecność flag i proporczyków oraz portrety Hitlera na każdym kroku. Nie zwracali też uwagi na umundurowanych Niemców w wysokich, błyszczących butach i na głośne hajlowanie. Starali się skupiać tylko na smacznych daniach i własnym towarzystwie. Później ułożyli plan dnia.

Najważniejszym punktem programu było znalezienie klubu, w którym występowała Eliza. Od tego musieli zacząć.

– To miało być gdzieś w pobliżu Alexanderplatz, prawda? – Matylda wodziła palcem po mapce. – Kawałek stąd, na piechotę chyba będzie za daleko.

– Możemy przy okazji trochę pozwiedzać, a jak się zmęczymy, wsiądziemy w tramwaj.

– Nie wiem, czy będę w stanie się skupić na tym, co oglądam, wiedząc, że wkrótce stanę oko w oko z Elizą. Wciąż nie mogę uwierzyć w to, co pisał o niej Michał. Może nigdy nie była najmądrzejsza, ale żeby...? Nie, trudno mi uwierzyć.

– Matysiu, o tej porze kabarety i tak będą jeszcze zamknięte. Najwyżej możemy tylko się zorientować, gdzie i jakie tam są, a wrócić dopiero wieczorem. Przez ten czas zdążymy pozwiedzać miasto. A może zrobimy przy tej okazji jakieś zakupy w „Hertie"?

Miasto z okien tramwaju miało w sobie coś nierealnego. Trudno było im się skupić na oglądaniu zabytków i pięknych budowli przy całej tej masie łopoczącej czerwieni. Ulicami mknęły czarne samochody, czyste, lśniące, jakby najmniejszy nawet brud był tu zakazany. Tramwaj zatrzymał się, żeby przepuścić grupę maszerujących dzieci, kilkunastoletnich chłopców ubranych w jednakowe mundurki. Krótkie spodenki ukazywały opalone, mocne nogi, poruszające się jednym, zgodnym rytmem. Dzieciaki miały dziarskie, zadowolone miny. Za nimi przejechali rowerzyści, a na koniec matka ciągnąca za dyszel coś w rodzaju małego drewnianego wozu. W środku siedział maluch wymachujący chorągiewką, na długim patyku, oczywiście ze swastyką.

Tramwaj ruszył z głośnym dzwonieniem, za szybą przesuwały się kolejne obrazki z życia berlińczyków. Kobiety w kolorowych, wydymających się na wietrze sukienkach spacerowały u boku swoich mężów i narzeczonych. W ogródkach kawiarń widać było tańczące w rytm melodii orkiestr roześmiane pary. Gdyby nie wszechobecne portrety Führera oraz flagi Rzeszy, miasto wyglądałoby jak bajkowa kraina szczęśliwości.

Wbrew obawom Matyldy i Julka w pobliżu Alexanderplatz nie było zbyt dużo kabaretów. Właściwie to znaleźli tylko jeden, „Der Himmel*", który mógł wchodzić w grę. Drugi znajdujący się tam lokal był raczej kinoteatrem.

– A więc Eliza wylądowała w „Niebie"! – Julek uśmiechnął się z przekąsem. – Oby nie okazało się dla niej piekłem...

– Nie wiemy jeszcze, czy właśnie tu występuje. Ale jest to bardzo prawdopodobne.

Resztę popołudnia spędzili na zwiedzaniu i zakupach. Olbrzymi dom towarowy „Hertie" zrobił na nich ogromne wrażenie, nie tylko swoim wyglądem. Matylda kupiła jesienny kostiumik z delikatnej zielonej wełny, wspaniale kontrastującej z rudymi włosami. Dopasowany do figury żakiet, zapinany na trzy ogromne guziki, pięknie podkreślał jej figurę.

– Gdybym nie był już zakochany, teraz zakochałbym się w tobie na zabój – oświadczył Julek z błyskiem w oku na widok wychodzącej z przymierzalni dziewczyny.

* Niebo – niem.

135

Wyglądała tak pięknie, że zwracała też uwagę innych. Mężczyźni spoglądali na nią z wyraźną przyjemnością, nawet kobiety nie pozostały obojętne.

Julek również poddał się zakupowemu szaleństwu. Sprawił sobie ciemny garnitur z poszerzaną w ramionach dwurzędową marynarką i szerokimi, modnymi spodniami. Matylda dobrała do tego odpowiednie koszule.

– Będziesz miał piękny strój, w sam raz na nasz ślub. Ale nie mierz tego wszystkiego naraz tutaj, bo jeszcze mi cię jakaś Niemka sprzątnie sprzed nosa i ślubu nie będzie.

Zadowolona i szczęśliwa, na chwilę zapomniała o czekającym ją ewentualnym spotkaniu z Elizą. Jeszcze nie ustalili między sobą, co zrobią, jeśli okaże się, że ona naprawdę jest zamieszana w handel kobietami.

Julek z przyjemnością patrzył na odprężoną twarz ukochanej.

– A może i ty kupisz teraz coś na ślub? Patrz tylko, jaki tu wybór.

Po godzinie żałował swojego pomysłu. Sprzedawczyni, czując, że szykuje jej się dobry interes, przynosiła Matyldzie do przymierzalni kolejne piękne kreacje. Ostatecznie stanęło na długiej do ziemi sukni z szarego jedwabiu w czarny, złoty, zielony i brązowy deseń. Był do niej krótki płaszczyk z szarego jedwabnego woalu.

– Ale przecież nie pójdziesz w tym do ołtarza? – Julek z trudem tłumił ziewanie.

– No nie, masz rację, to dobre na karnawał. Muszę w takim razie znaleźć coś odpowiedniego na ślub.

Tym razem wybieranie trwało nieco krócej. Matylda też już miała dość zakupów. Coraz bardziej nerwowo spoglądała na zegarek, myślami była daleko stąd. Denerwowała się na myśl o spotkaniu z Elizą. Wybrała białą suknię z woalu w czerwone punkciki i błękitne kreseczki. Od obcisłego stanika z bufiastymi rękawkami spływała w dół, aż do ziemi, szeroka rozkloszowana spódnica, układająca się w miękkie fałdy przy każdym ruchu.

– Z tego, co się orientuję, to ślubna suknia powinna być cała biała. – Julek od razu ugryzłby się w język, bo ta uwaga mogła przedłużyć zakupy, ale chodziło przecież o ślubną kreację jego narzeczonej. Chciał, żeby ukochana wyglądała najpiękniej, jak to tylko możliwe.

– A z tego, co ja się orientuję – Matylda przymrużyła oko – biała suknia jest zarezerwowana tylko dla niewinnej i nieskalanej panny młodej. A tymczasem...

– Dobrze, dobrze, rób, jak uważasz. – Julek rozejrzał się dyskretnie, jakby w obawie, że ktoś zrozumie, o czym rozmawiają. – Dla mnie we wszystkim wyglądasz pięknie.

– Zakłamany tchórz – zaśmiała się dziewczyna.

W „Der Himmel" było już tłoczno i Matylda z Julkiem z trudem znaleźli wolny stolik. Zapytany o Fifi kelner nie umiał udzielić żadnej informacji, ponieważ był to jego pierwszy dzień pracy. Poprzednik wyleciał za zbyt bliskie kontakty z goszczącymi w lokalu kobietami, więc nowo przyjęty pracownik rozmawiał tylko z Julkiem. I to też ze strachem. Matyldzie to nie przeszkadzało, zwłaszcza że jej niemiecki pozostawiał wiele do życzenia. Rozumiała, co do niej mówiono, gorzej natomiast było z konwersacją.

Zamówili polecane przez kelnera czerwone wino i postanowili poczekać na rozwój wypadków, a w razie czego spytać o Elizę bezpośrednio właściciela kabaretu. Tymczasem rozglądali się z ciekawością po lokalu.

Przy stolikach siedziały eleganckie kobiety w towarzystwie wytwornie ubranych mężczyzn, ale, co zwróciło uwagę obojga, w większości były starsze od swoich partnerów. Paliły papierosy w długich szklanych lufkach, gestykulowały żywo zdobnymi w bogate pierścienie dłońmi, brzęczały pięknymi kolczykami. Niektórzy z tych młodych mężczyzn wyglądali jak kobiety w przebraniu. A może to rzeczywiście kobiety? – zastanawiała się Matylda, chłonąc ów widok z ciekawością i rozbawieniem. Takich lokali w Polsce nie widziała, wszystko tu było dla niej nowością.

Tymczasem na jasno oświetlony skrawek parkietu wyszedł konferansjer i głośno przywitał zgromadzonych gości. Zanim zaczął zapowiadać kolejne numery, opowiedział kilka zabawnych dykteryjek, wywołując głośne wybuchy śmiechu. Nagle zwrócił się bezpośrednio do siedzących w pierwszych rzędach, wyjątkowo hałaśliwych gości.

– Drodzy panowie i panie, nie dość, że w obecnych czasach muszę się przyglądać, jak jecie podczas mojego występu, to jeszcze każecie mi tego słuchać!

Na sali zapanowała cisza, po chwili jednak gruchnął gromki śmiech. Widać było, że stali bywalcy przyzwyczajeni byli do takich występów i improwizacji konferansjera. I publiczności się podobało. Może z wyjątkiem nieco speszonego towarzystwa w pierwszych rzędach.

Konferansjer zapowiedział występ jakiejś gwiazdy kabaretowej, niestety, nie była to Eliza. Potężnie zbudowana, czarnowłosa kobieta z krótkimi, po męsku obciętymi włosami śpiewała zachrypniętym głosem piosenkę o miłości. Trudno było się jednak zorientować, czy śpiewa o ukochanym, czy też ukochanej. Matylda poczuła narastający ból głowy, powietrze w lokalu było aż gęste od dymu papierosów i cygar. Już miała dać znak Julkowi, że chciałaby wyjść, kiedy na scenę wszedł konferansjer i zapowiedział kolejny występ.

– A teraz, drodzy państwo, ulubienica publiczności... Fifi!

Zerwały się pojedyncze oklaski i entuzjastyczne gwizdy, a Matylda, zakrztusiwszy się winem, opryskała Julka i siedzącego w pobliżu mężczyznę. Na szczęście ich sąsiad był tak zajęty gwizdaniem na palcach, że nic nie zauważył. W kręgu światła pojawiła się wysoka, piękna kobieta. Błyszcząca cekinami suknia opinała zgrabną, szczupłą sylwetkę solistki, a długie blond włosy spływały jej niemal do bioder. Matylda poczuła delikatne ukłucie zazdrości. Eliza wciąż była piękna i wyglądała na prawdziwą gwiazdę.

Fifi odczekała chwilę, aż sala się uspokoi, i zaczęła śpiewać. Widać było, że przyzwyczaiła się już do takich reakcji. Głos miała przyjemny, zmysłowy i intrygujący, przeciągała się przy tym jak kot, powoli i leniwie.

Mężczyźni nie odrywali od niej wzroku, zamawiali, niemal bezwiednie, kolejne kieliszki alkoholu ku niekłamanej radości człowieka stojącego w głębi, prawdopodobnie właściciela kabaretu. Dawał znaki kelnerom, żeby uwijali się szybciej.

– Ciekawe, czy to jej mąż. – Julek nachylił się w kierunku Matyldy, wskazując dyskretnym ruchem zacierającego ręce mężczyznę.

– Nie sądzę. Widziałam ich zdjęcie ze ślubu w jakiejś gazecie, tamten był dużo wyższy i szczuplejszy.

Rzeczywiście, ten tutaj był niski i otyły, z okrągłą, nalaną twarzą, świecącą się w blasku reflektorów. Wycierał ją co chwilę dużą czerwoną chusteczką. Matylda z rozbawieniem zdała sobie sprawę, że usiłuje dostrzec na niej swastykę wpisaną w białe koło.

Tymczasem Fifi skończyła występ i natychmiast posypały się zaproszenia do stolików. Odmawiała z uroczym uśmiechem, usiłując przedostać się przez tłum wielbicieli na zaplecze lokalu. Nagle znieruchomiała w pół kroku.

– Kochają cię, dobra jesteś... – usłyszała znajomy głos. Ktoś mówił do niej po polsku.

Obejrzała się z zaskoczoną miną.

– Matylda?!... A co ty tu...?

– Co robię? – weszła jej w słowo Matylda. – Szukam cię, moja droga.

Wyglądało na to, że Eliza doskonale wie, z jakiego powodu ktoś mógł jej szukać. Rzuciła spłoszone spojrzenie w kierunku grubasa, a ten w lot pojął, że szykują się jakieś kłopoty.

– Zanim ten tłuścioch naśle na nas swoich ludzi, spróbujmy spokojnie porozmawiać. Jak dwie dobre znajome.

– Nas? Nie jesteś tu sama?

– Nie. Popatrz na tego mężczyznę, który właśnie macha do nas od stolika, to mój narzeczony. Prawnik, żeby nie było wątpliwości.

Tę informację dodała może niepotrzebnie, bo to były Niemcy i polski prawnik nie miał tu raczej nic do powiedzenia, ale zrobiło to na Elizie spodziewane wrażenie. Wydawała się tak zaskoczona, że chyba nie była w stanie logicznie myśleć. Dyskretnym ruchem powstrzymała zbliżających się do nich dwóch mężczyzn o posturze zapaśników.

– Nie cieszysz się, że mnie widzisz? – spytała Matylda, kiedy szły razem do stolika.

– Nie bardzo. Wiem, dlaczego mnie szukasz, zostałam już o tym powiadomiona.

– Przez starego Olbrychta?

– Powiedzmy, że przez niego. Czy to teraz takie ważne? Czego właściwie ode mnie chcesz?

Była spięta i zdenerwowana, chociaż starała się tego nie okazywać. Nie bardzo wiedziała, czego spodziewać się po dawnej koleżance. Przywitała się z Julkiem i ostrożnie przysiadła na krzesełku podsuniętym jej przez narzeczonego Matyldy.

– Czego się pani napije? – spytał Julek jakby nigdy nic.

Eliza roześmiała się nerwowo.

– Ależ nie, to wy jesteście moimi gośćmi. Ja stawiam. Nalegam.

Oboje wzruszyli obojętnie ramionami, a ona skinęła na przechodzącego kelnera. Kiedy złożyli już zamówienie, odetchnęła głęboko i zwróciła się do Matyldy:

– No dobrze, a teraz mów, o co chodzi. Lubię jasne sytuacje.

– Powiedz mi przede wszystkim, czy to prawda, że bierzesz udział w handlu kobietami.

– O, widzę, że nie owijasz w bawełnę. Ale to nie tak, jak myślisz...

– A jak? Oświeć mnie, proszę.

– Nie wiem, od czego zacząć.

– Najlepiej zawsze zaczynać od początku. – Matylda czuła narastającą złość i wcale nie miała zamiaru ułatwiać zadania dawnej koleżance. – Julek zna całą sprawę, możesz więc mówić otwarcie o wszystkim.

Eliza upiła łyk koktajlu o nazwie trudnej do zapamiętania dla gości i zaczęła opowiadać. Wciąż jeszcze nie wiedziała, jakie tamci mają zamiary, chciała więc zrobić na nich jak najlepsze wrażenie.

– Jak wiecie oboje, wyszłam za mąż za producenta filmowego.

Oboje pokiwali głowami na znak, że tak, wiedzą.

– Od początku wiedziałam, że coś jest nie tak z moim przyszłym mężem, ale nie przejmowałam się zbytnio. Miałam pieniądze, pozycję i obiecaną karierę.

– Występowanie w tej spelunce nazywasz karierą? – Matylda nie wytrzymała.

– O, przepraszam, to żadna spelunka, tylko znany w Berlinie kabaret.

– W porządku. Niemniej jednak nie jest to kariera filmowa, o której mi tyle opowiadałaś.

– No, nie jest – przyznała z niechęcią Eliza. – Co do kariery filmowej, okazało się, że mój mąż nie ma aż takich wpływów, jak się wydawało. I jakimi się chwalił. Owszem, dostałam kilka jakichś mało znaczących ról, typu „powóz zajechał" albo „podano do stołu" – zaśmiała się z goryczą – ale na tym się skończyło. Potem, kiedy się okazało, jakie naprawdę filmy kręci mój mąż... No, krótko mówiąc, nie chciałam w nich występować.

Muzyk, grający na pianinie, zakończył głośnym akordem i na moment zagłuszył rozmawiających. Po chwili znów można było prowadzić konwersację. Eliza zamówiła kolejne koktajle. Skończyła występy na ten wieczór, mogła robić ze swoim wolnym czasem, co chciała. Była coraz bardziej odprężona, wyglądało na to, że już od dawna chciała się komuś zwierzyć.

– Chcesz powiedzieć, że mąż cię do tego namawiał? Nie wierzę.

– A jednak. Nasze małżeństwo istniało tylko na papierze, skłonności męża do młodych chłopców, a nawet dzieci, wykluczały kontakty z kobietami. Miałam być przykrywką, bo zaczynało się wokół niego robić gorąco. Groził mu paskudny proces w Polsce.

– Wiedziała pani o tym? – Julek starał się jej nie przerywać, ale nie wytrzymał.

– Wiedziała – stwierdziła krótko Matylda. Przypomniała sobie rozmowę z Elizą u Noworolskiego w Sukiennicach.

– Łatwo wam oceniać – tamta wzruszyła ramionami – ale wtedy to była naprawdę korzystna dla mnie propozycja. Zwłaszcza że mogłam mieć kochanków na boku, byle dyskretnie. Niczego mi nie brakowało, ani pieniędzy, ani biżuterii, ani zagranicznych podróży. Każda kobieta by z tego skorzystała.

– Zapewniam cię, że nie każda. Ale nie przyjechaliśmy tu po to, żeby oceniać twoje decyzje życiowe.

– Matylda chciała już zakończyć temat małżeństwa. To była prywatna sprawa koleżanki. – Opowiedz nam lepiej o handlu kobietami.

Eliza obejrzała się wokół przestraszona.

– Nie tak głośno, błagam.

– Myślisz, że ktoś tu mówi po polsku?

– Szpiedzy Olbrychta na pewno. A oni są wszędzie, zapewniam cię.

Zamilkła, jakby coś rozważała w myślach. W końcu podjęła decyzję.

– Chodźmy stąd, zapraszam was do siebie. Tam będziemy mogli w spokoju porozmawiać.

Kazała kelnerowi zapisać koktajle na swój rachunek i zniknęła, żeby się przebrać.

Na scenę znów wyszedł konferansjer i zaczął zabawiać gości, wywołując salwy śmiechu. Na koniec podniósł rękę w hitlerowskim pozdrowieniu i przyjrzał jej się uważnie.

– O, właśnie potąd jesteśmy w gównie! – skomentował krótko swój gest.

Żart nie wszystkim się spodobał, ale widać było, że występujący nic sobie z tego nie robi. Jego rolą było bawić i prowokować, i właśnie to czynił. Odczekał, aż ucichły gromkie brawa, żeby zapowiedzieć kolejną artystkę.

– Ciekawe, czy nie wymknie się jakimś tylnym... – zaczęła Matylda, lecz urwała, widząc zbliżającą się do nich Elizę. Miała jeszcze sceniczny makijaż, ale przebrała się już do wyjścia. Wyglądała całkiem zwyczajnie, nawet skromnie, co zauważyli z zaskoczeniem.

– Miejmy to już za sobą. Chodźmy.

Wyszli na rozświetloną latarniami ulicę. Mimo późnej pory było gwarno, na chodnikach tłoczyli się ludzie, eleganckie samochody podjeżdżały pod drzwi kabaretu, przywożąc kolejnych gości. Niektórzy widzowie już wychodzili i kierowali się do aut. Eliza poprowadziła swoich gości na piechotę, w boczną uliczkę, gdzie stała stara, nobliwie wyglądająca kamienica.

Żadne z nich nie zauważyło ciemno ubranego mężczyzny, który, kryjąc się w cieniu, podążał cicho za nimi.

ROZDZIAŁ 11

Mieszkanie Elizy było wygodne, przestronne i urządzone ze smakiem. Na jednej ze ścian wisiał obraz przedstawiający Sukiennice i widoczną za nimi wieżę ratusza na rynku krakowskim. Nieco dalej połyskiwała w półmroku dorożka w ciepłym świetle gazowej latarni, gdzieś w pobliżu Bramy Floriańskiej. W kącie, przy oknie, stała klatka z kanarkiem, ożywionym teraz i robiącym sporo hałasu. Eliza uzupełniła mu wodę i przykryła klatkę jedwabną chustką.

– Tęsknisz? – bardziej stwierdziła, niż spytała, Matylda.

– Tak, bardzo. Wiele już razy miałam zamiar rzucić to wszystko w diabły i wracać do Krakowa, tylko że nie bardzo mam już gdzie ani do kogo. Ale nie mówmy o tym – ucięła, widząc, że Julek chce coś dodać. – To był mój wybór i nie mam już odwrotu. Tu znalazłam pracę, mam mieszkanie, tam musiałabym znowu zaczynać od zera.

– A gdzie twój mąż? Nie będzie miał nic przeciwko naszej wizycie?

Eliza pokręciła przecząco głową.

– Nie, mieszkam tu sama, odeszłam od niego. Wprawdzie nie dał mi rozwodu, ale przynajmniej pozwolił odejść i zaopatrzył w całkiem ładną sumkę na życie.

– Dobrze. – Julek rozsiadł się wygodnie w fotelu.

– Proszę w takim razie opowiedzieć nam wszystko, co pani wie na temat handlu kobietami. A przede wszystkim interesuje nas, gdzie ukrywa się Olbrycht. Stary, bo o młodym wiemy, że wyjechał do Argentyny.

Eliza nalała im alkoholu i usiadła na miękkiej kanapie. Zrzuciła pantofelki na obcasie i z błogim westtchnieniem zanurzyła stopy w dywanie o długim i miękkim włosiu. W świetle stojącej obok lampy wyraźnie widać było jej zmęczoną twarz i cienie pod oczami. Upiła łyk i odstawiła kryształową szklankę na stolik, prawdziwe dzieło sztuki, inkrustowany masą perłową. Na szklance został ślad po czerwonej szmince.

– Jesteście pewni tej Argentyny? Skąd o tym wiecie?

Matylda drgnęła zaskoczona.

– Pisał do mnie stamtąd, stempel wyglądał na prawdziwy, znaczki też. Dlaczego pytasz?

– To przestępcy, tak jeden, jak i drugi. Ukrywają się, mylą ślady. Nie wydaje mi się, żeby bratanek Olbrychta ujawniał jakiekolwiek informacje na temat swojego prawdziwego miejsca pobytu, by łatwo go było namierzyć.

– Na miłość boską! – Wzburzona Matylda aż wstała ze swojego fotela. – Przecież był moim narzeczonym, kochał mnie. Dlaczego jeszcze teraz miałby...

Julek złapał ją za rękę i łagodnie nakłonił, żeby z powrotem usiadła.

– Matysiu, pozwól pani to wytłumaczyć. Może nie wiemy tego, co Eliza... to znaczy pani Eliza.

– Och, nie bawmy się w konwenanse – mruknęła gospodyni. – Jestem Eliza, mów mi po imieniu.

Po zdawkowej prezentacji na moment zapanowała cisza, jakby Eliza chciała zebrać myśli. Matylda zaczęła gwałtownie łapać powietrze, dusiła się, jak zwykle w chwilach dużego zdenerwowania.

– Nie mówię tego, żeby ci sprawić przykrość. – Eliza wróciła do tematu. – Może akurat w stosunku do ciebie ten człowiek zachowywał się inaczej, może naprawdę cię kochał, ale ja miałam okazję poznać jego poprzednie tak zwane narzeczone. Wszystkie te narzeczeństwa kończyły się podobnie.

– To po prostu niemożliwe, to nie może być prawda... – powtarzała półgłosem Matylda, z niedowierzaniem kręcąc głową. – Byłam aż tak naiwna i ślepa? Lulku, czy ja naprawdę jestem taka głupia, naprawdę?

Nie miał zamiaru jej pocieszać. Wiedział, że tylko rozżaliłaby się nad sobą jeszcze bardziej.

– Nie będę ci przypominał, że ten typ nie podobał mi się od samego początku. Zamiast płakać, lepiej się zastanów, co teraz z tą wiedzą zrobimy. A ty na początek – zwrócił się do Elizy – opowiedz nam wszystko, co wiesz.

Siedzieli do późna w nocy. Eliza opisała im, jak wyglądała jej współpraca z Olbrychtami.

– Z początku byłam przekonana, że wszystkie te naiwne dziewczyny są werbowane do filmów pornograficznych.

– Nie przeszkadzało ci to? – spytał bez złośliwości Julek.

– A powinno? Każdy dorosły człowiek sam odpowiada za to, co robi. Znam wiele młodych kobiet z całą świadomością grających w takich filmach. Zupełnie nieźle zarabiają, niektóre wręcz lubią tę pracę. Nie miałam pojęcia, że w tym przypadku jest inaczej.

– Kiedy się zorientowałaś?

– Kiedy jeden z kolegów mojego męża pochwalił się przy mnie po pijanemu, ile kobiet udało mu się sprzedać do burdeli. Chodziło o te same dziewczęta, którymi zajmowałam się kilka dni wcześniej. Wtedy po raz pierwszy usłyszałam o transportach morskich do Buenos Aires i innych miast. Mąż niczego się nie wypierał, wyśmiał tylko moją naiwność i łatwowierność.

– Naprawdę o niczym nie wiedziałaś, nie domyśliłaś się?

– Może wyda się wam to dziwne, ale naprawdę. Nie interesowałam się tym, co potem się z nimi dzieje. Wszystkie były pod wpływem narkotyków, więc tym bardziej ich nie żałowałam. Teraz wiem, że to sprawka Olbrychta, i już tam, w kraju, odurzano je, żeby łatwiej je przewieźć przez granicę. Nie stawiały oporu.

– Nawet już wiemy, skąd brał narkotyki. – Matylda i Julek spojrzeli po sobie. – Chyba spotkaliśmy przypadkiem jednego z ludzi, którzy dostarczali im morfinę. Dranie...

– Do moich obowiązków należało zajęcie się nimi po przyjeździe do Berlina – kontynuowała beznamiętnym tonem Eliza. – Były zmęczone i brudne po podróży, źle ubrane, więc im pomagałam w tych pierwszych dniach. Miałam do dyspozycji krawcowe, fryzjerki i specjalistki od makijażu. Myślałam, że przygotowuję je do zdjęć próbnych. Potem traciłam z nimi kontakt.

– No dobrze, a co się stało, kiedy już sprawa wyszła na jaw?

– Cóż, odmówiłam udziału i chciałam się wycofać. Mąż zwołał zebranie wszystkich swoich współpracowników tu, w Berlinie. Pamiętam, że podczas tej rozmowy obecny był też stary Olbrycht. Wściekł się. Krzyczał na mojego męża, że będziemy mieli przeze mnie kłopoty i że powinien się mnie pozbyć. Wtedy też dowiedziałam się o tobie i Julku, podobno zaczęliście za bardzo węszyć, jak to określił, wokół niego.

– Mówił, skąd się o nas dowiedział?

– Tak, zatelefonował pielęgniarz ze szpitala w Kobierzynie. To ich człowiek. Podobno wypytywaliście tam dziewczynę, której udało się uciec z domu Olbrychta pod Warszawą, i znaleźliście coś, co go łączyło z tą sprawą.

– Broszka w kształcie rajskiego ptaka – szepnęła Matylda jakby do siebie.

– Rzeczywiście, wspominał o jakiejś broszce. Ale najgorsze dla niego było to, że znałaś jego adres, który tamta dziewczyna potwierdziła. Grunt zaczął mu się palić pod nogami. Już wcześniej policja miała na niego oko, jednak nigdy niczego konkretnego nie znaleźli. Tym razem miał w piwnicach swojego domu w lesie cały transport młodych kobiet. Musiał szybko je stamtąd zabrać. Szybciej, niż zamierzał. Z tego, co wiem, nie zdążył jeszcze przygotować dla nich fałszywych paszportów i później musieli przeczekać ten czas w jakimś małym miasteczku przy granicy z Niemcami.

– Myślisz, że Michał... to znaczy jego bratanek też brał w tym udział?

– Nie myślę, tylko wiem na pewno. Od niego samego, bo on też był przy tej rozmowie. Pomagał stryjowi przy tym transporcie, wspominał wtedy o Meli, twojej koleżance. Twierdził, że bardzo żałował, że tej jednej nie udało mu się uratować. Czyli nie był tak całkiem pozbawiony człowieczeństwa.

– Mój Boże, przecież on znał Melę wcześniej! Ale jak to uratować? Czyżby coś jej się stało?

– Nie mam pojęcia. Może miał na myśli to, że nie udało mu się jej uratować przed wywiezieniem do jakiegoś burdelu, nie wiem. Jedyne, co mnie wówczas zaniepokoiło, to ich rozmowy na temat kilku dziewczyn, które z jakiegoś powodu nie nadawały się wtedy do podróży za granicę. Chyba były chore, a zdaje się nawet, że któraś z nich umarła w tej piwnicy.

– I co z nimi zrobili?

Eliza uciekła spojrzeniem w bok.

– No mów, do cholery! Co?!

Wzruszyła ramionami.

– Skąd mogę wiedzieć? Podejrzewam jednak, że po przekopaniu ogrodu wokół domu Olbrychta mogłoby się wyjaśnić niejedno tajemnicze zaginięcie. Ale nie sądzę, żeby chodziło o twoją przyjaciółkę.

– Dlaczego?

– Bo Michał się o nią kłócił ze stryjem. Wyrzucał mu, że mógł z nią jeszcze poczekać i że teraz nie ma najmniejszej szansy, żebyś mu kiedykolwiek wybaczyła. Wyglądało na to, że obaj nie wiedzieli, co się z nią dalej stało.

– A więc wymyślił sobie tę historię z szukaniem jej w Argentynie?

– Całkiem prawdopodobne.

Matylda nie wytrzymała i wybuchnęła głośnym płaczem. Nie mogła się opanować, łzy spływały jej strumieniami, nawet nie próbowała ich wycierać. Dali jej się wypłakać, każde pogrążyło się we własnych myślach.

– A czy mówił coś na temat Matyldy? – Julek pierwszy odważył się zadać to pytanie. – Jakie w stosunku do niej mieli plany?

– Myślę, że młody Olbrycht chyba rzeczywiście chciał się z nią ożenić. Przynajmniej tak wynikało z jego słów. Żałował tylko, że wszystko się skomplikowało przez ten wasz wyjazd do Kobierzyna, miał jej za złe węszenie, jak to nazwał. Moim zdaniem myślał, że po ślubie uda mu się nakłonić Matyldę do współpracy. Tak jak mojemu mężowi mnie, z początku.

– A tak pięknie i wzruszająco pisał, jak to wyjechał do Berlina w obawie o moje życie. – Matylda uspokoiła się już. Wytarła głośno nos i sięgnęła, wciąż jeszcze drżącą ręką, po szklaneczkę z alkoholem. – I te jego relacje z poszukiwań Meli w Buenos Aires. Naprawdę chwytały za serce. Mój Boże, co za obłuda.

– Zapomniałaś, że to niespełniony autor sztuk teatralnych – mruknął Julek.

– No tak, ma talent, trzeba mu to przyznać. Ale w jaki sposób wysłał te listy z Argentyny? To cię nie zastanawia?

– Matysiu – westchnął zniecierpliwiony. – Czasami zadziwiasz mnie swoją naiwnością. Nie pomyślałaś, że mógł je napisać tutaj i dać komuś do wysłania z Buenos Aires? Przecież nadal wywożą tam kobiety, zawsze znajdzie się ktoś, kto mógłby wziąć przesyłkę.

– Po prostu wciąż jeszcze to do mnie nie dociera – szepnęła, sięgając znów po chusteczkę.

– A ja znów proponuję, żebyś się w końcu przestała nad sobą użalać i zaczęła coś robić. Ułóżmy jakiś plan, w końcu po coś tu przyjechaliśmy. Teraz okazuje się tylko, że zamiast samego Olbrychta będziemy mogli namierzyć także jego bratanka. Być może ukrywają się tu, w Berlinie, razem.

– Dlaczego wy zajmujecie się tą sprawą? Przecież to zadanie policji, czegoś tu nie rozumiem. Współpracujecie z nimi czy jak?

Julek westchnął ciężko.

– Nie, to całkiem prywatna krucjata. Próbowałem tłumaczyć Matyldzie, że porywamy się z motyką na słońce i nie my powinniśmy ścigać tych ludzi, ale traktuje to bardzo osobiście. Olbrycht skrzywdził jej przyjaciółkę i skomplikował Matyldzie życie osobiste.

– Nie zachowuj się tak, jakby mnie tu nie było.

– W oczach dziewczyny pojawiły się niebezpieczne błyski. Była o krok od wybuchu. – Ja też potrafię mówić. Tak, postanowiłam go wytropić sama, bo mam wrażenie, że policja niczego konkretnego w tej sprawie nie robi. I znajdę drania, choćby się schował pod ziemię. Z tobą albo bez ciebie.

Julek ze złością machnął ręką i usiadł z powrotem w fotelu, aż zajęczały sprężyny. Wiedział z doświadczenia, że jeśli Matylda już coś sobie postanowiła, nic jej nie zmusi do zmiany planów.

– No dobrze, załóżmy, że go znajdziecie. I co dalej? – spytała ze sceptyczną miną Eliza. – Tutaj nikt ich nie ruszy, zdziwilibyście się, jak wielu wysoko postawionych ludzi jest wmieszanych w ten interes. Poza tym stary Olbrycht chwali się wszędzie, że osobiście zna Hitlera, a to go czyni niemal nietykalnym. Nosi przy sobie ich wspólne zdjęcie, zrobione podczas jakiejś kolacji. Pokazuje je wszędzie niczym legitymację.

– Jeszcze nie wiem – Julek wzruszył ramionami – damy znać naszej policji, już oni będą wiedzieli, co z tym fantem zrobić. Handel ludźmi to przecież przestępstwo międzynarodowe, ścigane w wielu krajach. Myślę, że policje tych państw współpracują ze sobą.

– Nie macie świadków, a dziewczyny, nawet jeśli którąś uda wam się namierzyć, nie będą chciały nic mówić z obawy o własne życie. Większości i tak nie znajdziecie, chyba że pojedziecie do Buenos Aires i przeszukacie wszystkie burdele. Według mnie sprawa jest z góry przegrana.

– A ty nam nie pomożesz?

Eliza pokręciła przecząco głową.

– Nie liczcie na to, że kiedykolwiek będę zeznawać w tej sprawie. Mogę wam opowiedzieć wszystko, co sama wiem, a wy zróbcie z tym, co będziecie chcieli. Ale jeśli przyjdzie co do czego, wszystkiego się wyprę. Chciałabym jeszcze trochę pożyć. Nawet nie zdajecie sobie sprawy, jacy to niebezpieczni ludzie.

– Podasz nam chociaż adres Olbrychta?

Milczenie Elizy było bardzo wymowne. Wiedzieli, że się boi, więc nie nalegali, chociaż trudno im było ukryć rozczarowanie. Wyglądało na to, że niewiele uda im się zdziałać bez jej pomocy. Jak szukać człowieka w takim dużym mieście? W dodatku kogoś, kto się ukrywa.

– Twierdzisz, że ci ludzie są niebezpieczni, dlaczego w takim razie mąż pozwolił ci odejść bez problemu? Przecież znałaś ich sekrety.

– Kto powiedział, że bez problemu? – Z ironią uniosła brew. – Ale zabezpieczyłam się, na wypadek gdyby coś mi się stało. Spisałam wszystko, co wiem, na temat szajki oraz mojego męża i zdeponowałam notatki u mojego adwokata. Mężowi dałam kopię do poczytania i uprzedziłam, że w chwili mojej nagłej śmierci sprawa ma zostać ujawniona.

– Ale mówiłaś, że tutaj nikt by ich nie ruszył.

– Szajki może nie, ale mojego męża mógłby. Homoseksualizm nadal jest tu ścigany, zwłaszcza od chwili, gdy Hitler doszedł do władzy. A ja opisałam sprawy, o których nawet mój mąż nie wiedział, że je znam. Był wstrząśnięty. Na tyle, żeby przystać na wszystkie moje warunki i żeby w jego interesie leżało teraz moje bezpieczeństwo. Mogę być spokojna tak długo, jak długo tożsamość mojego prawnika nie zostanie ujawniona. A ponieważ nie jest to takie łatwe, na razie mogę spać spokojnie.

– Sprytne – przyznał Julek z niechętnym podziwem.

Eliza uśmiechnęła się gorzko.

– W tej grze wygrywa ten, kto ma lepsze karty. I kto je trzyma blisko siebie. Miałam bardzo dobrego nauczyciela w osobie mojego męża.

Zrobiło się bardzo późno, więc Eliza zaproponowała im nocleg, woleli jednak wracać do hotelu. Umówili się, że zajrzą jeszcze do niej przed powrotem do Krakowa. Zadzwoniła więc po taksówkę i po kilkunastu minutach pod bramą kamienicy stanął cicho samochód na grubych oponach. Kierowca w czarnym uniformie i czapce z lakierowanym daszkiem ukłonił się swojej stałej klientce. Eliza pożegnała się z gośćmi.

– Tutaj macie adres Olbrychta. Zapamiętaj go i zaraz zniszcz kartkę – szepnęła, wsuwając skrawek papieru w dłoń Julka. – Tylko ostrzegam jeszcze raz, uważajcie, bo to naprawdę niebezpieczny człowiek.

ROZDZIAŁ 12

W nocy nad Berlinem rozpętała się gwałtowna nawałnica. Ulewny deszcz sprawił, że ulicami płynęły potoki wody, ochłodziło się gwałtownie, deszcz przemienił się w grad wielkości kurzego jajka. Czegoś takiego Matylda i Julek nigdy jeszcze nie widzieli. Aż do popołudnia nie mogli wyjść z hotelu. Przez okna widzieli tylko zniszczenia po burzy, podtopione samochody i płynące ulicami śmieci. Rosnące nieopodal wejścia do hotelu drzewo zwaliło się na parkujący w pobliżu samochód i zgniotło go jak zabawkę. Mimo padającego wciąż deszczu służby porządkowe usuwały szkody.

– Chyba dziś już nigdzie się nie wybierzemy. – Zmartwiona Matylda chodziła od okna do okna, sprawdzając sytuację na zewnątrz. – A może na przedmieściach nie było takiej burzy, może to tylko w mieście? Jak myślisz, Lulku?

Zgodnie z mapą Berlina adres podany przez Elizę znajdował się gdzieś w zachodniej części miasta, na przedmieściu.

– Sam nie wiem. Obawiam się, że wszędzie jest tak samo, ale raczej nie mamy wyboru. Musimy jak najszybciej znaleźć Olbrychta, jeśli on w ogóle tam się znajduje. Czas nas goni. Hotel mamy zapłacony do niedzieli włącznie, a dziś już czwartek.

Przebrali się i zjechali windą do recepcji, żeby wezwać taksówkę. W holu panował duży ruch i zamieszanie. Jeden z gości hotelowych awanturował się, że podczas burzy jego samochód został uszkodzony przez upadający konar drzewa. Miał pretensje, że stało się to na parkingu, który przecież powinien być zabezpieczony przed takimi wypadkami.

Kiedy ulokowali się wygodnie na kanapie w holu, czekając na zamówioną taksówkę, Matylda nagle na karku poczuła mrowienie. Zupełnie jakby ktoś ją obserwował. Obejrzała się, niemile zaskoczona. Miała wrażenie, że to ktoś z grupki osób czekających na windę. Kiedy jeszcze raz spojrzała w tamtym kierunku, drzwi windy właśnie się zamykały. Potarła w zamyśleniu czoło, usiłując sobie przypomnieć twarze tamtych ludzi. Widziała ich wprawdzie tylko przez moment i nikt nie wydawał jej się znajomy. Mrowienie ustąpiło.

Taksówka jechała przez zalane ulice, rozbryzgując brudną wodę na boki i starając się omijać leżące wszędzie konary drzew i drobniejsze gałęzie połamane wiatrem. Na przedmieściach zniszczenia były jeszcze większe. Mijali domy z przewróconymi kominami i wybitymi szybami, przy drodze leżały wyrwane z korzeniami drzewa. Jedno z nich miało co najmniej metr średnicy. Jak twierdził taksówkarz, już dawno nie było tu tak gwałtownej burzy.

Kiedy dojeżdżali pod wskazany adres, już z daleka widać było, że nikogo tam nie zastaną. Szczątki domu, zniszczonego zapewne na skutek uderzenia pioruna, dymiły jeszcze w zanikającym deszczu. Wysiedli z samochodu w nadziei, że przed wejściem zastaną Olbrychta, ale się zawiedli, niestety. Oprócz grupki gapiów i pracującej tam jeszcze straży pożarnej nie było nikogo innego. Julek próbował zasięgnąć języka u sąsiadów, ale nikt nie wiedział, co się stało z właścicielem posesji. Tylko jakaś staruszka widziała go kilka dni wcześniej i była pewna, że od tego czasu dom stał pusty. Nie świeciło się światło, samochód też zniknął.

– No i to tyle, jeśli chodzi o znalezienie starego Olbrychta – westchnęła zawiedziona Matylda. – Znowu mu się udało, nawet boska sprawiedliwość go nie dosięgła.

– Masz na myśli Zeusa Gromowładnego? – Mimo niewesołej sytuacji Julka rozśmieszyło to stwierdzenie.

– Może być. W każdym razie kogoś, kto tej nocy miotał piorunami.

Nie mieli tu nic do roboty. Na szczęście nie zdążyli zwolnić taksówkarza, mogli więc jechać do hotelu.

W drodze powrotnej milczeli, każde pogrążone we własnych myślach.

Oboje zdali sobie sprawę, Matylda trochę później niż Julek, że ta akcja z góry była skazana na niepowodzenie. Trudno odnaleźć kogoś w obcym mieście, jeśli się nie ma żadnych dokładnych informacji na jego temat. Podróż do Berlina okazała się tylko wakacyjną wycieczką. Niczym więcej.

– Przepraszam, Lulku. – Matylda przytuliła się do niego, kiedy już znaleźli się w pokoju. – To nie był najlepszy z moich pomysłów, niepotrzebnie cię namawiałam na ten wyjazd. Uparłam się jak dziecko.

– To prawda. – Uśmiechnął się ponad jej głową. – Ale dzięki temu mogliśmy razem się gdzieś wybrać. Zgodziłem się, bo inaczej w życiu nie dałabyś się namówić na żaden wyjazd.

Matylda odepchnęła go ze śmiechem.

– Ty przewrotny draniu! A ja myślałam, że to dzięki mojej sile przekonywania.

– No tak, przede wszystkim dzięki niej... Poza tym wiesz, że tobie niczego i nigdy bym nie odmówił.

– Nigdy? Niczego? Uważaj, co mówisz, bo kiedyś mogę to bezwzględnie wykorzystać...

– Nie mam co do tego najmniejszych wątpliwości.

Ostatnie dni pobytu postanowili poświęcić na zwiedzanie miasta i rozrywki. Wyglądało na to, że stary Olbrycht wyjechał. Nie znaleźli też żadnych dowodów na obecność Michała w Berlinie. Nikt żadnego z nich nie widział, nikt nie umiał powiedzieć niczego konkretnego na ich temat. Tylko dzięki staruszce, sąsiadce Olbrychta, wiedzieli, że ten na kilka dni przed burzą wyjechał w nieznanym kierunku. Równie dobrze mogła to być inna dzielnica Berlina, jak i Polska. A nawet Argentyna.

Wieczór spędzili w klubie „Der Himmel", niestety Eliza nie występowała, postanowili więc odwiedzić ją w mieszkaniu, ale dopiero ostatniego dnia przed powrotem do Krakowa.

– Jeśli zamierzają państwo pochodzić dziś wieczorem po mieście, należy się liczyć z utrudnieniami – uprzedził ich miły recepcjonista następnego dnia rano. – Wieczorem przyjeżdża do Berlina regent Węgier, admirał Horthy, więc ulice wzdłuż trasy z dworca kolejowego aż do Wilhelmstrasse, gdzie się zatrzyma, będą wyłączone z ruchu.

– Już wczoraj widzieliśmy przygotowania, ale dziękujemy za informację. – Matylda oddała klucz z uroczym uśmiechem. Tak uroczym, że młody chłopak w eleganckim uniformie aż się zaczerwienił z wrażenia.

Coraz lepiej radziła sobie z niemieckim. Jeśli trzeba było załatwić coś ważnego, prosiła jeszcze o pomoc Julka, ale z takimi krótkimi wypowiedziami nie miała już żadnych kłopotów. Paradoksalnie, kiedy się okazało, że zgubili ślad Olbrychtów, uspokoiła się i odzyskała dobry humor. Jakby kamień spadł jej z serca. Uznała, że pewnie tak miało być, i ani myślała sprzeciwiać się losowi. Berlin jej się spodobał, zamierzała skorzystać z wszystkich możliwych uroków tego miasta, zanim nadejdzie czas powrotu do domu.

– Jutro od rana też. – Recepcjonista cieszył się, że nadal może prowadzić rozmowę z piękną rudowłosą Polką. Jej mąż wyszedł już przed hotel i oglądał się za siebie, czekał na nią niecierpliwie. – Bo jutro odbędzie się parada wojskowa, specjalnie na cześć ważnych gości. Defiladę, w obecności regenta Węgier, będzie odbierał sam Führer. Z trybuny naprzeciwko politechniki! – krzyknął za wychodzącą Matyldą, zawiedziony, że nie trwało to dłużej.

Pokiwała mu z daleka ręką w podziękowaniu i wybiegła z hotelu. Wiatr przy wyjściu dmuchnął w jej kwiecistą sukienkę z lekkiego perkalu.

Spędzili beztroskie popołudnie, zwiedzając miasto i odpoczywając nad brzegiem Sprewy, gdzie tłumy berlińczyków zażywały kąpieli i wystawiały się na słońce. Plaża, na której się znaleźli, była mniejsza niż ta pod Wawelem nad Wisłą, ale równie przyjemna. Zmęczeni upałem usiedli w kawiarnianym ogródku za plażą. Rozbrzmiewała muzyka, na drewnianym podeście tańczyły roześmiane pary.

– Patrz! – Matylda trąciła Julka w ramię. – Czy to aby nie profesor Gliński?

– Kto? Nie znam żadnego... Masz rację, to przecież nasz znajomy z pociągu!

Zaskoczony mężczyzna zawahał się na widok machających w jego kierunku młodych ludzi, po chwili jednak i on ich rozpoznał. Podszedł, wachlując się trzymanym w dłoni słomkowym kapeluszem.

– Powitać, powitać! Jakże się cieszę, że państwa tu widzę! No i jak? Udał się pobyt?

Zasypał ich pytaniami, zanim jeszcze usiadł na przystawionym do stolika krzesełku.

– I tak, i nie – pierwsza odpowiedziała Matylda. – Wprawdzie nie udało nam się załatwić sprawy, z którą tu przyjechaliśmy, ale pobyt i tak uważamy za udany. A co u pana profesora?

– No właśnie – wtrącił Julek. – Rodzina pewnie się ucieszyła na pana widok?

Staruszek się zasępił. Przetarł dużą chustką spocone czoło, następnie zaś oczyścił nią zaparowane okulary.

– Prawdę mówiąc, chętnie bym już wracał do domu, ale córka słyszeć o tym nie chce. Nie podoba mi się niemiecka część mojej rodziny, kochani. Oj, bardzo mi się nie podoba.

Nie zadawali pytań, czekali, aż sam wyrzuci z siebie to, co go tak gnębiło. Julek zamówił tymczasem coś zimnego do picia dla profesora. Starszy pan nawet tego nie zauważył i zdziwił się na widok stojącej przed nim oszronionej szklanki z sokiem.

– To dla mnie? Oj, dziękuję, kochani, nie trzeba było.

Ale chętnie sięgnął po napój i wychylił go niemal duszkiem. Widać było, że dokuczało mu pragnienie.

– O czym to ja… A, już wiem. Wyobraźcie sobie, że temu mojemu zięciowi już całkiem poplątało się w głowie. Odkąd przyjechałem, słyszę tylko i wciąż o Hitlerze. Führer powiedział to i to, Führer zrobił to i to, nie zgadza się na to, nakazuje tamto. To wprost nie do wytrzymania. Robi z niego jakieś bóstwo.

– Chyba nie tylko on. – Julek pokiwał głową. – Odnosimy z Matyldą wrażenie, że ten człowiek opanował umysły wszystkich Niemców.

– Najbardziej szkoda mi wnuka. Wilhelm należy, a jakżeby inaczej, do Hitlerjugend. Myślałem z początku, że to takie ich harcerstwo, lecz szybko się przekonałem, że ta ich organizacja nie ma nic wspólnego z naszą. Uczą ich bezwzględnego posłuszeństwa i... – mężczyzna się zawahał – i okrucieństwa. Tak, to dobre słowo. Okrucieństwa. Ci młodzi ludzie mają być bezwzględni i pozbawieni uczuć. Wiecie, do czego są zmuszane te dzieci?

W tle znów rozbrzmiała muzyka. Piękny wiedeński walc zachęcił do tańca kilka par.

– Wyobraźcie sobie, że mój Wilhelm dostał od nich szczeniaczka na wychowanie.

– Ale to przecież miłe, nie rozumiem, co w tym okrutnego. – Matylda siłą powstrzymywała uśmiech. Była pewna, że profesorowi coś się pokręciło. Wymieniła rozbawione spojrzenie z Julkiem.

– Jeszcze nie skończyłem. Dzieciak zajmował się nim, karmił, wyprowadzał na spacery, a kiedy go już pokochał, dostał rozkaz, żeby zabić pieska. Własnoręcznie. Wyobrażacie to sobie?!

– Jezus Maria! To przecież niemożliwe!

– Owszem, możliwe. I musiał to zrobić.

Roztańczona para niemal wpadła na ich stolik. Przeprosili ze śmiechem i wrócili na parkiet.

Matylda i Julek wręcz skamienieli ze zgrozy. Nie potrafili tego skomentować. Tymczasem profesor mówił dalej:

– To się stało wczoraj. Widziałem ból Wilhelma, ale nie mogłem chłopca pocieszyć, ojciec już nad tym czuwał. Chwalił go, że był dzielny i dał sobie radę. Tłumaczył, że współczucie to oznaka słabości, a prawdziwy Niemiec ma być silny i niewzruszony. A mnie aż serce pękało.

– Co na to jego matka, pańska córka?

– Ona też zniemczała, niestety. Wciąż powtarza, jaka jest z niego dumna. Dlatego, kochani moi, już nic tu po mnie. Czy córka tego chce, czy nie, wracam w niedzielę do domu. Nawet kupiłem bilet na pociąg.

– To pewnie znów będziemy razem podróżować, bo my też wracamy w niedzielę. – Julek uśmiechnął się blado. – To straszne, co pan opowiada. I co dalej z tym biedakiem? Poradził sobie jakoś?

– Poradził sobie, bo musiał. Najgorsze, że nawet nie może przeżywać żalu po swoim ulubieńcu, bo dziś będzie musiał entuzjastycznie witać Horthyego i Hitlera podczas ich przejazdu ulicami Berlina. To ma być honor i wyróżnienie za dzielność chłopca. Mój Boże, za męstwo!

Starszy pan pokręcił głową, głos mu się załamał.

– To takie dobre i wrażliwe dziecko, ale w końcu go zniszczą. Zabiją wszelkie człowieczeństwo, wychowają bezduszną maszynę. Przyszłość też nie rysuje się zbyt różowo dla tak wrażliwego chłopca. Czy wy wiecie, co ci Niemcy ostatnio wymyślili? Sprawa jest całkiem świeża, z tego miesiąca, jeśli się nie mylę, a dotyczy małżeństwa.

Oboje pokręcili przecząco głowami.

– Otóż weszło ponoć w życie prawo, według którego małżeństwo nie jest już ani kontraktem, ani sakramentem, ani też sprawą prywatną między dwojgiem ludzi.

– To czym jest w takim razie? – Julek parsknął z niedowierzaniem.

– To wcale nie jest śmieszne. O zawarciu i trwaniu związku decydować będzie interes narodu niemieckiego, rasy i społeczeństwa. Nie chodzi o szczęście, tylko o posiadanie dziedzicznie zdrowego potomstwa.

– Hodowla najlepszych osobników?

– Coś w tym rodzaju. Jeśli mąż ulegnie wypadkowi albo z jakiegoś powodu straci zdolność płodzenia potomków, żona ma obowiązek się z nim rozwieść i poślubić innego, płodnego.

– A co, jeśli to kobieta nie może mieć dzieci?

– Taka pewnie w ogóle nie może zawierać związku małżeńskiego. Bo i po co?

– To wszystko jest jakieś chore. Gdyby nie było tak straszne, mogłoby nawet wydawać się śmieszne.

Starszy pan westchnął ciężko w odpowiedzi i wstał od stolika, szurając głośno krzesłem.

– No dobrze, idę do domu, zanim zacznie się to szaleństwo na ulicach. Mogę się pakować, kiedy oni zaczną wiwatować na cześć tego diabła w ludzkim ciele i nie będą mi przeszkadzali. Spotkamy się pewnie na dworcu, moi drodzy. Do zobaczenia! I cieszę się – dodał ze smutnym uśmiechem – że mogłem tu jeszcze spotkać normalnych ludzi.

Pożegnali się z profesorem, a sami uregulowali rachunek i też postanowili wrócić do hotelu. Wprawdzie nie mieli dużo bagażu, ale ponieważ zrobili wcześniej sporo zakupów, chcieli je w spokoju zapakować. Poza tym radosny nastrój nagle znikł. Oni też mieli już dość tego miasta.

Niestety, powrót do hotelu wcale nie był taki prosty, jak by się to wydawało. Spora część tramwajów i autobusów nie kursowała już swoimi zwykłymi trasami, ulice bowiem zamknięto dla pojazdów innych niż kolumna samochodów obstawy i tego najważniejszego, z honorowym gościem i samym Adolfem Hitlerem.

A kolumna właśnie ruszyła. I tak niewiele widzieli, bo wszystko zasłaniał szpaler żołnierzy prezentujących broń i stojące za nimi szpalery utworzone z ochrony osobistej kanclerza oraz członków Hitlerjugend. Zastanawiali się, czy stoi wśród nich Wilhelm, wnuk profesora. Samochody poruszały się wolno, widać było tylko czubki głów dostojnych przywódców. Wszyscy cisnący się tłumnie ludzie podnosili ręce w hitlerowskim pozdrowieniu i zachłystywali gromkimi okrzykami na cześć przejeżdżających.

Matylda i Julek wyróżniali się z tłumu stojącego na rogu Wilhelmstrasse, w pobliżu pięknie udekorowanego frontu i podwórza pałacu prezydenta, tonących w błękitnych kwiatach. Byli jedynymi osobami, które przejazd kanclerza i jego gościa przyjęły w milczeniu i bez entuzjazmu.

ROZDZIAŁ 13

Jakie mamy plany na dzisiaj? – Julek wychylił się zza drzwi łazienki z namydloną do połowy twarzą. – Wybierzemy się na tę defiladę wojskową?

Matylda skrzywiła się niechętnie i odwróciła na drugi bok. Wciąż nie mogła się rozbudzić.

– Niee… jakoś nie mam ochoty. Boli mnie brzuch. Chyba wczoraj czymś się strułam w restauracji. Mam wrażenie, że ta ryba nie była zbyt świeża.

– Kochanie, no co ty… darujemy sobie takie widowisko?

– Jeśli chcesz, to idź sam, a ja sobie jeszcze poleżę. Nie interesują mnie zbytnio takie zabawki dla dużych chłopców. Za to wieczorem chętnie wybrałabym się gdzieś do teatru. Może tak być?

– No, może, ale smutno mi będzie samemu.

– E tam smutno. Zobaczysz te swoje działka, czołgi, wozy pancerne czy co tam jeszcze i szybko zapomnisz o mnie. Wystarczy, jak mi o wszystkim opowiesz po powrocie. Zapowiadają też przejazd dywizji broni pancernej ze strzelcami na motocyklach, zdecydowanie nie dla mnie taki hałas.

– To może jednak zostanę z tobą?

– Nie żartuj. Idź sam i nie zawracaj głowy.

Julek jeszcze przez chwilę udawał, że się waha, widać było jednak, że ma ogromną ochotę na tę paradę. Strategicznie nie przeciągał jednak wahania zbyt długo.

– Dobrze, skarbie, jak chcesz. Poleż tu sobie i poleniuchuj, a ja wrócę najszybciej, jak tylko się da. Defilada ma się zakończyć około południa, masz więc kilka godzin tylko dla siebie.

Pocałował ją czule i wybiegł z pokoju, jakby w obawie, że w ostatniej chwili Matylda się rozmyśli i go zatrzyma. Co do tego, że zdecyduje się z nim pójść, ani przez chwilę nie miał złudzeń. To prawda, parada wojskowa była widowiskiem głównie dla dużych chłopców.

Kiedy dotarł na Berliner Strasse pod politechnikę, zastał tam już tłumy widzów. Ludzie potrącali go i deptali niemiłosiernie po nogach, ale udało mu się w końcu stanąć blisko ulicy, tak żeby nie uronić niczego z szykującego się widowiska. Po drugiej stronie, na zbudowanej specjalnie trybunie, znajdowali się już zaproszeni dostojni goście. Dosłownie chwilę wcześniej podjechał tam Hitler z regentem Horthym, a za nimi przedstawiciele rządu węgierskiego, z premierem na czele, w towarzystwie marszałka Göringa, członków rządu niemieckiego oraz wyższych dowódców armii niemieckiej.

Julek po raz pierwszy widział na własne oczy ludzi, których znał tylko z fotografii w gazetach, i czuł się lekko zawiedziony. Wyglądali, zwłaszcza Hitler, zupełnie zwyczajnie. Jacyś tacy mali i niepozorni.

Nagle w tłumie zapanowało poruszenie, rozpoczęła się defilada. Po chwili przed trybunami maszerowała już, tupiąc podkutymi butami, dywizja piechoty z oddziałem przeciwlotniczych karabinów maszynowych i działami piechoty. Następnie pułki kawalerii i oddziały cyklistów, dalej pułk artylerii lekkiej, przeciwlotniczej oraz ciężka artyleria zmotoryzowana. Wszyscy z rękami uniesionymi w hitlerowskim pozdrowieniu.

Julek patrzył na to z niechętnym podziwem. Widać było, że Niemcy są doskonale przygotowani do ewentualnej wojny. To był prawdziwy pokaz siły. Nagle poczuł dziwny niepokój, miał już dość tego oglądania, chociaż parada dopiero się rozkręcała. Ulicą toczyły się teraz działa i ciężkie, zmotoryzowane haubice. Najchętniej wróciłby do hotelu, ale nie mógł się ruszyć, bo tłum jakby zgęstniał. Chcąc nie chcąc, zmuszony był pozostać na swoim miejscu.

Nie wszyscy jednak patrzyli na przejeżdżające wozy bojowe i maszerujące równym krokiem pułki. Był ktoś, kto zauważył wśród widzów Julka, a następnie, nie bez trudności, wycofał się i oddalił w sobie tylko wiadomym kierunku.

Matylda wzięła długą, odprężającą kąpiel w pachnącej egzotycznymi olejkami wannie, ale lekkie mdłości, nękające ją od samego rana, wcale nie ustąpiły.

Zastanawiała się nad zejściem do hotelowej restauracji na śniadanie, ale na samą myśl o jedzeniu znów zrobiło jej się niedobrze. Postanowiła więc przegłodzić się nieco przed obiadem. Wczorajsza ryba wciąż zalegała jej w żołądku.

Szkoda, że nie zabrałam ze sobą ziółek z naszej apteki, pomyślała, krwawnik byłby w sam raz.

Wspomnienie ziół wywołało następne. Przed oczami Matyldy znów stanęła mama i jej ciepłe, kojące ręce, pokryte plamami po odczynnikach. Wystarczyło, że przyłożyła je na bolące miejsce i ból natychmiast znikał. Widziała dłonie mamy, przygotowujące mieszanki i leki albo poprawiające kosmyki włosów, które wysuwały się spod chustki, zakładanej czasami przez Wiktorię do pracy.

– Nie wiem, czy dodatek moich włosów wzbogaciłby lek, czy wręcz przeciwnie – śmiała się, kiedy Matylda pytała, czy nie jest jej za gorąco. – Poza tym nie chciałabym znaleźć cudzego włosa w czymś, co miałabym zaraz połknąć. To obrzydliwe.

Mama znała odpowiedź na każde pytanie. Wprawdzie Matylda rzadko chciała się od niej czegoś dowiedzieć, uważając, że jest niezależna i sama ze wszystkim sobie poradzi, ale były chwile, kiedy świat ją przerastał. Mama wyczuwała, kiedy była jej potrzebna, i tak kierowała rozmową, aż skłoniła córkę do zwierzeń. Najczęściej chodziło o zwykłe, tak zwane babskie sprawy, związane z dojrzewaniem. Pierwszy okres nie był dla dziewczyny szokiem, jak dla jej koleżanek. Mama uprzedziła ją w porę i wytłumaczyła, jak sobie radzić w takich chwilach. Później przyszedł czas na rozmowy o zapobieganiu ciąży.

O Boże! – Matylda omal nie zachłysnęła się wodą – czy ja czasem nie jestem w ciąży?

Zaczęła szybko obliczać dni na palcach. Wynik uspokoił ją nieco, miesiączka spóźniała się o kilka dni, więc nie było jeszcze powodu do paniki. To tylko zmiana klimatu, nic więcej.

Znów zanurzyła się w stygnącej już wodzie i spojrzała na ramię, delikatnie usiane piegami. Kiedyś były dla niej problemem, zwłaszcza te po obu stronach nosa, teraz już przestała się nimi przejmować.

– Rudzielce muszą mieć trochę piegów – uspokajała ją mama – zwłaszcza takie urocze rudzielce jak ty. Ale jeśli koniecznie chcesz się ich pozbyć, znam pewien skuteczny sposób...

– Jaki? Jaki? Pewnie, że chcę!

– Musisz co rano myć twarz poranną rosą zebraną z róż. Ale koniecznie z herbacianych. – Mama przymrużyła oko, z trudem powstrzymując śmiech.

Matylda wyszła z wanny i szybko okryła się puszystym szlafrokiem. Mimo że w pokoju było ciepło, poczuła dreszcze, a jej ramiona pokryły się gęsią skórką. Otuliła się jeszcze mocniej i sięgnęła po jabłko, ostatnie, jakie im jeszcze zostało po wczorajszych zakupach na małym rynku, gdzieś w drodze do hotelu. Poczuła głód i pomyślała, by jednak zejść do restauracji. Pora śniadaniowa wprawdzie już minęła, ale zawsze przecież mogła sobie coś zamówić z karty.

Pukanie do drzwi ją zaskoczyło. Na Julka było jeszcze trochę za wcześnie, parada miała się skończyć około południa, a dopiero wybiła jedenasta.

– Obsługa hotelowa! – usłyszała odpowiedź, gdy cicho zapytała, kto tam.

Zanim zdążyła się zdziwić, że obsługa hotelowa mówi po polsku, otworzyła drzwi.

Julek miał już dość parady, ale wciąż nie mógł się wydostać z tłumu. Ludzie napierali na niego, ilekroć usiłował przesunąć się w tył. Był coraz bardziej zły i zdenerwowany. Czuł dziwny, nieokreślony niepokój i chciał jak najszybciej wrócić do Matyldy.

Tymczasem ulicą przejeżdżały zmotoryzowane haubice, za nimi defilowała dywizja broni pancernej, a obok strzelcy na motocyklach i dywizyjna piechota. Huk motorów zagłuszał wszystko, nawet entuzjastyczne okrzyki tłumu. Parada powoli dobiegała końca, Hitler, jego świta i goście honorowi zeszli z trybuny, ludzie zaczęli się rozchodzić do swoich zajęć. Julek z ulgą ruszył w kierunku hotelu.

Kiedy udało mu się już wydostać z rzedniejącego tłumu, zauważył na ławce profesora Glińskiego. Starszy pan siedział bez ruchu, z pochyloną głową i rękami opartymi na kolanach.

– Znowu się spotykamy. Dzień dobry! – Julek ucieszył się na jego widok.

W pierwszej chwili profesor zdawał się niczego nie słyszeć, potem jednak podniósł powoli głowę. Po twarzy przebiegł mu skurcz, który trudno było wziąć za uśmiech. Starszy pan płakał.

– Co się stało, panie profesorze? – Zaniepokojony Julek usiadł obok niego na ławce. – Źle się pan czuje? Może odprowadzę pana do domu?

Gliński pokręcił przecząco głową.

– Pewnie słabo się panu zrobiło w tym tłumie. Sam ledwo wytrzymałem, ale wrażenie jest przytłaczające, nieprawdaż? Te wszystkie maszyny, broń... Ciarki człowiekowi przechodzą po plecach.

– Nie ma mojego Wilhelma...

– Pewnie poszedł na jakąś zbiórkę po paradzie. Widziałem tych młodych, ale nie znam pańskiego wnuka, więc nie mogłem...

– I już go pan nie pozna, panie Juliuszu. Już za późno. Zabił się dziś rano, tuż przed paradą.

– Jak to? Nie rozumiem...

– A co tu rozumieć. Powiesiło się biedne dziecko, zniszczył go psychicznie ten diabeł w ludzkim ciele. – Staruszek podniósł zaciśniętą pięść i zaczął nią wygrażać. – To wszystko przez niego! Zatruł ludziom umysły.

Julek siedział jak skamieniały. Wiadomość o samobójczej śmierci wnuka profesora wstrząsnęła nim do głębi. Nie bardzo wiedział, co powiedzieć. Żadne słowa nie potrafiły zmienić tej sytuacji ani nawet pocieszyć zbolałego mężczyzny. Objął go niezdarnie przez plecy i przygarnął do siebie.

– Słyszałem w nocy, jak płakał za tym swoim szczeniaczkiem. Kochał go, to jest... to było wyjątkowo wrażliwe dziecko. Przeżywałby pewnie równie mocno, gdyby pies zdechł sam z siebie, a przecież on musiał go zabić. Własnymi rękami.

Mężczyzna zaszlochał na nowo. Wytarł nos i zaczął mówić dalej. Widać było, że musi to z siebie wyrzucić.

– A dzisiaj rano włożył mundurek i zniknął. Myśleliśmy, że wyszedł na paradę, a on... Ojciec znalazł go w jego pokoju, wisiał na pasku od spodni. Nic już się nie dało zrobić...

Siedzieli obaj w milczeniu. Ludzie przechodzili obok nich obojętnie, śmiali się, nawoływali, ten i ów rzucił czasami okiem na dwóch przygnębionych mężczyzn, ale od razu odwracał głowę. Nikt nie lubi cudzego smutku.

– Teraz muszę tu jeszcze zostać przez jakiś czas – powiedział cicho profesor. – Nie wracam z wami jutro do Krakowa. Córka zupełnie się załamała, potrzebuje mojego wsparcia. Ale teraz wyszedłem z domu, bo nie mogłem tam wytrzymać. Ten hałas i zbiorowa histeria, która się przed chwilą tutaj rozegrała, pomogły mi choć na trochę zagłuszyć myśli. Bo całą tę ich manifestację siły mam w dupie. Rozumie pan? W dupie! Niech tego drania, Hitlera, piekło pochłonie!

Matylda otworzyła drzwi i zamarła z zaskoczenia. Do pokoju hotelowego wszedł, odsuwając ją bezceremonialnie na bok, Kazimierz Olbrycht we własnej osobie. W pierwszej chwili byłaby go nie poznała, utył i zgolił sumiaste wąsy, upodabniające go do starego Sarmaty. Ale głos, tubalny i mocny, nie zmienił się wcale.

– Witam moją niedoszłą krewną – uśmiechnął się ironicznie. – Zaskoczona? A nie powinnaś, bo przecież podobno mnie szukasz. No to właśnie znalazłaś. Proszę bardzo!

Rozłożył ramiona szerokim gestem, jakby chciał jej się jak najlepiej zaprezentować.

Matylda uświadomiła sobie, że to właśnie Olbrycht obserwował ją kilka dni temu w recepcji hotelu. To jego twarz mignęła jej w grupie osób stojących przed windą. Nie poznała go wtedy, może przez ten brak wąsów, teraz jednak nie miała żadnych wątpliwości.

– Jak się pan tu dostał? – spytała lekko drżącym głosem. – Zaraz zadzwonię do recepcji, to drogi hotel, nie można tu tak sobie po prostu wtargnąć.

– Ależ ja tu wcale nie wtargnąłem, jestem gościem i mieszkam piętro wyżej. Mam takie samo prawo przebywać w hotelu jak ty.

– Ale nie w moim pokoju.

– E tam, drobne nieporozumienie. Po prostu pomyliłem piętra i tyle. Każdy zrozumie, poza tym wszyscy mnie tu znają. To hotel zaproponował mi gościnę, kiedy dom mi się spalił od pioruna. I jak myślisz, komu uwierzą, jeśli narobisz rabanu?

– Czego pan chce ode mnie? Bo to, czego ja chcę, nie jest chyba dla pana tajemnicą.

Matylda uspokajała się powoli. Widok zadowolonego z siebie Olbrychta zaczął budzić w niej wściekłość.

– Chcę wiedzieć, po co mnie szukasz. Zmieniłaś jednak zdanie i chcesz się do nas przyłączyć? No, nie wiem. Teraz będę musiał dobrze to przemyśleć.

– Chyba pan oszalał.

– Dlaczego? To przecież świetny interes i mógłby być naszym rodzinnym, gdybyś nie była taka głupia.

Michał do dziś nie może przeboleć, że tak się na tobie zawiódł.

Matylda zaczerwieniła się na sam dźwięk jego imienia.

– Ten dureń chyba naprawdę się w tobie zakochał. Z początku byłem przeciwny, lecz kiedy cię poznałem, doszedłem do wniosku, że taka osoba może się przydać w naszej rodzinie. Jesteś ładna, wzbudzasz w ludziach zaufanie, mogłabyś nam pomagać w naborze.

Rozejrzał się wokół w poszukiwaniu krzesła.

– Będziemy tak rozmawiać na stojąco? Nawet nie poprosisz, żebym usiadł?

– Nie.

Olbrycht wzruszył ramionami.

– Jak chcesz, zresztą i tak długo tu nie zabawię. Mów szybko, czego ode mnie chcesz, i rozstaniemy się w zgodzie. Eliza, ta głupia dziwka, nie chciała mi nic powiedzieć. Mimo pewnych, że tak powiem... nacisków ze strony moich ludzi.

– Co jej zrobiłeś?!

– Spokojnie, spokojnie! – Chwycił jej uniesioną rękę. – Nic takiego wielkiego, ale pewnie przez jakiś czas będzie musiała zrezygnować z występów.

– Zabiję cię, ty draniu! – Matylda aż zatrzęsła się z wściekłości. – Jeśli i jej zrobiłeś krzywdę, zabiję cię własnymi rękami.

– Oj, uważaj na słowa, moja droga... Chyba nie wiesz, z kim zadzierasz. – Olbrycht poczerwieniał gwałtownie. Żyły na jego skroniach nabrzmiały.

– Wiem doskonale z kim. Z gnidą handlującą żywym towarem, człowiekiem pozbawionym wszelkich uczuć. Z kimś, kto ma na sumieniu setki, o ile nawet nie więcej, istnień ludzkich.

– Oj, oj, ileż w tym wszystkim niepotrzebnego patosu. Czy ty aby nie przesadzasz? Nikogo nie zabiłem, a te dziwki robią tylko to, do czego zostały stworzone. Gdyby nie były takie głupie i naiwne, nie znalazłyby się tam, gdzie są teraz. Proste? Proste. Ty jakoś nie dałaś się oszukać.

Mało brakowało, pomyślała ponuro Matylda.

– Chce pan wiedzieć, czego chcę? Wsadzić pana za kratki, tego właśnie chcę. O niczym innym teraz nie marzę.

– Poważnie? – zakpił. – A niby jak zamierzasz to zrobić?

Matylda rzuciła spojrzenie w kierunku drzwi. Modliła się, żeby Julek zdążył wrócić, wtedy oboje mogliby... No właśnie, co mogliby? Nie miała żadnego planu schwytania Olbrychta. Przecież nie obezwładnią go gołymi rękami i nie zwiążą. A zresztą, nawet gdyby im się to udało, to co dalej? Czy naprawdę zdołaliby przekonać kogokolwiek, że to przestępca? Zanim udowodnią, co zrobił, znajdzie się ktoś z jego wysoko postawionych protektorów, kto go uwolni. Po raz kolejny zdała sobie sprawę z niedorzeczności całego tego przedsięwzięcia.

– Czekasz na brata? – Olbrycht najwyraźniej nie miał jeszcze pojęcia o łączących ich relacjach. – Stoi teraz w tłumie na Berliner Strasse i z rozdziawioną gębą podziwia defiladę wojskową. Tak szybko nie wróci.

– Wcale nie. – Matylda udała, że ta wiadomość nie zrobiła na niej wrażenia. – Może przypadkiem zatrzymał się w tamtym miejscu, ale tak naprawdę miał spotkanie z przedstawicielem naszej policji i zaraz tu razem...

– Nie potrafisz kłamać, daj spokój – przerwał jej z ironicznym uśmiechem. – Jeśli przestaniesz mnie szpiegować, rozstaniemy się w przyjaźni. No dobrze, może nie w przyjaźni, ale w zgodzie. Nie warto ze mną zadzierać, nawet nie wiesz, jak ważnych mam tu przyjaciół.

Sięgnął do kieszeni po gruby portfel i wyjął z niego mocno już sfatygowane zdjęcie.

– Spójrz sama.

Zdjęcie przedstawiało Olbrychta siedzącego przy stole w towarzystwie Adolfa Hitlera. Wydawali się pogrążeni w rozmowie i nie zwracali uwagi na pozostałe osoby.

– To ma być ten przyjaciel? – zaśmiała się drwiąco Matylda, wprowadzając mężczyznę w lekką konsternację. Nie takiej reakcji się spodziewał.

– Przypadkowe zdjęcie z jakiejś oficjalnej kolacji miałoby świadczyć o pańskiej zażyłości z Führerem? Niech mnie pan nie rozśmiesza.

– Nie rozumiem, co cię tak w tym śmieszy. – Żyły na skroniach Olbrychta nabrzmiały jeszcze bardziej.

– To, że podobnym zdjęciem może się pochwalić cały tabun tak samo zarozumiałych głupców jak pan. Powszechnie wiadomo, że Hitler często zaprasza różne osoby na oficjalne kolacje, w ten sposób buduje swój wizerunek troskliwego i dobrego ojca narodu. I o czym tak panowie rozprawiali? Pewnie opowiadał o kotletach orzechowych według bawarskiego przepisu jego matki. Nie mam racji?

179

Zmieszanie na twarzy Olbrychta świadczyło, że trafiła w sedno.

– No widzi pan, każdemu do znudzenia opowiada o tych kotletach. Podobno krążą już nawet anegdoty na ten temat, a pan był pewien, że dostąpił zaszczytu usłyszenia osobistych wynurzeń wodza. Pański „przyjaciel" zdziwiłby się bardzo, gdyby pan zechciał się powołać na tę znajomość.

– Dość tego gadania! Nic konkretnego na mnie nie masz, więc przestań mnie straszyć. Albo…

– Lepiej niech pan mnie przestanie straszyć. Zanim się rozstaniemy, chciałabym usłyszeć, co się stało z moją przyjaciółką, Melą.

– Gdybym miał je wszystkie pamiętać…

– Skierowałam ją do pana, czego nigdy sobie nie daruję, na kilka dni przed moim planowanym wyjazdem do Berlina.

Nie dodała już, że z Michałem. Nie chciała nawet wspominać jego imienia.

– A, to głupie cielę z blond włosami do pasa? Nie pamiętam, chyba wysłałem ją do Berlina. Gdzieś tu musi być albo już ją zabrali dalej.

Matylda zacisnęła pięści, aż paznokcie wbiły jej się w ciało.

– Jest pan pewien, że nie w jednym z burdeli w Argentynie? Albo że nie umarła i nie została pochowana w pańskim ogrodzie razem z innymi, wcześniejszymi?

Olbrycht podskoczył do niej, chwycił za poły szlafroka i przyciągnął ją do swojej twarzy.

– Coś mi się zdaje, że za dużo jednak węszysz...
– wysapał, opryskując ją kropelkami śliny.

Poczuła odór źle przetrawionego alkoholu i z trudem opanowała odruch wymiotny. Mdłości powróciły ze zdwojoną siłą.

Napastnik nie był w zbyt dobrej kondycji fizycznej, ręka zaczęła mu drżeć, puścił i odepchnął Matyldę, aż upadła przed nim na kolana. Podniosła się, poprawiła szlafrok na piersi i spojrzała mężczyźnie prosto w oczy.

– Sam pan widzi, panie Olbrycht, że znalazłoby się coś na pana. Zresztą nie tylko to.

Dyszał ciężko, patrząc na nią przekrwionymi oczami.

– Nie wiem na przykład, czy Führera ucieszyłaby informacja o tym, że siedział przy jednym stole z Żydem. No, w połowie Żydem, bo pana matka była przecież Żydówką, czyż nie?

Wyraz osłupienia w oczach Olbrychta wart był dla Matyldy wszystkich pieniędzy. Informacja, podana w tajemnicy przez Elizę jako niepotwierdzona plotka, najwyraźniej okazała się prawdą.

Stryj Michała rozejrzał się po pokoju i nagle chwycił stojącą na stoliku przy drzwiach ciężką figurkę z kamienia, przedstawiającą jakiegoś greckiego bożka.

– Nie zdążysz się tym z nikim podzielić, suko...

Nagle, jak w zwolnionym tempie, wypuścił figurkę z dłoni i chwycił się obiema rękami za pierś.

– Powietrza – wychrypiał z trudem. – Ratunku! Nie mogę oddychać!

Opadł ciężko na kolana tuż przed skamieniałą z przerażenia Matyldą.

– Wezwij natychmiast pomoc... błagam... pomocy...

Matylda osunęła się po ścianie i usiadła na podłodze, wpatrując się nieruchomym wzrokiem w umierającego mężczyznę.

– Nie... – powtarzała jak w transie, kręcąc głową. – Nie... nie...

ROZDZIAŁ 14

*P*owrót do Krakowa opóźnił się o kilka dni. Matylda i Julek musieli pozostać aż do wyjaśnienia przyczyny śmierci Kazimierza Olbrychta. Na szczęście nastąpiło to bardzo szybko. Sprowadzony niezwłocznie lekarz stwierdził atak apopleksji i nie dopatrzył się w tym udziału osób trzecich. Jego diagnozę potwierdziła zarządzona w trybie pilnym sekcja. Tak znany i drogi hotel jak Kaiserhof nie mógł sobie pozwolić na choćby najmniejszy skandal, więc nagła śmierć jednego z gości musiała zostać wyjaśniona natychmiast.

Podczas sekcji okazało się, iż serce Olbrychta było w tak fatalnym stanie, że wcześniej czy później i tak prawdopodobnie zabiłby go najmniejszy nawet wysiłek lub wstrząs. W dodatku tego dnia był pod wpływem alkoholu. Widziano go niedługo przed śmiercią, jak samotnie pił wódkę w hotelowym barze.

Po przesłuchaniu pary Polaków policja doszła do wniosku, że Herr Olbrycht, który był gościem hotelu, musiał po prostu pomylić piętra, ponieważ mieszkał dokładnie nad nimi. Prawdopodobnie bezskutecznie usiłował się dostać do pokoju, używając swojego klucza, a kiedy otworzono mu od wewnątrz, był przekonany, że zaskoczył złodziei. Znany ze swojego gwałtownego charakteru, wpadł w szał i przeciążone serce po prostu nie wytrzymało.

Wzięto też pod uwagę fakt, iż zmarły miał już za sobą inny wstrząs. Jego dom spłonął doszczętnie od uderzenia pioruna podczas gwałtownej burzy, jaka przetoczyła się kilka dni wcześniej nad Berlinem. Pozbawiony dachu nad głową mężczyzna znalazł się w hotelu jako gość i najwyraźniej nie zdążył się jeszcze oswoić z nową sytuacją.

Taki nadmiar emocji mógł powalić nawet młodego i zdrowego człowieka, a co dopiero schorowanego sześćdziesięciolatka.

Eliza nie chciała już się spotkać z Matyldą i Julkiem. Kiedy przyszli, by się z nią pożegnać i upewnić, że jest bezpieczna, nie wpuściła ich do mieszkania i przez zamknięte drzwi kazała im się wynosić w diabły. W klubie dowiedzieli się, że parę dni wcześniej została zaatakowana przez nieznanych osobników i pobita niemal do nieprzytomności. Straciła przy tym kilka zębów, ale na szczęście, poza tym oraz licznymi siniakami na twarzy i całym ciele, nie odniosła żadnych poważniejszych obrażeń.

Matylda powoli wychodziła z szoku. Ze zdziwieniem stwierdziła, że śmierć Kazimierza Olbrychta wcale nie sprawiła jej aż takiej satysfakcji, jak mogła się tego spodziewać. Owszem, odetchnęła z ulgą, że ten drań nie skrzywdzi już żadnej kobiety, ale widok twarzy umierającego człowieka i jego błagalnego spojrzenia chyba na zawsze miał jej pozostać w pamięci.

– Wiesz – powiedziała cicho w nocy, przytulając się do pleców Julka – zdawałam sobie sprawę, że on umiera, ale nie mogłam wezwać pomocy. Po prostu nie mogłam.

– Wiem, kochanie, nie obwiniaj się. – Julek odwrócił się do Matyldy i objął ją ramieniem. – Byłaś w szoku, trudno się dziwić.

– Nie. Tak naprawdę chyba nie chciałam mu pomóc, chociaż mnie błagał. Pragnęłam, żeby umarł, i to jest okropne. Odezwała się we mnie krew dziadka mordercy. Chciałam zabić Olbrychta i w końcu to zrobiłam. Tak działa nasza rodzinna klątwa.

– Naprawdę, bzdury opowiadasz!

Julek zdenerwował się w końcu. Energicznym ruchem odgarnął koc i usiadł na brzegu łóżka.

– Ta klątwa, jeśli w ogóle istnieje, sprawia, że kobiety z twojej rodziny mają być nieszczęśliwe. A ty co, jesteś nieszczęśliwa? Kochamy się, mamy zamiar się pobrać. Gdzie tu nieszczęście? A jeśli chodzi o krew, to chyba więcej w tobie prawdziwego ojca, tego arystokraty z bożej łaski, pędziwiatra i utracjusza. I wiesz co? Bardziej mnie martwi ta domieszka niż tamta dziadkowa.

– Mów sobie, co chcesz, ale gdyby nie ten zawał, chyba dobiłabym drania tą figurką. Gdyby tylko udało mi się wyrwać mu ją z ręki. Nawet sobie nie wyobrażasz, jak bardzo chciałam go zabić w tamtej chwili.

– No to dobrze, że zawał był szybszy – mruknął Julek, wkładając po ciemku szlafrok.

Wyszedł na balkon, skąd rozciągał się widok na uśpione miasto. Odetchnął głęboko i wrócił wspomnieniem do chwili, kiedy po zakończonej paradzie wojskowej przyszedł do hotelu.

Znów stanął mu przed oczami tamten straszny widok.

Na środku pokoju leżał Olbrycht z wybałuszonymi, wlepionymi w sufit oczami, a obok niego siedziała, kiwając się w przód i w tył, Matylda. Była biała jak ściana, o którą się opierała. Nawet usta miała blade, jakby odpłynęła z nich cała krew. Po upewnieniu się, że ukochana nie jest ranna, Julek zajął się leżącym nieruchomo mężczyzną. Niestety, ten nie dawał już oznak życia.

– Czy... czy to ty...? – Nie wiedział, jak zadać to pytanie Matyldzie. Ale musiał znać prawdę, zanim podejmie dalsze kroki.

Matylda przecząco pokręciła głową. Powoli, jak w śnie.

– Nie, nie ja. To on chciał mnie zabić, ale nagle upadł. I... chyba umarł.

Dopiero teraz Julek zauważył ciężką figurkę, leżącą tuż przy otwartej dłoni nieboszczyka. Odruchowo odstawił ją na postument przy drzwiach, jeszcze raz sprawdził, czy Matyldzie na pewno nic się nie stało, i pobiegł zawiadomić dyrekcję hotelu o śmierci Kazimierza Olbrychta.

Kiedy kierownik recepcji wpadł do pokoju, nie zauważył żadnych śladów przemocy ani walki. Ciężko przerażona młoda kobieta siedziała na brzegu łóżka i nerwowymi ruchami poprawiała rozchylający się na piersiach szlafrok.

Widać było, że intruz kompletnie ją zaskoczył.

– Lulku. – Matylda też wstała z łóżka i podeszła do narzeczonego, obejmując go w pasie. Przytuliła twarz do jego szerokich pleców. – Wracajmy do domu. Nie zostanę tu ani chwili dłużej. Zwariuję, jeśli będę musiała spędzić jeszcze jedną noc w tym hotelu. Wydaje mi się, że... że on tu cały czas leży. Na tej podłodze, tam...

– Wyjeżdżamy rano, Matysiu. Ja też nie mam zamiaru pozostać w tym pokoju dłużej, niż to konieczne. Chodź, wyniesiemy fotele na zewnątrz, weźmiemy koce z łóżek i posiedzimy sobie do rana. Co ty na to?

Świt zastał ich przytulonych do siebie na jednym fotelu, przykrytych kocami po uszy. Mimo połowy sierpnia poranki bywały już chłodne. Zmorzeni mocnym snem po przeżyciach z poprzedniego dnia nie słyszeli nawet ulicznego ruchu. Obudził ich dopiero głośny klakson przejeżdżającego w dole samochodu.

ROZDZIAŁ 15
KRAKÓW, WRZESIEŃ 1938

*N*o, to już sobie postudiowałam moją wymarzoną farmację! – zaśmiała się Matylda, wychodząc od doktora Szymańskiego, który znał ją i leczył, odkąd tylko sięgała pamięcią.

Zdenerwowany Julek czekał podczas wizyty pod bramą kamienicy. Wyobrażał sobie najróżniejsze czarne scenariusze, w których słaba od powrotu z Berlina Matylda umierała na jakieś straszne i nieuleczalne choroby. A on zostaje sam. Bez niej? Nigdy w życiu!

– A co studia mają wspólnego z twoją chorobą? Poza tym nie chciałaś czasem wrócić na scenę? Nic już z tego nie rozumiem…

– Lulku najdroższy, ależ ja wcale nie jestem chora. Poza tym już dostałam swoją rolę. Najważniejszą w życiu. – Z rozmarzeniem pogładziła się po brzuchu. – Reszta na razie się nie liczy.

– Ale że… że co?! – Spojrzał na nią z niedowierzaniem. – Chcesz powiedzieć, że jesteś w ciąży? Matyś…

– To właśnie chcę ci powiedzieć. Nie cieszysz się?

– O Jezu, kochana! – Chwycił ją wpół i uniósł w powietrze jak lalkę. Zaraz jednak, przestraszony, postawił ją na ziemi, jakby się bał, że zrobi jej krzywdę.

– Ludzie! Ludzie! – zawołał na cały głos, bijąc się otwartymi dłońmi po udach. – Będę ojcem!

Ten i ów obejrzał się zaskoczony, ktoś się zaśmiał, jakiś przechodzień zakręcił kółko na czole, ale Julek zupełnie się tym nie przejmował. Najchętniej wspiąłby się na wieżę mariacką i stamtąd ogłosił wszystkim radosną nowinę.

– Przestań robić przedstawienie. – Rozbawiona Matylda przywołała go do porządku. – Bo w końcu zamkną cię za zakłócanie spokoju. Taki poważny prawnik, a zachowuje się jak mały chłopiec.

Udawała, że na niego gdera, ale była szczęśliwa. Już od pewnego czasu przypuszczała, że jest w ciąży, ale wolała się upewnić. Wprawdzie lekarz powiedział, że to dopiero początki i jeszcze różnie może z tym być, jednak nie mogła się nie cieszyć. Nie wyobrażała sobie większego szczęścia, niż mieć dziecko z ukochanym mężczyzną, czym zaskoczyła samą siebie. Nie sądziła, że aż tak ją to uraduje.

– To i moje plany muszą się zmienić – stwierdził Julek, starając się powstrzymać lekkie westchnienie.

– To znaczy?

– Nie mogę teraz zaczynać aplikacji adwokackiej, to zrozumiałe. Trzeba rozejrzeć się za pracą i zacząć zarabiać na swoją rodzinę.

– Ależ, Lulku! Przecież ja mam pieniądze. Damy sobie radę!

– Matysiu, chyba sobie nie wyobrażasz, że będę na utrzymaniu swojej żony? Cóż to byłby ze mnie za mąż i ojciec? Mowy nie ma.

– Ale...

– Nie ma żadnego ale. Spotkałem niedawno na mieście kolegę, który znalazł całkiem przyjemną i dobrze płatną posadę w banku. Razem kończyliśmy prawo. Może i ja dostanę podobną? Poza tym wcale nie jestem taki pewny, czy byłbym dobrym adwokatem. Za łatwo ulegam emocjom i wzruszeniom, a do tego trzeba mieć twardy charakter.

– Szkoda... ale może masz rację – przyznała Matylda. – Żałuję tylko, że musisz zrezygnować ze swoich marzeń.

– Zrezygnować?! Nigdy w życiu! Moje marzenia właśnie się spełniają, kochanie. Nie mówmy już o tym, lepiej chodźmy powiadomić rodzinę o naszych planach.

Babcia Michalska aż się popłakała z radości, a ciocia Zosia tylko przytuliła mocno Matyldę. Ukradkiem otarła łzy, starając się nie myśleć, jak bardzo cieszyłaby się Wiktoria, słysząc tę nowinę.

– Jesteś szczęśliwa? – spytała, przyglądając się uważnie twarzy młodej kobiety. Ale nie zauważyła ani śladu smutku czy wahania. – Chciałaś przecież studiować, myślałaś też o powrocie na scenę. Nie żal ci tych planów?

– Ciociu, całe życie przede mną. Odchowamy trochę dziecko i jeszcze będę mogła studiować. Na naukę nigdy nie jest za późno, jak zawsze powtarzała mama. Może tylko na scenę będzie raczej za późno, ale przecież zawsze mogę grać role charakterystyczne – zaśmiała się głośno. – Na przykład zgrzybiałych staruszek.

– Cieszę się, że tak podchodzisz do sprawy.

– Poza tym chciałabym się bardziej zaangażować w prace fundacji. Coś się cioci udało załatwić podczas naszej nieobecności?

– Właśnie chciałam z tobą o tym porozmawiać, ale zaskoczyliście mnie tą cudowną nowiną. Wybierzemy się na Szpitalną po południu? Pokażę ci, co już zrobione.

– A co ze ślubem?

Ku zaskoczeniu wszystkich pytanie to zadał mąż Joasi, który nigdy nie odzywał się pierwszy, a na pytania odpowiadał monosylabami. Nawet Joasia była mile zaskoczona, widząc, że jej małżonek naprawdę interesuje się rodzinnymi wydarzeniami i je przeżywa.

Wprawdzie osoby mieszkające przy Grodzkiej tak naprawdę nie były ze sobą spokrewnione, ale wszyscy od zawsze czuli się rodziną. Już coraz mniejszą, ale wciąż kochającą się i związaną ze sobą na dobre i złe. Najprawdziwszą rodziną, na którą zawsze można liczyć.

– Pobierzemy się najszybciej, jak to tylko możliwe – zapewnił go Julek. – Przecież nie pozwolimy, żeby nasze dziecko urodziło się jako… bękart. – To słowo z trudem przeszło przez jego gardło. – Możesz być spokojny.

Mąż Joasi z zadowoleniem pokiwał głową.

– To dobrze, bo wiesz, jak inne dzieci potrafią do-kuczać takim nieślubnym biedactwom. Wy możecie sobie żyć w grzechu, wasza wola, ale dziecka nie nara-żajcie.

To była najdłuższa wypowiedź, jaką kiedykolwiek usłyszano w tym domu od męża Joasi. Wszyscy byli tak zaskoczeni, że przez dłuższą chwilę nikt nie skomen-tował tych słów. Później, kiedy już ochłonęli, zaczęto snuć projekty związane z przygotowaniami do ślubu.

– Wystąpisz w sukni mamy? – spytała z nadzieją Helena Michalska. – Mogłabym ci ją przerobić.

– Nie, babciu. – Matylda pokręciła głową. – Kupi-łam sobie suknię w Berlinie. Chyba już nie zmieściła-bym się w tamtą, zresztą nawet bez ciąży była za cias-na.

– Szkoda, ale pewnie masz rację. Mama miała inną figurę i dużo mniejszy biust. A ty już teraz… – Starusz-ka uśmiechnęła się z rozrzewnieniem.

Ustalono, że ślub będzie skromny, a przyjęcie urządzą w domu, tylko dla najbliższej rodziny. Oprócz domowników postanowili zaprosić tylko ciotkę Zosię z bliźniakami. No i narzeczonego Małgosi, rzecz jas-na. Do kościoła mieli przyjść znajomi Matyldy z teatru oraz koledzy Julka ze studiów.

– Chciałabym wziąć ślub w tym samym kościółku, co rodzice. Czyli u Świętego Krzyża, obok teatru. Teraz muszę to naprawdę poczuć, bo podczas tamtej ceremo-nii nudziłam się i poszłam za kulisy, gdzie według mnie było znacznie ciekawiej.

Zaśmiała się na samo wspomnienie. Pamiętała przestraszoną minę mamy, kiedy ta, w przekrzywionym kapelusiku z woalką, wpadła do teatru, słusznie podejrzewając, że to jedyne miejsce, do którego mogło uciec jej krnąbrne dziecko.

– Sądzę, że jest to do załatwienia – powiedział spokojnie Julek. – Ksiądz, który udzielał im ślubu, jeszcze chyba jest tam proboszczem. W każdym razie widziałem go całkiem niedawno podczas niedzielnej mszy.

– To tam chodzisz? – zdziwiła się babcia. – Przecież tutaj masz bliżej, na Grodzką.

– Tak, ale do tamtego mam dziwny sentyment. Podobnie jak Matysia.

Ze względu na stan Matyldy młodzi natychmiast dali na zapowiedzi. Proboszcz nie robił żadnych trudności, pamiętał ślub Wiktorii oraz później jej pogrzeb. Nie mógł, jak sam powiedział, odmówić tej prośbie. Uroczystość zaplanowano na koniec września.

Julek postanowił na kilka dni odłożyć poszukiwania pracy i korzystając z wolnego czasu, zająć się zaległościami w pracy fundacji. Od pewnego już czasu wykorzystywał swoje prawnicze wykształcenie, przygotowując w imieniu poszkodowanych kobiet prośby do Prokuratury Sądu Okręgowego o wszczęcie dochodzeń karnych. Mało która z nich wiedziała, że może skarżyć tego, który ją skrzywdził. I że ma w związku z tym prawo wnieść o nawiązkę odszkodowawczą, której wysokość sąd ustalał w zależności od pozycji społecznej pokrzywdzonej. Dzięki tym pieniądzom niejedna z ofiar mogła rozpocząć nowe życie albo zatrzymać dziecko przy sobie, jeśli wykorzystywanie zakończyło się ciążą.

Zajął się tym chętnie, ponieważ i tak nie miał nic konkretnego do roboty podczas przygotowań do ślubu. Kobiety już rozdzieliły zajęcia między siebie, jemu praktycznie nic nie pozostawiając. Mógł się przydać jedynie do noszenia krzeseł i stołów na weselny obiad, w dniu ślubu. Udał obrażonego, ale tak naprawdę cieszył się, że ominie go cała ta nerwowa krzątanina.

Po powrocie z Berlina Julek przedstawił policji okoliczności towarzyszące śmierci Kazimierza Olbrychta. Wprawdzie śledczy zostali już wcześniej powiadomieni o tym fakcie przez policję berlińską, lecz dzięki Julkowi poznali szczegóły. Nic więcej w tej sprawie nie mógł już zrobić. Pozostało mu tylko żywić nadzieję, że policja odnajdzie w końcu Melę całą i zdrową. Powiedział też, choć sam do końca w to nie wierzył, o podejrzeniach Elizy co do ogrodu koło domu zmarłego. Obiecano mu, że zostanie poinformowany o wszelkich nowych ustaleniach i odkryciach w tej sprawie.

O ile oczywiście będą mogli to zrobić, nie naruszając tajemnicy śledztwa.

ROZDZIAŁ 16

Końcówka września była bardzo ciepła, wręcz wymarzona na ślub. Matylda i Julek wyglądali pięknie i młodo. Suknia z Berlina opinała się już na szybko rosnącym brzuszku panny młodej, ale delikatna narzutka z koronki, pomysł babci, pięknie to maskowała. Dopasowany stanik z białego jedwabiu sięgał tylko pod biust, stamtąd opadała aż do ziemi suto marszczona spódnica w czerwone punkciki i błękitne cętki na białym tle. Welon z tej samej koronki, co narzutka, spływał ze złotorudych włosów aż do połowy pleców Matyldy.

Julek wyglądał tak przystojnie i pięknie w swoim eleganckim ciemnym garniturze z dwurzędową marynarką i szerokimi spodniami, że nie było chyba kobiety, która nie przyglądałaby mu się z wyraźną przyjemnością. Nie brakło i takich, które wcale nie kryły uczucia zawodu i żalu. Piękny Jul, jak go nazywano na studiach, złamał niejedno niewieście serce.

Przed wyjściem z domu błogosławieństwa udzieliła im babcia Michalska w zastępstwie nieżyjących już rodziców obojga młodych. Drżącym ze wzruszenia głosem pobłogosławiła swoje przybrane wnuki, kreśląc na ich czołach znak krzyża. Do kościoła pojechali wynajętą białą dorożką, zaprzężoną w parę przystrojonych białymi wstążkami koni. Na miejscu czekali już zaproszeni goście, koleżanki Matyldy z teatru i koledzy Julka ze studiów. Ciocia Zosia pojechała drugą dorożką wraz z babcią Michalską, bliźniakami i narzeczonym Małgosi, lekko łysiejącym młodzieńcem, który przyglądał się wszystkiemu z lekkim przerażeniem, jego i Małgosię czekała niebawem podobna ceremonia.

W kościółku panował uroczysty nastrój, goście zajęli miejsca na specjalnie przygotowanych dla nich krzesłach. Julka, w zastępstwie matki, poprowadziła do ołtarza babcia, Matyldę zaś, zamiast ojca, mąż Joasi. Dopiero teraz, po latach, okazało się, że miał na imię Maciej. Gdyby nie konieczność załatwiania formalności związanych ze ślubem, nadal byłby po prostu mężem Joasi.

Matylda niemal fizycznie czuła obecność mamy. Mogłaby wręcz przysiąc, że widziała jej uszczęśliwioną twarz pośród licznych bukietów kwiatów przy ołtarzu. Kiedy odchodzili już po ceremonii, zobaczyła ją znowu, kryjącą się między rzędami krzeseł i licznie zgromadzonymi gośćmi, za ogromnym ciosowym filarem, jedynym, na którym wspierało się sklepienie kościółka. Matylda pamiętała z dzieciństwa, jak chowała się przed mamą za tym filarem i z zachwytem patrzyła na odchodzące ku górze żebrowania, stwarzające na wysokim sklepieniu wrażenie liści ogromnej palmy. Mama tłumaczyła jej wtedy, że to symbol rajskiego drzewa życia, a dziewczynka była przekonana, że jeśli kiedyś uda jej się wspiąć na ten filar, to dojdzie do raju. Słyszała też, że to jedyny kościół w Krakowie z jednym tylko filarem i że jest wyjątkowy.

Dla Matyldy był wyjątkowy i bez tego. To właśnie tu mama brała ślub z ojcem dziewczynki, wprawdzie nie rodzonym, ale najprawdziwszym i najukochańszym na świecie. Żałowała, że nie mógł jej teraz poprowadzić do ołtarza, że mama nie mogła jej pobłogosławić przed wyjściem z domu. Ale cieszyła się też, że bierze ślub właśnie tutaj, w miejscu, gdzie w grubych murach świątyni zachowały się odbicia postaci rodziców. Teraz wyraźnie czuła tutaj obecność obojga.

Ksiądz uśmiechał się życzliwie do pięknej pary.

– Czy ty, Juliuszu… Czy ty, Matyldo…?

– Tak! – Padło po kolei z obu stron głośne i żarliwe potwierdzenie.

Z chóru rozległy się dźwięki organów, organista odśpiewał pięknym głosem *Ave Maria*. Po skończonej ceremonii uformował się orszak weselny, z młodymi i drużbami na czele. Potem z kościoła wyszli członkowie rodziny, a na końcu zaproszeni goście oraz przypadkowi gapie.

Zwyczaj nakazywał składać życzenia młodej parze w kruchcie albo na podwórcu kościelnym, jednak mało kto tego przestrzegał, ku zgorszeniu nieznajomych staruszek, jakich nigdy nie brakuje na ślubach. Niektórzy goście zaczęli składać życzenia niemal zaraz po odejściu nowożeńców od ołtarza, reszta dopiero na stopniach kościoła. Matylda z przyjemnością rozpoznawała twarze koleżanek z teatru, przyszedł nawet dyrektor i bez przerwy poprawiał zsuwający się tupecik. Miała wrażenie, że to wciąż ten sam, który pamiętała i który zawsze ją śmieszył.

– Piękny ślubik, naprawdę piękny!

Matylda z rozbawieniem słuchała zapomnianych już prawie zdrobnień dyrektora.

– Proszę przyjąć moje szczere życzenia pomyślności i szczęścia!

– Bardzo dziękuję. – Odwzajemniła jego uścisk.

– A może pan dyrektor wpadnie do nas na mały poczęstunek?

– Chętnie, tylko może jednak innym razem – wykręcił się, rzucając szybkie spojrzenie na grupkę ludzi czekających do złożenia życzeń. – Może innym...

Matylda natychmiast zauważyła tam piękną blondynkę, znudzonym ruchem poprawiającą fałdy na sukience.

– Następnego ślubu już raczej nie będę miała – roześmiała się. – Prosimy z osobą towarzyszącą, rzecz jasna.

To zaproszenie dyrektor przyjął z widocznym zadowoleniem.

Mimo początkowych ustaleń, że na poczęstunek przyjdą tylko najbliżsi, w sumie uzbierało się dość sporo gości. Julek co chwilę donosił krzesła od sąsiadów, żeby pomieścić w jadalni mieszkania przy

Grodzkiej ponad dwadzieścia osób. Przez chwilę pożałował nawet, że posłuchali rad rodziny, zamiast urządzić przyjęcie w jakimś lokalu. Wyszłoby na to samo, a przynajmniej babcia nie napracowałaby się tyle przy szykowaniu weselnych potraw. Mimo wynajętych na ten dzień kucharek i pomocy kuchennych staruszka musiała osobiście wszystkiego dopilnować i za nic nie dała się zwolnić ze swoich, jak to mówiła, obowiązków. Każdej potrawy musiała osobiście spróbować, przy każdej pomóc. Kucharki nie były zbyt zachwycone wtrącaniem się starszej pani do ich pracy, ale nikt nie miał sumienia powiedzieć tego wprost.

Ogromną niespodziankę sprawiły nowożeńcom zaproszone na ślub i poczęstunek zakonnice z ochronki dla dzieci. Przyniosły na Grodzką własnoręcznie zrobiony ogromny tort, a w prezencie przepiękny biały obrus, wykonany haftem richelieu. W końcu Julek był kiedyś ich wychowankiem, to stamtąd wzięła go do siebie rodzina Michalskich. Przyszły więc na ślub jak do swojego dziecka. Natomiast Matylda, córka Wiktorii, zawsze traktowana była przez siostry jak ktoś bliski. Teraz cieszyły się ogromnie szczęściem obojga młodych.

Menu nie było zbyt wyszukane, za to urozmaicone i smaczne. Na początek podano czysty barszcz z paszteckami, upieczonymi własnoręcznie przez babcię Michalską. Tym, którzy nie lubili barszczu, podano bulion w filiżankach, z bułeczkami smarowanymi masłem sardelowym. Potem był szczupak w galarecie zrobiony przez ciocię Zosię i pieczeń cielęca jako wspólne dzieło babci i sąsiadek. Do tego drób wszelkiego rodzaju, z przewagą gęsiny, a także sałatki i budyń z kalafiorów. Na deser kompoty i ciasta. Poza tym zimny bufet z wędliną i pasztetami oraz napoje i owoce. I lody, którymi najbardziej zachwycona była Marta, córeczka Joasi i Macieja.

Podczas krojenia ogromnego tortu pierwszy kawałek zsunął się Julkowi z talerzyka i upadł na podłogę. Goście skwitowali to głośnym śmiechem, ale babcia Michalska przeżegnała się z zabobonnym lękiem, ukradkiem, aby Matylda tego nie zauważyła.

Oby tylko nie był to jakiś zły znak, modliła się w duchu. Boże, nie dopuść do żadnego nieszczęścia, dość już go było w tej rodzinie…

– Mówicie zatem, że Mela została sprzedana do jakiegoś… przepraszam za słowo… burdeliku za granicą? – Dyrektor zniżył głos, żeby siedzący obok goście nie mogli nic usłyszeć.

A już zwłaszcza piękna blondynka, bardzo zajęta rozmową z siedzącym obok Jasiem, synem cioci Zosi. Przystojny student medycyny już w kościele zrobił na niej ogromne wrażenie. Od pierwszej chwili nie spuszczała z niego wzroku, co natychmiast zauważyła czujna matka chłopaka.

– Matko Boska! – wyszeptał głośniej dyrektor. – Jak to możliwe? Przecież miała grać w jakimś filmie w Berlinie, czyż nie?

– To długa historia. – Julek westchnął. – Może nie do opowiadania teraz, przy tym stole. Umówmy się gdzieś na mieście za kilka dni i wtedy chętnie ją przedstawię. Będzie pan mógł potem ostrzegać młode dziewczyny przed takim niebezpieczeństwem. Bo wiadomo już, że w kraju działa szajka zajmująca się handlem żywym towarem. Wykorzystują naiwne dziewczyny, marzące o karierze filmowej za granicą.

– Czy ja dobrze słyszę? – zainteresowała się nagle blondynka. – Mówicie o karierze filmowej? Nie wspomniałeś mi do tej pory o takiej możliwości... – dodała, grymaśnie wydymając czerwone usta. – A fuj, niedobry!

– Kasieńko... – Dyrektor zaczerwienił się chyba nawet pod tupecikiem. – Nie chciałabyś zrobić takiej kariery, uwierz mi, złotko...

Głos kobiety zaczął nabierać piskliwych tonów, aż kilka osób odwróciło się w jej stronę ze zdziwieniem i niesmakiem.

– A skąd ty wiesz, co ja bym chciała? Stale obiecujesz, że mi pomożesz w zrobieniu kariery, a jedyne, co robię, to gram ogony w tej twojej budzie! I nagle słyszę, że z kim innym rozmawiasz o filmie. A ja nie jestem do tego dobra? Nie nadaję się?

Matylda rzuciła szybkie spojrzenie w stronę Julka, który w milczeniu skinął głową. Rozumieli się bez słów.

– Pomoże mi pani w kuchni? – zwróciła się do blondynki, wstając od stołu.

– Kochanie – zaprotestowała babcia – przecież to twoje wesele, zostań tu. Co potrzeba?

– Babciu, muszę trochę się ruszyć. Poza tym chciałabym, żeby jakaś kobieta poprawiła mi makijaż, bo czuję, że się rozmazał. A kto to zrobi lepiej, jak nie aktorka?

– A, na tym to ja się zupełnie nie znam – odrzekła babcia, lecz nie spuszczała podejrzliwego wzroku z Matyldy.

Czuła, że chodzi o coś innego, chociaż nie słyszała wybuchu przyjaciółki dyrektora. Wierzyła jednak, że skoro Julek nie oponował, nie mogło w tym być nic złego.

Zaskoczona nieco blondynka ruszyła za Matyldą do kuchni. Tam, za zasłonką, za którą kiedyś stawiano znoszoną ze strychu wannę, a która kryła teraz podręczną spiżarnię, blondynka o imieniu Katarzyna wysłuchała z niedowierzającą miną krótkiej opowieści Matyldy.

– Słyszałam coś o tym – przyznała niechętnie, kiedy ta skończyła – ale nie dawałam temu wiary. To zbyt… nie wiem, co powiedzieć, zbyt nieprawdopodobne, żeby było prawdziwe. Takie rzeczy zdarzają się tylko w filmach przecież…

– Nie pomyślała pani, że filmy mogą się też opierać na prawdziwych historiach?

– No, nie wiem. Zresztą nigdy nie spotkałam takiej kobiety. Może wtedy bym uwierzyła, bo na razie jakoś mi trudno. Proszę wybaczyć, ale chyba nasłuchała się pani jakichś bajek.

– To nie bajki – odparła z lekkim zniecierpliwieniem Matylda. – Mówię to, bo znam temat z pierwszej ręki, że tak powiem. I nie wiem, czy uda się pani porozmawiać z którąś z tych kobiet.

– A to niby dlaczego? Ktoś mi zabroni?

– Ponieważ one już stamtąd nie wracają.

– No to skąd pani wie, jak nie wracają? A może robią karierę za granicą? Sama też bym się już do nikogo nie odezwała, jakby mi się udało. Jeszcze by mi ktoś to obziorał...

– Co zrobił?

– No, zauroczył, przez zazdrość. Przyniósł pecha.

Do kuchni zajrzała babcia Michalska.

– Wszystko w porządku, moje dziewczęta?

– Tak, babciu, w porządku. – Matylda zdobyła się na beztroski uśmiech, chociaż miała ochotę z całych sił potrząsnąć siedzącą przed nią kobietą o lalkowatym wyrazie twarzy. Wyglądało na to, że niewiele do niej trafiło.

– Bo przyszedł właśnie listonosz, a za nim kurier. Dostaliście list z Wiednia i paczkę z Francji. Dokładnie w dniu ślubu. Niesamowite, jak im się udało tak wycelować!

Matylda i Julek wysłali zaproszenia na ślub cioci Ivonne i jej mężowi oraz rodzinie w Wiedniu, chociaż nie liczyli za bardzo na ich przyjazd. Napięta sytuacja w kraju sprawiła, że wstrzymane zostało wydawanie paszportów i pozwoleń na wyjazdy. Podobnie było pewnie za granicą.

– Zaraz tam przyjdę, babciu kochana. Już kończymy.

Helena Michalska wycofała się z kuchni z napomnieniem, żeby nie zwlekały za długo, bo goście czekają.

– No to skąd pani taka pewna, skoro z żadną z tych kobiet nie udało się do tej pory porozmawiać? – Katarzyna nie dawała za wygraną.

Matylda wstała z niewygodnego krzesełka i rozmasowała sobie obolałe krzyże.

– Spotkałam jedną z nich, ale niewiele się dowiedziałam, bo po tych przeżyciach wylądowała w szpitalu dla obłąkanych. Rozmawiałam za to z samym szefem tej szajki. Nie wypierał się wcale, wręcz przeciwnie, potwierdził moje podejrzenia.

– Nie słyszałam o żadnym procesie w jego sprawie…

– Nie, bo on już nie żyje. Zmarł na zawał w Berlinie.

– Po co mi to wszystko pani opowiada? Nie jestem na tyle głupia, żeby dać się oszukać jakimś bandziorom, po prostu chcę zrobić karierę filmową. To takie dziwne? Mam aparycję – niedbałym ruchem odrzuciła długie włosy na plecy – mam talent, a więc wszystko, co potrzeba. I nikt mnie nie powstrzyma ani nie nastraszy.

Matylda westchnęła ciężko.

– Opowiadam, bo sama o mało nie wpadłam w ich sidła. Mnie się udało, ale mojej przyjaciółce już nie. Cały czas nie możemy jej znaleźć.

– Mówię pani, że pewnie robi karierę. Nie ma się czym przejmować, na pewno kiedyś się odezwie.

– Oby tak było. No cóż, chyba pani wie już wszystko, co powinna wiedzieć. Chodźmy do gości.

Matylda i Julek mieli ogromną ochotę przeczytać list z Wiednia, a przede wszystkim otworzyć ogromną paczkę z Paryża, ale nie wypadało tak od razu tego zrobić. Babcia nie pozwoliła im też otwierać innych prezentów przy gościach, bo to nie wypada. Tłumaczyła, że to mogłoby wprawić w zakłopotanie ofiarodawców, bo przecież każdy daje taki prezent, na jaki go stać. Nie powinno się publicznie porównywać podarków, byłoby to w złym guście i niegrzeczne. Później można podziękować każdemu z osobna, tak żeby miał wrażenie, że to właśnie jego prezent sprawił im największą radość. Niechętnie, ale przyznali jej rację.

– Babciu kochana – Julek podniósł i przytulił drobną staruszkę – jest babcia najmądrzejszą kobietą, jaką znam!

– W każdym innym przypadku dostałbyś ode mnie po głowie, ale w tym akurat zgadzam się z tobą całkowicie. – Matylda objęła ich oboje.

– A, zostawcie wy mnie już! – Babcia Helena udała zniecierpliwienie, żeby nie pokazać łez. – Aż mi przez was wpadło coś do oka. To pewnie jakiś paproch z twojej marynarki, wariacie.

Julek postawił babcię na ziemi i z łobuzerskim uśmiechem sięgnął do leżącej w przedpokoju paczki.

– A jakby tak tylko rzucić szybciutko okiem?…

Uciekli ze śmiechem, wygonieni przez rozzłoszczoną już nie na żarty babcię.

Przyjęcie trwało do późnej nocy. Najwcześniej wyszła Małgosia z narzeczonym, gdyż następnego dnia mieli jechać z oficjalną wizytą do jego rodziców i dziewczyna chciała wyglądać ładnie i świeżo. Ostatni opuścił mieszkanie dyrektor teatru ze swoją przyjaciółką. Tak dobrze się bawił i tak mu smakowała weselna wódka, że chętnie zostałby do rana, ale naburmuszona Katarzyna przywołała go do porządku. Chcąc nie chcąc, musiał się pożegnać z gospodarzami i chowając tupecik do kieszeni płaszcza, jak czapkę, wytoczył się chwiejnym krokiem na ulicę. Piękna Katarzyna pożegnała się dość chłodno. W trakcie przyjęcia usiłowała jeszcze nagabywać Julka w sprawie ewentualnego kontraktu w Berlinie, ale potwierdził tylko to, czego się dowiedziała od Matyldy. I to w znacznie mniej grzeczny i subtelny sposób.

Mimo późnej pory nowożeńcy postanowili obejrzeć prezenty, a przede wszystkim przeczytać list z Wiednia i otworzyć paczkę od ciotki Ivonne. Julek wprawdzie najchętniej odłożyłby to na następny dzień, ale Matylda nawet nie chciała o tym słyszeć.

– Tylko ten list i tę paczkę, Lulku – przymilała się jak dziecko. Wiedziała, że jej nie odmówi. I miała rację.

– No dobrze, jesteś okropna, ale kobiecie w ciąży się nie odmawia.

Z radością odwijali z ozdobnych opakowań komplet garnków i talerzy, obrusy i serwetki, robione na szydełku i wyszywane. Śmiali się, że starczy im tego aż do końca życia.

W końcu przyszedł czas na podarunki zagraniczne. Zaczęli od listu z Wiednia.

Kochana kuzynko! – pisał Jaś, przybrany syn wuja Stefanka. – *Tatko i my wszyscy bardzo chcieliśmy być*

na Waszym ślubie, ale, niestety, nie dostaliśmy pozwolenia na wyjazd. Sama wiesz, co tu się dzieje. Zresztą u Was pewnie podobnie. W Wiedniu od czasu anszlusu zrobiło się strasznie. Boję się, że jak wybuchnie wojna, to wezmą mnie do niemieckiej armii, a to by było straszne. Jak już do tego, nie daj Boże, dojdzie, ucieknę przez granicę i dołączę do polskiego wojska. Ale nie o tym chciałem pisać przecież. Życzymy Wam wszystkim dużo szczęścia na nowej drodze życia. Kochajcie się, tak jak mój tatko z mamą, aż przyjemnie na nich patrzeć. Moja siostra wyrasta na piękną i mądrą dziewczynę, mam nadzieję, że uda nam się wszystkim jak najszybciej zobaczyć i uściskać. Jak tylko dostaniemy pozwolenie, wyślemy Wam prezent. Tatko wystrugał coś tak pięknego, że aż dech zapiera. Ale nie zdradzę wcześniej, bo to ma być tajemnica. I od nas z mamą coś będzie, ale też nie zdradzę.
      Całujemy Was mocno!

Pod listem widniały podpisy Jaśka, wuja Stefanka, jego żony Kasi oraz Marysi, ich córki.

– Kochani są. – Matylda otarła łzy z twarzy. Ostatnio wzruszała się częściej niż zwykle, wystarczył moment, a już miała płacz na końcu nosa, jak to żartobliwie określał Julek. – Tak bym chciała ich wszystkich zobaczyć. I tak się cieszę szczęściem wuja... – Tu już głos załamał jej się kompletnie i musiała sięgnąć po chusteczkę do nosa.

– To może zostawimy paczkę z Francji na jutro? – zaproponował żartobliwie Julek. – Bo coś przeczuwam kolejne łzy i smarkania.

– Dawaj ją tu, dowcipnisiu! – Matylda energicznie wydmuchała nos i wyciągnęła rękę w kierunku paczki. Szybko okazało się, że paczki są dwie. Druga, płaska i prostokątna, stała oparta o ścianę i w pierwszej chwili jej nie dostrzegli. Zaczęli od niej.

Po odpakowaniu okazało się, że jest to olejny obraz, przedstawiający coś, co już na pierwszy rzut oka wydało im się znajome.

– To przecież... – Matylda i Julek spojrzeli na siebie zaskoczeni. – To... targ na Małym Rynku! Widać nawet zarysy kościoła Świętej Barbary! Mój Boże, jakie to piękne! Spójrz, Lulku, ta wieśniaczka wygląda, jakby naprawdę się poruszała. Ta jej suknia, zapaska, te wymykające się spod chusty włosy... Skąd polski obraz we Francji?

Pod spodem zauważyli list z ich imionami na kopercie. Postanowili przeczytać go zaraz po otwarciu kolejnego prezentu. Przypuszczali, że w liście znajdą wyjaśnienie i odpowiedzi na cisnące im się teraz na usta pytania.

Spora drewniana skrzynia, którą, jak się okazało, musiało wnieść na piętro aż dwóch tragarzy, zawierała piękny kuferek z pociemniałej przez lata skóry. Zdobiły go metalowe ćwieki i okucia. Po bokach miał dwa uchwyty, również metalowe.

Matylda aż westchnęła głośno z emocji. Ścisnęła tylko silniej dłoń Julka, nie mogąc wypowiedzieć nawet słowa. Pamiętała ten kuferek z dzieciństwa, kiedy wraz z mamą odwiedziła pewnego lata wujostwo w Le

Gravier. Wytłaczane na skórze ornamenty z kwiatów zachwyciły ją i pobudziły jej wyobraźnię. Wodziła wtedy po nich małym paluszkiem, usiłując potem odtworzyć te wzory na papierze. Teraz trzęsącymi się z emocji rękami uchyliła wieko kuferka.

W środku, na miękkim posłaniu z błękitnego jedwabiu leżały dwa pakunki, zawinięte w taki sam materiał. Po rozpakowaniu jednego z nich ukazały się srebrne sztućce z wygrawerowanym na trzonkach monogramem madame Castillon. Pod spodem leżał drugi, znacznie większy pakunek, zawierający komplet porcelanowych talerzy. Każdy miał podobny ornament złożony z róż, bławatków i ziół, ale po dokładniejszym przyjrzeniu się można było zauważyć delikatne różnice, świadczące o tym, że wzór nie był nakładany mechanicznie, tylko ręcznie malowany przez bardzo utalentowanego artystę. Miało się wręcz wrażenie, że z rozwiniętych płatków kwiatów unosi się delikatna woń.

– Ależ to cudne! – Matylda jęknęła z zachwytu. – Musiało kosztować majątek, bo widać, że to ręczna robota.

Sięgnęli po list od ciotki Ivonne.

Najdroższa moja bratanico, kochany Julku!

Z bólem serca musieliśmy zrezygnować z przyjazdu na Wasz ślub, jednak zmusiły nas do tego okoliczności. Nie tylko sytuacja polityczna, czego się domyślacie, ale i stan zdrowia Victora Antoine'a, mojego drogiego męża. Od przyjazdu z Egiptu mocno niedomaga, obawiamy się, czy nie złapał tam jakiejś tropikalnej choroby. Jest bardzo słaby, cierpi na dolegliwości żołądkowe i absolutnie nie nadaje się na dłuższą podróż. Odrobimy to innym razem, mam nadzieję. Przecież nie może chorować w nieskończoność.

Tymczasem postanowiliśmy wysłać prezenty ślubne i spodziewamy się, że sprawią Wam przyjemność, a może i nieco zaskoczą... Srebrne sztućce z monogramem naszej mamy należą się Tobie, jako jedynej wnuczce Sophie Castillon du Manon. Zawsze powtarzała, że zapisze je w spadku swoim wnukom. Tak zmieniała swój testament, tak go poprawiała, że w końcu nie zostawiła żadnego, który miałby moc prawną. Zatem ja wypełniam jej wyrażoną ustnie wolę. Zarówno komplet ręcznie malowanych talerzy, jak i obraz są wyjątkowe, ponieważ jest to dzieło bardzo utalentowanej artystki. Pewnie o niej nigdy nie słyszeliście, chociaż znaliście ją doskonale.

Matylda uniosła brwi ze zdziwienia, ale coś już zaczynała podejrzewać. Serce biło jej tak, jakby miało wyskoczyć z piersi.

Ta artystka to Twoja mama, Matti. Twoja mama, a moja droga przyjaciółka Wiktoria.

– Niemożliwe! Przecież mama była aptekarką, a nie malarką. Nigdy nie wspominała o malowaniu... Mój Boże! Jeśli to prawda, to okazuje się, że zupełnie jej nie znałam.

Matylda rozpłakała się z żalu. Poczuła ogromną tęsknotę za matką. Najbardziej bolało ją, że nie umiały się porozumieć za życia Wiktorii, że może przez nią, Matyldę, i jej zachowanie mama nigdy o sobie zbyt dużo nie opowiadała. Że dopiero teraz zaczyna ją odkrywać. Teraz, kiedy jest już za późno.

Julek przytulił ją do siebie i sam czytał dalej, gdyż Matylda nie była w stanie.

Twoja mama była wszechstronnie uzdolniona. Myślę, że gdyby zamiast farmacji studiowała malarstwo, zostałaby uznaną artystką. Nigdy przedtem ani nigdy potem nie spotkałam już nikogo obdarzonego tyloma talentami. To, co stworzyła tutaj, we Francji, było świeże i naturalne, bo przecież nigdy nie uczyła się malarstwa.

Z początku, w oczekiwaniu na powrót Filipa do Paryża, zarabiała na życie, malując gotowe już wzory na talerzach w małej fabryczce porcelany, później zaczęła je sama wymyślać. Ozdabiane przez nią naczynia sprzedawały się świetnie i stawały się coraz bardziej modne we francuskich domach. Niemal każda gospodyni w Paryżu chciała mieć taki komplet. Z początku pomagałam jej trochę, ale szybko się okazało, że radzi sobie doskonale. Wystarczyło tylko dać jej wskazówkę, a resztę robiła instynktownie i z taką pewnością, jakby się z tym urodziła.

Malowała nie tylko na porcelanie. Obraz, który dostaliście, też jest jej autorstwa. Malowała go, czekając na Filipa i zabijając w ten sposób tęsknotę za Krakowem. Później, po jej wyjeździe, Filip chciał to płótno ode mnie kupić, lecz nigdy po nie się nie zgłosił. I dobrze, bo obraz powinien należeć do Ciebie, moja Matti. Nie wyrzucaj sobie, broń Boże, że o niczym nie wiedziałaś, że mama Ci się nie zwierzała i niezbyt się rozumiałyście. To nieprawda. Ona po prostu z natury była skryta i niewiele opowiadała o sobie. Poza tym była skromna i małomówna. Wcale nie uważała, że robi coś nadzwyczajnego. Kiedy ją chwaliłam, powtarzała, że to takie tylko malunki, pozwalające jej zarobić trochę pieniędzy, bo nie chciała być na moim utrzymaniu. A przecież mogłam ją gościć, jak długo tylko chciała, była jednak zbyt dumna, żeby przyjąć czyjąkolwiek pomoc. Myślę też, że po powrocie do domu chciała wymazać z pamięci wszystko, co kojarzyło jej się z pobytem we Francji, pewnie dlatego nie wspominała o swoim malowaniu.

Kochanie, na koniec chciałabym dołączyć życzenia szczęścia na nowej drodze życia od mojego brata, czyli Twojego ojca, Pascala. Zmienił się bardzo, coraz częściej wspomina o Tobie, dopatrzył się chyba jakiegoś podobieństwa na zdjęciu, które nam ostatnio przysłałaś. Wyobraź sobie, że wybierał się z nami na Twój ślub, ale ponieważ nie możemy przyjechać, sam nie ma odwagi. Poprosił tylko o przekazanie życzeń w jego imieniu.

Całujemy mocno Was oboje.

Ivonne i Victor Antoine

– Wzruszające. – Matylda ziewnęła. Nadmiar wrażeń z całego dnia zmęczył ją tak, że nie była już w stanie niczym się ekscytować. – Mógłby chociaż sam się dopisać, skoro tak nagle odezwały się w nim uczucia ojcowskie.

Tej nocy jeszcze długo rozmawiali, wtuleni w siebie jak w czasach dzieciństwa, u babci. Na nowo przeżywali list od ciotki i wszystkie zawarte w nim rewelacje na temat mamy. A potem Matylda miała sen. Widziała matkę przy sztalugach, malującą w ogromnym skupieniu. Podeszła z uśmiechem, czując, że będzie to znów coś pięknego.

Niestety, z tego pozbawionego kolorów obrazu biła jakaś melancholia, pustka, nicość i nieobecność. Pośrodku tej zimnej pustki, w oddali, dymił samotny piec.

Część druga

ROZDZIAŁ 1
KRAKÓW, MAJ 1939

*M*atylda większość dni spędzała teraz w swoim pokoju albo w aptece, pomagając Joasi w opracowywaniu receptur na nowe kosmetyki według przepisów swojej mamy. Ziołowe preparaty cieszyły się tak ogromnym powodzeniem, że trzeba było uruchomić dodatkową produkcję w wynajętym na obrzeżach miasta lokalu. Tam Matylda nie była już w stanie jeździć, gdyż pod koniec ciąży stała się ociężała i niezgrabna. Z trudem poruszała się na opuchniętych nogach, dziecko zdawało się szaleć w jej brzuchu, niemal bez przerwy czuła jego ruchy.

Do niedawna działała jeszcze z ciotką Zosią w ich organizacji pomagającej wykorzystywanym kobietom. Teraz jednak nie była już w stanie wejść samodzielnie po schodach na drugie piętro. W domu zawsze znalazł się ktoś, kto jej pomógł, tam musiała prosić obcych ludzi, co ją mocno krępowało. Zrezygnowała więc z chodzenia na Szpitalną i zaczęła brać pracę papierkową do domu.

A było tej pracy coraz więcej. Skala problemu okazała się tak rozległa, że zaskoczyła wszystkich. Początkowo pokrzywdzone kobiety niechętnie zgłaszały się do siedziby organizacji, mimo ponawianych apeli w krakowskich gazetach. Jakby nie wierzyły w skuteczność owych działań. „Wiktoria" pomagała znaleźć mieszkanie tym, które zostały wyrzucone na bruk przez rodziców albo ludzi, u których służyły i gdzie, z winy pana domu, zaszły w ciążę.

Fundacja znajdowała też domy dla ich dzieci, jeśli matki nie chciały lub nie mogły ich wychowywać. Matylda z Zosią z radością odnotowały jednak fakt, że coraz mniej kobiet oddawało swoje nieślubne dzieci. Planowały też obie stworzenie domu dla samotnych ubogich matek z dziećmi, już trwały rozmowy z władzami miasta na temat wynajęcia odpowiedniego lokalu. Do tej inicjatywy obiecały się przyłączyć zakonnice z sierocińca, którym przed laty pomagała Wiktoria.

Fundacja działała prężnie głównie dzięki cioci Zosi, która zaangażowała się bez reszty w tę działalność. Matylda również pracowała ciężko, nieraz wracała do domu późnym wieczorem albo zabierał ją ze Szpitalnej Julek, zaniepokojony przedłużającą się nieobecnością żony. On też działał w miarę swoich możliwości, jego zadaniem była pomoc w sprawach sądowych przeciwko winnym nieszczęścia owych kobiet. Znał się na tym, wiedział, co doradzić i gdzie skierować pokrzywdzone, żeby mogły się domagać sprawiedliwości.

Robił to w chwilach wolnych od swojej pracy. Znalazł posadę w banku, z czego był bardzo zadowolony.

To znaczy cieszył się, że może utrzymać rodzinę, bo sama praca przy pożyczkach nie dawała mu satysfakcji, nie o tym marzył po ukończeniu studiów. Miał jednak nadzieję, że po narodzinach dziecka coś się zmieni, może znajdzie coś lepszego, bardziej interesującego. W końcu mieli przed sobą całe życie.

Matylda skrzywiła się z bólu i poprawiła na krześle. Próbowała rozmasować miejsce po solidnym kopniaku z wnętrza brzucha. Zaraz potem poczuła ucisk na pęcherz. Ostatnio niemal nie wychodziła z toalety, ciągłe parcie było tak nieprzyjemne, że z utęsknieniem oczekiwała rozwiązania. Niestety, według lekarzy miało to być dopiero z początkiem czerwca. Jęknęła, uświadamiając sobie, że jest dopiero maj.

– Jak się czujesz, kochana? – spytała z troską Joasia, zaglądając na zaplecze. – Może jednak pójdziesz do mieszkania i położysz się na chwilę? Pamiętam jeszcze, jak mnie było ciężko wysiedzieć pod koniec ciąży, a nie miałam tak ogromnego brzucha jak ty. Zapowiada się jakiś olbrzym – zażartowała, starając się ukryć niepokój. Matylda miała dość wąską miednicę i biodra, Joasia obawiała się kłopotów podczas porodu.

– Chyba tak zrobię – stęknęła Matylda, podnosząc się ciężko z krzesła. – Ale najpierw siusiu. Cały czas czuję ucisk na pęcherz, to okropne. Nigdy więcej dzieci. Nigdy!

W pokoju na górze otworzyła okno i z przyjemnością odetchnęła wiosennym powietrzem. Lubiła hałasy dobiegające z ulicy. Kroki przechodniów, nawoływania dzieci, szczekanie psów i turkot coraz mniej licznych dorożek. Wypierały je samochody, sunące cicho na pneumatycznych oponach. Od czasu do czasu słychać było tylko klakson lub warkot odpalanego motoru.

Nie lubiła natomiast stukania końskich kopyt. Nie takiego zwykłego, powolnego człapania, ale głośnego, jakby zwierzęta się spłoszyły. Od śmierci mamy takie nagłe stukanie podków kojarzyło jej się tylko z jednym i zwiastowało złe wydarzenia. Matylda starała się nie być przesądna, ale to było silniejsze od niej. Gdy tylko usłyszała ów gwałtowny łomot, podświadomie czekała potem na niedobre wieści. I często właśnie tak się działo. Czasami była to tylko jakaś drobna nieprzyjemność, kłótnia z agresywnym klientem w aptece, stłuczony talerz czy też drobna sprzeczka z Julkiem. Ale bywały i gorsze rzeczy.

Jak choćby udar babci Michalskiej kilka miesięcy temu. Tego dnia Grodzką przemknęła dorożka ze spłoszonym koniem. Stukot kopyt przerażonego zwierzęcia był tak donośny, że wyrwał Matyldę z popołudniowej drzemki. A w nocy babcia miała udar. Na szczęście niezbyt poważny, wystarczyło jednak, żeby lekko zaburzył jej mowę i ograniczył władzę po jednej stronie ciała. Wprawdzie lekarz zapewniał, że przy odpowiednich zabiegach i gimnastyce wszystkie te objawy powinny się cofnąć, ale babcia się załamała i początkowo w ogóle nie chciała nic robić. Później niechętnie, ale trochę ćwiczyła z pomocą specjalnie sprowadzonego do domu masażysty. Wydawało się, że przy życiu trzymało ją tylko oczekiwanie na narodziny dziecka Matyldy.

– Tylko nie spodziewajcie się chłopaka – śmiała się, gasząc wszelkie spekulacje na temat płci potomka – w tej rodzinie rodzą się same dziewczyny.

Jednocześnie cieszyła się na narodziny dziecka Matyldy, ale i martwiła, że niewiele jej pomoże. Nie chodziło nawet o mijającą już powoli niesprawność, lecz o wiek. W lutym skończyła sześćdziesiąt dziewięć lat i czuła się już staro. Jej własna matka w chwili śmierci była znacznie młodsza, a przecież wydawała się wtedy niedołężną staruszką, której wszystko leciało z rąk. Na samą myśl, że mogłaby zrobić krzywdę noworodkowi, babci Helenie cierpła skóra.

Matylda nie mogła sobie znaleźć miejsca, od rana czuła dziwny niepokój, postanowiła więc pójść do kuchni. Od dziecka uwielbiała tam przesiadywać z babcią Kasperkową. Zawsze też mogła spróbować czegoś smacznego, zanim zostało wydane na stół. Nazywały to razem z babcią zasięganiem języka. Teraz niekwestionowaną królową kuchni była babcia Hela, mimo zatrudnionej na stałe kucharki i podkuchennej. Starsza pani i tak musiała mieć zawsze ostatnie zdanie.

– Babciu, nie potrzebujesz czasem jakiejś pomocy? – spytała, wchodząc kołyszącym się krokiem do kuchni. Rozejrzała się po pomieszczeniu. – A w ogóle gdzie jest kucharka?

Helena Michalska odłożyła nożyk do obierania jarzyn.

– Wysłałam ją do miasta po sprawunki. Tę drugą też, bo tylko mi przeszkadzała.

– Babciu, przecież babcia nie musi nic robić, od tego mamy pomoc. Dlaczego babcia jest taka uparta?

– Jak nic nie będę robić, to się zastanę. Poza tym tych dziewczyn trzeba wiecznie pilnować, sama wiesz.

Matylda westchnęła tylko ciężko. Nikt i nic nie przekona Heleny Michalskiej do zmiany przyzwyczajeń.

– A czujesz ty się na siłach, moje dziecko, żeby mi pomagać? – Babcia zerknęła niepewnie na Matyldę.

– Oczywiście... przecież nie jestem chora, tylko spodziewam się dziecka. Na pewno nie dam rady teraz niczego ciężkiego nosić ani biegać po schodach, ale mogłabym na przykład obrać ziemniaki. To można robić na siedząco.

– O, to bardzo chętnie skorzystam. Jeszcze mnie ta jedna ręka nie bardzo chce słuchać, chociaż jest już o wiele lepiej niż na początku. Siadaj tu, a ja poczytam na głos gazetę. Chcesz?

– Chętnie, ale nie „Czas" ani „IKC", proszę. Tam tylko o zagrożeniu wojną i o polityce. Przyznam, że mam już trochę dość. Teraz, kiedy urodzi się moje dziecko, mogłaby wybuchnąć wojna? To zbyt straszne.

– Mam jeszcze najnowszą „Moją Przyjaciółkę".

– Niech będzie „Przyjaciółka", lubię ich rady i przepisy. Wszystko, byle tylko nie polityka.

Staruszka sięgnęła po gazetę z piękną modelką na okładce. Zgrabna blondynka ubrana była w ciemny komplecik złożony z plisowanej spódnicy i bluzki w tym samym kolorze. Według opisu była to ciemna zieleń. Ciekawie wyglądał krótki żakiecik z obszytymi futerkiem rękawami. Wysoki kapelusz z płaskim denkiem na wzór beretu oraz ciemne buty na wysokim obcasie i torebka z wężowej skóry dopełniały całości.

– Ech, kiedy ja będę mogła włożyć takie buty – westchnęła Matylda, z trudem usiłując dojrzeć poprzez ogromny brzuch swoje opuchnięte stopy.

– Już niedługo, kochanie, już niedługo – pocieszała ją babcia. – Jeszcze będziesz tęskniła do czasów, kiedy ten maluch był w twoim brzuchu. Taki cichutki i spokojny.

– Cichutki może tak, ale spokojny na pewno nie. Jeśli to dziecko potem będzie też takie ruchliwe jak teraz, to już się boję. Czuję je dosłownie wszędzie. – Matylda roześmiała się i pogłaskała brzuch. – No, to jakie tam nowe przepisy podają? Mogłybyśmy zrobić trochę zapasów na zimę. Czytałam gdzieś, że w tym roku jest klęska urodzaju na owoce i warzywa.

Babcia przez chwilę szeleściła stronami w poszukiwaniu przepisów. Mina coraz bardziej jej się wydłużała. Na koniec westchnęła ciężko.

– Niestety, tu też jest o wojnie. „Gospodarka domowa na wypadek wojny” – przeczytała na głos tytuł artykułu. – Piszą o ochronie produktów przed gazami bojowymi. O, posłuchaj tylko: „Niebezpieczeństwo nalotów lotniczych groziłoby głównie dużym miastom i osiedlom posiadającym ważne obiekty wojskowe lub gospodarcze”. To by znaczyło, że najbezpieczniej będzie, w razie wojny oczywiście, na wsi. Jaka szkoda, że nie mam już domu w Mogile. Jedną wojnę zdołaliśmy tam przetrwać...

– Babciu, nie będzie żadnej wojny. – Matylda sama zdała sobie sprawę, że mówi to bez przekonania. Tak naprawdę bała się, że czarne przepowiednie mogą się sprawdzić. – Ale chyba trzeba być przygotowanym na najgorsze. No to jak tam zalecają chronić żywność przed tymi gazami? Może zabezpieczymy w ten sposób nasze zapasy w piwnicy?

– Większość produktów radzą trzymać w blaszanych puszkach, słoikach i zalakowanych butelkach, a to wszystko jeszcze w specjalnych skrzyniach.

– Mamy takie skrzynie?

– Nie, są zresztą dość drogie, jak tu piszą. – Babcia nachyliła się nad gazetą. – Ale można do tego przystosować meble, które przecież są w każdym domu. Posłuchaj: „Można te skrzynie zastąpić przystosowanymi do tego celu zwykłymi kredensami kuchennymi, szafami lub skrzyniami. Na zewnątrz i wewnątrz należy pomalować lakierem wszystkie szpary i spojenia, drzwi i pokrywy okleić wojłokiem albo filcem. A w chwili alarmu gazowego przykryć całość mokrymi szmatami, bo woda rozkłada chemicznie gazy".

– Mam nadzieję, że nie będzie takiej potrzeby...

– Matysiu, ja też mam taką nadzieję, ale chyba skorzystam z ich rad. Przyda się albo nie, na pewno nie zaszkodzi. Piszą też, że produkty sypkie należy przechowywać w specjalnych impregnowanych woreczkach. Pamiętam, że jeszcze moja mama impregnowała czasem tkaniny olejem lnianym. Nie pamiętam, do czego to jej służyło. Smarowałyśmy płachty materiału z jednej i drugiej strony, śmierdziało strasznie, ale po dłuższym wietrzeniu zapach znikał.

– Są też przecież inne impregnaty. – Matylda poprawiła się w fotelu. Każda pozycja wydawała jej się teraz niewygodna. – Nie trzeba koniecznie używać oleju lnianego.

– A są, są. Nawet podają tu przepisy z pokostem, łojem wołowym i talkiem. Ten wypróbuję. Poza tym podają też, jak robić mydło w domu i jak prać bieliznę, kiedy nie ma żadnego mydła. Dobry ten numer, zachowam go na wszelki wypadek.

Helena Michalska odłożyła na bok gazetę. Wspomnienia z dzieciństwa napływały szeroką falą. Myślami przeniosła się do Mogiły, wsi, w której się urodziła i którą, z powodu pożaru, musiała opuścić już w starszym wieku. Żal za utraconym drogim jej domem wycisnął jej łzy z oczu. Otarła je szybko, żeby Matylda nie zauważyła, ale ta na szczęście wsłuchana była teraz tylko w siebie.

– Jak myślisz, babciu, jakie będzie to dziecko? Już się nie mogę doczekać, kiedy zobaczę tego małego człowieczka, część Julka i mnie. To prawdziwy cud.

Staruszka uśmiechnęła się z rozrzewnieniem.

– Będzie na pewno najbardziej kochanym dzieckiem na świecie. I, co ważne, będzie miało wspaniałego ojca. Może pierwsze w waszej rodzinie. I ono pierwsze poradzi sobie z klątwą.

– Ja miałam wspaniałego ojca.

– Tak, kochanie, ale wiesz, co mam na myśli. Prawdziwemu ojcu jeszcze nie wybaczyłaś, a przecież to jest potrzebne, żeby zdjąć przekleństwo z waszej rodziny.

– Żeby to było takie łatwe, babciu...

Staruszka odsunęła „Moją Przyjaciółkę" i przytuliła mocno Matyldę. Śliski papier zsunął się na podłogę, więc schyliła się odruchowo, żeby go podnieść.

– A co to za ogłoszenia?... – Nagle znieruchomiała z otwartą na stronie z ogłoszeniami gazetą. – Jak można...

Podsunęła Matyldzie tekst niemal pod nos.

– Zobacz sama!

Oddam na własność 11-letnią wychowankę. Rozwinięta, pracowita. Zgłoszenia do Działu Ogłoszeń „Mojej Przyjaciółki" pod „Lilka".

Albo to:

Wezmę na własność niemowlę. Oferty Czerska Maria – Warszawa poste restante.

– To okropne. – Matylda aż poczerwieniała z wrażenia. – Jeszcze mogłabym zrozumieć kobietę, która oddaje swoje dziecko, chociaż to „na własność" brzmi strasznie. Tylko że odkąd pracuję w „Wiktorii", wiem, że nie wszystkie kobiety chcą czy też mogą zatrzymać nieślubne dziecko, i to zawsze jest trudna dla nich decyzja. Ale jak można oddawać wychowankę, pewnie już sierotę, i jeszcze ogłaszać, że rozwinięta i pracowita? To dla kogo jest to ogłoszenie, ja się pytam?! Dla zboczeńca albo w najlepszym wypadku dla kogoś, kto potrzebuje taniej siły roboczej. Co nie wyklucza zresztą pierwszego. Kiedy wyszło to ogłoszenie?

– Co ty kombinujesz, Matysiu?

– A jak babcia myśli? Przecież nie możemy pozwolić, żeby wziął to dziecko ktoś obcy, i to nie wiadomo, do jakich celów. Znajdziemy jej jakąś kochającą rodzinę, a na razie może przeczekać u nas. Przecież tym właśnie, między innymi, zajmuję się od jakiegoś czasu w fundacji. Wprawdzie do tej pory szukałyśmy rodzin tylko dla niemowląt, jednak na pewno znajdzie się rodzina, która przyjmie dziecko już odchowane. To z kiedy jest ta gazeta?

Zajrzała na pierwszą stronę „Mojej Przyjaciółki".

– Wychodzi co dwa tygodnie, na szczęście to najnowszy numer, z przedwczoraj. Może jeszcze nie jest za późno. Zaraz siadam i piszę do tego działu ogłoszeń. A telefonu tam nie ma? Nie, nie ma. Szkoda.

Babcia Helena znała Matyldę i wiedziała, że ta nie zrezygnuje, jak już coś sobie postanowi. Jej upór, tak uciążliwy w czasach dzieciństwa, teraz często się przydawał przy trudnych sprawach w fundacji. Uśmiechnęła się w duchu. Od początku była niemal pewna, że jej ukochana wnuczka tak właśnie zareaguje.

Mama byłaby z ciebie dumna, Matysiu, pomyślała staruszka.

Po kilku dniach przyszła odpowiedź. Obecni opiekunowie napisali, że wprawdzie dziewczynką interesowało się kilka osób, ale żadna się w końcu nie zdecydowała. Nadal jest więc „do wzięcia". Matylda podała swój numer telefonu, więc dalsze szczegóły można już było ustalić podczas bezpośredniej rozmowy. Opiekunka dziewczynki miała zdarty głos, po chorobie albo z przepicia, jak stwierdziła później zrażona już z góry Matylda. Kobieta zdziwiła się, że ktoś chce wziąć dziecko „bez oglądania", ale wyraziła to dość oględnie, żeby nie zrazić potencjalnego kandydata. Matylda z trudem się powstrzymała, żeby jej nie powiedzieć, że przecież nie bierze jałówki ani świni. I że zupełnie jej nie obchodzi, jak to dziecko wygląda.

Ustalono, że po małą pojedzie Julek, ponieważ Matylda z powodu zaawansowanej ciąży nie mogła teraz podróżować. Zapewniła opiekunkę, że w tej kwestii ma do męża pełne zaufanie. Przypuszczała jednak, że ta kobieta oddałaby dziecko każdemu, kto tylko by chciał je wziąć.

Na szczęście okazało się, że opiekunowie małej Rózi, bo tak miała na imię dziewczynka, mieszkają niedaleko Krakowa, w Dobczycach. A właściwie w niewielkiej wsi pod Dobczycami, więc sprawę można było załatwić w ciągu jednego dnia. Jak opowiadał później Julek, ludzie oddający Rózię mieli dość duże gospodarstwo i potrzebowali rąk do pracy, a nie kolejnej gęby do wyżywienia, jak oświadczyła bez większych oporów opiekunka. Niemłoda już kobieta o męskim wyglądzie i sposobie bycia trzęsła całym domem, w tym także mężem, zahukanym i niepozornym człowieczkiem.

Dziewczynka, wbrew zapewnieniom w anonsie, że dobrze rozwinięta, była mizerna, zabiedzona i słaba. Najwyraźniej nie nadawała się do pracy, a tylko dlatego opiekunowie wzięli ją po śmierci matki dziecka, ich sąsiadki. Ojciec wyjechał do Ameryki za chlebem, liczyli więc, że im się odwdzięczy, jednak lata mijały, a on się nie odzywał. Uznali więc, że nie warto dalej się zajmować sierotą.

Matylda na widok Rózi załamała ręce. Dziewczynka była blada, chuda i wystraszona; nie wyglądała na swoje jedenaście lat. Nieufnie obserwowała otoczenie i kuliła się za każdym razem, kiedy ktoś próbował jej dotknąć. Matylda i babcia Michalska chciały ją natychmiast utulić, lecz natychmiast zrezygnowały, widząc reakcję małej. Postanowiły dać jej czas, by oswoiła się z nowymi warunkami.

– Chciałabyś teraz umyć się po podróży? – spytała Matylda najdelikatniej, jak tylko mogła. – Potem zjemy razem obiad, a jutro kupimy ci nowe ubrania, jeśli zechcesz.

– A nie będzie mnie pani biła? – szepnęła ze strachem Rózia.

– Dlaczego miałabym cię bić? – Matylda poczuła, jak w gardle rośnie jej wielka gula. – W tym domu nikt nikogo nie bije, nikt na nikogo nie krzyczy, zapamiętaj to sobie, kochanie.

Mała kiwnęła tylko głową bez przekonania. Tak bardzo chciała wierzyć tej pięknej pani z dużym brzuchem, bała się jednak, że to może nie być prawda. Przecież oni tutaj zaraz się zorientują, że nie ma siły i nie będzie się nadawała do pracy. Poprzedni ludzie, którzy przyjechali kilka dni temu, oglądali ją na wszystkie strony, lecz im się nie spodobała, bo za chuda. Ci też pewnie szybko zrezygnują. Ale postara się pracować ze wszystkich sił, bo bardzo jej się ten dom spodobał. Da z siebie wszystko.

Babcia Michalska zaprowadziła małą do łazienki, a Julek, zmęczony jak po ciężkiej pracy, rzucił się na kanapę.

– Jak to dobrze, że ciebie tam nie było, bo tylko byś się zdenerwowała. Co za okropne miejsce, co za koszmarni ludzie! Mała jest Żydówką, traktowali więc to biedactwo jak popychadło, podejrzewam nawet, że była głodzona. A kiedy spytałem, gdzie jest, okazało się, że w komórce, bo „była niegrzeczna", a trzeba ją krótko trzymać.

– Zabić taką swołocz to mało... – Matylda nie wytrzymała.

– No widzisz, samo słuchanie cię denerwuje. Ja też z trudem nad sobą panowałem, ale nie chciałem zrazić do siebie tej okropnej baby, jej opiekunki. Zwłaszcza kiedy opowiadała, ile to serca włożyła w jej wychowanie i ile wydała na nią pieniędzy. Opiekowali się nią, jeśli w ogóle można to nazwać opieką, przez cztery lata. Kiedy stracili nadzieję, że ojciec odezwie się z Ameryki, postanowili pozbyć się dzieciaka.

– Ta kobieta zażądała pieniędzy?

– Nie dosłownie, ale dała mi do zrozumienia, że nie obrazi się, jak jej coś zostawię za te „wydatki".

– Mam nadzieję, że nic jej nie dałeś?

– Matysiu, dałem, bo chciałem jak najszybciej zabrać stamtąd małą i wyjść z tego domu. Zabrałem też jej papiery. Dziewczynka nazywa się Róża Bauman. Ojciec Samuel, ale matka chyba nie była Żydówką. Nazywała się Apolonia Kwiatek.

– Mieszane małżeństwo – mruknęła Matylda. – Z pewnością nie mieli łatwo.

– A wiesz, co mi ta kobieta powiedziała na koniec? – przypomniał sobie Julek.

– No?

– Że zwrotów nie przyjmuje. Jak nam Rózia nie będzie odpowiadała, mamy sami jej szukać następnych opiekunów.

ROZDZIAŁ 2

Od kilku dni Matylda czuła dziwny niepokój, a tego ranka owo uczucie pogłębiło się jeszcze. W nocy pobolewał ją brzuch, jednak zrzuciła to na karb jedzenia przed snem. Przecież do porodu jeszcze prawie miesiąc, więc nie mogło to być związane z ciążą. Zwykle starała się nie jeść na noc, ale wczoraj tak długo rozmawiali z Julkiem na temat Rózi i jej przyszłości, że w końcu zgłodniała i musiała coś zjeść. Jak dwójka psotnych dzieci zakradli się po cichutku do kuchni, by szukać pozostałości z kolacji. Później, usadowieni wygodnie na łóżku, zajadali ze smakiem pyszne gołąbki z kaszą, popisowe danie babci Michalskiej.

Ustalili, że dziewczynka zostanie z nimi do chwili, aż znajdą dla niej jakąś naprawdę odpowiedzialną i dobrą, czyli sprawdzoną, rodzinę. Mała natychmiast podbiła ich serca, przypominała małego, zmokniętego wróbelka. Podczas posiłku starała się skubać tylko jedzenie, jak to wróbelek, jakby się bała, że zaraz ktoś jej zabierze talerz, bo za dużo zjadła. Zachęcona, sięgała coraz śmielej, lecz cały czas z dużą ostrożnością.

Matyldzie aż ściskało się serce na samą myśl, co to dziecko musiało przeżyć u swoich poprzednich opiekunów. Nie wypytywała, widziała jednak po zachowaniu Rózi, że mała przeszła piekło. Czasami tylko wspominała mamę i wtedy trzęsła jej się broda z żalu i tęsknoty. Najbardziej przywiązała się teraz do babci Michalskiej, która wzięła dziewczynkę pod swoje skrzydła. Widać było, że Rózia przywróciła jej sens życia. W końcu znowu mogła się kimś zajmować. Kiedy zaczęła mieć problemy ze zdrowiem, do Marty, córki Joasi, przyjęto młodą opiekunkę. Na szczęście, jak się okazało, wylew był niegroźny.

– Babciu… – szepnęła cichutko Rózia, ciągnąc staruszkę za rękaw. – Chodźmy do kuchni, bo trzeba już szykować obiad. Pomogę ci.

– Naprawdę chcesz mi pomóc? Dasz ty radę?

– Dam, dam. Przecież jestem silna! – Mała dumnie wypięła wątłą pierś i naprężyła muskuły. – A ciebie, babciu, boli ręka, to ja ci właśnie pomogę.

– No i jak tu nie kochać takiego szkraba… – Wzruszona pani Helena pociągnęła nosem.

Matylda i Julek coraz mniej energicznie szukali rodziny dla Rózi. Jeszcze sami się do tego nie przyznawali, ale już czuli, że trudno im będzie się rozstać z tym dzieckiem. W dobrych warunkach dziewczynka rozkwitała. Blade policzki zaróżowiły się nieco i zaokrągliły. Smutne, zgaszone oczy nabrały blasku, podobnie jak włosy, które początkowo przypominały poszarzałe, przycięte niemal przy skórze strąki. Teraz układały się w miękkie, ciemne loczki. Dziewczynka była brunetką o niespotykanie dużych, czarnych jak węgiel oczach.

Teraz właśnie te oczy wpatrywały się intensywnie w Matyldę. Wydawało się, że są jeszcze bardziej czarne. Niemal nie było widać w nich białek.

– Ciociu – swoim zwyczajem odezwała się cichutko – trzeba ci wezwać lekarza ze wsi. Nie chcę, żebyś umarła.

Przestraszona Matylda spojrzała na dziewczynkę.

– Co ty opowiadasz? Dlaczego? Przecież nic mi nie jest.

– Mamusia tak samo wyglądała, jak miała urodzić – odpowiedziała poważnie Rózia. – Miała taki sam szary cień nad głową. A potem umarła. Nie chcę, żebyś umarła, ciociu.

Znów zaczęła jej się trząść broda.

– Jaki cień, dziecko? – Podeszła do niej babcia Helena. – O czym ty mówisz?

– No taki, co to go mają ludzie, jak śmierć stoi w pobliżu. Nie widzicie go? – Pokazała palcem nad głową Matyldy. – Zawsze taki jest przed...

– Jezusie, Maryjo! – Staruszka przeżegnała się z zabobonnym lękiem. – Chodź ty lepiej do kuchni, Róziu. Zostawmy ciocię w spokoju, bo dziś źle się czuje. Zobaczymy, jak tam sobie radzi kucharka, czy nie trzeba jej pomóc.

Mała ociągała się, ale w końcu wyszła za babcią.

– Ale poślijcie po doktora – powiedziała smutnym głosem na odchodne. – Będzie dziś potrzebny.

Matylda zdenerwowała się nie na żarty. Rzeczywiście źle się dziś czuła, ale żeby zaraz miała umierać? I skąd ta mała mogłaby wiedzieć takie rzeczy, przecież to jakieś bzdury.

– Matysiu – Julek objął ją z uśmiechem – chyba nie przejęłaś się paplaniną tego dziecka? No, przestań.

– Sama nie wiem. Widziałeś jej oczy? Były całkiem czarne, jakby nie miała białek...

– Głuptasie, widziałaś ty w życiu całkiem czarne oczy?

– Do tej pory nie... Ale przyznaj jednak, że Rózia jest jakaś dziwna. Co ona opowiadała o tym szarym cieniu?

– Nie mam zamiaru rozmawiać o zabobonach i bajdurzeniu jakiegoś dzieciaka, zlituj się. Lepiej się połóż, bo wyglądasz na zmęczoną.

Matylda podniosła się ciężko z fotela i nagle zastygła w pół ruchu.

– O matko!

– Co się dzieje? – Przestraszony Julek podbiegł, żeby ją podtrzymać.

– Poczułam silny ból w dole brzucha – sapnęła z wysiłkiem. – I w krzyżu. Oj, jak boli!

– Ależ to jeszcze nie czas, Matyś...

– Do cholery, sama wiem, że to nie czas – warknęła, krzywiąc się z bólu. – Ale coś się zaczęło dziać. Poproś jednak lekarza.

Julek zerwał się z miejsca i pobiegł w kierunku drzwi. Nagle obejrzał się przestraszony.

– Ale chyba nie będziesz jeszcze rodzić, co?

– Nie, poczekam, aż wrócisz. – Usiłowała być zgryźliwa, ale kolejny ból przeszył jej podbrzusze i nagle poczuła wilgotne ciepło rozlewające się po wewnętrznej stronie ud. – Pospiesz się, Lulku. Na miłość boską, pospiesz się!

Po chwili do pokoju wpadła babcia Michalska. Rzuciła tylko okiem na Matyldę i szybko wybiegła z powrotem, wołając, żeby wezwać akuszerkę.

Sprowadzona szybko kobieta natychmiast pojęła sytuację.

– Rodzimy, moja kochana. Będzie dobrze, tylko tak się nie spinaj. A wy – zwróciła się do domowników, wśród których znalazła się też przestraszona Joasia i mała Rózia – przygotujcie jakieś czyste prześcieradła. Jak najwięcej.

Sama poszła do łazienki, by porządnie wyszorować ręce. Kiedy wróciła, zastała już lekarza. Miał źle zapiętą na guziki marynarkę i przekrzywiony kapelusz. Widać było, że Julek nie dał mu zbyt dużo czasu na ubranie się.

– Trochę za wcześnie – mruknął bardziej do siebie niż do stojących w pobliżu domowników – ale takie dziecko ma już duże szanse na przeżycie. Sądząc po wielkości brzucha, to będzie raczej olbrzym, da sobie radę. Teraz proszę spokojnie oddychać, żeby dziecko nam się nie udusiło, i czekamy na rozwój wypadków. Jak będzie skurcz, przeć, ale nie za mocno. Powiem kiedy.

Podszedł do Matyldy, żeby sprawdzić postępy porodu, i po chwili na jego twarzy pojawił się wyraz zaniepokojenia.

Po cichu wymienił z akuszerką jakieś uwagi; kobieta z powagą pokiwała głową, patrząc na nieregularny kształt brzucha Matyldy. Lekarz wyprosił wszystkich z pokoju, ale Julek postanowił zostać.

– Chce pan być przy narodzinach swojego dziecka? – zdziwił się doktor. – Tego raczej się nie praktykuje.

– Chcę być przy żonie, żeby się nie bała. Będę ją trzymał za rękę.

Podszedł do Matyldy i z miłością odsunął jej spocone włosy z twarzy. Chwyciła go z całych sił za ramię, aż poczuł ból.

– Nie zostawiaj mnie, Lulku. Nieeee!

Kolejny skurcz przeszył jej ciało. Naprężyła się, a po chwili opadła z powrotem na łóżko. Ból był tak silny, że miała ochotę wyć jak zwierzę. Gdyby nie obecność Julka, być może tak właśnie by się stało, lecz widok jego już i tak przestraszonej twarzy sprawił, że zdusiła w sobie krzyk. Nie powstrzymała tylko przeciągłego, zduszonego jęku.

Lekarz uciskał i masował jej brzuch, usiłując sprowadzić widoczne z boku wybrzuszenie w dół.

– Obawiam się, że trzeba będzie zabrać panią do szpitala.

– Cesarskie cięcie? – jęknęła Matylda. – Dlaczego?

– Dziecko ułożyło się ukośnie, jeśli nie uda mi się go teraz przekręcić przez powłoki, nie będzie wyjścia. A jak rodziła pani matka?

– Cesarskim...

Matylda opadła zmęczona na poduszkę. Poprzedni skurcz pozbawił ją sił, teraz ze strachem czekała na kolejny. Ale akcja porodowa jakby się zatrzymała.

– Niech pani teraz odpoczywa i nabiera sił. – Akuszerka poklepała ją po ręce. – Zobaczymy, może dziecko jednak zdecyduje się ułożyć prawidłowo.

Tymczasem lekarz wyszedł z pokoju, zabierając ze sobą Julka.

– Proszę mnie poprowadzić do telefonu, muszę zadzwonić po pomoc do szpitala. Niech przyślą karetkę, nie ma na co czekać. Nie podoba mi się ułożenie dziecka, może mi się nie udać go odwrócić. A czas ucieka. Jeśli będziemy tak czekać, może jej pęknąć macica i żadnego z nich nie uda się uratować.

Poszarzały ze strachu Julek wskazał mu telefon, a sam pobiegł do Matyldy. Chwycił jej dłoń i przytulił do ust.

– Matysiu, kochana moja, wytrzymaj jeszcze. Wszystko będzie dobrze, tylko wytrzymaj. Zaraz przyjedzie pogotowie i wezmą cię do szpitala. Tam będziesz już bezpieczna.

Nadszedł kolejny skurcz. Na szczęście główka dziecka znalazła się nieco niżej, brzuch nie był już tak bardzo napięty, wciąż jednak nie była to prawidłowa pozycja do porodu. Akuszerka nie przerywała delikatnego masażu.

– I jak wygląda sytuacja? – Lekarz wszedł energicznym krokiem do pokoju. – Coś się zmieniło?

Akuszerka tylko pokręciła przecząco głową. Mimo jej starań dziecko znów zmieniło pozycję.

– Zaraz tu przyjadą ze szpitala. Proszę panią okryć i przygotować do transportu.

Kiedy karetka pogotowia stanęła przed bramą kamienicy, natychmiast zebrał się tłumek gapiów

– przechodniów, sąsiadów i klientów apteki. Joasia też wybiegła na ulicę, zostawiając męża za ladą.

Z bramy wyłonili się dwaj sanitariusze, dźwigający nosze. Widok ściągniętej bólem twarzy Matyldy natychmiast wywołał komentarze:

– Biedaczka, chyba nie może urodzić.

– Pewnie zrobią jej cięcie, a wtedy może umrzeć. Pamiętam taką moją...

– Przestałaby pani krakać, do cholery!

– Gdyby pani wiedziała, jak ludzie umierają w szpitalach podczas takich zabiegów, toby pani inaczej mówiła. Moja znajoma...

– Zamknij się w końcu, głupia babo!

Wychodzący za sanitariuszami Julek nie wytrzymał. W oczach miał obłęd, lekko falujące, przydługie włosy sterczały mu w tej chwili na wszystkie strony, jakby próbował je sobie wyrwać. Nie wyrywał, ale bez przerwy nerwowo przesuwał po nich dłonią.

Urażona kobieta wzruszyła tylko ramionami, mrucząc coś pod nosem, ale szturchnął ją któryś z sąsiadów i umilkła w końcu. Taki niby uprzejmy młody prawnik, tak się zawsze kłaniał wszystkim sąsiadom z uśmiechem, a tu nagle „głupia babo", nie mogła mu tego darować.

– A bo pani szanownej w końcu należało się za ten jęzor – uspokoił ją dozorca wsparty na miotle. Przerwał sprzątanie, żeby zobaczyć, co się dzieje. – Dobrze, że gorzej nie powiedział. Ja to bym na jego miejscu... – Znacząco spojrzał na solidną brzozową miotłę. – No!

W szpitalu wszystko było już przygotowane do cesarskiego cięcia, kiedy nagle się okazało, że dziecko ułożyło się jednak prawidłowo, główką w dół.

– Możemy chyba rodzić siłami natury – powiedział z uśmiechem lekarz do przerażonej Matyldy. – Wszystko będzie dobrze, a jakby coś poszło nie tak, zespół jest przygotowany.

Rozejrzała się za Julkiem, ale znajdowali się w sali operacyjnej, a tu, niestety, nie mógł już asystować przy porodzie. Musiał czekać w korytarzu, wraz z Joasią, babcią Michalską oraz Rózią, która za nic nie chciała zostać sama w domu. Teraz siedziała więc wraz z tamtymi na ławce pod ścianą i z uwagą przyglądała się przechodzącym korytarzem pacjentom. Jej uwagę przyciągnęła para staruszków rozmawiających z młodym mężczyzną w szpitalnej piżamie.

– Ten pan niedługo umrze – szepnęła ze smutkiem do babci.

– Nie wygląda na bardzo chorego. – Pani Helena spojrzała w tamtą stronę. – Patrz, jak się śmieje. To na pewno nic poważnego.

– Nie ten. Ten starszy pan.

– Znowu widzisz jakiś szary cień? – przerwał jej ze złością Julek. – Przestań z tymi głupotami, bo tylko mnie denerwujesz.

Rózia skuliła się jak od uderzenia. W jej ogromnych czarnych oczach pojawił się strach.

– Zostaw dziecko w spokoju! – ofuknęła go staruszka. – Przejdzie jej, jak dorośnie, to takie dziecięce wymysły. Ty, jak byłeś w jej wieku, no, może trochę młodszy – poprawiła się – rozmawiałeś z jakimś swoim niewidzialnym przyjacielem. Bawiłeś się z nim i widzisz, przeszło.

– Pierwsze słyszę. – Julek wzruszył ramionami. – Bawiłem się zawsze z Matysią.

– Tak, ale jak jej nie było, to z nim. I nie zaprzeczaj, ja chyba lepiej pamiętam, bo cię wychowywałam.

Julek westchnął głęboko i przysunął się do Rózi.

– Nie chciałem na ciebie krzyczeć, przepraszam. Jestem zdenerwowany i nie wiem, co mówię.

Chciał jeszcze raz zapytać o cień nad głową Matyldy, ale bał się odpowiedzi.

Tymczasem poród wszedł już w kolejną fazę. Zmęczona Matylda parła coraz słabiej, brakło jej siły.

– Jeszcze trochę – zachęcali ją lekarze. – Już widać główkę. Jeszcze trochę.

Pojawiły się małe ramionka, w końcu wyślizgnęło się całe dziecko. Sine i nieruchome, zaplątane w pępowinę, która była owinięta wokół szyi i pod ramionami, tworząc rodzaj szelek.

Lekarze natychmiast zajęli się noworodkiem, lecz mimo intensywnej akcji nie udawało im się tchnąć życia w małe ciałko.

– Dlaczego ono nie płacze? – zaniepokoiła się nagle Matylda. – Dlaczego dziecko nie płacze? Pokażcie mi moje dziecko!

Podniosła się na łokciach, chcąc dostrzec, co się dzieje na stole obok. Lekarze wciąż robili masaż i sztuczne oddychanie, ale powoli zdawali sobie sprawę z bezcelowości tych zabiegów. Mała, sina dziewczynka była martwa i nic już nie mogło przywrócić jej życia.

Rozpaczliwy, bolesny krzyk Matyldy dobiegł do czekającej na korytarzu czwórki. Julek zerwał się z miejsca, chcąc biec do sali, ale drzwi były zamknięte. Wyszedł do niego lekarz, ten sam, który zajmował się Matyldą od początku.

– Niestety. – Spojrzał ze smutkiem na Julka. – Niestety, dziecko urodziło się martwe. To dziewczynka.

– Jak to, dlaczego?! A co z moją żoną?!

– Żona ma się dobrze. A dziecko, no cóż, myślę, że wpływ na to miało początkowe nieprawidłowe ułożenie. Musiała się owinąć pępowiną podczas tego przekręcania i udusiła się. Przykro mi bardzo.

– To była dziewczynka? – spytał przez łzy. – Moja córeczka?

– Niestety. Była maleńka, chociaż spodziewaliśmy się dużego dziecka. Maleńka i słaba, jednak trochę za wcześnie się urodziła.

Drzwi od sali operacyjnej otworzyły się nagle i pojawiła się w nich zaaferowana położna. Zaczęła gorączkowo machać rękami do lekarza.

– Doktorze, szybko!

Odwrócił się od Julka i pobiegł za nią, zamykając za sobą drzwi. Skamieniały z przerażenia Julek spojrzał na zapłakaną babcię Michalską i dostrzegł spokojną, siedzącą obok staruszki Rózię.

– Ciocia nie umrze, nie bój się, wujku. – Uśmiechnęła się do niego. – To dzidziuś miał umrzeć, nie ona.

Zgromadzeni wokół Matyldy lekarze patrzyli na siebie zaskoczeni.

– Wygląda na to, że chyba mamy tu następne. – Jeden z nich odwrócił się do wchodzącego doktora. – Jeśli za chwilę się nie urodzi, robimy cesarskie cięcie.

Ale kolejna mała dziewczynka postanowiła przyjść na świat w sposób naturalny. Po kilku minutach i kilku skurczach pojawiła się maleńka, zgrabna istotka. Jej skóra stopniowo nabierała coraz piękniejszej, różowej barwy.

– Tym razem ma pani zdrową córeczkę. – Lekarz pokazał Matyldzie opatulone w ogrzane pieluchy dziecko. – Tak się schowała za siostrą, że nikt wcześniej nawet nie podejrzewał jej istnienia. Jestem pewien, że będzie wyjątkowa i da sobie radę w życiu.

ROZDZIAŁ 3

Sierpień tego roku w Krakowie był piękny. Ulice tonęły w kwiatach, na targowiskach stoły uginały się od dojrzałych owoców, tego roku wybuchła wręcz klęska urodzaju. Kobiety w domach robiły przetwory na zimę i na wypadek wojny, której groźba stawała się coraz bardziej realna. W sklepach masowo wykupywano żywność, mimo zapewnień władz, że jej nie zabraknie, że nawet jest jej w nadmiarze. Szukano masek przeciwgazowych, dzieci cięły papier na paski do oklejania szyb. Nastroje stawały się coraz bardziej gorące, chociaż niewielu ludzi tak naprawdę wierzyło w groźbę wojny. Większość mieszkańców miasta uważała, że jeśli już, będzie to chwilowy konflikt, który zostanie szybko zażegnany, a ludność cywilna w ogóle nie będzie w nim uczestniczyła.

Julek znikał gdzieś popołudniami i nie opowiadał się, dokąd idzie, gdyż nie chciał denerwować rodziny. Od kilku dni wiedział o szykowanej powszechnej mobilizacji i wraz z kolegami z pracy i z uczelni przygotowywał się już na tę chwilę. Dwudziestego czwartego sierpnia rozpoczęła się kartkowa, tajna mobilizacja, czekał więc tylko, kiedy i on otrzyma wezwanie.

Maciej, mąż Joasi, od niedawna dumny posiadacz fiata 508, dostał urzędowe pismo nakazujące mu oddanie samochodu, z pełnym bakiem i oporządzeniem, na cele wojskowe. Z ciężkim sercem zgłosił się w komisji rekwizycyjnej, urzędującej w parku Jordana. Utrata samochodu była dla niego tym dotkliwsza, że spodziewając się powołania do wojska, zamierzał wywieźć żonę z córeczką do rodziny w Wieluniu. Podróż koleją nie wchodziła w rachubę, ponieważ zabrałaby zbyt dużo czasu, poza tym pociągi były przepełnione uciekinierami z Krakowa.

Kto mógł, uciekał z miasta, co zamożniejsi krakowianie wywozili swój majątek do Lwowa. Po cichu ewakuowano również ołtarz mariacki Wita Stwosza i wawelskie arrasy.

Natomiast w domu przy Grodzkiej panowała jeszcze spokojna atmosfera. Matylda tak była zajęta dzieckiem, że z trudem zauważała, co się wokół niej dzieje. Nawet żal i żałobę po stracie pierwszej córeczki przeżywała z mniejszą intensywnością. Noworodek zabierał jej każdą wolną chwilę, każdą myśl. O ewentualności wojny nie myślała w ogóle. Z naiwnością młodej, zapatrzonej w swoje maleństwo matki uważała, że nic złego nie może się stać, teraz, kiedy jej rodzinę spotkało takie szczęście. Dzieci nie mogły się przecież rodzić na wojnę.

Mała Weronika, urodzona dwudziestego siódmego maja tysiąc dziewięćset trzydziestego dziewiątego roku, rozwijała się świetnie. Pięknie przybierała na wadze i już po dwóch miesiącach od narodzin niemal dogoniła inne dzieci w swoim wieku. Z początku było trochę kłopotów z utrzymaniem jej ciepłoty, ale oboje rodzice na zmianę ogrzewali ją własnym ciałem w nocy. Mała spała na piersi matki, a potem ojca. Pilnowali się nawzajem, żeby nie usnąć i nie przygnieść dziecka. W dzień okładana była termoforami z ciepłą wodą, zmienianą kilka razy przez babcię oraz Rózię, która natychmiast zakochała się w swojej małej siostrzyczce, jak ją od razu nazwała. O szukaniu rodziny dla ich wychowanki zapomniano już w ogóle. Nikt sobie nawet nie wyobrażał, że mogłaby teraz od nich odejść. Dla Matyldy i Julka stała się jakby starszym dzieckiem. I tak przecież los szykował dla nich dwie córki.

Małą Julię, bo tak nazwano zmarłą podczas porodu dziewczynkę, pochowano w grobowcu przy jej babci Wiktorii oraz prababci Szczygłowej. Ponieważ dziecko urodziło się martwe i nie zostało ochrzczone, należał mu się więc tylko pokropek, ale znajomy kapłan nie odmówił rodzicom tej posługi i był obecny podczas skromnego pogrzebu na cmentarzu Rakowickim. Matylda, kiedy już doszła do siebie po porodzie, chodziła na cmentarz z małą Weroniką w wózku, jakby chciała się zajmować i tamtym dzieckiem. Przestała z chwilą, kiedy we śnie pojawiła jej się mama, trzymająca w ramionach roześmianą Julię. Matylda zrozumiała wtedy, że córeczka ma tam dobrą, najlepszą z możliwych opiekunkę i że nie musi się już o nią martwić. Kiedy się obudziła, wciąż brzmiały jej w głowie słowa mamy:

Zajmij się żywymi, Matysiu...

W niedzielę, dwudziestego siódmego sierpnia, kiedy zmęczony Julek wrócił z kopania rowów przeciwlotniczych na Plantach, zastał czekające już na niego pismo. Była to karta mobilizacyjna, wzywająca go, jako podporucznika piechoty, do stawienia się w pełnej gotowości następnego dnia o ósmej rano. Spodziewał się tego już od kilku dni, od chwili ogłoszenia tajnej mobilizacji. Niektórzy koledzy z banku dostali wezwania wcześniej i już podążyli do swoich jednostek.

– Lulku! – Matylda spojrzała z niedowierzaniem na męża i aż się zachwiała, jak od uderzenia. – Przecież to nie może być prawda... Wojny miało nie być, sam mówiłeś. Mówiłeś, prawda?

Bez słowa przytulił ją do piersi. Nie miał siły się odezwać, bał się, że nie zapanuje nad głosem. Przez moment tulili się do siebie jak dzieci. Jak wtedy, gdy byli mali i spotkało ich coś złego, z czym nie potrafili sobie w tamtej chwili poradzić. Ale zawsze mieli siebie, a wszelkie dziecięce nieszczęścia i strachy szybko znikały. Teraz los ich rozdzielał.

– Jak ja sobie dam radę bez ciebie? – zapłakała Matylda. – Jak my obie damy sobie radę?

Mała Weronika, nakarmiona i przewinięta, wierzgała radośnie gołymi nóżkami w kołysce stojącej przy łóżku rodziców. Już wodziła za nimi oczami, reagowała na głos.

– Dasz sobie radę, kochanie. Jesteś silna i dasz radę, musisz teraz chronić nasze maleństwo za nas oboje. To nie potrwa długo, obiecuję ci. Ale przez ten czas, kiedy mnie nie będzie, musisz dbać o nią i o siebie, żebym nie musiał gdzieś tam umierać z niepokoju o was. Obiecaj mi to.

Nie spali prawie przez całą noc. Wtuleni w siebie pocieszali się nawzajem i snuli plany na później, na po wojnie. Na zmianę tulili Weronikę, która dziecięcym szóstym zmysłem wyczuwała ich smutek i popłakiwała żałośnie, nie dając się uspokoić ani jedzeniem, ani kołysaniem. Nad ranem usnęli na chwilę, ale był to nerwowy i płytki sen, pełen koszmarów. Matylda widziała Julka wołającego ją o pomoc, jednak sama nie mogła się ruszyć. Patrzyła bezradnie, jak jej ukochany znika w oddali, jak cichnie jego głos.

Rano Julek włożył mundur, uściskał dwie najdroższe mu na świecie istoty i pożegnawszy się z płaczącą babcią oraz resztą domowników, wyszedł z domu. Przed bramą czekał na niego wojskowy gazik. Matylda długo stała w oknie z Weroniką w objęciach, machając mu wolną ręką, nawet wtedy, gdy samochód zniknął za rogiem ulicy i Julek nie mógł ich widzieć. Miała wrażenie, że żegna go na zawsze. Że nigdy więcej go nie zobaczy.

Trzy dni później ogłoszono powszechną mobilizację, teraz już jawną. Objęła też męża Joasi, chociaż miał nadzieję, że jako aptekarz pozostanie w Krakowie. Przecież kiedy jak kiedy, ale podczas wojny potrzebne będą leki i środki opatrunkowe. Niestety, on również musiał się pożegnać ze swoimi bliskimi.

Od Julka przyszła jeszcze wiadomość, że wysłano go w kierunku Modlina. Maciej, mąż Joasi, jak się później okazało, też został tam skierowany. Pocieszały się więc obie, że w razie potrzeby jeden drugiego będzie mógł chronić.

– Jak sobie dasz radę w aptece? – Matylda zostawiła śpiącą Weronikę pod opieką babci i Rózi, a sama zeszła na dół. – Musimy coś wymyślić, dłużej tak się nie da.

Zmęczona Joasia oparła się całym ciałem o ladę, żeby choć na chwilę dać odpocząć plecom. Uciekający z Krakowa ludzie zaopatrywali się na drogę w lekarstwa i środki opatrunkowe.

– Koniecznie, bo już nie daję rady. Od wczoraj sprzedałam tyle leków, że za chwilę będę musiała robić nowe zamówienia. A ludzie chcą jeszcze, żeby sporządzać dla nich mieszanki do impregnowania tkanin, wyobrażasz to sobie? Jakbym miała za mało pracy.

– Przecież mogą to zrobić sami, wystarczy tylko przepis – odparła Matylda. – Zaraz się tym zajmę. Napiszę i nakleję kartkę na wystawie, niech sami sobie robią.

– To by mnie odciążyło, ale i tak przydałby się ktoś do pomocy. Jaka szkoda, że ty...

– Przestań! – Matylda miała już dość słuchania, że mogła studiować farmację jak jej matka. Wystarczająco często sama to sobie wyrzucała. – Zajmę się tym. Daj mi się tylko zastanowić. Zaraz... Mam! Przecież ciocia Zosia też jest aptekarką.

Sceptyczna z początku ciotka w końcu obiecała im pomóc do czasu, aż znajdzie się ktoś inny, bardziej kompetentny.

– Już tak dawno nie miałam kontaktu z zawodem, że chyba wszystko zapomniałam – zastanawiała się na głos. – Ale przecież mogę się zająć mniej odpowiedzialnymi sprawami. Dobrze. Od kiedy mam zacząć?

– Dziękuję, ciociu kochana. Wciągniesz się szybko, najważniejsze, że masz uprawnienia do pracy w aptece, a właśnie taki ktoś jest nam teraz potrzebny.

Pani Zofia musiała się czymś zająć, żeby nie myśleć o zbliżającym się zagrożeniu. Zarówno Jaś, jej syn, jak i niedoszły zięć dostali karty mobilizacyjne i też już wyjechali do swoich jednostek. Niedoszły zięć, bo, niestety, młodzi nie wzięli ślubu, który był zaplanowany na Boże Narodzenie. Tak długo zwlekali, tak długo wybierali najlepszy z możliwych termin, że w końcu nie zdążyli się pobrać.

Małgosia zgłosiła się natychmiast do służby pomocniczej, tworzonej przez Organizację Wojskowego Przysposobienia Kobiet. Wobec braku mężczyzn, objętych powszechną mobilizacją, kobiety potrzebne były teraz do pracy w biurach, tramwajach, autobusach i wielu innych miejscach. Biuro przy Zwierzynieckiej dwadzieścia sześć rejestrowało dziennie po kilkadziesiąt chętnych do służby ochotniczek. Zgłaszające się powtarzały, że to ich patriotyczny obowiązek, i ani przez chwilę nie pomyślały o tym, że mogłyby go zaniedbać. Gdyby nie opieka nad dziećmi, Matylda zgłosiłaby się także.

Tymczasem na Grodzkiej pojawiło się małżeństwo, które chciało wziąć Rózię do siebie. Zaskoczona

Matylda spytała, skąd taki pomysł i kto im powiedział, że w ogóle zamierza komukolwiek oddać dziewczynkę. Okazało się, że zgłosili się w odpowiedzi na ogłoszenie zamieszczone jeszcze przez poprzednich opiekunów i to od nich dostali adres Matyldy i jej męża.

– Powiedzieli, że dzieciak u nikogo długo miejsca nie zagrzał, to pewnie i wy zechcecie ją oddać. Podobno dzika i małomówna. Poza tym Żydówka – powiedziała kobieta, jakby to miało tłumaczyć wszystko.

– Nam to nie przeszkadza, bo potrzebujemy kogoś do pomocy. Służąca nam wymówiła.

– To proponuję poszukać służącej, a nie dziecka. – Wzburzona Matylda wstała i ze skrzyżowanymi na piersiach rękami poczekała, aż nieproszeni goście wyjdą.

Kobieta próbowała jeszcze coś mówić, ale została wyproszona niecierpliwym gestem gospodyni. Wojowniczo wysunięta broda Matyldy nie zachęcała do dalszych rozmów.

– Ciociu… – Gdzieś zza drzwi rozległ się cichutki głos Rózi. Po chwili ukazała się tam głowa dziewczynki; w oczach małej malowała się niepewność i strach.

– Wejdź, kochanie – przywołała ją Matylda, starając się za wszelką cenę opanować.

Wciąż miała przed oczami prymitywną twarz kobiety oraz jej męża, otyłego mężczyzny o rozbieganych oczkach i grubych wilgotnych ustach. Do głowy przyszła jej straszna myśl, ale szybko ją przegoniła, żeby nawet nie zdążyła się tam zagnieździć.

– Chodź, skarbie – powtórzyła. – Pewnie słyszałaś naszą rozmowę?

– Tak…

– Ale chyba nie pomyślałaś, że mogłabym cię komuś oddać? Jesteś jak moja starsza córeczka i tak już pozostanie na zawsze. Nie masz czego się obawiać.

Przytuliła dziewczynkę i przez długą chwilę siedziały obie w milczeniu, kołysząc się łagodnie.

– A jak się cioci znudzę?

– Nawet gdyby zdarzyło się kiedyś, że będę na ciebie zła albo się pogniewamy, bo przecież to się zdarza w każdej rodzinie, nigdy, nawet przez chwilę nie myśl, że mogłabym cię komuś oddać. Zapamiętaj to sobie na zawsze. Nie oddaje się dzieci, to nie są zwierzątka ani zabawki. Zresztą, zwierząt też nie powinno się oddawać.

– Dlaczego? – Rózia podniosła głowę i spojrzała Matyldzie w oczy.

– No, wyobraź sobie, że bierzesz pieska albo kotka, one się do ciebie przywiązują, a ty je wyrzucasz, bo ci się znudziły. – Pogłaskała małą po czarnych włosach. – Myślisz, że to w porządku?

– Nie, to musi być straszne. Ja nigdy nikogo nie oddam ani nie wyrzucę.

– To dobrze, kochanie. A teraz chodźmy zobaczyć, co robi nasza Weronisia, bo coś mi się wydaje, że ktoś tu się obudził.

– Mnie też się tak wydaje. – Rózia roześmiała się głośno, słysząc donośny płacz dochodzący z dziecięcego pokoju, i uszczęśliwiona pobiegła w podskokach, wyprzedzając Matyldę.

Opieka nad dziećmi pozwalała Matyldzie choć na chwilę zapomnieć o samotności i tęsknocie za Julkiem. Minęły dopiero trzy dni od jego wyjazdu, a jej się wydawało, że to już całe miesiące. Przyzwyczajona, że zawsze, już od czasów dzieciństwa, był obok niej, teraz nie mogła sobie znaleźć miejsca. Co rusz przyłapywała się na tym, że chce mu coś opowiedzieć, poradzić się go w sprawach domowych, przytulić i wypłakać swoje zmęczenie i strach. Ale tak naprawdę bała się głównie o niego. W razie wojny przecież w mieście jej i rodzinie nie groziłoby żadne niebezpieczeństwo, on natomiast byłby narażony na rany i śmierć podczas walk z wrogiem. Ze strachem wysłuchiwała opowieści ludzi w aptece, na ulicach i w sklepach. Mówili o masowej ucieczce z miasta, o szykujących się do napaści wojskach niemieckich.

– Jak myślisz, Matysiu? – Babcia Hela weszła do pokoju i twarz natychmiast jej się rozjaśniła na widok wierzgających w powietrzu małych stópek. Matylda właśnie przewijała Weronikę. – Jak myślisz, kupić na zapas ziemniaków? Akurat chłop z furą podjechał pod bramę. Mogłabym wysłać dziewczynę, żeby go zatrzymała.

– Tak, babciu. Myślę, że to dobry pomysł. Zbliża się zima, a gdyby miała wybuchnąć wojna... – nie dokończyła, czując, jak zaczyna ją dławić w gardle. Odchrząknęła. – Tak czy inaczej, nie zaszkodzi zrobić zapasy.

– No właśnie, zapasy – przypomniała sobie staruszka. – Może pomożesz mi, Róziu, dzisiaj z zakupami?

Mają dostarczyć mięso do rzeźnika, bo wczoraj zabrakło, zawekujemy je do słoików.

Rózia aż podskoczyła z radości. Uwielbiała robić zakupy z babcią Michalską, bo ta zawsze kupowała jej jakiś drobiazg na osłodę. Dziewczynka wcześniej czegoś takiego nie zaznała. Mama, kiedy jeszcze żyła, nie robiła większych zakupów, bo nigdy nie było jej na to stać.

– Babcia chyba ma zamiar zrobić zapasy na kilka lat – zaśmiała się Matylda. – Nie przesadzajmy, przecież sklepy nie znikną nagle z miasta.

– Sklepy nie, ale towar może zniknąć. Nie zapominaj, Matysiu, że ja już przeżyłam jedną wojnę i wiem, co to głód. Przedtem musiałam wykarmić ciebie i Julka, teraz doszła nam jeszcze Weronisia i Rózia. Dzieci nie mogą chodzić głodne.

– Dobrze, już się nie wtrącam. – Matylda ze zmęczonym uśmiechem machnęła ręką. – Może wybierzemy się na te zakupy razem? Pomogę wam nieść, a to, co za ciężkie, włożymy do wózka. Weronisia nam też pomoże, prawda, skarbie?

Nachyliła się nad małą, która, zachwycona obecnością bliskich jej osób, przenosiła wzrok z jednej twarzy do drugiej.

– Ciociu, patrz, ona się uśmiecha! – zawołała Rózia. – Naprawdę się uśmiecha!

Jakby na potwierdzenie tych słów Weronika uśmiechnęła się szeroko, pokazując przy tym bezzębne dziąsła. Pierwszy świadomy uśmiech, którego jej ojciec nie zdążył już zobaczyć. Matylda opanowała łzy i wzięła córeczkę na ręce.

– To nic – szepnęła do niej – uśmiechniesz się do tatusia, jak tylko do nas wróci. Ależ będzie miał niespodziankę. A teraz pojedziesz z mamusią na swoje pierwsze prawdziwe zakupy. Jak prawdziwa kobieta.

Wbrew zapewnieniom władz miasta, że żywności jest pod dostatkiem i każdy będzie mógł spokojnie we wszystko się zaopatrzyć, w większości sklepów zabrakło towaru. Zdenerwowani sklepikarze tłumaczyli, że olbrzymie zapasy są w drodze, jednak opóźnia je chwilowy brak środków transportu spowodowany, jak wiadomo, powszechną rekwizycją wszelkich pojazdów. Jak tylko choćby część samochodów zostanie zwrócona, zaopatrzenie natychmiast ulegnie poprawie.

Nie pocieszało to ani nie uspokajało mieszkańców Krakowa. Ich obawy pogłębiały także doniesienia codziennych gazet o sytuacji w innych państwach. W Austrii, na przykład, wstrzymano sprzedaż benzyny prywatnym odbiorcom, w związku z czym tysiące aut zatarasowało ulice i autostrady, nie mogąc jechać dalej. Najgorzej podobno było na drogach w Alpach, gdzie tysiące samochodów i autobusów utknęło z powodu braku paliwa.

Wróciły do domu zmęczone i zawiedzione. Babcia Michalska wciąż jeszcze miała drobne kłopoty z chodzeniem, mimo że codzienna intensywna gimnastyka dawała naprawdę rewelacyjne efekty. Niestety, przemęczenie sprawiało, że szybko opadała z sił.

– Nie przejmuj się, babciu. – Matylda zarządziła powrót do domu. – Jutro z samego rana znowu pójdę na zakupy z Rózią, a ty w tym czasie zajmiesz się małą, dobrze? Ale mamy już tyle zapasów, że spokojnie damy sobie radę, nawet gdybyśmy znów jutro nic nie dostały.

– Mamy zapasy, ale nie na wojnę. – Babcia nie dała się przekonać.

Nie zapomniała jeszcze głodu w czasie poprzedniej, teraz więc postanowiła odpowiednio zabezpieczyć swoją rodzinę. Nawet gdyby teraz wojna jednak nie wybuchła, pani Helena była pewna, że zapasy się nie zmarnują. Najwyżej przez dłuższy czas nie będą wydawać pieniędzy na jedzenie.

Wbrew obawom babci, że wciąż mają za mało zapasów, piwnica przy Grodzkiej powoli zaczęła przypominać mały sklep kolonialny. Na półkach piwnicznych szafek, odpowiednio zabezpieczone własnoręcznie zaimpregnowanym przez kobiety płótnem, znajdowały się woreczki z mąką, wszelkiego rodzaju kaszami, cukrem i herbatą. Nie zabrakło też kawy, suszonych owoców i grzybów, z radością zbieranych podczas wycieczek za miasto. Stały tam również gliniane garnki z boczkiem w smalcu i masłem, starannie przetopionym, żeby nie zjełczało.

Babcia planowała jeszcze przerobienie pomidorów, których wciąż sporo było na rynku. Dawniej, za czasów dzieciństwa Wiktorii, krewni jej babci ze strony matki, Hanki, przywozili owoce i warzywa z rodzinnego gospodarstwa, ale po śmierci staruszki Szczygłowej kontakt z nimi się urwał. Jeszcze przez jakiś czas odwiedzał ich brat babci Hanki, lecz i on w końcu przestał. Podobno wyjechał ze swoimi najbliższymi do Ameryki i ślad po nim zaginął. Może sam był w ciężkiej sytuacji i walczył o przetrwanie za wielką wodą, a może po prostu zapomniał o córce i wnuczce nieżyjącej siostry.

– Zamówiłam też pięć ton węgla na opał. Obiecali przywieźć dzisiaj po południu. – Babcia spojrzała niepewnie na Matyldę, obawiając się, że tym razem już przesadziła. Zwykle na zimę nie zamawiali więcej niż dwie.

Matylda pokręciła tylko głową, jednak nie skomentowała tej informacji. Wiedziała, że i tak nie przekona zapobiegliwej babci. Węgiel się nie zepsuje, pomyślała tylko z lekkim westchnieniem. Niech sobie leży i czeka.

Tymczasem zostawiła zmęczoną staruszkę w domu, a sama z przyjemnością wybrała się z dziewczynkami na spacer. Ciepły koniec sierpnia wręcz zachęcał do przechadzek. Na ulicach panował spokój, prawie nie widywało się samochodów, w większości zarekwirowanych na potrzeby wojska. Nawet dorożek było mniej.

Jedyne, co mąciło ten sielski obrazek, to wiszące na słupach i murach kamienic ogłoszenia o powszechnej mobilizacji oraz pojawiające się od czasu do czasu grupy objuczonych dobytkiem krakowian, udających się w kierunku dworca kolejowego.

Uciekali z miasta, jakby o najbliższej przyszłości wiedzieli więcej niż pozostali na miejscu mieszkańcy.

ROZDZIAŁ 4
KRAKÓW, 1 WRZEŚNIA 1939

*W*stawał kolejny piękny dzień. Świeże powietrze, napływające przez uchylone okno, było jeszcze trochę chłodne, ale już zapowiadało ciepłą, niemal upalną pogodę.

Senną ciszę ulicy zmącił nagle stukot końskich kopyt na bruku. Wyglądało na to, że coś spłoszyło zwierzęta. Zaniepokojona Matylda zmarszczyła brwi, ale widok przytulonej do jej piersi buzi Weroniki przepędził wszelkie obawy. Skupiła się na karmieniu rozespanej jeszcze córeczki, z przyciszonego radioodbiornika sączyła się przyjemna dla ucha muzyka, przerywana zalecanymi przez spikera ćwiczeniami gimnastycznymi. Uśmiechnęła się, oczami wyobraźni widząc ćwiczącą w swoim pokoju babcię Michalską.

Staruszka nie zaniedbywała codziennej gimnastyki, odkąd miała odbiornik wyłącznie do własnego użytku. Po przebytym udarze nie pozostał już nawet ślad. Wieczorami słuchała muzyki i pogadanek, rano ćwiczyła z zapałem według wskazówek płynących z radia. Żartowała przy tym, że pewnie spiker w tym czasie leżał wygodnie pod kołdrą, a tysiące radiosłuchaczy zgodnie z jego poleceniami wylewało ostatnie poty na podłogach swoich mieszkań.

Matylda podniosła Weronikę i ułożyła ją sobie na ramieniu, żeby małej łatwiej mogło się odbić. Poklepała małe plecki i po chwili rozległo się donośne beknięcie.

– No, pięknie – pochwaliła córeczkę. – Teraz mamusia pójdzie na zakupy, a po południu wybierzemy się razem nad Wisłę, co ty na to? Weźmiemy ze sobą Rózię, ona też lubi takie spacery. Może i Martusia z nami pójdzie, kto wie.

Marta, córka Joasi, była zbuntowaną czterolatką, chodziła własnymi drogami i chciała robić wszystko „siama". Uwielbiała ciocię Tysię, jak ją nazywała, natomiast niespecjalnie spodobało jej się pojawienie nowego dziecka przy Grodzkiej. Do tej pory to ona tu królowała, wokół niej obracało się życie rodziny i nagle znalazł się ktoś ważniejszy! Trudno jej było ów fakt zaakceptować. Niechętnie przebywała w towarzystwie Weroniki, dlatego też było mało prawdopodobne, żeby teraz zgodziła się wyjść na wspólny spacer. Ale Matylda postanowiła nie rezygnować. Prędzej czy później mała musi zaakceptować nowego członka rodziny, trzeba tylko delikatnie przyzwyczajać ją do zmienionej sytuacji.

Tymczasem wzięła ze sobą Rózię na zakupy, tak jak jej to obiecała poprzedniego dnia. Dziewczynka nigdy nie miała dość takich wypraw. Wszystko wciąż było dla niej nowe i fascynujące, najpiękniejsze zaś wydawało się to, że traktowano ją jak członka rodziny, nikt nie zamykał jej w odosobnieniu i nie głodził. Mało tego – sama mogła pomagać przy wyborze produktów na obiad.

Przed sklepami ustawiały się już kolejki, nikt nie wiedział, czy tego dnia dotrze zapowiadany towar, czy też nie. Matylda nie denerwowała się tym zupełnie, miały w domu sporo różnych produktów i w razie konieczności mogły przetrwać dość długi czas. Babcia jednak nalegała, więc dla świętego spokoju ulegała staruszce. Zresztą nawet chętnie wychodziła teraz z domu między ludzi. Zajmowanie się dwumiesięcznym niemowlęciem okazało się słodkim, jednak dość męczącym zajęciem. Tym bardziej że ostatnio mała była niespokojna, nie mogła usnąć, prężyła się i płakała, prawdopodobnie z powodu kolki. Była to rzecz normalna u dziecka w tym wieku, ale dla rodziców, zwłaszcza dla samotnej matki, zaczął się ciężki okres. Matylda chodziła niewyspana, krótkie drzemki w ciągu dnia, kiedy dzieckiem zajmowała się babcia, niewiele pomagały. I tak słyszała przez sen płacz córeczki, ba, słyszała nawet, kiedy niemowlę dopiero zaczynało postękiwać.

– Ciociu, patrz, jak pięknie!

Matylda podążyła wzrokiem za palcem Rózi. Znad kopca Kościuszki nadlatywało właśnie w pięknym szyku kilka samolotów. Właściwie nie było w tym niczego nadzwyczajnego, widok niemal codzienny nad miastem. Zwłaszcza ostatnio. Dorośli nie zwracali już na to uwagi, ale dzieci wciąż były zafascynowane. Z zadartymi głowami śledziły teraz ich niski lot na bezchmurnym niebie.

Odległe detonacje też nikogo specjalnie nie zaniepokoiły. Może ten i ów rozejrzał się zaskoczony dookoła, ale zaraz potem wzruszył ramionami, przekonany, że to odgłos wysadzania skał w pobliskich kamieniołomach. Dopiero widok biegnącego ulicą mężczyzny zwrócił uwagę kolejkowiczów.

– Co on tam krzyczy? – dopytywali się jeden drugiego.

– Że co? Jakie bomby, szaleju się najadł?

Ludzie przekazywali sobie te wiadomości z niedowierzaniem, ale potwierdzali je inni, coraz liczniej napływający od strony rynku. Według ich informacji bomby spadły głównie na ulicę Warszawską, w okolicach dworca.

– Przecież w radiu nic nie było o żadnej wojnie! – powtarzano z coraz mniejszą nadzieją. – Nikt nam nie wypowiadał wojny...

Matylda chwyciła Rózię za rękę i pobiegły w stronę domu. Zdyszane wpadły do apteki. Stała tam babcia Michalska z Weroniką w wózku, przygotowana do wyjścia na spacer.

– Babciu, nie! – krzyknęła Matylda, machając do staruszki rękami. – Nigdzie nie wychodź, zaczęła się wojna!

Pani Helena już to wiedziała. Zdenerwowani klienci zdążyli przynieść tę informację. Jeszcze nie wszyscy

uwierzyli, ale wątpliwości rozwiał mężczyzna z za-
krwawioną głową, który wpadł jak szalony do apteki.
Był to sąsiad, mieszkający w tej samej kamienicy.

– Ludzie! – krzyknął od progu. – Niemcy nas zaatakowali! Zrzucili bombę na Siostry Miłosierdzia. Byłem
w pobliżu i o mało sam nie zginąłem.

– Niemożliwe... Przecież bomby to byśmy słyszeli...

– Zbombardowali szarytki?! To niepojęte! Co im
zawiniły biedne siostry?

– Myślę, że jeśli już, to raczej chcieli trafić w dworzec, tylko im się nie udało.

– No, skoro Niemcy tak celują, to chyba możemy
być spokojni...

Ktoś próbował zażartować dla rozładowania napię-
cia, lecz niespecjalnie mu się udało. Zdenerwowanie
i panika narastały z minuty na minutę. Coraz to nowi świadkowie potwierdzali fakt nalotu bombowego
na miasto.

– A gdzie Marta? – Joasia wybiegła zza lady i złapała Matyldę za ramię. – Nie poszła z wami?

– Nie, a miała?

– Mówiła, że chce iść z wami. Wysłałam ją do ciebie na górę. Nie miałam czasu jej zaprowadzić, bo taki
tu dziś ruch... – Oczy Joasi robiły się coraz większe
z przerażenia.

– Jezu... o niczym nie wiem... Jak mogłaś nie
sprawdzić, nie zapytać? Przecież ona ma dopiero...

Ale Joasia nie czekała na dalszy ciąg i wybiegła
z apteki na ulicę, nawet nie zdejmując fartucha. Przez

gwar podnieconych głosów przebijało się jej rozpaczliwe wołanie. Matylda, upewniwszy się, że Weronika jest bezpieczna z babcią, nakazała Rózi, by pozostała z nimi, a sama też wybiegła na poszukiwanie dziecka.

Znalazły Martę bawiącą się w najlepsze na podwórku sąsiadów. Umazana od stóp do głów czymś, co przypominało końskie łajno i prawdopodobnie nim było, tarzała się ze śmiechem po ziemi, podgryzana przez równie rozbawionego szczeniaka. Była bardzo niezadowolona, że przerwano jej taką wspaniałą zabawę. Szczeniak, wesoły kundelek, wyglądał na równie niezadowolonego. Gonił je z piskliwym poszczekiwaniem aż pod bramę kamienicy.

W domu, po dokładnym wyszorowaniu małej uciekinierki, Joasia długo tuliła córeczkę do siebie, aż zniecierpliwiona dziewczynka zaczęła się wyrywać.

– Ała, boli Maltusię! Ała, mamusiu!

– Przepraszam, że tak na ciebie nakrzyczałam – zaczęła Matylda, ale Joasia przerwała jej w pół słowa.

– Nie przepraszaj, miałaś rację, mój Boże, miałaś rację! Jak mogłam nie sprawdzić, czy Marta rzeczywiście poszła z wami? Co ze mnie za matka! Wszystko przez ten ruch ostatnio, jestem przemęczona i chyba już przestałam myśleć. Nie darowałabym sobie nigdy, gdyby…

Joasia siedziała na skraju krzesła, niemal wyłamując sobie palce ze zdenerwowania. Przemęczenie, strach o męża, a teraz o jedyne dziecko sprawiły, że zmieniła się w jeden kłębek nerwów. Nigdy nie miała zbyt pogodnego usposobienia, z natury była raczej spokojna i poważna, ale teraz wydawało się, że jest na skraju załamania.

– Przestań!

Matylda zorientowała się, że łagodne pocieszanie Joanny nie pomoże, a wręcz spowoduje, że tamta zupełnie się rozklei.

– Na szczęście wszystko dobrze się skończyło, jednak musimy się zastanowić, co dalej. Teraz na nas spoczywa obowiązek chronienia naszej rodziny, musimy być silne. Wybuchła wojna.

– Wybuchła wojna? – powtórzyła Joasia, jakby dopiero teraz dotarła do niej ta wiadomość. – Jezus Maria, myślisz, że to prawda? Nie słyszałybyśmy niczego? Poza tym przecież nikt nam tej wojny nie wypowiedział. Rano o niczym w radiu nie mówili. A może to tylko jakieś ćwiczenia, wiesz, jak ludzie potrafią panikować.

– Obyś miała rację. Obyś ją miała...

Niestety, orędzie prezydenta Mościckiego rozwiało wszelkie wątpliwości.

Skupieni wokół radioodbiorników mieszkańcy polskich miast ze zgrozą wsłuchiwali się w przemówienie głowy państwa, potwierdzające ich najczarniejsze obawy.

– *Obywatele Rzeczypospolitej! Nocy dzisiejszej odwieczny wróg nasz rozpoczął działania zaczepne wobec Państwa Polskiego, co stwierdzam wobec Boga i historii...*

– I co teraz? – W głosie Joasi pojawiły się nutki paniki. – Co będzie z nami, z naszymi dziećmi?

Zerwała się z miejsca i zaczęła nerwowo krążyć po pokoju. Nie słuchała już dalszej części przemówienia, nie interesowało jej nic poza faktem, że właśnie wybuchła wojna.

– Przede wszystkim musimy zachować spokój. – Matylda starała się przemówić jej do rozsądku. – Jesteśmy odpowiedzialne za nasze dzieci, nie możemy teraz tracić głowy. Damy radę, działania wojenne będą na froncie, nie w mieście przecież.

– A dzisiejszy atak bombowy był na froncie? A co by było, gdyby te bomby spadły na nasz dom, a nie na tamtą ulicę?

– Nie spadły i pewnie nie spadną. Prawdopodobnie Niemcom chodziło o kolej, u nas dookoła nie ma niczego, co jest dla nich ważne.

Matylda sama nie była pewna tego, co mówiła, ale starała się nie poddawać panice. Widziała, że na rozchwianą emocjonalnie po wyjeździe męża przyszywaną siostrę nie bardzo może liczyć. To raczej Joasia będzie potrzebowała wsparcia i opieki.

Z troską spojrzała na tulącą się do babci Rózię. Miała nadzieję, że fakt, iż mała jest Żydówką, nie stanowi zagrożenia dla dziewczynki. Nie było to jednak takie pewne, zważywszy na stosunek Hitlera do tej nacji. Trzeba pomyśleć, co zrobić, żeby zapewnić dziecku bezpieczeństwo. Ale tym zajmie się później.

Tymczasem życie toczyło się nadal, o czym przypomniał jej ból nabrzmiałych od pokarmu piersi.

Zaczęła karmić głodną już Weronikę i przez chwilę słychać było tylko odgłosy łapczywego ssania. Matylda czule pogładziła delikatny puszek na główce niemowlęcia.

Nie pozwolę, żeby ci spadł choć jeden malutki włosek z głowy, córeczko. Nie pozwolę... – mówiła w myślach.

Wieczorem miasto pogrążone było w zupełnej ciemności, wszyscy kładli się spać niepewni, czy nie zbudzi ich alarm i kolejny nalot. Na szczęście ta noc minęła spokojnie, niestety, w ciągu dnia znów zrobiło się niebezpiecznie. Matylda wracała właśnie ze Szpitalnej, gdzie musiała załatwić sprawy fundacji, kiedy rozległ się sygnał alarmu przeciwlotniczego i chwilę później nad rynek nadleciały pikujące nisko nieprzyjacielskie samoloty. Wraz z innymi przechodniami schroniła się w pobliskiej bramie, gdy kule podskakiwały z grzechotem na bruku. Nawet wtedy trudno jeszcze było uwierzyć, że to wszystko dzieje się naprawdę. W miarę upływu czasu do mieszkańców zaczęła jednak docierać straszna prawda. Wybuchła wojna. Okrutna, bezlitosna, w której już ginęli ludzie. Co rusz przychodziły informacje o kolejnych bombardowaniach w Krakowie i innych miastach Polski.

Po południu ciężkie bombowce zaatakowały radiostację na Dębnikach; wstrząsy od wybuchów dało się odczuć nawet na odległej od tego miejsca Grodzkiej.

Tymczasem trwało pogotowie ewakuacyjne. Nieobjęci powszechną mobilizacją wyżsi urzędnicy banku, w którym pracował Julek, wraz z rodzinami zgromadzili się w głównej hali. Tylko dzieci, zachwycone nową sytuacją, bawiły się wesoło wśród waliz i tobołów. Wszyscy czekali na transport na dworzec kolejowy, gdzie miał już czekać specjalny pociąg. Bank był ważną instytucją państwową, stąd decyzja o ewakuacji wyższego personelu.

Niestety okazało się, że Kraków został odcięty, linie kolejowe były poprzerywane, w związku z czym ewakuacja władz i urzędów miała się odbywać autami. Z tym też był jednak kłopot, jako że przecież większość samochodów została już wcześniej zarekwirowana na potrzeby wojska.

Wszystkich tych szczegółów Matylda dowiedziała się od zaprzyjaźnionej żony jednego z ważnych urzędników. Tamta opowiadała, że po długim i bezskutecznym oczekiwaniu na transport wieczorem oznajmiono im, że zgodnie z decyzją władz rodziny zostają jednak w Krakowie, mężczyźni natomiast powinni się ewakuować na własną rękę. Nikt jednak nie potrafił powiedzieć dokąd. Oficjalną dyrektywą był kierunek północno-wschodni. Bez konkretnych wytycznych. Zapanował więc ogólny chaos.

Do apteki przychodzili przerażeni mieszkańcy, ci, którzy nie zdecydowali się na opuszczenie swoich domów. Opowiadali o spustoszeniach po nalotach bombowych. Widziano, jak paliły się składy na linii stacji towarowej i dworca zachodniego. Na ulicy Pędzichów i Staszica, na Plantach obok teatru i przy wylocie Lubicz widniały głębokie leje po bombach. Z jednego z nich, przy Łobzowskiej, wystawała ludzka ręka.

Większość krakowian uciekała z miasta, jak kto mógł, pieszo i na rowerach lub ciągnąc niewielkie wózki wyładowane dobytkiem. Pustoszały całe kamienice. Matylda i Joasia postanowiły zostać. Nie miały dokąd uciekać, poza tym nie chciały dodatkowo narażać na trudy tułaczki ani dzieci, ani starej już i mimo wszystko jeszcze nie do końca sprawnej babci Michalskiej.

– Wiem, że tutaj grozi nam niebezpieczeństwo – powtarzała Matylda tym, którzy ją namawiali do opuszczenia miasta – ale równie dobrze coś złego może nas spotkać w drodze. Tu jesteśmy przynajmniej u siebie. Mamy zapasy jedzenia, lekarstwa i wszystko, co nam potrzebne do przeżycia. Trudno, co ma się stać, to i tak się stanie. Nie da się oszukać przeznaczenia.

Nadchodzące dni przynosiły kolejne zmiany. Przestały się ukazywać gazety, ulubiony dziennik babci, „IKC", przeniesiono do Lwowa, resztę redakcji zamknięto. W mieście zapanował chaos i bezprawie. Bezkarny motłoch zaczął rabować fabrykę cygar i monopol spirytusowy, z więzień uciekli strażnicy i trzeba tam było wysłać zabezpieczenie. Nocą przez miasto przetaczały się z turkotem furgony i wozy bojowe, z daleka dochodziły odgłosy kanonady.

Po tygodniu zapanowała cisza. Mieszkańcy byli przekonani, że armia polska odparła ataki wroga, okazało się jednak, że wycofała się po prostu, żeby nie narażać miasta na bombardowania. Przybyły na miejsce niemiecki pułkownik z obstawą podyktował pierwsze warunki okupanta: mieszkańcy miasta mieli oddać wszelką posiadaną broń, nakazano też, by zgłaszać maruderów i zbiegów z polskiego wojska. Ruch uliczny od szóstej trzydzieści po południu do piątej rano miał być bezwarunkowo zamknięty. Dowódca zażądał też spokoju i bezpieczeństwa dla swoich żołnierzy.

Mieszkanki Grodzkiej odetchnęły z ulgą. Miały nadzieję, że miasto zostanie oszczędzone i nikomu nie będzie groziło bezpośrednie niebezpieczeństwo. Zwłaszcza ich dzieciom.

Pozostał jednak dręczący niepokój o mężów, od których na razie nie było żadnych wiadomości, a podawane z ust do ust informacje o toczących się w kraju walkach jeszcze ów lęk podsycały.

ROZDZIAŁ 5

*G*odzina policyjna, nakaz zamykania bram wieczorami i zaciemnienia miasta spowodowały, że życie w tym czasie praktycznie zamierało. Dzięki zapobiegliwości babci Michalskiej w mieszkaniu przy Grodzkiej zapalano lampy naftowe, po wcześniejszym dokładnym zasłonięciu okien. W piwnicy stała dość pokaźna bańka z zapasem nafty.

– Babciu – pochwaliła ją Matylda. – Gdyby nie ty, musielibyśmy wszyscy siedzieć w ciemnościach. Aż wstyd się przyznać, że wiele razy miałam ochotę wyrzucić te lampy na śmieci. Wydawały mi się okropnym przeżytkiem, starociem niewartym uwagi.

– A bo ty cenisz tylko to, co nowoczesne – gderała babcia, usiłując ukryć uśmiech satysfakcji. – Elektryczność dobra rzecz, ale na poczciwej lampie naftowej człowiek się nigdy nie zawiedzie.

Broni palnej w domu nie było, więc rozporządzenia Niemców, napisane kulawą polszczyzną i porozwieszane w różnych częściach miasta, nie dotyczyły rodziny

Matyldy. Natomiast brak codziennych gazet okazał się szczególnie dotkliwy, zwłaszcza dla babci Michalskiej, która nie wyobrażała sobie rozpoczęcia dnia bez codziennego przejrzenia wiadomości i ploteczek z kraju i ze świata. Brakowało jej tego zwłaszcza teraz, kiedy wybuchła wojna.

Wprawdzie zaczęła się ukazywać prasa gadzinowa, lecz tej nikt czytać nie chciał. Raz tylko babcia kupiła „Ilustrowany Kuryer Polski", twierdząc, że przecież to też gazeta. Ważne, żeby było na czym oko zawiesić, oświadczyła z wyzwaniem, widząc minę Matyldy. Rozpostarła gazetę na stole w kuchni, przejrzała ilustracje, jednak przy podpisach już nie wytrzymała.

– Mam oglądać udekorowanych żołnierzy niemieckich, odpoczywających po stoczeniu szczęśliwej bitwy? Dla kogo ona była szczęśliwa? Sami się wytłukli nawzajem?

Znowu zaszeleściła gazetą.

– O, proszę, wielki artykuł o pracy w Niemczech. Jakież to wszystko zadowolone i uśmiechnięte, że może tam pracować! – Ze złością stuknęła palcem w zdjęcie ukazujące szczęśliwych Polaków, siedzących na maszynach rolniczych lub idących za pługiem.

– Posłuchajcie tylko, co ten pismak tu wysmarował: „Niejeden z czytelników, czytając to, co tu otwartym sercem napisałem, powie, że chcę upiększyć los swojego narodu i prędzej się dostosować do warunków, które nas do tego zmuszają. A ja mu odpowiem, że zastanowiłem się nad tym, w jaki sposób mogę najlepiej służyć mojemu narodowi, i widzę, że dzieje się to wtedy, gdy na obczyźnie wracam stale do mojej kochanej ojczyzny, która nigdy nie zginie i do której wrócę, gdy tu wypełnię obowiązek wobec swego narodu, który tę wojnę przegrał".

Matylda z lekkim uśmiechem przyglądała się rozjuszonej babci. Wiedziała, że nie ma sensu babci zakazywać czegokolwiek, bo uparta staruszka musi wcześniej sama sprawdzić, o co w tym wszystkim chodzi.

– Już nasz naród przegrał? Już, po kilkunastu dniach walki? O nie, moi kochani, na mnie więcej nie zarobicie. Ten numer pójdzie na opał, wydany pieniądz chociaż się nie zmarnuje. A co do radości z pracy u szkopa, niech to powiedzą starej Zakrzewskiej, której męża i syna zabrali i wysłali. Przymusowo, nie po dobroci. Niech ci będzie, miałaś rację. Nie musisz już się odzywać.

To było do Matyldy, chociaż ta wcale nie miała zamiaru nic mówić.

Na Grodzkiej powoli wszystko wracało do normy, bo pomimo wojny żyć trzeba było nadal. Chwilowo jeszcze nikt nie odczuwał braków w zaopatrzeniu, żywność, oprócz tej zgromadzonej wcześniej przez zapobiegliwe kobiety w domach, pojawiała się też od czasu do czasu w sklepach. Trzeba było tylko trafić na dostawę, a do tego odpowiednio wcześniej ustawić się w kolejce, jeszcze przed otwarciem sklepu. Zadanie to wzięły na siebie, mimo protestów Matyldy, babcia Michalska z Rózią. Dziewczynka okazała się prawdziwym skarbem w tych ciężkich czasach. Sama rwała się do wszystkich prac i zajęć, aż Matylda niejednokrotnie musiała ją hamować.

– Ciociu kochana, dam radę. Jestem silna. – Pokazywała wątłe mięśnie. – Ciocia niech się lepiej zajmie Weronką i Martusią, bo to teraz najważniejsze.

Odkąd nianię małej Marty wywieziono na przymusowe roboty do Niemiec, opieka nad dziewczynką spadła na Matyldę. Joasia była tak zapracowana w aptece, że nie miała czasu na nic. Wracała wieczorem kompletnie skonana i kładła się spać, nieraz nawet nie zdążywszy się wcześniej umyć.

Tego dnia Rózia wróciła do domu zapłakana i przestraszona. Odprowadził ją obcy, wysoki chłopiec o pięknych, delikatnych rysach. Przedstawił się Matyldzie jako Roman Jakubowicz.

– Ciociu – Rózia podbiegła do Matyldy i rzuciła jej się w ramiona – nazwali mnie wstrętną Żydówą! Chłopcy rzucali za mną kamieniami, a dorośli w kolejce nic nie mówili, tylko przyglądali się ze śmiechem. Gdyby nie Romek, to nie wiem, co by ze mną było.

– Dziękuję ci bardzo. – Matylda uśmiechnęła się do Romka ponad głową przytulonej do niej Rózi.

– Ależ nie ma za co. – Ukłonił się z powagą. – Sam jestem Żydem, a to moja koleżanka, więc zawsze będę jej bronił. Czy mógłbym odwiedzić Rózię od czasu do czasu? Obiecałem, że nauczę ją grać na skrzypcach.

Matylda spojrzała zaskoczona na jasne włosy chłopca. Zupełnie nie wyglądał na Żyda, ale nie

powiedziała tego. Uznała, że byłoby to raczej nietak-
towne z jej strony.

– Oczywiście, możesz przychodzić, kiedy tylko zechcesz – odrzekła uprzejmie. – Będziesz mile widzia-
nym gościem, tylko że, niestety, my nie mamy skrzypiec. Ani pieniędzy na naukę...

– Nie szkodzi, przyniosę swoje. A jeśli chodzi o to
drugie, to ja przecież nie dla pieniędzy, proszę pani.
Rózia jest moją najlepszą koleżanką, jak mógłbym brać
od niej pieniądze? – Niemal się oburzył.

– Tak, tylko z tego, co się orientuję, ucząc się gry
na instrumencie, trzeba dużo ćwiczyć między lekcjami.
I tu może być kłopot.

– Na razie nauczę ją podstaw, a jak jej się to spo-
doba i będzie miała talent, pożyczę jej skrzypce. Mam
w domu drugie, te, na których kiedyś sam zaczynałem.
Są w bardzo dobrym stanie – odparł z powagą i spokojem, zupełnie niepasującym do jego młodego wieku.

Pożegnał się z oczarowaną nim Matyldą oraz z za-
czerwienioną od płaczu, a może i z innego powodu,
Rózią i wyszedł, cicho zamykając za sobą drzwi.

Następnego dnia rano Matylda zajrzała do pokoju
Rózi. Dziewczynka siedziała na brzegu łóżka, nie bardzo wiedząc, co ze sobą począć. Najchętniej znowu po-
szłyby stanąć w kolejce, ale teraz już się bała. Widziała
złość w oczach tych chłopców i obojętność dorosłych.
Do tej pory jeszcze nikt nie wytykał jej pochodzenia.
To naprawdę przykre i niesprawiedliwe, przecież była
taka sama jak inni.

– Kochanie… – Matylda usiadła obok dziewczynki i pogłaskała ją po głowie. – Musimy poważnie porozmawiać, jak kobieta z kobietą. Jesteś już na tyle duża, że powinnaś zrozumieć powagę sytuacji.

Rózia pokiwała głową, tylko że zupełnie nie miała pojęcia, o jaką powagę sytuacji chodzi. Nie znała jeszcze wszystkich trudnych słów, chociaż ciocia dużo się z nią uczyła i czytała mądre książki na głos.

Teraz, we wrześniu, miałam właśnie pójść do szkoły, pomyślała i żałośnie pociągnęła nosem. Tak się cieszyła na tę szkołę, taki piękny tornister jej kupiono, a także zeszyty i książki. I pióro z błyszczącą stalową obsadką… W noc poprzedzającą ten uroczysty dzień nie mogła zasnąć z wrażenia, a potem… A potem okazało się, że szkoły nie będzie, bo wybuchła wojna. Akurat teraz musiała, akurat teraz. Nie wytrzymała i zapłakała cicho.

– Nie przejmuj się tymi głupimi ludźmi. – Matylda nie wiedziała, jaki jest prawdziwy powód smutku Rózi, i usiłowała ją pocieszyć. – To prawda, ale tylko twój tata był Żydem, więc jeśli już, to jesteś w połowie Żydówką. Ale co to za różnica? Dla mnie żadna. Jesteś śliczną dziewczynką, naszą przybraną córeczką i nikomu nic do twojego pochodzenia. Żydzi jako naród nigdy nie byli zbyt lubiani, taka jest prawda i trzeba się z tym pogodzić. Zwłaszcza teraz. Ale nie przejmuj się, Hitler przegra wojnę i nie będzie miał nic do powiedzenia w tej sprawie, bo to głównie on nastawia podłych ludzi przeciwko Żydom. Jedyne, co możesz teraz zrobić, to po prostu nie chwalić się głośno swoim pochodzeniem, żeby uniknąć takich sytuacji jak dzisiaj. A tak przy okazji, kiedy poznałaś Romka? Podoba mi się ten chłopak.

Rózia zaczerwieniła się aż po samą nasadę włosów. Widać było wyraźnie, że z jej strony jest to chyba więcej niż zwykłe koleżeństwo. Matylda uśmiechnęła się w duchu na samą myśl, że być może jest świadkiem narodzin pierwszej miłości swojej wychowanki.

– A tam, taki sobie kolega. Spotykałam go kiedyś w kolejce, a potem pomógł mi nieść zakupy i dużo rozmawialiśmy. Od tego czasu często rozmawiamy, Romek zna tyle ciekawych historii, poza tym pięknie opowiada o muzyce, dlatego chciałabym się uczyć gry na skrzypcach. Wie ciocia – szybko zmieniła temat – że jego rodzice są nauczycielami? A tata to chyba nawet jakiś profesor. Zawsze mieli służącą, ale odeszła od nich, jak tylko się zaczęła wojna, wyjechała gdzieś za granicę. I teraz ta jego mama nie umie sobie sama poradzić, dlatego Romek chodzi na zakupy.

– A, to dlatego tak chętnie biegałaś do kolejki! – Matylda żartobliwie potargała jej włosy.

– No nie, nie tylko dlatego… – Rózia już całkiem się zmieszała.

– W porządku, przecież nic w tym złego. Powiedz lepiej, co to z tymi skrzypcami, naprawdę chciałabyś, żeby on cię uczył?

– Tak, ciociu. Chciałabym chociaż posłuchać, jak gra, bo nie wiem, czy sama dam radę się nauczyć.

– Nie mam nic przeciwko temu, ja też chętnie posłucham. Możesz go zapraszać, kiedy tylko zechcesz.

Tymczasem na Grodzkiej pojawił się niespodziewany gość. Stanął w drzwiach apteki, rozglądając się niepewnie dookoła. Tego dnia nie było zbyt wielkiego ruchu, więc gość od razu rzucał się w oczy.

W brudnym i wymizerowanym dzieciaku Joasia z trudem rozpoznała Staszka, siostrzeńca jej męża. Chłopiec wraz z rodziną mieszkał w Wieluniu – do nich właśnie Maciej miał odwieźć Joasię i Martę, żeby je uchronić przed niebezpieczeństwem. Niestety, nie zdążył. Samochód został zarekwirowany na potrzeby wojska, kolej nie wchodziła w rachubę. Przede wszystkim dlatego, że podróż w jedną i drugą, w jego przypadku, stronę trwałaby zbyt długo, po drugie, już wtedy trudno było o bilety. Kto tylko mógł, uciekał z miasta.

– Matko jedyna, jak ty wyglądasz? – Joasia załamała ręce na widok przybyłego. – A gdzie reszta rodziny? To przecież my mieliśmy do was przyjechać, a nie na odwrót.

– Ciociu, nie ma już naszej rodziny...

Po brudnej twarzy chłopca popłynęły łzy, żłobiąc na policzkach jaśniejsze smugi. Joasia zostawiła aptekę pod opieką cioci Zosi, a sama czym prędzej zabrała gościa na piętro i nakarmiła. Widać było, że biedak od dłuższego już czasu nie miał nic w ustach.

– No to teraz mów, co się stało.

Najedzony Staszek z trudem powstrzymywał ziewanie, ale radził sobie dzielnie z sennością, pocierając mocno powieki wciąż brudnymi dłońmi. W normalnych warunkach Joasia nigdy nie pozwoliłaby nikomu usiąść do stołu, dopóki ów ktoś nie umyłby rąk, ten zwyczaj miała wpojony od dzieciństwa przez mamę. Ale teraz nie były to normalne warunki.

– Tatę zabrali do wojska, a Justysia z mamą zginęły podczas bombardowania miasta. Dokładnie pierwszego września raniutko. Jakbyście tam były, to pewnie też by was zabili.

Do kuchni weszła Matylda, uprzedzona już o niespodziewanej wizycie krewnego Joasi i ciekawa wieści. Usłyszała o bombardowaniu i z wrażenia aż przycisnęła dłonie do ust.

– Spaliśmy akurat w domu – mówił Staszek coraz senniejszym głosem – aż tu nagle obudził mnie jakiś hałas. Najpierw straszny szum i warkot, później wybuchy. Mama wpadła do mojego pokoju i kazała szybko się ubierać. Nie mogłem znaleźć butów, ale mnie poganiała i popychała w stronę okna. Trzymała na rękach płaczącą Justysię.

Przełknął głośno ślinę. Joasia i Matylda jak zahipnotyzowane wsłuchiwały się w jego opowieść, bojąc się dalszego ciągu.

– Nagle zobaczyłem lecące nisko nad naszym domem samoloty z czarnymi krzyżami, a potem usłyszałem straszny huk. Wszystkie szyby wyleciały do pokoju, a sufit się zarysowywał, aż tynk poleciał. Mama wypchnęła mnie przez okno…

Staszkowi załamał się głos. Chłopak wytarł nos i oczy rękawem kurtki, opanował się jednak i wrócił do opowiadania.

– Nic mi się nie stało – uprzedził szybko pytanie kobiet – bo mieszkaliśmy na parterze, nie było wysoko.

Trochę się tylko pokaleczyłem o rozsypane szkło, ale to nic. Usłyszałem jeszcze, jak mama krzyknęła „uciekaj!", więc podniosłem się z bruku i pobiegłem przed siebie. Kiedy się obejrzałem, naszego domu już nie było. Tam, gdzie przedtem było okno, wisiał tylko czerwony pył i prześwitywały przez niego resztki murów.

– A mama?... – spytała z nadzieją Joasia.

– Widać nie zdążyła wyskoczyć. – Chłopak apatycznie wzruszył ramionami. – Szukałem wszędzie, nigdzie jej nie było. Wołałem i wołałem, ale nic.

Zamilkł na chwilę, a kiedy milczenie zaczęło się przedłużać, Joasia z Matyldą zorientowały się, że chłopak po prostu zasnął na siedząco. Wzięły go obie pod pachy i na wpół przytomnego zaprowadziły do pokoju, gdzie, tak jak stał, w brudnym ubraniu, padł na łóżku i usnął kamiennym snem. Zdjęły mu tylko za duże buty, wzdrygając się na widok straszliwie otartych pięt. Joasia natychmiast pobiegła do apteki, żeby przygotować specjalną maść, zapobiegającą zakażeniu. Otarcia już nie wyglądały dobrze.

– Mój Boże, to straszne. – Usiadła ciężko na zapleczu i zamknęła czerwone z wiecznego niewyspania oczy. – Co za nieszczęście!

Matylda poszła za nią, żeby choć trochę pomóc. Babcia i Rózia zajmowały się tymczasem Weroniką na piętrze.

– I pomyśleć, że gdyby nie przypadek, też mogłybyśmy z Martusią zostać tam, pod gruzami w Wieluniu.

Matylda z powagą pokiwała głową. Dużo później dowiedziały się, że tak naprawdę to właśnie w Wieluniu zaczęła się druga wojna światowa. Bombardowanie i zniszczenie miasta miało miejsce kilkanaście minut wcześniej, tuż przed szturmem na Westerplatte. Leżące niedaleko od granicy z Niemcami miasteczko było pierwszym celem najeźdźców. Jak twierdzili niektórzy, czymś w rodzaju poligonu doświadczalnego przed dalszymi bombardowaniami.

– Widocznie nie było wam to pisane. A swoją drogą dzielny ten chłopaczyna. Ile on ma lat?

– Nie wiem, piętnaście, szesnaście? Chyba nie więcej. Mało znałam tę rodzinę, byliśmy u nich chyba tylko raz po ślubie z Maciejem. Pamiętam, że byli nam bardzo życzliwi. Teraz będę musiała się zająć tym biedakiem, przecież nie może zostać sam. Znajdzie się u nas miejsce, prawda?

– Co za pytanie...

Staszek przespał prawie dwie doby, wstawał tylko, bez otwierania oczu, do ubikacji. Kiedy w końcu się wyspał, Matylda przygotowała mu kąpiel, a Joasia nakazała wymoczyć nogi w specjalnie przygotowanym naparze z ziół. Następnie nasmarowała otarcia maścią i owinęła bandażami.

Umyty i przebrany w czyste ubrania chłopak wyglądał jeszcze mizerniej. Wrażenie to potęgowały za duże spodnie i za duża koszula po Julku. Ale nic nie potrafiło mu odebrać apetytu. Znów pochłaniał wszystko, co tylko podstawiono mu pod nos. Na szczęście jedzenia jeszcze w domu nie brakowało, chociaż Matylda już zarządziła lekkie ograniczenia. W sklepach coraz

trudniej było cokolwiek kupić, a zapasy powoli topniały. Ale tym razem nie zwracała na to uwagi. Widać było, że ten chłopak, prawie dziecko, miał za sobą ciężką
i głodną wędrówkę.

– Najgorzej wyglądają teraz twoje nogi. – Joasia
skończyła bandażowanie i usiadła naprzeciwko Staszka, po drugiej stronie stołu. – Wszystko przez te za duże buciory, skąd ty je wziąłeś?

– Jak uciekałem razem z innymi – Staszek przełknął kęs i aż się przy tym pochylił, żeby lepiej poszło
– to byłem na bosaka, bo mama mnie poganiała i nie
zdążyłem włożyć butów. Zresztą gdzieś je chyba ciep-
nąłem w przedpokoju, a nie było czasu na szukanie.
Potem, jakeśmy uciekali, to lecieliśmy w pole, bo nad
drogami latały bombowce i zrzucały bomby. A na polu
ściernisko, przecież nie tak dawno były żniwa.

Matylda aż się skuliła i syknęła na samą myśl
o ostrym ściernisku i bosych nogach chłopaka.

– Ustałem, bo nie dałem rady biec. I wtedy podszedł jakiś człowiek z ogromną walizą, otworzył ją,
a tam same buty. Różne, do wyboru, do koloru. Nie
wiem, czemu on z tymi butami uciekał. Ludzie natychmiast się do niego rzucili i zaczęli wybierać dla siebie,
ledwo mi się te za duże zostały.

– To więcej było takich bosych na drodze?

– A pewnie. Przecież nalot był coś koło wpół
do piątej rano, to wszyscy jeszcze spali i każdy wy-
skakiwał z łóżka bez ubrania. Jedna taka – Staszek
uśmiechnął się rozbawiony – była w samym szlafroku
i koszuli nocnej. Zamiast wybrać normalne buty, to

wzięła miękkie bambosze z futerkiem, coby jej pasowały kolorem do szlafroka. I tak szła. Jak spadł deszcz, to je gubiła w błocie na tym polu.

Kobietom nie było jednak do śmiechu. Wyobraziły sobie panikę i zagubienie tamtych ludzi. Współczuły im z całego serca.

– A jeden znowu – przypomniał sobie Staszek – to szedł w koszuli, marynarce i pod krawatem, ale bez spodni. I chyba nawet o tym nie wiedział.

Kiedy chłopak odżył trochę, oznajmił z powagą:

– Jak tylko mi nogi wydobrzeją, idę dalej.

– A gdzież ty masz zamiar iść? – przeraziły się obie. – Zostaniesz tu z nami, wojna niedługo się skończy.

– Mowy nie ma. Jestem Polakiem i muszę poszukać polskiej armii, żeby walczyć z wrogiem.

– Staszku, jesteś za młody do wojska. Nas też musi tutaj ktoś bronić. Jesteś odważny, jak widać, więc będziemy się czuły przy tobie bezpieczniejsze.

– Che, che! – zaśmiał się chłopak, mrużąc oko. – Nie mnie na takie plewy. Mam już skończone szesnaście, a przecież mogę mówić, że więcej. Niektórzy myśleli po drodze, że osiemnaście nawet. Nie mam zamiaru dekować się jak jakaś baba...

Zmieszał się i spojrzał niepewnie na obie kobiety, ale te nie wyglądały na urażone. Bardziej chyba były rozbawione jego poważną przemową.

– Ojczyzna w potrzebie – dodał na koniec z patosem właściwym dla swojego wieku.

Matylda i Joasia pilnowały Staszka, ale i tak wymknął się którejś nocy, zabierając ze sobą tylko ubranie Julka i buty, na szczęście obaj mieli ten sam numer. Wziął też skromny prowiant na drogę, a na stole w kuchni zostawił karteczkę:

Poszłem walczyć. Trzymajcie się zdrowo i dziękuję za wszystko. Stach.

ROZDZIAŁ 6

$\mathcal{M}$ijały kolejne tygodnie, a ani Matylda, ani Joasia nie miały żadnych wieści od swoich mężów. Powtarzały sobie stare powiedzenie, że brak wiadomości oznacza dobre wiadomości, ale marna to była pociecha. W mieście panował spokój, wprawdzie od czasu do czasu odzywały się syreny alarmu przeciwlotniczego, jednak żadna bomba nie spadła i nie zniszczyła niczyjego domu. Można by się było nawet nieco odprężyć, gdyby nie kłopoty z zaopatrzeniem. Przed sklepami ustawiały się coraz dłuższe kolejki po tłuszcz, którego już było brak, po ciemny zakalcowaty chleb, a także cukier. Na ulicach sprzedawano sacharynę. W domu przy Grodzkiej coraz bardziej zaciskano pasa. Cukier zostawiano już tylko dla dzieci, podobnie jak pieczony przez babcię chleb, jeszcze ze zgromadzonej zapobiegliwie przez staruszkę mąki. Dorośli musieli się zadowolić ciemnym chlebem i sacharyną.

Matylda usiłowała namówić babcię, żeby nie odmawiała sobie niczego, bo musi być silna, ale ta tylko ją ofuknęła.

– A co to, dziecko jestem? Ja cukru już nie potrzebuję, białego chleba też nie. Zresztą nie lubię.

To „nie lubię" znały już doskonale. Jeśli babcia czegoś sobie odmawiała z myślą o innych, usiłowała je przekonać, że właśnie tego nie lubi. Matylda przytuliła do siebie drobną kobietę.

– Babciu kochana, ja tylko nie chcę, żebyś nam tu zasłabła. Nie wyobrażam sobie domu bez ciebie.

– No tak! – Zadowolona staruszka zaczęła trochę gderać, żeby ukryć wzruszenie. – Ale jak byłaś mała, to wolałaś babcię Kasperkową. Musiałyśmy ze sobą walczyć o twoją miłość. To znaczy ja musiałam, bo ona nie…

Matylda pogroziła jej żartobliwie palcem.

– Oj, babciu, babciu. Zazdrość to brzydkie uczucie.

Pod koniec października na Grodzkiej pojawiło się dwóch wojskowych w niemieckich mundurach. Nie mówili, czego chcą, chodzili tylko po całym mieszkaniu i sprawdzali każdy kąt. Matylda podejrzewała, że po tej wizycie będzie mogła się spodziewać dokwaterowania lokatorów, ponieważ do Krakowa zaczęli napływać nowi uchodźcy. Byli to głównie Polacy wyrzuceni ze Śląska, Pomorza i Poznańskiego, a także z Bydgoszczy i Gdyni.

Niemcy zainteresowali się tylko radiem w pokoju babci. Swój odbiornik Matylda oddała już wcześniej, zaraz po stosownym rozporządzeniu, ale babcia się uparła i nie pozwoliła odebrać sobie radia. Stwierdziła, że nikt jej nie może niczego zakazywać, a będzie słuchała po cichutku, żeby nikt się o tym nie dowiedział. Nie przewidziała tylko, że ktoś może wtargnąć do domu i tym sposobem sprawa się wykryje. Nie pomogły protesty, została brutalnie pchnięta pod ścianę i gdyby nie Matylda, mogłoby się to skończyć dużo gorzej. Matylda obiecała, że jeszcze tego samego dnia osobiście zaniesie radio do magistratu, tłumaczyła, że babcia po prostu ma demencję starczą i nie wie już sama, co mówi. Zaśmiali się tylko ordynarnie i wyszli, lustrując młodą kobietę lubieżnym wzrokiem od stóp do głów. Miała wrażenie, że ich spojrzenia oblepiały ją jak cuchnące błoto.

– Ja mam demencję starczą, ja?! – Po wyjściu Niemców pani Helena aż się trzęsła z oburzenia. – Nie spodziewałam się tego po tobie!

– Babciu… – Matylda przetarła czoło drżącą wciąż dłonią. – Lepiej mieć wymyśloną demencję, niż być martwym. Widziała babcia, jak jeden z nich grzebał już ręką przy pasie? Jak babcia myśli, czego on tam szukał?

Staruszka na chwilę zamarła z otwartymi ustami.

– No, chyba nie myślisz, że broni? – spytała w końcu niepewnym głosem.

– No, chyba tak właśnie myślę, babciu. Nie mówmy już o tym, ale błagam, niech babcia na przyszłość będzie ostrożniejsza. Słyszałam już, co robią z takimi, którzy im się sprzeciwiają.

Wraz z radiem straciły ostatni kontakt ze światem zewnętrznym. Mieszkańcy Krakowa zdani byli teraz tylko na trudne do zweryfikowania wiadomości od przypadkowych informatorów. Zwłaszcza od tych powracających lub skierowanych do miasta. Opowiadali straszne rzeczy, często przynosili wieści o krewnych i znajomych zamordowanych lub poległych podczas potyczek z Niemcami. O Julku ani o Macieju nikt nic nie słyszał.

Ostatnią wiadomością, jaką obie kobiety dostały, był skreślony na kolanie list od Julka, który napisał Matyldzie, że wraz z mężem Joasi mają być prawdopodobnie skierowani do obrony twierdzy Modlin i jak tylko będzie coś więcej wiadomo, dadzą znać. Obecnie jednak panuje taki chaos, że niczego nie można być pewnym. Ostatecznie pewnie rzucą ich tam, gdzie będzie największa potrzeba. Na razie obaj są zdrowi i w dobrej formie. Tęsknią tylko bardzo i przekazują uściski dla całej rodziny, a Julek specjalne ucałowania dla ukochanej Matysi i dla ich córeczki. Dodał też, że tylko myśl o nich i nadzieja, że niedługo się znów zobaczą, trzymają go przy życiu.

– Ech, ten mój mąż to ani w mowie, ani w piśmie nie jest specjalnie wyrywny – westchnęła zawiedziona Joasia, kiedy Matylda przeczytała jej ten liścik. – Nie mógł osobno coś do mnie skreślić? Już ja mu pokażę, niech no tylko się tu pojawi.

Romek przychodził często do Rózi i tak jak to wcześniej obiecywał, uczył ją grać na skrzypcach. Wszystkie cztery chętnie słuchały występów chłopca, kiedy już skończył lekcję i grał tylko dla przyjemności.

Nawet dla niezbyt wyrobionego muzycznie ucha było jasne, że Romek ma ogromny talent. Nic zresztą dziwnego, jego matka, jak się okazało, była nie tylko nauczycielką muzyki w szkole, ale i utalentowaną skrzypaczką. W młodości nawet koncertowała za granicą, w Paryżu, Berlinie i innych miastach Europy.

Romek był późnym dzieckiem, urodził się, kiedy Jakubowiczowie już całkiem stracili nadzieję na posiadanie potomstwa. Przyjście na świat syna w równym stopniu uszczęśliwiło ich, jak i przeraziło. Mająca wówczas ponad czterdzieści lat matka i jej starszy o pięć lat mąż bali się wręcz dotknąć niemowlaka w obawie, że zrobią mu jakąś krzywdę. Na szczęście byli na tyle dobrze sytuowani, że mogli opłacić niańki i pomoc do domu. Z chwilą wybuchu wojny zostali sami, bez służby, ale Romek miał już jedenaście lat i świetnie sam sobie radził. Mało tego, teraz to on zajmował się zdziwaczałymi nieco rodzicami. Ojciec niemal nie wychylał nosa ze swoich książek, matka wciąż żyła świetną i bogatą przeszłością. Z synem miała doskonały kontakt dzięki wspólnym zainteresowaniom muzycznym. To właśnie ona zaszczepiła Romkowi miłość do muzyki i do sztuki, a także była jego pierwszą nauczycielką. Chłopiec okazał się bardzo zdolnym i pojętnym uczniem, wszystkie więc nadzieje i marzenia pokładała teraz w swoim wyjątkowym jedynaku.

Matylda stopniowo dowiadywała się tych szczegółów podczas wizyt Romka na Grodzkiej. Co do opieki nad rodzicami – tylko domyśliła się tego, ponieważ, jak zdążyła już się zorientować, chłopak był skromny i nie lubił zbyt dużo mówić o sobie.

W zamian za lekcje muzyki dla swej przybranej córki Matylda starała się poszerzać jego wiedzę na temat literatury i sztuki, a zwłaszcza teatru. I w tych dziedzinach chłopak, podobnie jak wcześniej Rózia, okazał się pojętnym uczniem. Często organizowali wspólnie występy dla reszty rodziny, czyli babci Michalskiej, cioci Zosi i Joasi. Jedynie Weronika nie wydawała się specjalnie zainteresowana spotkaniami ze sztuką, zazwyczaj wierciła się i marudziła podczas przedstawień. Szmatka nasączona wodą z cukrem potrafiła ją jednak uspokoić na jakiś czas i pozwalała na dokończenie spektaklu. Marta natomiast, ku uciesze wszystkich domowników, chętnie odgrywała małe rólki, niewymagające uczenia się tekstu na pamięć. Była więc uroczym motylkiem ze skrzydłami ze starej firanki lub krasnoludkiem siedzącym pod muchomorem, zrobionym z pomalowanej na czerwono w białe kropki i odwróconej do góry nogami dziurawej miedniczki.

W mieście było w miarę spokojnie, na tyle, że początek godziny policyjnej przesunięto na jedenastą wieczorem. Później na ulice mogli wychodzić tylko cywile posiadający przepustki albo specjalną legitymację. Na szczęście nikt z rodziny Matyldy nie miał specjalnego powodu, żeby tak późno wracać do domu. Tylko raz, korzystając z tej zmiany, Matylda wzięła Rózię i Romka do Teatru Słowackiego na *Moralność pani*

Dulskiej. Darmowe bilety dostała dzięki swoim starym znajomym, pracowali tam jeszcze ludzie, którzy ją pamiętali.

Z prawdziwym wzruszeniem spoglądała na scenę, wspominając czasy, kiedy sama na niej stała, wpatrując się niewidzącym wzrokiem w zaciemnioną widownię. Znajomy ból ścisnął jej serce, ale teraz był już słabszy. Ból po pewnym czasie znika, chociaż żałoba w sercu pozostaje na zawsze. Wiedziała o tym i pogodziła się już w końcu ze śmiercią rodziców. Teraz skupiła się na grze kolegów, wchłanianiu znajomych i tak jej drogich zapachów zakurzonych foteli na widowni, desek sceny i wyraźnej woni szminki i „mazideł", jak je nazywali między sobą aktorzy.

Po przedstawieniu odwiedziła znajomych za kulisami.

– Mówią, że niedługo ma to wszystko przejąć Niemiec – szepnął jej do ucha kierownik, kiedy szła w kierunku garderoby jednej z koleżanek. – Będzie problem.

– Dlaczego? – Matylda w pierwszej chwili nie zrozumiała.

– Jak to dlaczego? A kto będzie chciał pracować dla okupanta?

– No tak, racja.

To samo powtarzali aktorzy, choć nie wszyscy. Ci, którzy nie zabierali głosu w tej sprawie, chyba jeszcze nie byli pewni, co zrobią w takiej sytuacji. Albo wręcz przeciwnie, byli już pewni swej decyzji i spokojnie czekali na rozwój wypadków.

Tak jak młoda aktorka, grywająca zwykle jakieś ogony, dla której praca w teatrze była jedynym źródłem dochodu.

– Cóż... – Wzruszyła ramionami, ścierając z twarzy makijaż i wykrzywiając się przy tym do lustra. – Mnie to obojętne, kto mi będzie płacił. Bylebym tylko miała na życie. Poza tym jak odejdą ci, co teraz tak pyskują, to zwolni się dużo miejsc. Mogłabyś się postarać, żeby cię przyjęli, na pewno cię wezmą.

– Nie sądzę...

– No co, nie chciałabyś wrócić na scenę?

– Chciałabym, ale chyba nie za wszelką cenę.

– Głupia jesteś, masz przecież rodzinę, to musisz też zarabiać pieniądze na jej utrzymanie. A pieniądz nie śmierdzi.

– Nie przewiduję powrotu teraz. – Matylda szybko zakończyła rozmowę. – Może kiedyś, po wojnie.

– Po wojnie to będziesz mogła już grać tylko role charakterystyczne, moja droga – parsknęła lekceważąco koleżanka. – Jakichś starych bab, przekupek albo żebraczek.

Wizja ta spodobała jej się tak bardzo, że aż zaczęła się głośno śmiać, nie zwracając uwagi na minę Matyldy i siedzących w garderobie koleżanek.

Matylda ruszyła do wyjścia. Za kulisami i tak nie było zbyt wielu znajomych, z którymi chciałaby powspominać dawne czasy. Poza tym rozmowa z młodą aktorką zepsuła jej nastrój.

Była już prawie przy drzwiach, kiedy usłyszała czyjś głos:

– A nie boisz się tak pokazywać publicznie z żydowskim bachorem?

Odwróciła się, żeby sprawdzić, kto ją pyta, ale wszystkie oczy wlepione były w lustra. Aktorki z wielkim zaangażowaniem zmywały makijaż z twarzy.

Dzieci czekały na nią przy wyjściu.

– Ciociu, jakie to było cudowne. – Rózia z rozmarzonym uśmiechem przytuliła się do Matyldy. – Takie piękne stroje, lampy i ci ludzie siedzący na widowni. Też bym tak kiedyś chciała...

– Siedzieć na widowni? – zażartowała z lekkim roztargnieniem Matylda.

Ostatnie zdanie rzucone za nią przez kogoś, kto obawiał się ujawnić, zdenerwowało ją bardziej, niż sama się do tego przyznawała. Nie sądziła wprawdzie, żeby dziecku groziło w jej domu jakieś niebezpieczeństwo, ale usłyszane przed chwilą słowa zabrzmiały jak ostrzeżenie. Gdzieś w głębi duszy odezwał się narastający od jakiegoś czasu lęk.

– Ależ nie, ciociu! Chciałabym grać na scenie, jak te wszystkie piękne i dobre panie dzisiaj.

Nie wszystkie dobre, nie wszystkie, pomyślała ze smutkiem Matylda.

Następnego dnia Rózia wyprosiła u niej pozwolenie na odwiedziny u Romka w domu jego rodziców na Kazimierzu. Zgodziła się, chociaż niezbyt chętnie, ponieważ nie miała możliwości porozmawiania z nimi wcześniej, ale Romek zapewniał, że rodzice nie mają nic przeciwko temu. Na wszelki wypadek zapisała więc adres i zapowiedziała, że dziewczynka ma wrócić najpóźniej tuż przed zmierzchem. Rózi należał się odpoczynek, od kilku dni zajmowała się nieustannie marudną, ząbkującą Weroniką, podczas gdy Matylda wraz z babcią Michalską zajęte były uzupełnianiem znikającej w szybkim tempie żywności.

Największy problem był z cukrem. Zapasy zgromadzone przez babcię powoli topniały, zwłaszcza że Matylda podzieliła się nimi z dziećmi z ochronki, kiedy tylko pojawiły się problemy z zaopatrzeniem. Z bólem dotarło do niej, że na większą pomoc jej nie stać, zapasy musiały wystarczyć dla dzieci w jej własnym domu. Co mogła jednak, oddawała sierotom, choćby to miała być tylko garstka cukru lub soli. Zdawała sobie sprawę, że tamtym dzieciom jest znacznie gorzej. Czuła, że powinna im pomóc, choćby z uwagi na pamięć mamy. Ona też by tak postąpiła, Matylda nie miała co do tego żadnych wątpliwości.

Dorośli mogli się obyć bez wielu produktów, dzieciom było znacznie trudniej wytłumaczyć, że czegoś nie ma. Kłopoty zaczęły się z chwilą, gdy w sklepach zabrakło cukru, a pojawiły się kartki. Najpierw na cukier, niedługo później na chleb. Ten biały, pieczony przez babcię w domu, od dawna był już tylko dla dziewczynek, reszta musiała się zadowalać ciemnym, gliniastym razowcem na kartki. Z prawdziwym razowym miał on jednak niewiele wspólnego. Oprócz najgorszej mąki żytniej używano do jego wypieku mąki owsianej, ziemniaczanej, kukurydzianej, pszennej razowej oraz różnych innych, tajemniczych dodatków.

W efekcie powstawał czarny, gliniasty i kruszący się twór, który nie dość, że był gorzki i niesmaczny, to na dodatek powodował wzdęcia.

Rozpalona gorączką Weronika płakała, nie chciała spać ani jeść, rozpulchnione dziąsła sprawiały jej ból. Babcia przekazała opiekę nad Martą Joasi, a sama przyszła pomóc Matyldzie przy dziecku.

– A gdzie Marta? – Z chwilą urodzenia córeczki instynkt macierzyński Matyldy rozrósł się i obejmował niemal wszystkie dzieci.

– Zaprowadziłam ją do matki. Nie mają dziś zbyt dużego ruchu, mała może się tam pobawić.

W aptece rzeczywiście był coraz mniejszy ruch, ludziom stopniowo zaczynało brakować pieniędzy na leki, ważniejsze było jedzenie.

– W aptece, żeby czymś się zatruła? Przecież babcia sama wie, ile tam jest w zasięgu ręki niebezpiecznych dla dziecka leków.

– Matysiu, zapomniałaś już, że i mama, i ty też wychowywałyście się w tej samej aptece? Nie przesadzaj, moje dziecko. Zresztą nie jest tam sama. A tak przy okazji, Rózia już wróciła?

Zaskoczona Matylda spojrzała na zegar ścienny. Był już wieczór, dochodziła dziesiąta.

– Jak to? Przecież chyba ją słyszałam na dole... Rozmawiała z babcią.

– Nie, to była córka sąsiadów, przyszła po proszki na ból zęba dla mamy. Spotkałam ją na schodach i zaprowadziłam do apteki. Rozmawiałyśmy trochę po drodze.

Matylda zbladła i ostrożnie położyła Weronikę w łóżeczku. Zmęczone płaczem dziecko w końcu usnęło. Tylko od czasu do czasu wstrząsały nim spazmy, ale na tyle słabe, że na szczęście się nie budziło.

– Matko święta! – szepnęła przerażona Matylda.

– Byłam naprawdę przekonana, że wróciła. Muszę po nią biec, przecież o jedenastej zacznie się godzina policyjna!

– A zdążysz ty, Matysiu? To przecież gdzieś na Kazimierzu.

Ale Matylda już wkładała płaszcz i buty w przedpokoju, zaglądając tylko przez drzwi, czy mała się nie obudziła. Koniec listopada był pochmurny i zimny, musiała się ciepło ubrać.

Na ulicy było ciemno i pusto. Ze ściśniętym gardłem pędziła w kierunku Kazimierza, mijając po drodze pojedynczych, zapóźnionych przechodniów. Każdy spieszył już do domu, żeby zdążyć przed godziną policyjną. Szyby wystawowe i okna na parterze domów zaklejone były na krzyż paskami papieru. Miało to je wzmocnić na wypadek nalotu bombowego. Od czasu do czasu w niedokładnie zaciemnionych oknach widać było wąskie szpary wypełnione światłem. Zimny, porywisty wiatr potęgował jeszcze wrażenie ciemnego i jakby wymarłego miasta.

Do domu przy Miodowej, gdzie mieszkał Romek z rodzicami, wchodziło się przez zaniedbane podwórze. Z powodu ciemności Matylda z trudem odczytała numer na starej kamienicy. Kiedy wspinała się po równie ciemnych schodach, nagle poraziło ją światło z otwartych niespodziewanie drzwi na piętrze.

– Kici, kici! – Starsza kobieta w nieświeżym szlafroku wychyliła głowę na klatkę schodową. – Gdzie ty
jesteś, huncwocie jeden? Barnaba!

Zobaczyła Matyldę i aż się cofnęła przestraszona
do mieszkania. Młoda kobieta także nie mogła opanować drżenia w głosie.

– Przepraszam. – Ukłoniła się grzecznie jak mała
dziewczynka. – Szukam państwa Jakubowiczów, ale
tak tu ciemno...

Staruszka miała już zatrzasnąć drzwi, lecz zanim
to zrobiła, rzuciła niechętnie.

– Porządni ludzie nie włóczą się po ciemku. Ale to
nie moja sprawa. Tam mieszkają.

To „tam" znajdowało się dokładnie naprzeciwko.
Matylda nie zdążyła podziękować, bo drzwi od mieszkania staruszki zatrzasnęły się z hukiem i niemal w tej
samej chwili rozległy się dźwięki zamykanych zasuw
i brzęk łańcucha. Wyglądało na to, że Barnaba tę noc
będzie musiał spędzić na schodach.

Niemal po omacku dotarła do mieszkania rodziców
Romka i zapukała. Z początku cicho i delikatnie, potem głośniej. Z wnętrza dochodziły dźwięki skrzypiec,
umilkły jednak po chwili, ustępując miejsca delikatne-
mu szuraniu i podnieconym szeptom. Drzwi uchyliły
się nieznacznie. Zadźwięczał blokujący je łańcuch.

– Kto tam? – spytał ktoś cicho i niepewnie.

– Ja po Rózię. – Matylda nachyliła się w kierunku
wąskiej szpary. – Jestem jej ciocią.

Drzwi otworzyły się niemal natychmiast, a w progu
stanęła uśmiechnięta gościnnie pani domu. Przystojna

i dystyngowana kobieta miała na szyi futrzaną etolę, na dłoni połyskiwał spory kamień w pierścionku.

– Ależ proszę, proszę bardzo! – zawołała uradowana.

– Zapraszam do środka, przecież nie będzie pani stała na korytarzu! Dzieci akurat grają w drugim pokoju. Jakże urocza jest ta Rózia! To córka? Ach, racja. – Machnęła dłonią, a pierścionek znów zamigotał w świetle lampy. – Przecież mówiła pani, że jest jej ciocią.

– Przepraszam, ale niedługo zacznie się godzina policyjna, a Rózia zasiedziała się u państwa, więc...

– Doprawdy? To już tak późno? Oj, straciliśmy poczucie czasu...

Matylda została poproszona do środka, chociaż najchętniej wracałaby od razu z Rózią. Miały do pokonania spory kawałek drogi, a czas naglił. Musiała jednak chwilę poczekać, aż dziewczynka będzie gotowa do wyjścia.

Pokój, w którym znalazła się Matylda, był duży, zastawiony starymi, pięknie utrzymanymi meblami. Ogromny dębowy stół z rzeźbionymi nogami przykryto szydełkowym obrusem, z pewnością dziełem samej pani domu lub kogoś z rodziny. Przez otwarte szeroko drzwi widać było bogato zdobione małżeńskie łoże i trzyczęściową toaletkę z lustrem, zastawioną różnej wielkości buteleczkami i pojemnikami na kosmetyki. Z całą pewnością była to sypialnia obojga gospodarzy, lecz większą jej część zajmowała raczej żona. Piękna i zadbana kobieta.

I dobrze wychowana. Weszła właśnie do salonu, niosąc w ręce tacę z filiżankami i dzbankiem herbaty.

Obok, na porcelanowym talerzyku, leżały domowe ciasteczka.

– Proszę się poczęstować. – Postawiła to wszystko przed Matyldą. – Nalegam. Mogłybyśmy porozmawiać o naszych dzieciach. Tak się cieszę, że Romek znalazł koleżankę. On taki był zawsze nieśmiały i stronił od dzieci, a teraz...

Matylda z trudem pohamowała zniecierpliwienie. Gościnna pani domu jakby nie zdawała sobie sprawy z powagi sytuacji.

– Chętnie, ale może innym razem – odparła, siląc się na uśmiech. Była coraz bardziej zdenerwowana. – Mamy już niewiele czasu do godziny policyjnej, sama pani rozumie.

Gospodyni wydawała się trochę zawiedziona, ale pokiwała głową na znak, że rozumie. Chociaż nie wyglądało na to. Sprawiała raczej wrażenie kogoś, kto zupełnie nie zdaje sobie sprawy z zagrożenia.

– Nie sądzę, żeby groziło wam jakieś niebezpieczeństwo – odrzekła z uśmiechem. – Niemcy to przecież kulturalny naród, poznałam wielu podczas moich tras koncertowych. Są tacy dżentelmeńscy. Ale... – zauważyła minę swej rozmówczyni – ...może istotnie innym razem. W każdym razie zapraszam serdecznie.

Matylda wstała już od stołu, sięgając po drodze po ciasteczko, żeby sprawić przyjemność matce Romka. Przyszło jej jeszcze poczekać na Rózię, która koniecznie musiała siusiu przed wyjściem. Jej opiekunkę ze zdenerwowania aż zaczęła swędzieć skóra. Kiedy dziewczynka w końcu wyszła z ubikacji, Matylda zauważyła przez uchylone drzwi staroświecką wannę i stojący obok błyszczący, miedziany piecyk węglowy. Z pomieszczenia wyraźnie czuć było pleśnią i starą kanalizacją.

Powrót na Grodzką okazał się strasznym przeżyciem zarówno dla Matyldy, jak i przerażonej całą tą sytuacją Rózi. Były jeszcze dość daleko od domu, kiedy zaczęła się godzina policyjna. Kilka razy musiały wpaść do jakiejś bramy, na szczęście niezamkniętej, żeby się ukryć przed przejeżdżającym samochodem patrolu. Raz zaskoczyły je ciężkie kroki w podkutych butach i w ostatniej chwili schowały się za rogiem domu, a do ich uszu dobiegł wyraźny odgłos oddawania moczu, śmiech i głośna rozmowa w języku niemieckim. Z tego, co Matylda zrozumiała, idący opowiadali sobie sprośne dowcipy.

Trzęsąca się ze strachu Rózia potrąciła po ciemku jakiś połamany dziecięcy wózek, stojący w bramie, i nagle rozmowa ucichła. Matylda nigdy nie wierzyła w prawdziwość powiedzenia, że komuś włosy stanęły dęba ze strachu. Teraz przekonała się na własnej skórze, że to możliwe. Wstrzymała oddech i zakryła dłonią buzię dziewczynki, bojąc się, że przerażone dziecko krzyknie w najmniej stosownym momencie. Niemiec podchodził już do bramy, kiedy nagle z jej wnętrza oderwał się jakiś czarny cień i popędził na oślep przed siebie.

– *Was gibt's?** – usłyszały głos drugiego mężczyzny, który się zbliżał. Zbliżał się niebezpiecznie do ich kryjówki.

– *Nichts, nur diese scheiß Katze! Sie hat mir einen Schrecken eingejagt!***.

Jeszcze przez chwilę słyszały rechot rozbawionego i szydzącego z kompana Niemca. Kiedy głosy i kroki ucichły w głębi ulicy, przebiegły bezszelestnie dalej. Na szczęście Matylda miała swój klucz od bramy, mogły więc wślizgnąć się do środka niezauważone.

Nigdy więcej nie rozmawiały na temat tego wieczoru, ale też nigdy już Rózia nie odważyła się zatrzymać gdziekolwiek na dłużej. To, co przeżyła podczas pamiętnego powrotu do domu przez zaciemnione ulice, wystarczyło jej za wszystkie wymówki i upomnienia.

ROZDZIAŁ 7

Zbliżały się pierwsze od wybuchu wojny święta Bożego Narodzenia, pierwsze z pustymi miejscami przy stole. Matylda i Joasia nadal nie miały wieści od swoich mężów. Pocieszały się, jak zwykle, że może to tylko oznaczać dobre wiadomości, ale ta nadzieja stawała się coraz słabsza. Zwłaszcza gdy słyszały wokoło o poległych na froncie sąsiadach i znajomych, a także o ludziach, którzy zginęli pod gruzami zbombardowanych w innych miastach domów. Na szczęście Kraków pod tym względem był stosunkowo bezpieczny.

Prześladowania Żydów wzmagały się z dnia na dzień, stale dochodziły wiadomości o nowych aktach przemocy. Babcia Michalska nie wytrzymała w swoim postanowieniu i znów zaczęła kupować „Gońca Krakowskiego", gdzie między propagandowymi tekstami zawsze znalazła jakieś ważne informacje.

– Gadzinówka nie gadzinówka, ale jakieś tam przynajmniej wiadomości można wyczytać – stwierdziła, uprzedzając ewentualne komentarze Matyldy. – Bo tak to znikąd niczego nie można się już dowiedzieć. Radio zabrali…

Wszystkie te informacje wzmagały niepokój Matyldy o Rózię. Zwłaszcza że sąsiedzi oraz klienci apteki coraz częściej pytali, czy to prawda, że mała jest Żydówką. Takich właśnie pytań obawiała się od pewnego już czasu. Miała nadzieję, że sprawa pochodzenia dziecka nie będzie aż tak bardzo interesowała otoczenia. Niestety, zaczęły się pojawiać drobne aluzje, niby to niewinne pytania, a nawet prostackie docinki. Zwykle odpowiadała, że Rózia nie jest Żydówką, że to po prostu sierota z dalszej rodziny. Teraz te wyjaśnienia przestały już wystarczać, sytuacja stawała się coraz bardziej niebezpieczna. Wraz z ciocią Zosią podjęły pewne działania, musiała je tylko uzgodnić z dziewczynką.

Tego popołudnia zawołała ją do siebie, posadziła w fotelu, a sama usiadła obok.

– Musimy porozmawiać jak kobieta z kobietą – zaczęła poważnie. – Jesteś już dużą dziewczynką i zdajesz sobie sprawę z tego, co się teraz dzieje.

– Nie mogę już więcej chodzić do Romka? – przestraszyła się Rózia.

– Prawdę mówiąc, nie wiem, czy to nadal jest dla ciebie bezpieczne – Matylda nie miała zamiaru niczego przed nią ukrywać – lecz teraz chodzi o coś innego. Wprawdzie jesteś w połowie Żydówką, bo tylko ze strony ojca, ale obawiam się, że dla Niemców to i tak bez różnicy. Myślę więc, że lepiej będzie mówić, że twój tato był Włochem.

– Włochem? Ale dlaczego?

– Bo Włosi też mają takie piękne czarne włosy i oczy jak ty. Będzie łatwiej i bezpieczniej. I gdyby ktoś pytał, to mów, że masz na imię Rozalia, a nie Róża, i jesteś Włoszką.

Miała nadzieję, że uda jej się załatwić małej jakąś włoską tożsamość.

– Zapamiętasz? No to powiedz, jak się nazywasz?

– Róża Bauman – odparła bez namysłu dziewczynka. – Eee… – zmieszała się – to znaczy Rozalia… A gdzie się urodziłam? I jak mam na nazwisko? – spytała rezolutnie, kiedy udało jej się powtórzyć nowe imię bez pomyłki.

– Jeszcze nie wiem, ale na pewno uda się coś wymyślić. Na razie pamiętaj, że twój ojciec był Włochem. Przyjechał do Polski, poznał twoją mamę i tu się pobrali. A potem ty się urodziłaś. Kiedy rodzice zmarli, wysłano cię do nas, do jedynej, choć dalekiej, rodziny. To łatwe do zapamiętania, tylko na razie musisz sobie codziennie powtarzać wszystko jak zadaną lekcję. Pamiętasz, jak uczyłyśmy się razem?

Rózia uśmiechnęła się na samo wspomnienie i pokiwała głową.

– No właśnie. Teraz też masz tak robić. Wszystko będzie dobrze, zobaczysz.

Ciocia Zosia obiecała się zająć załatwieniem nowych dokumentów dla Rózi. Chociaż miała już wprawę, gdyż nie raz i nie dwa przyszło jej zmieniać tożsamość uciekających przed swoimi oprawcami kobiet z fundacji, tym razem zadanie było dużo trudniejsze. Musiała znaleźć wiarygodnego włoskiego „ojca" dla Rózi. Działania te nie do końca albo wręcz wcale nie były legalne, jednak akurat to nie spędzało jej snu z oczu. W sytuacjach, gdy stawką było życie prześladowanych kobiet czy teraz takich dzieci jak Rózia, wszystkie metody były dozwolone. Tyle tylko, że teraz nowa tożsamość kosztowała znacznie więcej.

Na razie Matylda miała jeszcze pieniądze. Apteki działały nadal, chociaż po mieście chodziły już słuchy, że Niemcy zamierzają je przejmować i obsadzać własnymi ludźmi. Matylda z Joasią uznały jednak, że co ma być, to będzie, nie ma więc sensu przejmować się na zapas.

Załatwienie nowych dokumentów trwało nadspodziewanie krótko. Być może ludzie, którzy się tym zajmowali jeszcze przed wojną, pospieszyli się z uwagi na starą znajomość z ciotką Zosią. Być może, co bardziej prawdopodobne, skłoniła ich do tego solidna łapówka. W każdym razie Matylda czuła się już trochę spokojniejsza o swoją wychowankę. Postanowiła wynagrodzić Rózi przymusowe siedzenie w domu ostatnio i wziąć ją na zakupy bożonarodzeniowe. Święta miały być skromne, jak w większości rodzin, lecz choinki nie mogło zabraknąć. Takiej prawdziwej, pachnącej igliwiem, jak za dawnych dobrych czasów. Matylda robiła to głównie ze względu na dziewczynki, nie tylko na Martę i Rózię, ale i sześciomiesięczną już Weronikę.

Córeczka rozwijała się wspaniale, była bystra i ciekawa świata, i nic, co znalazło się w zasięgu jej wzroku i rączek, nie przeszło niezauważone. Matylda każdego dnia dostrzegała znaczny postęp w rozwoju dziecka i żałowała, że Julek nie może tego widzieć. Nie mógł się zachwycać wraz z nią dwoma dolnymi ząbkami w zaślinionej buzi ani akrobatycznymi wręcz popisami małej wiercipięty. Weronisi nie wolno było spuścić nawet na chwilę z oka, bo potrafiła tak się przekręcać na brzuszku, że któregoś dnia omal nie spadła z łóżka. Rózia w ostatnim momencie złapała w locie zanoszącą się śmiechem dziewczynkę.

Dzisiaj Matylda zostawiła śpiącą Weronikę pod opieką babci, a sama z Rózią i Martą wybrała się na rynek po choinkę. Dzień był mroźny, więc dziewczynki ubrały się ciepło. Rózia była szczególnie opatulona, nie tylko z powodu zimna. Wielka czapka z nausznikami i wysoko okręcony na szyi szalik zasłaniały większą część twarzy, żeby nie prowokować ciekawskich spojrzeń przechodniów, zwłaszcza Niemców. A tych na Rynku Głównym, który nazywał się teraz Alter Markt, było dużo. Oni też kupowali drzewka na Wigilię. Byli hałaśliwymi i zadowolonymi z siebie klientami. Sporo Polaków przyszło raczej poglądać drzewka, ewentualnie kupić parę gałązek, żeby stworzyć z nich namiastkę bożonarodzeniowej choinki. Ceny przekraczały możliwości finansowe większości krakowian.

Matylda ze smutkiem patrzyła na obwieszony swastykami i napisami po niemiecku rynek. Na wystawie jednego ze sklepów widniały podobizny Führera w różnych pozach, hałaśliwe niemieckie radio nadawało tyrady, których i tak nikt nie słuchał, na przemian z muzyką. Matyldzie zabrakło dźwięków hejnału, ale ten zamilkł na czas wojny wraz z kościelnymi dzwonami.

Na straganach leżały kolorowe ozdoby choinkowe, jednak nie miała zamiaru nic kupować, gdyż w domu stało całe pudło wypełnione po brzegi takimi zabawkami. Niektóre z nich pamiętały jeszcze dzieciństwo Matyldy i Julka. Młoda kobieta poczuła szczypanie pod powiekami, ale szybko odegnała łzy, ścierając je wierzchem dłoni. Nie chciała się rozklejać przy dziewczynkach.

– Ciociu! Ciociu! – Zaaferowana Marta aż podskakiwała w miejscu. Pociągnęła Matyldę w stronę stoiska z ozdobami. – Kup takie włosy anielskie! Kuuuup! I taki piękny łańcuch.

Okutana w grube chusty handlarka przestała przytupywać z zimna i rozciągnęła usta w sztucznie uprzejmym uśmiechu.

– No proszę, taka mała, a taki ma dobry gust. Pani kupi, u mnie łańcuchy najładniejsze na całym rynku. Przed chwilą jeden taki Niemiec to kupił aż cztery.

– Martusiu, w domu mamy jeszcze ładniejsze. – Matylda gwałtownie odciągnęła dziewczynkę od straganu.

Była zła na samą siebie za tę reakcję, bo przecież handlarka stała tam po to, żeby zarobić, i obojętne jej było, kto kupi od niej towar. Ale chwaliła się tym Niemcem, jakby ten zrobił jej zaszczyt, wybierając te łańcuchy.

Zawiedziona Marta, z czerwoną od gniewu buzią, wyrywała się z wrzaskiem Matyldzie, zwracając na nie uwagę innych klientów. Było to ostatnie, czego mogła sobie teraz życzyć Matylda. Kucnęła przy małej, żeby z nią porozmawiać, niestety, wszelkie próby uspokojenia i perswadowanie jej, że naprawdę w domu są ładniejsze łańcuchy i że właśnie dzisiaj będą wspólnie kleiły nowe, nie dawały żadnych rezultatów. Marta dopiero się rozkręcała.

– A cóż to się stało tej małej księżniczce?

Nagle Matylda usłyszała zadane po niemiecku pytanie. Podniosła się i ujrzała nad sobą twarz mężczyzny w niemieckim mundurze.

– Nic takiego – odparła także po niemiecku, starając się, by jej głos miał żartobliwe brzmienie. Ostatnio coraz lepiej posługiwała się tym językiem. – Zwykłe fochy księżniczek. To zaraz minie.

Mocno ujęła za rękę wciąż wyrywającą się Martę i odwróciła się od Niemca, w popłochu szukając spojrzeniem Rózi. Zobaczyła ją, stojącą w bezpiecznej odległości, i odetchnęła z ulgą.

– Przepraszam – rzuciła w przestrzeń, starając się nie nawiązywać kontaktu wzrokowego z rozmówcą – ale na nas już czas.

Odeszła szybko, nie oglądając się za siebie. Rozbawiony Niemiec wzruszył tylko ramionami i zajął się wybieraniem ozdób na stoisku. Po chwili dogonił Matyldę z dziewczynkami i wręczył Marcie dużego czerwonego lizaka.

– Proszę, to na otarcie łez.

Matylda, nie zatrzymując się, bez słowa pociągnęła Martę za sobą. Kiedy już była pewna, że Niemiec ich nie widzi, zabrała małej lizaka i wyrzuciła do śmieci. Marta znów uderzyła w płacz i uspokoiła się dopiero przy choinkach. Była tak zachwycona pachnącymi drzewkami, że natychmiast zapomniała o lizaku. Matylda wybrała jedno z nich, niezbyt duże, żeby była w stanie je unieść. I niezbyt drogie. Trzeba było jeszcze przygotować święta, choćby najskromniejsze, a pieniądze powoli się kończyły. W sklepach, o ile można było jeszcze coś dostać, ceny stawały się coraz wyższe. Poza tym nowe dokumenty Rózi wyglądały jak prawdziwe, ale kosztowały, jakby zrobiono je ze złota. Matylda oczywiście nie żałowała tych pieniędzy, musiała się jednak teraz liczyć z ograniczeniami.

Zanim jednak wyszły z rynku, kupiła jeszcze obu dziewczynkom po lizaku.

Pachnące igliwiem drzewko poprawiło nastrój w domu. Do Bożego Narodzenia był jeszcze prawie tydzień, więc choinkę, obwiązaną sznurkami, zaniesiono na mały balkon, ten od podwórza. Nawet babcia Michalska wąchała ją z wyrazem rozmarzenia na twarzy, zanim wystawiła pachnące drzewko na zewnątrz.

– A teraz napijemy się gorącego mleka na rozgrzewkę i zaczniemy kleić nowe łańcuchy, dobrze? – zaproponowała Matylda podnieconym niedawnymi zakupami dziewczynkom.

Przytuliła plecy do gorącego pieca kaflowego w pokoju i z przyjemnością rozgrzewała się po mroźnym spacerze. W duchu chwaliła zapobiegliwość babci za to, że zamówiła znacznie więcej węgla na opał niż zwykle. Przecież wojna nie będzie trwała zbyt długo, pomyślała, starczy nam spokojnie do końca.

Pani Helena przygotowała gorące mleko z miodem. Trudno było o nie ostatnio, ale służąca, która pracowała u nich od kilku miesięcy, miała rodzinę w Swoszowicach i wciąż zaopatrywała w żywność rodzinę Matyldy. Dzisiaj do południa przywiozła na rowerze sporą bańkę mleka i kosz jajek. Wprawdzie kilka się stłukło, kiedy Zośka pędziła po wertepach, ale babcia Michalska natychmiast zrobiła z nich jajecznicę. To nic, że znalazły się w niej resztki słomy i drobne skorupki – i tak smakowała wybornie. A jej zapach jeszcze długo unosił się w kuchni.

Dziewczyna uciekała przed Niemcami, którzy czekali ukryci przy drodze. Złapali jakąś kobietę, ciągnącą za sobą wyładowany prowiantem wózek. Zośka zobaczyła to z daleka, skręciła natychmiast w pole i wyboistą dróżką objechała zasadzkę. Nie oglądała się i nie sprawdzała, co się stało z tamtą biedaczką. Najłagodniejsza kara, jakiej należało w takich okolicznościach oczekiwać, to konfiskata towaru.

Większość gospodarzy handlowała swoimi produktami w mieście, ale Zośka, służąca w domu przy Grodzkiej, przywoziła wszystko swojej drugiej rodzinie, za jaką uważała babcię Michalską i Matyldę. Zwłaszcza Matyldę, bo to ona wyrwała dziewczynę z rąk drania, który ją wykorzystywał, kiedy u niego służyła. Jakby tego było mało, nie chciał też jej płacić, uważając, że powinna mu być wdzięczna za dach nad głową i wyżywienie.

Zośka usłyszała o fundacji pomagającej kobietom, które znalazły się w takim położeniu, i któregoś dnia, kiedy wysłano ją na zakupy, poszła do „Wiktorii" na Szpitalną. Tam opowiedziała o swoim nieszczęściu. Była świeżo po poronieniu i bała się nieuniknionej kolejnej ciąży. Tym bardziej że pan zapowiedział, że wyrzuci ją z domu z bachorem, jeśli taki znowu się przytrafi. Jakby to od niej samej zależało...

Piękna pani Zofia, jak nazwała ciocię Zosię dziewczyna, natychmiast wzbudziła w niej zaufanie. To, że była jej imienniczką, dodatkowo ośmieliło dziewczynę i Zośka uwierzyła, że tutaj jej pomogą. Przecież swoi powinni się popierać. Otrzymała pomoc i jeszcze tego samego dnia odeszła z poprzedniego miejsca. Kiedy Matylda postraszyła awanturującego się pracodawcę, że pójdzie na policję i oskarży go o wykorzystywanie służącej, spokorniał, a nawet wypłacił Zośce pensję za ostatni miesiąc. Nie było tego dużo, ale liczył się każdy grosz. Dziewczyna natychmiast potrzebowała nowej pracy, bo w rodzinnym domu niechętnie widziano dodatkową gębę do wyżywienia, w związku z czym Matylda zatrudniła Zośkę u siebie. Babcia Michalska i tak potrzebowała pomocy w gospodarstwie, sprawa została więc załatwiona od ręki.

Teraz Zośka starała się odwdzięczać, jak mogła. Nie dość, że miała pracę, czuła się bezpieczna, to jeszcze traktowano ją jak swoją. A i rodzinie na wsi zawsze wpadło kilka groszy za to, czym wypełniali jej koszyki, tak więc wszyscy byli zadowoleni. Postawna dziewczyna o grubych, ale przyjemnych rysach twarzy natychmiast została przyjęta do rodziny. Ujęła wszystkich domowników swoim uśmiechem, podczas którego robiły jej się urocze dołeczki w policzkach. Gruby ciemny warkocz upinała nad czołem w misterną koronę, co zajmowało jej, ku niekłamanemu podziwowi Matyldy, zaledwie kilka minut. Matylda poświęcała swojej fryzurze znacznie więcej czasu, a i tak nie mogła sobie poradzić ze splątaną burzą rudych włosów.

Przygotowaniami do świąt zajęła się, jak zwykle, babcia Michalska i to ona czuwała nad wszystkim. Do pomocy miała Zośkę, która nie dość, że była bardzo pracowita, to jeszcze świetnie gotowała. Joasia zajmowała się tylko pracą w aptece, Matylda natomiast, choć zupełnie nie znała się na kuchni, o czym wszyscy w domu już od dawna wiedzieli, starała się pomóc, jak mogła. Z nostalgią wspominała minione Boże Narodzenia z dzieciństwa, wszechobecny zapach pieczonych wcześniej ciast i pasztetów, zapach choinki i szelest rozwijanych z papieru prezentów zaraz po kolacji wigilijnej. Nigdy nie doczekała następnego ranka, ustalił się więc zwyczaj rozpakowywania podarunków zaraz po Wigilii.

Tym razem przygotowania były znacznie skromniejsze. Babcia upiekła tylko makowiec, gdyż należało oszczędzać mąkę z zapasów na trudniejsze czasy. W sklepach trudno ją było znaleźć, nie można też było dostać śledzi, karp był tak drogi, że Matylda długo się zastanawiała, zanim go kupiła, ale bez tej ryby nie wy-obrażała sobie Wigilii. Za to bez kłopotu kupiła stynki, drobne rybki, akurat był sezon ich połowu. Babcia usmażyła je na chrupko, otaczając wcześniej każdy kawałek w mące pozostałej po zagniataniu ciasta. Dawniej takie resztki po prostu zmiatano ze stolnicy, dzisiaj zsypywano je do papierowej torebki. Z czerwonym barszczem nie było żadnych problemów, Zośka nastawiła wcześniej taki zakwas, że aż babcia musiała ją pochwalić i spytać o przepis. Zrobiły po kilka uszek na osobę, z suszonych grzybów, wyjętych na ten cel z babcinej spiżarni.

Dzieci cieszyły się z ubierania choinki. I znów Zośka, najlepiej obeznana z siekierką, osadziła drzewko w stojaku. Choinka nie była zbyt wysoka, jednak pień miała dość gruby i trudno go było wpasować. Później ubrały ją wraz z Rózią i Martą. Nawet Weronika pomogła w miarę swoich możliwości, to znaczy trzymana na rękach przez Rózię położyła kłąb waty na gałązce. Wprawdzie zaraz chciała go zdjąć i odzyskać, ale szybko zajęto jej uwagę poruszającymi się pięknie na sznureczkach, delikatnymi bombkami oraz aniołkami ze słomy.

Tuż przed kolacją wigilijną choinka była gotowa. Błyszczała od kolorowych ozdób, włosów anielskich i malowanych na złoto orzechów, pozostałych jeszcze z poprzednich lat. Z niektórych farba już nieco odpadła, lecz nikomu to nie przeszkadzało. Całości dopełnił przepiękny łańcuch, robiony własnoręcznie przez dziewczynki, z niewielką tylko pomocą Matyldy.

Nawet Romek pomagał przy klejeniu podczas jednej ze swoich wizyt na Grodzkiej. Chłopiec traktowany tu był już niemal jak członek rodziny.

Przy wigilijnym stole panował raczej smutny nastrój. Trzy kobiety patrzyły ze smutkiem na puste krzesła, kolędy śpiewano ze łzami w oczach i tylko dziewczynki cieszyły się i z niecierpliwością oczekiwały końca posiłku. Dopiero wtedy można było otworzyć paczuszki leżące pod choinką. Prezenty były skromne, ale i tak sprawiły wszystkim ogromną radość. Dziewczynki cieszyły się przede wszystkim ze słodyczy, zbieranych na ten cel przez dorosłe domowniczki od dłuższego już czasu i chowanych przed ciekawskimi rączkami i oczami w najciemniejszych zakamarkach.

Zwykle Matylda, Joasia i babcia Hela chodziły na pasterkę do pobliskiego kościoła, tym razem, z powodu godziny policyjnej, odprawienie tej mszy było niemożliwe. Przełożono ją więc na godziny poranne i niektóre rodziny siedziały przy stole i politykowały do rana. Kiedy zegar wybił właściwą godzinę, wszyscy razem wyruszyli do kościoła. Na Grodzkiej obie mamy i babcia obudziły dzieci i jeszcze zaspane zaprowadziły na pierwszą w czasie wojny poranną pasterkę.

Nie lepiej wyglądało powitanie nowego roku kilka dni później. Komisarz miasta Krakowa, przy poparciu zwierzchnika oddziałów SS i policji, nie pozwolił organizować zabaw sylwestrowych. Godzinę policyjną w mieście przesunięto na dziesiątą wieczorem i nie było żadnej taryfy ulgowej. Zabroniono też sprzedaży alkoholu, co akurat kobietom z Grodzkiej najmniej przeszkadzało. Z przykrością natomiast przyjęły do wiadomości fakt, że wszelkie formy witania nowego roku zostały zakazane. W tym również puszczanie fajerwerków, na które cieszyły się zwykle najbardziej dzieci.

W marcu na Grodzką przyszedł list ze stemplem z Zakroczymia, adresowany do Joasi. Na chwilę serce jej stanęło z radości, lecz natychmiast zauważyła, że nie był to charakter pisma Macieja, jej męża.

Kiedy Matylda weszła do kuchni, zastała bladą jak ściana Joasię, ściskającą kurczowo w dłoni jakąś kartkę. Bez słowa wyciągnęła papier w stronę Matyldy, a ta z trudem wyjęła go z zaciśniętych kurczowo palców przyjaciółki. List był krótki, podpisany przez ojca Cyryla z zakonu kapucynów.

Matylda zaczęła powoli czytać, ale po chwili jej oczy wypełniły się łzami, a staranne, kaligraficzne niemal pismo zaczęło jej się zamazywać i rozpływać.

Szanowna Pani!

Ze smutkiem donoszę, że mąż Pani został pochowany na tutejszym cmentarzu wraz z innymi żołnierzami, zamordowanymi przez Niemców. Stało się to dwudziestego ósmego września minionego roku, po kapitulacji twierdzy Modlin. Mimo ogłoszonego rozejmu Niemcy zdradziecko zaatakowali bezbronnych już polskich żołnierzy i wszystkich wystrzelali. Zabici zostali pochowani bez trumien, w samej tylko ziemi.

Jest tu teraz czterysta takich grobów tymczasowych,
jeśli jednak rodzina sobie życzy, można zamówić sos-
nową trumnę, ale tylko u miejscowego stolarza, i po-
chować nieboszczyka jak należy.

Dalej było już tylko o tym, że ksiądz Cyryl odszu-
kuje rodziny poległych żołnierzy, co nie zawsze jest
łatwe, dlatego trwa to długo i dopiero teraz może poinformować bliskich o tej tragedii. Sam opiekuje się gro-
bami, na niektórych położył znalezione przy zabitych
hełmy, wyglądające po tej masakrze jak sito.
– A co z Julkiem?! – Matylda oglądała kartkę
na wszystkie strony, szukając jakiejś dodatkowej informacji. – Przecież on też musiał być w tej twierdzy… Pisał, że byli razem… Boże jedyny, co z moim Julkiem?!
Jednak list dotyczył tylko Macieja. Matylda, szlo-
chając, objęła wciąż skamieniałą z rozpaczy Joasię.
Opłakiwała stratę przyjaciółki i niemal siostry, ale nie
chciała, żeby ta zauważyła mimowolną ulgę na jej twarzy. Informacji o śmierci Julka nie było, co pozwalało
jeszcze mieć jakąś nadzieję.
Nadzieję, której na zawsze została już pozbawiona
Joasia.

Wieści od Julka przyszły równo w trzy miesiące po
liście od ojca Cyryla. Przywiózł je osobiście nieznajomy mężczyzna, jak się szybko okazało, uciekinier
z obozu jenieckiego.
– Mieliśmy razem uciekać – wyjaśnił, przedstawiwszy
się Matyldzie. – To pani mąż obmyślił cały plan, niestety,

jak przyszło co do czego, sam nie mógł z niego skorzystać. Powaliła go dyzenteria. Był taki słaby, że ledwo mógł napisać ten liścik. Obiecałem mu, że go pani dostarczę. Przepraszam, że to tak długo trwało, ale musiałem się ukrywać i do Krakowa wracałem okrężną drogą. Przez jakiś czas ukrywali mnie ludzie w jednej z wsi.

Kiedy podał zabrudzoną i wymiętą kartkę papieru Matyldzie, ta nie mogła jej utrzymać w trzęsącej się dłoni. Łzy ulgi zalewały jej twarz.

Napisał! Napisał, to znaczy, że żyje... Nie dopuszczała do siebie myśli o tym, że pisząc te słowa, Julek mógł być umierający. Rozpostarła kartkę i zaczęła czytać. Z trudem rozpoznała jego pismo, było niewyraźne, kreślone drżącą ręką.

Najdroższa moja Matysiu!

Piszę kilka tylko słów, żebyś wiedziała, że żyję. Dopiero teraz mogłem Cię zawiadomić, przepraszam. Niestety, nie wiem, co z Maciejem, bo nas rozdzielono i jego skierowano pod Warszawę, a mnie gdzie indziej. Dokładnie opowiem Ci wszystko po powrocie, teraz nie mam na to warunków, bo czas nagli, a chcę ten list przekazać koledze. On Ci resztę opowie. Jak już się zorientowałaś, zostałem wzięty do niewoli i jestem w obozie jenieckim. Warunki są do zniesienia, ale najgorsze, że nie miałem do tej pory żadnej możliwości, żeby Ci przesłać jakąkolwiek wiadomość. Na razie trochę choruję, ale to minie. Wiesz przecież, że niełatwo mnie złamać. Dbaj, serce moje, o siebie i o naszą kruszynkę. Myślę o Was stale i tylko ta myśl

podtrzymuje mnie przy życiu. Pozdrów wszystkich.
Mam nadzieję, że Joasia dostała już jakieś wiado-
mości od Macieja i u niego też wszystko w porządku.
Jak tylko będzie okazja, odezwę się znowu. Nie trać
nadziei, mój najdroższy rudzielcu.
Całuję każdy skraweczek Twojego ciała i najpięk-
niejsze w świecie oczy.
Twój na wieki

Julek

Przypadkowy posłaniec nie zatrzymał się długo.
Nie mógł ryzykować, że zostanie złapany, nie chciał
też narażać Matyldy i jej rodziny. Nie mówił również
o swoich planach. W obecnej sytuacji im mniej wiedzieli postronni, tym lepiej było dla wszystkich. Opowiedział tylko o warunkach panujących w obozie,
o niezłomnym charakterze i poczuciu humoru Julka,
który niejednego współwięźnia potrafił podtrzymać
na duchu, lecz Matylda zdawała się tego nie słyszeć.
Interesowało ją tylko jedno.

– Myśli pan, że mój mąż wydobrzeje?

– Na pewno. Proszę się nie martwić.

Nieznajomy uciekł spojrzeniem w bok. Nie miał serca pozbawiać tej pięknej, przerażonej kobiety złudzeń.
Nie mógł znieść jej błagalnego wzroku. Przed oczami
wciąż miał bowiem obraz wynędzniałego, udręczonego
chorobą młodego mężczyzny, który z trudem utrzymywał ołówek w palcach, żeby napisać list do żony.

– Będzie dobrze, zobaczy pani. To silny i odważny
człowiek.

ROZDZIAŁ 8
KRAKÓW, 1941

*M*ijały kolejne miesiące, a Matylda wciąż nie miała żadnych nowych wiadomości od Julka. Weronika rosła i stawała się coraz bardziej podobna do swojego ojca, co dodatkowo podsycało ból jej mamy. Widziała u małej ten charakterystyczny uśmiech Julka, nawet w jednym z policzków robił jej się taki sam dołek jak u niego. Nocami prosiła o boską opiekę nad swoim mężem i modliła się tym goręcej, im częściej dochodziły do niej wieści o śmierci dawnych znajomych i kolegów. Nie dopuszczała do siebie myśli, że jej ukochany Lulek także mógł zginąć.

Joasia nadal pracowała w aptece, a rozpacz po utracie męża sprawiła, że biedaczka stała się jeszcze bardziej milcząca i zamknięta w sobie. Otrzymawszy wiadomość o jego śmierci, załamała się i odsunęła od życia. Po kilku dniach rozpaczliwego płaczu wyszła ze swojej sypialni z wyrazem nienaturalnego spokoju na twarzy i zamknęła się w kuchni. Kiedy Zośka tam weszła, żeby przygotować obiad, zastała ją nad ogromnym garem stojącym na piecu, jak mieszała coś wielką kopyścią. Pod wieczór na sznurkach rozwieszonych na strychu zawisły same czarne ubrania. Joasia przefarbowała całą swoją nadającą się do tego garderobę. Resztę, wraz z ubraniami Macieja, oddała do kościoła dla biednych. Od tego dnia uczestniczyła w życiu rodzinnym jak zwykle, ale zachowywała się tak, jakby była tylko biernym obserwatorem. Nie śmiała się, nie żartowała, sama nie zaczynała żadnej rozmowy. Odzywała się tylko wtedy, kiedy ktoś ją o coś zapytał. Nikt nie ośmielił się wymówić głośno imienia jej męża, ona sama też nigdy tego nie robiła.

Babcia i Matylda z obawą przyglądały się pogrążonej w głębokiej żałobie Joasi, lecz na szczęście nic nie wskazywało na to, żeby stan młodej wdowy się pogarszał. Były jednak w pogotowiu, na wypadek gdyby potrzebowała pomocy. Prawie sześcioletnia już Marta też przestała wspominać ojca, była zbyt mała, gdy poszedł na wojnę. Z początku jeszcze zdarzało jej się pytać o niego, później jednak, ponieważ żadne z dzieci w jej najbliższym otoczeniu nie miało ojca, zapomniała. Nikt i nic jej go nie przypominało. Joasia schowała głęboko wszystkie swoje wspólne zdjęcia z Maciejem, zwłaszcza to ślubne, stojące zawsze na toaletce w sypialni.

Romek i Rózia nadal przyjaźnili się ze sobą, chociaż sytuacja jego rodziców zmieniła się znacznie w ostatnich tygodniach. Chłopiec przybiegł na Grodzką z wiadomością, że przeniesiono ich z Miodowej do nowego mieszkania przy Rynku Podgórskim. Wprawdzie nie było dużo mniejsze, ale zajmowało je wiele rodzin, więc było tam tłoczno i niewygodnie. Rodzice zmuszeni też byli zostawić większość zabytkowych mebli, pozwolono im zabrać tylko to, co sami zdołali udźwignąć.

Romek był nawet zadowolony z przeprowadzki, bo w nowym miejscu miał więcej kolegów, nie tylko Żydów, także i Polaków. Przeprowadzka nastąpiła w marcu, kiedy jeszcze był śnieg, mógł więc zjeżdżać z chłopakami na sankach z okolicznych górek. Nie zapomniał jednak o Rózi. Zaprosił ją, by obejrzała nowe mieszkanie oraz rozciągający się z okna na kościół i rynek piękny widok. Dziewczynka wróciła zachwycona. Z okna swojego pokoju mogła zobaczyć najwyżej kamienicę po drugiej stronie ulicy Grodzkiej, a tam cały niemal Rynek Podgórski. Siedzieli z Romkiem na parapecie i patrzyli na poruszających się za oknem ludzi. Jak w filmie.

– Ciociu, jaka szkoda, że nie mieszkamy w tamtej okolicy – opowiadała z przejęciem Matyldzie. – Tak tam ładnie. I tyle świeżego powietrza.

Radość dzieci nie trwała jednak zbyt długo. Miesiąc później Rózia wróciła od Romka przestraszona i smutna. Okazało się, że z okna mieszkania Romka nie można już było podziwiać pięknego widoku. Tuż przed domem robotnicy zaczęli stawiać mur z cegieł, wprost na środku ulicy. Po kilku dniach Romek przyszedł na Grodzką z wiadomością, że zamurowali też główne wejście do ich kamienicy oraz większość okien, zupełnie zasłaniając jakikolwiek widok. Przebito inne wyjście, na Rękawkę, dokąd prowadziły ciemne schody przez piwnicę. Chłopiec był bardzo przejęty tymi zmianami, lecz nie zaniepokojony, w przeciwieństwie do Matyldy. Nie zważając na bunt i płacz Rózi, zakazała jej wizyt w domu Romka. On nadal mógł do nich przychodzić, jednak tamto mieszkanie i tamta okolica stawały się coraz bardziej niebezpieczne dla wyglądającej na Żydówkę, i będącą nią przecież, dziewczynki.

Prześladowania Żydów przybierały na sile. Z wolna pozbawiano ich wszystkiego, co miało jakąkolwiek wartość. Któregoś dnia Romek przyszedł z kolejną wiadomością: właśnie nakazano im oddać wszystkie futra Niemcom. Dotyczyło to nawet najmniejszego skrawka. Mama Romka musiała oddać swoją etolę z lisa, którą Matylda zdążyła zapamiętać podczas swojej ostatniej wizyty na Miodowej.

– Zabrali mamie nawet domowe papucie, bo miały takie śmieszne kulki z futerka. – Chłopiec uśmiechnął się, wzruszając ramionami nad niezrozumiałym zachowaniem okupantów. – Mama chyba najbardziej nad nimi płakała.

Wydawało się, że Romek jeszcze nie dostrzegał niebezpieczeństwa grożącego jemu i rodzinie, bardziej był przejęty zmianą środowiska i miejsca zamieszkania. Wymykanie się z getta na ulice Krakowa uważał za świetną zabawę.

Pewnego dnia przyszedł do domu Matyldy smutny i poważny. Niemcy skonfiskowali skrzypce mamy oraz te, na których uczył grać Rózię. Ojcu zabrali maszynę do pisania. Powoli stawało się jasne, że to tylko zapowiedź znacznie gorszych represji. Coraz częściej przebąkiwano o planowanych wywózkach z przeludnionego getta.

Romek wyjął spod podszewki czapki kartkę, zapisaną starannym charakterem pisma, i z zawstydzonym uśmiechem podał ją Matyldzie.

– Mama prosiła, żebym to pani przekazał. Miałem też uważać, żeby nikt mnie z tym listem nie złapał.

Chłopięca duma malująca się na wymizerowanej twarzy świadczyła o tym, że mu się udało. Nie poszedł, jak zwykle, do Rózi, tylko stał na środku pokoju, z czapką w ręce, jakby nakazano mu czekać na odpowiedź.

Z koperty wypadła złota bransoletka. Matylda zmarszczyła brwi i spojrzała pytająco na Romka, który też wyglądał na zaskoczonego. W środku był także list, wyjęła go i zaczęła czytać.

Szanowna Pani!

Zwracam się do Pani jak matka do matki, błagając o pomoc dla mojego syna. Nie mogę podawać żadnych szczegółów, imion ani nazwisk, bo nie mam pewności, czy list nie wpadnie w niepowołane ręce, a nie chciałabym nikogo narażać. Błagam, żeby Pani zechciała przyjść tu do nas osobiście, wtedy wytłumaczę wszystko dokładnie. Wiem, że proszę o dużo, zdaję sobie sprawę, że Pani może odmówić, bo to zbyt niebezpieczne, ale w grę wchodzi życie mojego jedynego dziecka. I tylko dlatego ośmielam się prosić właśnie

Panią, jedyną osobę z zewnątrz, do której mam za-
ufanie. Bransoletka posłuży Pani do przekupienia
strażnika. Błagam.

Matylda stała bez ruchu, bezwiednie ważąc w dłoni
złotą bransoletkę. W pierwszej chwili miała zamiar ją
oddać Romkowi i odmówić, lecz się powstrzymała.

– Idź teraz do Rózi, muszę się nad tym wszystkim
zastanowić – powiedziała zgaszonym głosem.

Chciała to jeszcze przemyśleć, przedyskutować
z babcią i z Joasią. Jak nigdy dotąd najbardziej brakowało jej Julka i jego chłodnego, mądrego osądu. Brakowało jej też mamy.

Mamusiu, pomyślała, zamykając oczy, a co ty byś
zrobiła na moim miejscu? Jak byś postąpiła?

Romek nie został zbyt długo i był przygaszony. Najbardziej przygnębiła go konfiskata skrzypiec, zdawał
sobie sprawę, że nieprędko, o ile w ogóle, będzie ich
stać na kupno nowych. Zwłaszcza że coraz ciężej im
się żyło. Niemcy zabronili Żydom gromadzenia zapasów, potrafili niespodziewanie wpadać do mieszkań
i zabierać, co tylko wpadło im w ręce. Surowo też ka-
rano tych, którzy nie podporządkowali się zakazom.
Chłopiec wrócił do rodziców z zapewnieniem od Matyldy, że niedługo da im odpowiedź. Na wszelki wypadek zostawił ich adres.

– Zupełnie zwariowałaś – stwierdziła beznamiętnym głosem Joasia, usłyszawszy o całej sprawie.

– Chcesz na nas wszystkich sprowadzić nieszczęście? Już wystarczy, że mamy w domu żydowskie dziecko.

Babcia Michalska nie potrafiła zająć stanowiska. W skrytości ducha cieszyła się nawet, że to nie ona musi podejmować taką decyzję. Patrzyła ze współczuciem na przybraną wnuczkę i widziała walkę, jaką ta toczyła z samą sobą.

– Dobrze. – Matylda odetchnęła głośno, wypuszczając ze świstem powietrze. – Podjęłam już decyzję.

Obie kobiety spojrzały na nią z wyczekiwaniem.

– Jakim musiałabym być człowiekiem, jaką matką, żebym odmówiła błaganiu o pomoc innej matki? Pójdę tam i przynajmniej wysłucham, o co chodzi.

Joasia tylko wzruszyła ramionami, natomiast babcia Michalska mocno objęła Matyldę. W oczach miała łzy.

– Mama byłaby z ciebie dumna, Matysiu. Jestem tego pewna. Ja w każdym razie jestem. I możesz liczyć na moją pomoc.

Nazajutrz Matylda stanęła przed otynkowanym, zwieńczonym orientalnymi blankami murem. Bransoletka zniknęła natychmiast w kieszeni strażnika, tylko przez kilka sekund mignął jej złoty blask. Mężczyzna wprowadził ją do ciemnego, przestronnego korytarza, skąd przez piwnicę można było wejść na teren getta. Pierwsze, co jej się rzuciło w oczy, to ogromny tłum na wąskich uliczkach. Ludzie stłoczeni byli na niewiarygodnie małej przestrzeni. Siedzieli, spacerowali, stali jak na jakimś wiecu. Drugie zaskoczenie to wygląd muru od zewnątrz. Tutaj była to po prostu zwykła ściana z surowej cegły, bez żadnych ozdobników.

Znalezienie mieszkania rodziców Romka nie sprawiło jej większego kłopotu. Natomiast z trudem rozpoznała matkę chłopca, zupełnie inaczej ją zapamiętała. Niewiele pozostało z tamtej pięknej kobiety, noszącej się z dyskretną elegancją. Znikły brylantowe kolczyki z jej uszu, nie miała też pierścionków na smukłych palcach. Matylda nie chciała wiedzieć, co się z nimi stało. Mogła tylko podejrzewać. Jedyną ozdobą, której pewnie nie mogła się pozbyć, była skromna broszka, zrobiona z kilkuset miniaturowych, jasnofioletowych koralików. Przedstawiała motyla z rozpostartymi skrzydełkami, prawdziwe małe arcydzieło. Lśniący odwłok miał kolor ciemnego wrzosu i Matylda z trudem powstrzymywała się, żeby nie spytać, z jakiego został zrobiony materiału.

– Widzę, że spodobała się pani moja broszka. – Matka Romka uśmiechnęła się, a jej twarz natychmiast wypiękniała, jak za dotknięciem czarodziejskiej różdżki. – To nic cennego, zwykłe koraliki i wrzosowy atłas, pewnie skrawki jakiejś sukni balowej. Ręczna robótka mojej mamy, kiedy była jeszcze panienką. Pewnie wszystkie młode dziewczęta robiły wówczas takie rzeczy. Dla mnie ta broszka ma wartość jedynie sentymentalną.

Delikatnie musnęła palcami ozdobę i zaprosiła Matyldę, by usiadła przy skromnym stole. Profesor Jakubowicz podsunął jej usłużnie krzesło.

– Dziękujemy, że pani przyszła – powiedział po prostu, kiedy usiadła.

Żadnych zbędnych słów, zbędnych gestów. Zdawali sobie doskonale sprawę z tego, ile ta decyzja musiała ją kosztować.

Przeprosili, że nie mają czym jej poczęstować, ale tylko machnęła ręką. Z torby przewieszonej przez ramię wyjęła małą paczuszkę z cukrem i kawą oraz kilka upieczonych przez Zośkę marcepanków bez marcepanu. Były to ciastka z cukru, kaszki manny, odrobiny mleka, łyżki tłuszczu, z dodatkiem olejku migdałowego. Dziewczyna okazała się prawdziwą mistrzynią w gotowaniu i pieczeniu niemal z niczego.

– Kawa... – Matka Romka aż westchnęła, z przyjemnością wdychając zapach zmielonych ziaren. – Zapomniałam już, jak smakuje. Nie trzeba było...

Próbowała protestować, lecz aż jej się oczy śmiały do paczuszki z kilkoma zaledwie łyżkami kawy. Matylda na tę okoliczność zrezygnowała ze swojej porcji. Prawdę mówiąc, powoli zaczynała się przyzwyczajać do ograniczeń. Z jedzenia trudno było zrezygnować, z luksusów łatwiej, postanowiła więc zacząć właśnie od teraz. Widok radości na mizernej twarzy kobiety sprawił jej ogromną przyjemność. Profesorowa natychmiast weszła w rolę dystyngowanej pani domu.

– Napije się pani z nami? Zaraz zaparzę.

– Nie, dziękuję, już dzisiaj swoją wypiłam. Ale proszę się nie krępować i zaparzyć dla siebie i męża.

Kiedy już wypili kawę przy chwiejącym się stole, ojciec Romka postawił na nim małą drewnianą skrzyneczkę. Zanim ją jednak otworzył, spojrzał prosząco na żonę. Sam chyba nie bardzo wiedział, jak zacząć tę rozmowę.

– Chcemy panią prosić o pomoc w ukryciu Romka. – Matka chłopca od razu przeszła do sedna sprawy, bez owijania w bawełnę. – Teraz chyba nikt nie ma wątpliwości, co czeka nas, Żydów. My z mężem przeżyliśmy już swoje i nie mamy siły walczyć, jednak nasz syn dopiero wkracza w życie. On musi przeżyć. Musi, rozumie pani? Tym bardziej że szczęśliwie dla niego i dla nas zupełnie nie przypomina Żyda. Ma prawdziwie aryjską urodę, więc nietrudno będzie go ukryć.

– Ale jak państwo…

– Wiem, o co pani chce zapytać – przerwała jej Jakubowiczowa – nie śmiałabym nawet prosić o ukrycie go w pani domu. Wiem, że przyjęłyście już jedno żydowskie dziecko, które też wkrótce trzeba będzie gdzieś ukryć. Mam na myśli pewną rodzinę za miastem, kiedyś uczyłam ich córkę muzyki. Byliśmy nawet ze sobą zaprzyjaźnieni. Są sympatyczni, chociaż łasi na pieniądze. I to pozwala mi mieć nadzieję, że dobrze wybrałam.

Przerwała na moment, żeby wypić łyk kawy. Uśmiechnęła się do własnych myśli, a może to aromatyczny napój sprawił jej przyjemność i pozwolił na chwilę zapomnieć o grozie sytuacji.

– Jesteśmy bogaci – podjęła na nowo – tylko że teraz to bogactwo na nic już się nam starym nie przyda. Jeśli się nie pospieszymy, Niemcy i tak nam prędzej czy później wszystko zabiorą. W tej szkatułce znajduje się cała moja biżuteria oraz pieniądze. Oczywiście jeśli pani będzie chciała też z nich skorzystać, to…

Przerwała, widząc wyraz twarzy Matyldy.

– Przepraszam, nie chciałam pani urazić, teraz nikomu się nie przelewa, więc nie byłoby w tym nic nagannego.

– Nie kontynuujmy tego tematu, proszę – przerwała jej dość chłodno Matylda. – Jeśli spróbuję pomóc synowi państwa, nie zrobię tego za pieniądze. Jeszcze przecież się nie zdecydowałam.

– Zatem jeszcze raz przepraszam i wracam do swojej prośby. – Kobieta z godnością skinęła głową. – Błagamy, aby pani przekazała Romka i szkatułkę tym ludziom, kiedy przyjdzie na to czas. W środku jest list do nich. Tymczasem wolelibyśmy, żeby to wszystko było w pani rękach. Tutaj w każdej chwili możemy się spodziewać rewizji i konfiskaty.

Odwróciła wzrok, bojąc się spojrzeć Matyldzie w twarz.

– Tak długo nie mogliśmy mieć dzieci… – odezwał się milczący do tej pory ojciec Romka.

Mówił jakby do siebie, niewidzącym wzrokiem wpatrując się gdzieś w przestrzeń.

– Straciliśmy już wszelką nadzieję. Mieliśmy wszystko, pieniądze, dobrą pozycję, żona sławę, a wciąż czuliśmy niedosyt. Brakowało małych nóżek biegających po mieszkaniu, małych łapek sięgających wszędzie tam, gdzie nie wolno, gdzie niebezpiecznie. Nie mieliśmy o kogo się martwić, kogo chronić. I kiedy w końcu Romek pojawił się na świecie, poczuliśmy się jak prawdziwi bogacze, milionerzy. Co ja mówię, jak miliarderzy. Niczego już nam do szczęścia nie brakowało, zwłaszcza że nasz chłopczyk okazał się wyjątkowym i cudownym dzieckiem. Wiem, że wszyscy rodzice to mówią, ale on naprawdę taki jest. I on musi przeżyć, naszym obowiązkiem jest po raz ostatni nim się zaopiekować. Proszę nam w tym pomóc.

Matylda czuła, jak łzy spływają jej po policzkach. Początkowo nie mogła wydobyć głosu ze ściśniętego gardła. Kiedy wreszcie jej się to udało, był schrypnięty i z trudem powiedziała to, co było dla niej od początku oczywiste, że powie.

– Przysięgam, że zrobię wszystko, co w mojej mocy, żeby wypełnić państwa prośbę. Ja też jestem matką. I przepraszam, że przez moje wahanie musieliście państwo w ogóle tłumaczyć swoją decyzję.

Sięgnęła po szkatułkę i schowała ją do torby. Matka Romka dzielnie walczyła z płaczem. Wstała od stołu i podeszła do szykującej się już do wyjścia Matyldy.

– Proszę – powiedziała, odpinając wrzosowego motyla od bluzki – proszę go przyjąć ode mnie w dowód wdzięczności. Tylko tak mogę podziękować pani za serce i odwagę. Niech mi pani nie odmawia, błagam. Zresztą ten motyl powinien należeć do jakiejś matki, a u mnie już długo nie zagrzeje miejsca. Nie zniosłabym myśli o tym, że mógłby go zniszczyć jakiś hitlerowski żołdak.

Matylda zawahała się, ale widząc błagalny wzrok kobiety, wyciągnęła do niej otwartą dłoń. Nagrzane od ciała koraliki zdawały się promieniować własnym ciepłem. Trzęsącymi się palcami przypięła motyla do sukienki.

– Będzie miał u mnie dobrze, obiecuję, że w przyszłości przekażę go żonie Romka, kiedy zostanie matką.

Rodzice chłopca objęli ją i przytulili. Wszyscy troje zdawali sobie sprawę z tego, że widzą się po raz ostatni.

Matylda już nigdy więcej nie wybrała się do Jakubowiczów, zresztą rodzice Romka nigdy jej o to nie poprosili. Sprawa została załatwiona, teraz trzeba było tylko czekać na odpowiedni moment. Romek wykradał się z getta po kryjomu, bez wiedzy rodziców. Wiedział, gdzie znajduje się dziura w zasiekach, przez którą można było prześlizgnąć się tak, żeby nie zostać zauważonym przez strażników. W mieście udawało mu się czasem zorganizować jakieś jedzenie dla głodujących rodziców. Do Rózi zaglądał już rzadko, nie chcąc narażać całej rodziny. Od czasu do czasu tylko przynosił im najnowsze wieści.

Najgorszą wiadomością była ta o nasileniu wywózek Żydów z getta w nieznanym kierunku. Przebąkiwano coś o obozach w Oświęcimiu i Dachau, lecz nikt tego nie wiedział na pewno. Z początku za opuszczenie getta bez ważnej przepustki Żydom groziły surowe kary, a Polakom za udzielenie im schronienia konfiskowano mieszkania.

Był już wieczór, kiedy na progu mieszkania przy Grodzkiej stanął zapłakany Romek z małą walizką w ręce.

– Mama i tato mówią, że już czas – wykrztusił przez łzy. – Kazali mi uciekać i nigdy nie wracać. Obiecali, że spotkamy się po wojnie.

Matylda upewniła się, że nikt go nie widział na ulicy, a następnie nakarmiła w kuchni. Kolacja była bardzo skromna, ale wygłodzony chłopiec rzucił się na jedzenie, jakby nie miał nic w ustach od kilku dni. Co zresztą mogło być prawdą.

Babcia Michalska przygotowała mu nocleg w dawnym pokoju dziadka Matyldy. Wcześniej mieszkała tam Joasia z mężem i Martą, ale tuż przed wojną zwolniło się małe mieszkanie obok i przeprowadzili się tam, żeby być na swoim. Jakimś cudem pokojem nie zainteresowali się jeszcze Niemcy ani władze, szukające kwater dla napływających do Krakowa uchodźców. Obecnie mieszkała tam Rózia, która na tę noc przeniosła się do babci Heleny.

Matylda cieszyła się z nieobecności przyszywanej siostry, nie była bowiem pewna jej reakcji. Joasia niechętnym okiem patrzyła na udzielaną Romkowi pomoc. Uważała, że wspólniczka niepotrzebnie naraża całą ich rodzinę. Matylda przyznawała jej rację, jeśli chodziło o narażanie, nie mogła się natomiast zgodzić z tym, że niepotrzebnie. Zresztą przysięgła rodzicom Romka, że się nim zajmie i pomoże, nie mogła więc złamać tej przysięgi.

Z samego rana, kiedy tylko skończyła się godzina policyjna, dwie szaro ubrane postaci wymknęły się z bramy przy ulicy Grodzkiej. Jedna z nich, niższa, trzymała w ręce niewielką tekturową walizeczkę.

Na obrzeża miasta dojechali tramwajem, resztę drogi pokonali pieszo. Szli ze dwa kilometry rozjeżdżonym po ostatnich ulewnych deszczach błotnistym traktem. Po obu stronach rozciągały się puste już pola z unoszącymi się nad nimi wronami.

Matylda pogrążona była w niewesołych rozmyśla-
niach. Martwiła się, czy wystarczy im opału, jeśli wojna przeciągnie się na kolejną zimę, i czy będą w stanie
utrzymać odpowiednią temperaturę w domu. Chodziło
jej głównie o dzieci, zwłaszcza o małą Weronikę, która
ostatnio coraz częściej się przeziębiała. Na szczęście
wciąż jeszcze miała dostęp do leków, wbrew obawom,
że Niemcy zabiorą im aptekę. Okazało się, że na razie
zabierają tylko te należące do Żydów.

Nagle do jej uszu dobiegł odległy warkot. Spojrzała
w niebo, lecz nie zauważyła tam samolotów. Tymczasem na horyzoncie ukazała się cała kolumna samochodów. Matylda, niewiele myśląc, pociągnęła Romka
do głębokiego rowu i nakryła ich oboje szarym, obszer-
nym płaszczem. Nie miała wątpliwości, że to samochody niemieckie, nie musiała sprawdzać. Gdyby Niemcy
uznali ich za spekulantów szmuglujących żywność,
mogłoby się to skończyć tragicznie. Walizeczka Romka
wyglądała raczej jednoznacznie.

Kiedy ucichł już hałas przejeżdżających pojazdów,
Matylda nagle usłyszała coś jeszcze straszniejszego. Był
to wyraźny odgłos kroków setek żołnierzy w ciężkich
butach. Maszerowali równym, miarowym rytmem, roz-
sadzając wręcz uszy Matyldy głośnym: „łup, łup, łup!".

– Możemy już wyjść? – pisnął przyduszony przez
nią Romek.

– Nie – szepnęła mu prosto w ucho. – Jeszcze ma-
szerują…

– Kto maszeruje? Nic nie słyszę. Droga jest pusta,
możemy iść.

Matylda dyskretnie podniosła głowę, a później odważyła się ostrożnie podnieść z kolan. Droga w jedną i drugą stronę była pusta, pomimo to ona wciąż słyszała kroki.

Po chwili zrozumiała. Tupanie ciężkich buciorów było po prostu łomotem jej przerażonego serca.

Gospodarze, do których zapukali, początkowo byli nieufni i niechętnie nastawieni. Chwilę później nastrój wyraźnie poprawiła im szkatułka z biżuterią i pieniędzmi. Nieuważnie przeczytali list od rodziców Romka, zapewniając gorąco, że oczywiście, zajmą się chłopcem jak własnym synem, że włos mu tu z głowy nie spadnie i żeby o nic się nie martwić.

Matylda uściskała go mocno na pożegnanie.

– Powodzenia, moje dziecko – szepnęła drżącym ze wzruszenia głosem. – Dbaj o siebie i uważaj. Spotkamy się na pewno po wojnie, a wtedy urządzę taką uroczystość, jakiej świat jeszcze nie widział.

ROZDZIAŁ 9

Zapasy zgromadzone przed wojną przez babcię kurczyły się nieubłaganie, a kłopoty z zaopatrzeniem były coraz większe. Dorośli w domu przy Grodzkiej już dawno zapomnieli, jak smakuje prawdziwy chleb, nie zostało już tyle mąki, żeby można go było wypiekać w domu. Matylda nieustająco chwaliła zapobiegliwość babci, która podsunęła jej kiedyś, wyczytany w „Mojej Przyjaciółce", pomysł suszenia kromek chleba i przechowywania go w specjalnych pojemnikach chroniących przed wilgocią. Tym sposobem dzieci mogły częściej jeść prawdziwy chleb, a właściwie rozmoczone w wodzie suchary, od czasu do czasu gotowano też zupę kminkową z grzankami z tychże ususzonych kromek. Było to prawdziwe święto, zapach zupy rozchodził się po całym mieszkaniu.

Dorośli musieli się zadowolić „boniakiem" albo „kokosowcem", jak nazywano czarny, gliniasty chleb na kartki.

Zośka natomiast przechodziła samą siebie w wymyślaniu potraw z tego, co dało się zdobyć. Obiecała nawet upiec piernik z marchwi na niedzielę, żeby poprawić nastrój w domu. Warzywa i owoce nadal przywoziła, mimo rosnącego zagrożenia, od rodziców.

– Z marchwi? – zdziwiła się Matylda. – Nie słyszałam jeszcze o takim.

– A z marchwi. – Dziewczyna śmiesznie zadarła nos, zadowolona, że może czymś zaimponować swojej pani. – Marchew mamy, potrzebuję tylko łyżki smalcu, jednego jajka, trochę cukru i mąki, no i, oczywiście, przyprawy korzennej. Z tym może być trudno.

– Nie będzie – wtrąciła się babcia – zawsze sama robiłam i mieszałam przyprawy korzenne, powinnam mieć je w spiżarni.

– O, to świetnie. Jeszcze tylko skórka z połowy cytryny i już mamy wszystko.

– No, z cytryną może być problem, ale może Matysia gdzieś zorganizuje.

– A na przyszłe święta zrobię tort z fasoli – zaproponowała Zośka. – Wczoraj jedna taka dała mi przepis, jakeśmy stały w kolejce po chleb.

– Zosieńko – odparła ze śmiechem Matylda – wszystko, co zrobisz, będzie dobre i mile widziane. Byle dało się zjeść. A tak przy okazji, jak się robi taki... dziwny tort?

– Prosto. Wystarczy dwadzieścia deka fasoli, trzy jaja, dwadzieścia deka cukru i kilka kropel laurowych. Fasolę moczy się przez całą noc, a potem gotuje do miękkości i miele w maszynce. Dodajemy żółtka z cukrem i ubijamy pianę z białek, potem mieszamy delikatnie, żeby nie opadło, i przekładamy do tortownicy wysypanej bułką tartą. I tyle.

– Przestań już, bo cała się zaśliniłam!

Matylda udała, że się złości, ale cieszyła się, że przy takiej zaradnej dziewczynie nie zginą z głodu. Najbardziej martwiła się o Weronikę, która mało przybierała na wadze i była blada. Bała się anemii u córeczki, chociaż babcia karmiła małą sokiem wyciskanym z surowych buraków tak często, jak to było możliwe. Brakowało też mleka, na szczęście Matylda dowiedziała się o kobiecie hodującej kozy na działce nad Wisłą. Kozie mleko doskonale zastępowało niemal niedostępne krowie. A dzięki Zośce warzyw w domu nie brakowało.

Tym razem dziewczyna przyniosła wiadomość, że rodzice będą po kryjomu bić świnię. Prywatny ubój oczywiście był zabroniony, mało kto jednak przestrzegał tego zakazu. Ludzie musieli coś jeść.

Następnego dnia, wczesnym świtem, wsiadły więc obie na rowery i obładowane pustymi jeszcze torbami, wyruszyły na wieś. Na granicy miasta zwiększyły czujność; za wszelką cenę należało unikać niemieckich patroli. Wprawdzie niczego jeszcze nie wiozły, ale sam kierunek wyprawy i puste torby na kierownicy mogły już wzbudzić uzasadnione podejrzenia. Bez przeszkód dotarły do pierwszych zabudowań. W ogrodzie rodziców Zośki paliło się ognisko, zasnuwając dymem całą okolicę. Matylda pamiętała jeszcze z dzieciństwa takie ogniska u babci Michalskiej w Mogile. Palono wtedy liście i pozostałości po warzywach na grządkach.

Najwięcej radości miały z tego, jak zwykle, dzieci. Matylda z Julkiem ochoczo dorzucali do ognia wszystko, co wpadło im wtedy w ręce. Pamiętała lanie spuszczone im ścierką przez wyrozumiałą zazwyczaj babcię, kiedy ta odkryła w domu brak stołka i kilku egzemplarzy prenumerowanej przez nią gazety.

Szczekanie podwórzowych psów zaalarmowało rodziców Zośki, lecz na widok znajomej postaci odetchnęli z ulgą. Początkowa nieufność w stosunku do nieznanej im jeszcze kobiety również szybko stopniała, kiedy się wyjaśniło, kto to. Rodzice dziewczyny, podobnie jak Zośka, uważali Matyldę za dobrodziejkę. Nie dość, że pomogła ich córce wydostać się z domu poprzedniego pracodawcy, to jeszcze zatrudniła ją u siebie. I co najważniejsze, nie zwolniła z chwilą wybuchu wojny. Zośka była chyba najmłodszym dzieckiem starszych już rodziców, bo witająca je drobna, spracowana kobieta wyglądała raczej na jej babkę niż matkę.

Objęła Matyldę jak swoją i przytuliła na powitanie.

W całym domu unosiła się woń topionej słoniny i inne, równie smakowite zapachy związane z niedawnym świniobiciem. Przy kuchennym stole pracowało kilka kobiet, żartując przy tym i wymieniając się plotkami. Zupełnie nie odczuwało się tutaj, że gdzieś w pobliżu, niemal za drzwiami, toczy się wojna.

Na podwórzu, ukryta za chlewikiem, stała domowa wędzarnia, działająca teraz pełną parą.

– Nie boicie się? – spytała Matylda. – Przecież ten zapach unosi się chyba nad całą wioską. Nie mówiąc już o dymie.

– E tam. – Matka Zośki wzruszyła ramionami. – Przecież to dym z ogniska. – Uśmiechnęła się, mrużąc zabawnie oko. – Poza tym kto nie ryzykuje, ten chodzi głodny. Umrzeć z głodu czy z ręki esesmana to za jedno. Zresztą myśli pani, że oni nie chcą jeść?... Znacząco zawiesiła głos.

– To znaczy, że oni też od was kupują? Że wiedzą?

– Oni nie kupują, oni biorą jak swoje. Ale dzięki temu mamy na jakiś czas spokój.

Gospodyni wytarła ręce w fartuch i podeszła do stołu, żeby pomóc tamtym przy mięsie. Żaden najmniejszy nawet okrawek nie mógł się zmarnować.

– Przynajmniej dopóki – dokończyła, nie podnosząc nawet głowy – tych Niemców nie zmienią na innych. Przenoszą ich z miejsca na miejsce, niektórych wysyłają na front wschodni za jakieś przewinienia. Kto by tam za nimi trafił, pani kochana. Ale oni wszyscy potrzebują jeść.

Matylda została poczęstowana pajdą prawdziwego wiejskiego chleba ze smalcem. Miała wyrzuty sumienia, że reszta jej rodziny nie może uczestniczyć w tej uczcie. Świnię zabito poprzedniego dnia wieczorem, zatem kiełbasa i szynki zdążyły już się uwędzić. W dymie z drzewa czereśniowego, jak z dumą zapewnił Matyldę ojciec Zośki.

– Wszyscy zawsze wędzą olchowym, a my z drzew owocowych, bo wtedy kiełbaska ma najpiękniejszy kolor. Pod koniec dorzucamy jeszcze jałowca.

Mięso, pęto kiełbasy oraz smalec kupiła, natomiast pół chleba dostała w prezencie. Za to, że zaopiekowała się Zośką. Matylda nawet nie próbowała odmawiać.

– Coraz ciężej z tym chlebem. – Matka Zośki westchnęła. – Pszenicę jeszcze mamy, tylko że do młynów nie wolno już jej wozić, to i mąki zaraz zabraknie. Zakazali i tego, dranie.

Matylda się zamyśliła. Po głowie tłukła jej się jakaś myśl, ale wciąż nie mogła jej uchwycić. Coś tam ostatnio słyszała od jednej z klientek apteki...

– O, mam! – przypomniała sobie wreszcie. – Słyszałam, że ludzie kupują teraz na potęgę młynki, takie do kawy, bo można w nich mleć też ziarno na mąkę. Może to jakiś pomysł?

Gospodyni z uznaniem pokiwała głową. Podobnie zareagowały pracujące przy stole kobiety, jakby zdziwione, że same wcześniej na to nie wpadły.

– Tylko – Matylda miała wątpliwości – ile by się trzeba nakręcić, żeby wyszła z tego mąka na chleb. To chyba niemożliwe.

– Pani kochana! – zaśmiała się jedna z kobiet, ukazując przy tym braki w uzębieniu. – Nas tu dużo, pracy się nie boimy. Trzeba tylko się postarać o więcej takich młynków.

Matylda obiecała kupić kilka sztuk na rynku i podać je przez Zośkę przy najbliższej okazji. Kiedy matka dziewczyny dowiedziała się, że w ich domu jest już taki młynek, sprzedała Matyldzie, po obniżonej cenie, woreczek pszenicy. Po chwili dorzuciła drugi, z żytem. W prezencie za pomysł z młynkami do kawy. Kobiety pomogły Matyldzie ukryć oba, symetrycznie, pod spódnicą. Wyglądała teraz, jakby miała sporą nadwagę, lecz tym najmniej się martwiła. Woreczki nie krępowały jej ruchów i swobodnie mogła jechać z nimi na rowerze, dodatkowo objuczona torbami z mięsem i kiełbasą. Połówkę chleba schowała w wypełnionym sianem koszyku, gdzie znalazło się też trochę jajek. Koszyk umocowała sznurkami na bagażniku z tyłu roweru.

Zrobiło się późno, Matylda nawet się nie zorientowała, kiedy tak szybko upłynął jej czas w ciepłym i gościnnym domu. Pożegnała się z gospodarzami i wsiadła na rower. Spieszyły się z Zośką, żeby zdążyć, zanim zacznie się ściemniać, bo jazda ciemną wiejską drogą nie była ani łatwa, ani bezpieczna. Nie tylko z powodu kręcących się na drogach patroli niemieckich.

Zbliżały się już do miasta, kiedy nagle na środku drogi pojawiło się dwóch uzbrojonych Niemców. Ich samochód stał za zakrętem, niewidoczny zza kępy drzew. Nie było już żadnej możliwości, żeby uniknąć tego spotkania. Wyglądało na to, że Niemcy doskonale wiedzieli, gdzie się zaczaić na szmuglujących jedzenie ze wsi Polaków. Wycelowana w kobiety broń nie zachęcała do ucieczki ani do sprzeciwu.

Gestem nakazali kobietom zejść z rowerów i otworzyć torby. Matylda próbowała coś tłumaczyć, ale została uderzona kolbą karabinu w brzuch, aż się zatoczyła i upadła w błoto. Podniesiona przy tym spódnica odsłoniła jej uda. Jeden z Niemców spojrzał na nią pożądliwie, jednak szybko przeniósł swoje zainteresowanie na jedzenie.

– Szmugiel, *ja*? Dobsze, dobsze... – ucieszył się.

Z wyrazem satysfakcji na twarzy grzebał teraz w torbach. Koszyk z jajkami i połówką chleba interesował go jakby mniej. Wyraźnie kierował się zapachem niedawno wędzonej kiełbasy.

Matylda podniosła się z błota, z trudem łapiąc oddech. Uderzenie w brzuch było tak silne, że aż dech jej zaparło. Czuła, że śmierć zaczyna jej zaglądać w oczy, jednak myślała tylko o tym, że dzieci nie będą mogły spróbować prawdziwego chleba.

I to był teraz jej jedyny powód do żalu.

Nagle usłyszała warkot silnika i po chwili na drodze ukazał się motor z bocznym koszem.

Kolejni Niemcy, pomyślała obojętnie Matylda. Wydawało jej się, że sytuacja nie mogła być już gorsza. A jednak. Oglądała tę scenę, jakby zupełnie nie dotyczyła jej samej.

Motor zatrzymał się obok, zeskoczył z niego żołnierz w wysokiej, sterczącej czapce oficera i powoli zaczął się zbliżać do stojących bez ruchu kobiet. Zrezygnowana Matylda nie podnosiła głowy, wiedziała, że teraz już nic nie zdoła ich uratować. Widziała tylko błyszczące buty z cholewami, omijające brudne kałuże i błoto. Oficer zatrzymał się, uniósł jej brodę i nagle na jego twarzy odmalowało się zaskoczenie.

– Czy my się czasem nie znamy? – spytał po niemiecku.

– Wątpię. – Matylda spojrzała mu hardo w oczy. – Nie znam żadnego Niemca.

Stojąca obok Zośka nie rozumiała, o czym rozmawiają, ale po tonie Matyldy wyczuła, że odpowiedź jej pracodawczyni nie jest zbyt pokorna. Zmartwiała ze strachu, o ile to jeszcze było możliwe w tej sytuacji. Od dłuższego już czasu trzęsła się jak osika, nie mogąc opanować szczękania zębami.

– A jednak. – Tamten nie ustępował. – Takich rudych włosów się nie zapomina. Czy to nie pani kupowała choinkę w zeszłym roku na rynku? Jak się ma córeczka?

Teraz Matylda przypomniała sobie spotkanego w grudniu Niemca, który dał kapryszącej Marcie lizaka. Zdziwiła się, że ją zapamiętał, ale nie miała teraz ochoty na uprzejmą konwersację. Zanim pomyślała, że za żadne skarby świata nie powinna drażnić niemieckiego oficera, wypaliła:

– Nie ma się dobrze, bo głoduje. Reszta domowników również. Jeśli mnie pan teraz zastrzeli albo choćby odbierze jedzenie, dziewczynki umrą z głodu.

Przez przystojną twarz Niemca przebiegł skurcz, a Matylda odruchowo zamknęła oczy i skuliła się, czekając na nieunikniony cios.

– Ja też mam dzieci – usłyszała nieoczekiwanie. – Nie jestem potworem, za jakiego mnie pani uważa.

Odwrócił się do stojących w pewnym oddaleniu żołnierzy z patrolu i odesłał ich, mówiąc ostrym głosem, że zajmie się sprawą osobiście. Tamci niechętnie wsiedli do gazika i odjechali, nie oglądając się za siebie. Z oficerami się nie dyskutuje. Widać jednak było, że najbardziej żałowali pachnącej zawartości koszyków. Już je prawie mieli, już czuli smak kiełbasy.

– A pani niech wsiada na rower i jedzie do domu. Dzieci czekają. I proszę pozdrowić ode mnie córeczkę. Oberleutnant Jurgen Schwartz, do usług. – Przyłożył palce do czapki.

Matylda, wciąż jeszcze w szoku, miała ochotę roześmiać się, słysząc jego nazwisko. Schwartz to znaczy „czarny". Bardziej pasującego nie mógł już chyba mieć. Na szczęście otrzeźwienie przyszło w porę, więc kiwnęła tylko głową w podzięce, czym prędzej podniosła z błota rower i pozbierała rozsypane na drodze torby. Spieszyła się w obawie, że niemiecki oficer nagle zmieni zdanie. Zośka jak automat powtarzała jej ruchy.

– Mam nadzieję, że obie jesteśmy wolne? – Matylda spojrzała z wahaniem na Niemca.

Bała się, że mogła coś źle zrozumieć i Zośka zostanie potraktowana jak uciekinierka, kiedy tylko wsiądzie na swój rower.

– Oczywiście. Będę za wami jechał, na wypadek gdyby znowu spotkała was jakaś niemiła przygoda.

Jeszcze nigdy wcześniej tak się nie spieszyła, żeby dotrzeć do domu. Obecność jadącego za nimi niemieckiego oficera sprawiała, że skóra jej cierpła. Każdy głośniejszy warkot zbliżającego się do nich motocykla powodował silniejsze bicie serca. Niemal czekała na moment, kiedy Niemiec zajedzie im drogę i z szyderczym śmiechem oświadczy, że to wszystko było tylko świetnym żartem, a teraz żarty właśnie się skończyły. Bała się, że to tylko zabawa w kotka i myszkę.

Na szczęście nic takiego nie nastąpiło. Dotarły szczęśliwie na Grodzką, nie myśląc o tym, że Niemiec zna ich adres. Później dopiero Matylda zastanowiła się, co ów fakt może dla niej oznaczać w przyszłości. Z całą pewnością nic dobrego.

Warkot jadącego za jej plecami motocykla miał ją jeszcze prześladować przez wiele nocy.

Dwa dni po pamiętnej wyprawie na wieś Jurgen Schwartz pojawił się w aptece, wzbudzając panikę wśród klientów.

Nie zachowywał się jednak jak pan i władca, poprosił tylko o tabletki na ból głowy. Niczego nieprzeczuwająca Matylda wyjrzała właśnie z zaplecza, gdzie pomagała cioci Zosi w spisywaniu leków, i zamarła z wrażenia. Niemiec, który koncentrował się raczej na obserwacji bramy obok apteki, gdzie zniknęły kilka dni temu, też wydawał się zaskoczony. Wydawało się jednak, że dla niego jest to miłe zaskoczenie.

– O! – Uśmiechnął się na jej widok. – To pani tu pracuje?

– Jestem współwłaścicielką – burknęła niechętnie.

Nie mogła nie zauważyć podejrzliwego i nieprzyjaznego spojrzenia Joasi. Ciocia Zosia też obserwowała tę scenę, zaciekawiona. Tylko klienci odzyskali spokój. Oficer nie zachowywał się groźnie, a to, że kupował coś w aptece, nikogo nie dziwiło. Niemców spotykało się w mieście na każdym kroku.

Wymówiła się obowiązkami i znów zniknęła na zapleczu. Do oczu napłynęły jej łzy. Jak ten szwabski oficer mógł rujnować jej reputację tutaj, w aptece? Niemal w domu. Czego od niej chciał?

O to samo spytała Joasia, która pojawiła się tuż za nią. Ciocia Zosia też wetknęła głowę w drzwi, oglądając się wciąż za siebie, czy nie pojawił się jakiś klient. Teraz jednak nikogo nie było. Jurgen Schwartz też już sobie poszedł.

– To jest ten sam Niemiec, o którym wam opowiadałam. – Matylda odetchnęła głęboko, żeby się uspokoić. – Uratował nas z rąk tamtych żołnierzy na drodze, kiedy wracałyśmy z zaopatrzeniem ze wsi.

– O, to pewnie musisz mu być specjalnie wdzięczna? – zakpiła Joasia. Wyraz zawziętości na jej twarzy przeraził Matyldę.

– Co przez to rozumiesz? Myślisz, że mu coś obiecałam? Że ta dzisiejsza wizyta była ukartowana? Że mu się sprzedałam za tamtą pomoc? Tak myślisz?

– A jest inaczej?

– Przestańcie obie! – krzyknęła ciotka. – Joasiu, czy rozpacz i żałoba całkiem pomieszały ci w głowie? Od dłuższego już czasu zachowujesz się jak obca, zapominasz, że jesteśmy rodziną. Jak śmiesz rzucać podobne oskarżenia na Matyldę?

– Nie jesteśmy żadną rodziną, nie jestem z wami spokrewniona.

– Ani ja – Zosia aż poczerwieniała z oburzenia – ale nie tylko więzy krwi świadczą o przynależności do rodziny. Wychowałaś się tu, mama Matyldy pomogła ci, kiedy byłaś dzieckiem. Tobie i twojej mamie. Rosłyście z Matyldą jak siostry, a teraz się tego wypierasz?

Nie masz nikogo innego, my wszystkie jesteśmy twoją rodziną. A ty naszą!

Joasia wyglądała na zmieszaną. Usiadła ciężko na stołku i rozpłakała się żałośnie.

– Przepraszam, nie chciałam nikomu sprawić przykrości…

– Ale sprawiłaś.

Matylda nadal nie mogła ochłonąć. Oskarżenie i podejrzenia Joasi bolały ją jak uderzenia batem.

– Gdyby nie ten Niemiec, być może leżałybyśmy razem z Zośką tam, na drodze, zhańbione, a może nawet zastrzelone przez żołdaków. I dużo czasu by upłynęło, zanim dowiedziałabyś się, co zaszło. Mogłabyś też dostać wiadomość, że zostałyśmy wywiezione na roboty do Niemiec. Pomyślałaś o tym? Nie wiem, dlaczego on tak się zachował, powiedział, że sam ma dzieci. Może to prawda. Może ruszyło go sumienie.

Dzwonek nad drzwiami przerwał milczenie, które zapanowało po słowach Matyldy. Joasia podniosła się ciężko i objąwszy ją przelotnie, w ramach przeprosin, wyszła z zaplecza. Wróciła do swoich obowiązków.

Zajęcie się pracą było jednocześnie jej ucieczką od tego, co się stało, od żalu i złych myśli. Tak naprawdę nie potępiała Matyldy, rozumiała ją, ale sama nawet nie wiedząc dlaczego, czuła potrzebę ranienia wszystkich dookoła. Nie znała siebie takiej do tej pory, starała się z tym walczyć, na razie jednak niezbyt jej się to udawało.

Żal i gorycz zawładnęły nią bez reszty.

ROZDZIAŁ 10

Skończyło się lato, dni stawały się coraz krótsze, chociaż wciąż jeszcze było ciepło. Wieści od Julka nadal nie było i do Matyldy powoli zaczęło docierać, że to milczenie może jednak oznaczać złe wiadomości. Bała się, że jej ukochany nie przeżył wtedy dyzenterii i zmarł w obozie, zapomniany przez wszystkich. Bo jak wytłumaczyć fakt, że nikt nie zawiadomił ich o jego śmierci? A może jednak Julek przeżył, tylko znów nie miał jak przesłać wiadomości? Wątpliwości i huśtawka nastrojów od nadziei do rozpaczy dręczyły ją niemal bez przerwy.

Julek przychodził do niej w każdym śnie, piękny i radośnie uśmiechnięty. Przytulał ją i całował z taką miłością, że budziła się rozgorączkowana, z twarzą mokrą od łez. Gdzieś w głębi duszy czuła, że on żyje, że nie umarł od choroby ani nie zginął na polu walki. Przecież jej serce by o tym wiedziało.

Tej nocy przyśniła jej się też Mela. Matylda, zajęta własnymi problemami, dawno już o niej nie myślała i nawet we śnie poczuła teraz wyrzuty sumienia. To przykre, jak szybko ludzie zapominają. Wprawdzie ona nie zapomniała o przyjaciółce, ale nie myślała już o niej tak często jak kiedyś. Wojna pokrzyżowała plany odszukania Meli, sprawy bieżące odsunęły tamtą, żal i smutek po zniknięciu dziewczyny stały się jakieś odległe i mniej realne. Michał już się nie odezwał, zresztą w jego historię o cudownej odmianie losu przyjaciółki i tak nie wierzyła. Nie chciała nawet myśleć o tym, co tak naprawdę mogło się biedaczce przydarzyć.

W tym śnie Mela wyglądała tak samo jak wtedy, gdy żegnały się na dworcu kolejowym. Była uśmiechnięta i pełna nadziei na przyszłość. „Nie martw się o mnie – mówiła, a właściwie paplała, jak to ona, bez przerw na oddech – czeka mnie wspaniała przyszłość, ja to wiem. Czeka na mnie książę z bajki".

Kiedy Matylda się obudziła, dobry nastrój prysnął jak bańka mydlana. Świadomość tego, jaki los spotkał jej przyjaciółkę i jak mógł wyglądać ów książę z bajki, przygnębiła ją na nowo. Jedyne, co mogło być pocieszające w tej sytuacji, to fakt, że w Argentynie przynajmniej nie było wojny. I raczej nie wyglądało na to, że Niemcy i tam się pojawią. Marna pociecha, ale zawsze jakaś.

Pamięć o Michale bladła i odchodziła w przeszłość. Czasami jeszcze Matylda wspominała jego piękne oświadczyny w jaskini pod Zakopanem, a wtedy zaraz ogarniał ją żal. Nie za niespełnioną, cudowną miłością, ale z powodu okoliczności, w jakich to uczucie się zakończyło. I przykra świadomość, że została oszukana, wykorzystana do podłych celów. No, prawie wykorzystana. Bo gdyby nie Julek...

Matylda była młodą, zdrową kobietą i chociaż sama nie przyznawała się do tego, zaczynało jej brakować zwykłej, fizycznej miłości. Jej sny, oprócz tych o zaginionych bliskich, tak były przepojone erotyzmem, że kiedy się budziła rano, czuła wstyd i zażenowanie. Na jawie nigdy nawet nie pomyślałaby o tym, co podpowiadał jej uśpiony umysł.

Od wybuchu wojny niewiele miała do czynienia z mężczyznami. Nie było też na to czasu, zajmowała się małą Weroniką, troszczyła o resztę rodziny. Zdobywanie żywności spadło głównie na Matyldę. To ona, wraz z Zośką, przywoziła jedzenie ze wsi. Poza ową pamiętną wpadką, kiedy to uratował je tamten Niemiec, nie miały już więcej takich przygód. Były ostrożniejsze, dowiedziały się od innych szmuglerów, jak unikać niemieckich patroli i którędy najbezpieczniej wracać z zapasami do miasta.

Weronika miała już ponad dwa lata, rosła zdrowo, jak na wojenne warunki, i nie przysparzała większych problemów. Teraz Matylda mogła już ją spokojniej zostawiać pod opieką babci Michalskiej i Rózi, która obecnie prawie nie wychodziła już z domu, żeby nie prowokować nieszczęścia. Sąsiedzi byli różni i część z nich mogła uznać obecność żydowskiego dziecka w pobliżu za realne zagrożenie. Nie raz i nie dwa zdarzało się, że wywlekano ukrywających się Żydów z mieszkań po donosie sąsiadów albo wręcz najbliższego otoczenia. Matylda opowiadała ciekawskim, że wysłała córkę kuzynki na wieś, gdzie ma lepsze warunki niż tutaj.

Rózia nie buntowała się przeciw temu aresztowi domowemu. Była już na tyle dojrzała, że zdawała sobie sprawę z zagrożenia. Od czasu zniknięcia Romka posmutniała, wprawdzie wiedziała, dlaczego już nie przychodził, ale brak jej było przyjaciela. Ukrywała swój smutek, a żal do losu i tęsknotę za chłopcem wypłakiwała nocą w poduszkę. W ciągu dnia pomagała przy Weronice, dużo czytała i uczyła się z Matyldą, żeby po wojnie za bardzo nie odstawać od swoich rówieśników w szkole. Edukację zakończyła z chwilą śmierci mamy. Nowi opiekunowie nie widzieli potrzeby wysyłania dziewczynki do szkoły.

Spokojna o bezpieczeństwo Weroniki Matylda zostawiała córeczkę coraz częściej pod opieką Rózi, a sama znikała na długie godziny. Nikt w domu nie wiedział, że zaangażowała się w działalność konspiracyjnego teatru. Tajne spotkania teatralne odbywały się w wielu krakowskich mieszkaniach, grano, między innymi, fragmenty *Wesela* i *Wyzwolenia*.

Podczas jednego z przedstawień wśród widzów był również sam Juliusz Osterwa, mieszkający teraz na stałe przy Basztowej. Ku niekłamanej radości Matyldy pamiętał ją z roli Zosi w *Dziadach*.

– Miałem nadzieję usłyszeć jeszcze o pani – powiedział, przyglądając jej się bacznie. – Dlaczego zarzuciła pani karierę teatralną?

Zarumieniona z wrażenia, że sam mistrz nie tylko ją zapamiętał, ale i myślał o jej ewentualnej karierze,

Matylda z trudem panowała nad głosem. Opowiedziała pokrótce o powodach, dla których zmuszona była wtedy zmienić swoje plany.

– Przykro mi bardzo. – Osterwa poważnie skinął głową. – Ale cieszę się, że pani całkiem nie zrezygnowała.

O konspiracyjnym teatrze Matylda dowiedziała się przypadkiem od młodego, studiującego przed wojną w Krakowie Litwina, który pojawił się pewnego dnia w aptece. Okazało się, że znają się, choć przelotnie, z dawnych czasów. Przystojny student konserwatorium, noszący nieco dziwne imię Kiejstut, często pojawiał się na przedstawieniach, a potem w kawiarniach i był obiektem westchnień wielu młodych aktoreczek. Uważano, że jest doskonale zapowiadającym się muzykiem, i wróżono mu świetną przyszłość. Nie tylko ogromny talent, ale i czarne, niemal granatowe włosy oraz pięknie wykrojone usta działały jak magnes na każdą niemal kobietę. Tylko Matylda zawsze opierała się jego urokowi.

Teraz jednak ucieszyła się na widok kogoś znajomego. Zaprosiła Kiejstuta na górę i poczęstowała herbatą z zapasów schowanych na specjalne okazje, pochodzących ze sklepu ojca. W chwili sprzedaży dostała w rozliczeniu sporo towaru, ponieważ nowi właściciele zamierzali zmienić branżę. Matka Maksa, chłopaka, przez którego przypadkowo zginęła Wiktoria, okazała się tak dobrą księgową, że została na swoim stanowisku. Dzięki tej pracy mogła nadal kształcić syna, który, ku niekłamanej radości Matyldy, „wyszedł na ludzi".

Jak powtarzała jego matka, było to możliwe tylko dzięki wspaniałomyślności właścicielki sklepu.

Matylda nie lubiła takich rozmów, wcale nie czuła się dobra, ponieważ w dalszym ciągu, mimo upływu lat, nie mogła tak do końca wybaczyć chłopakowi. Pomogła mu tylko ze względu na jego matkę, która niczemu nie była winna. Dziewczyna zdawała sobie także sprawę, że Maks nie zrobił tego umyślnie. Po prostu oboje, i Wiktoria, i sprawca jej nieszczęścia, znaleźli się w nieodpowiednim miejscu i o nieodpowiedniej porze. Żal jednak nie mijał.

– Co u ciebie? – spytała gościa, kiedy już usiedli przy szerokim stole w kuchni.

– Pracuję w kamieniołomach. – Kiejstut wzruszył ramionami. – Ciężka robota, ale teraz nie bardzo ma się wybór. Żyć jakoś trzeba.

Matylda spojrzała na jego przygarbione plecy i zniszczone dłonie. Westchnęła, przypominając sobie, jak pięknie grał na fortepianie. Chałturzył często w kawiarniach, dorabiając sobie w ten sposób na studia. Jego niezbyt zamożni rodzice mieszkali w Wilnie i sami z trudnością wiązali koniec z końcem.

– No tak, prawda. Nikomu teraz nie jest łatwo. Pewnie tęsknisz za muzyką i za tamtym życiem? Bo ja bardzo. Czasami wyobrażam sobie, że znów stoję na scenie, śnię o tym i wtedy ogarnia mnie żal, że wszystko tak się potoczyło. Teraz nie mam już żadnych szans na powrót, a po wojnie pewnie będę za stara. Czasami wydaje mi się, że ta wojna potrwa jeszcze wieki.

– A mnie się śni, że daję koncerty... – powiedział z westchnieniem Kiejstut.

Wyznanie Matyldy uświadomiło mu własną, osobistą tragedię. Nie myślał o tym do tej pory, ale teraz poczuł, jak beznadziejna jest jego sytuacja. Przypomniał sobie o koncercie, zaplanowanym na początek września. Byłby to jego debiut. Przygotowywał się tak intensywnie, że niemal przeoczył informację o wybuchu wojny.

– Miałem zrobić wielką karierę. Moi profesorowie byli niemal pewni, że rośnie im nowy Chopin – przerwał, spoglądając z gorzkim uśmiechem na zniszczone dłonie i poobijane, zgrubiałe od odcisków palce – a zamiast tego tłukę teraz kamienie. Wątpię, czy jeszcze kiedykolwiek zagram.

Machnął ręką i szybko zmienił temat. Wypytał Matyldę o jej sytuację rodzinną, dowiedział się o zaginionym mężu i małej córeczce.

– Ja się jeszcze nie ożeniłem, dzieci też żadnych nie mam. A przynajmniej nic o takich nie wiem – zażartował.

Ten żart wcale jej nie rozśmieszył. Znała Kiejstuta i jego reputację uwodziciela, więc istnienie dzieci, o których mógł nawet nie wiedzieć, było całkiem prawdopodobne.

Niezręczną ciszę przerwało tupanie małych nóg. Do kuchni wpadła rozbawiona Weronika, a za nią Rózia. Obie zatrzymały się w progu; Weronika, onieśmielona pojawieniem się kogoś obcego w domu, i jej towarzyszka, przestraszona. Zupełnie nie słyszała przyjścia gościa, a miała stanowczo przykazane, żeby się nie pokazywać nikomu z zewnątrz.

Jeden rzut oka na Rózię wystarczył gościowi, żeby się zorientować, kim ona jest, a Matylda nagle uświadomiła sobie błąd, jakim było zapraszanie obcych ludzi do domu. Ze zdenerwowania zabrakło jej tchu.

Kiejstut udał jednak, że nie widzi starszej dziewczynki. Całą swoją uwagę skierował na Weronikę, zachwycając się jej urodą i pięknymi blond loczkami. Uprzejmie zauważył, że jest równie piękna jak jej mama, tylko kolor włosów mają inny.

– Tamta jest Żydówką? – spytał, kiedy Matylda odesłała obie dziewczynki z kuchni.

– Kto? Aha... – udała, że nie zrozumiała, o kogo pytał. – To córka kuzynki... – zaczęła speszona. – Jej ojciec był Włochem. Ma papiery...

Kiejstut nakrył jej dłoń swoją.

– Daj spokój, nikogo nie oszukasz. Nie mówmy o niej, ale lepiej uważaj. Na twoim miejscu gdzieś bym ją odesłał. Zastanów się nad tym.

– Dobrze, zrobię tak – odpowiedziała machinalnie.

– A co do teatru...

Chwilę rozważał coś w myślach, zanim podjął decyzję. Uznał, że teraz już może rozmawiać szczerze z Matyldą.

– Mówisz, że chciałabyś znowu grać?

– Tak, ale gdzie? W niemieckim teatrze? Dziękuję bardzo.

– Nie. W polskim.

W ten sposób Matylda dowiedziała się o konspiracyjnych spotkaniach aktorów. Przyłączyła się bez większego wahania. Były to zebrania, na których nie tylko grano, ale i dyskutowano ze studentami uniwersytetu, którzy w ten sposób pogłębiali wiedzę. Matylda również korzystała z tych zajęć, szczęśliwa, że w końcu może się zajmować czymś, co naprawdę kocha.

Kiejstut wprowadził ją również do działającego, o dziwo, legalnie małego teatrzyku marionetek, mieszczącego się na piętrze kawiarni Domu Plastyka przy Łobzowskiej. Pisał właśnie muzykę do kolejnego spektaklu i był z tego powodu bardzo szczęśliwy. Koniecznie musiał się pochwalić dawnej koleżance. Matylda bez trudu nauczyła się grać marionetkami, było to dla niej nowe i ekscytujące doświadczenie. W dodatku zarabiała jakieś pieniądze. Wprawdzie niewielkie, ale każdy grosz się liczył.

Ponieważ teatrzyk działał legalnie, mogła zaprosić babcię z Weroniką na premierę baletu Debussy'ego *Pudełko z zabawkami*.

Zachwycona Weronika aż piszczała z radości i później babcia musiała z nią przychodzić na niemal każde przedstawienie.

Matylda coraz częściej spotykała się z Kiejstutem, a ten, przyzwyczajony do uwodzenia kobiet, roztaczał przed nią cały swój urok. Dla niej to też była jakaś miła odmiana w tej szarzyźnie życia, więc bez większych wyrzutów sumienia pozwalała się czarować. W przeciwieństwie do Kiejstuta nie wiązała jednak z tą znajomością żadnych planów. Kiedy tylko zauważyła jego nadmierne zainteresowanie swoją osobą, postawiła sprawę jasno.

– Jestem mężatką, mam nadzieję, że o tym pamiętasz. Bardzo cię lubię i z przyjemnością spędzam czas w twoim towarzystwie, ale pozostaniemy tylko kolegami.

Kiejstut nie bardzo wierzył w jej słowa. Był doświadczonym, choć młodym, mężczyzną i widział jej reakcję na najdelikatniejszy nawet dotyk, śmielsze spojrzenie czy też na samą jego obecność. Powietrze wokół nich naładowane było takim erotyzmem, że zdawało się wręcz iskrzyć. Czuł, że Matylda jest gorącą i pełną temperamentu kobietą, na którą on po prostu nie znalazł jeszcze sposobu. I nie miał żadnych wątpliwości, że prędzej czy później go znajdzie.

Tymczasem spotykali się w kawiarni, gdzie Kiejstutowi czasami udawało się zagrać na fortepianie. Matylda ze współczuciem patrzyła na jego zniszczone i poobijane od ciężkiej pracy dłonie, ślizgające się trochę niezgrabnie po klawiszach. Złościł się, kiedy coś mu nie wychodziło z powodu zesztywniałych palców, zamykał wtedy z trzaskiem wieko instrumentu i odchodził w kąt, gdzie nikt nie mógł zobaczyć jego emocji. W takich chwilach nie chciał rozmawiać nawet z Matyldą.

Widywali się też, razem z innymi artystami, na wieczorach teatralnych w coraz to innym krakowskim mieszkaniu. Czasami te spotkania organizowane były w nieprawdopodobnych wręcz warunkach. Jedno z nich odbyło się dosłownie pół godziny po rewizji przeprowadzonej przez gestapo w tym samym mieszkaniu. Ryzykowano, ale było już za późno, żeby w ostatniej chwili odwołać spektakl. Na szczęście nic złego się nie wydarzyło.

Dzięki Kiejstutowi i spotkaniom teatralnym Matyldzie udawało się choć na chwilę zapomnieć o wojennej rzeczywistości. Przez kilka godzin w tygodniu była znów młodą, szczęśliwą kobietą, spełniającą swoje marzenia. Grywano bez sceny, najczęściej w prywatnych mieszkaniach, gdzie w zwykłym pokoju wydzielano po prostu przestrzeń sceniczną, i bez kostiumów. Czasami udawało się zorganizować przedstawienie w jakiejś opuszczonej hali czy magazynie. Było to iganie z niebezpieczeństwem, ale Matylda czuła, że krew szybciej jej krąży w żyłach, że po prostu żyje, a nie wegetuje.

– Postanowiłaś już coś w sprawie tej dziewczynki? – spytał pewnego dnia Kiejstut, kiedy odprowadzał ją do domu po przedstawieniu.

– Masz na myśli…?

– Tak, Matyldo, wiesz doskonale, o której mówię. Wiesz, co za to grozi tobie i twojej rodzinie. Warto tak ryzykować?

– A czy ty wiesz, co mówisz? – Gwałtownie odwróciła się w jego stronę. – Wzięłam ją na wychowanie, jest jak moje własne dziecko. Jak możesz pytać, czy warto? Cały czas wszyscy ryzykujemy, ja, ty, nasi znajomi, gdyby tak głębiej się zastanowić, każdy robi coś, co jest teraz zakazane. Choćby ten teatr. Narażamy się dla głupich marionetek, a ty mi mówisz, że nie warto ryzykować, by ocalić życie tej dziewczynki? Żartujesz sobie ze mnie? Gdyby przyszło nam się zastanawiać nad tym, czy warto, nic byśmy nie zrobili. Dalibyśmy się stłamsić i zgnębić, a o to przecież im chodzi.

– Ejże, ejże… – przerwał jej zbity z tropu Kiejstut. – Nie jesteśmy na zebraniu ani wiecu. Nie myślałem nic złego, martwię się po prostu o ciebie. Poza tym teatr marionetek nie jest zakazany.

– Za chwilę będzie, zobaczysz. A zresztą martw się o siebie. Idź już.

Podeszli pod bramę kamienicy. Matylda pożegnała się chłodno z Kiejstutem i chciała już wejść do sieni, kiedy nagle wepchnął ją delikatnie do środka i nie zważając na protesty, zamknął jej usta długim pocałunkiem. Próbowała się wyrwać, jednak z sekundy na sekundę jej opór malał, w końcu sama zaczęła oddawać jego pocałunki.

– Nie! – Szarpnęła się nagle i wyrwała z jego objęć. – Nie możemy! Ja nie mogę, mam męża, kocham go. Boże, co ja robię…

Odtrącała jego zachłanne ręce, cieszyła się, że w bramie panuje półmrok i nie widać jej zmieszania ani pragnienia. Była zła, że własne ciało ją zdradza. Umysł i serce mówiły co innego, ciało pragnęło tego mężczyzny.

– Matyldo, kochana, szaleję za tobą, wiesz o tym doskonale. – Kiejstut nie dał się odepchnąć. – Nie walcz z naturą, to nic nie da. Życie jest takie kruche, kto wie, co nas jutro spotka? Wykorzystajmy to, przecież oboje jesteśmy tacy samotni. Skąd pewność, że twój mąż jeszcze żyje? Być może…

Po ciszy, jaka nagle zapanowała, zorientował się, że powiedział o jedno zdanie za dużo. Matylda natomiast poczuła, jakby ją ktoś oblał wiadrem lodowatej wody. Opanowała się natychmiast i spokojnym już głosem poprosiła, żeby sobie poszedł. Próbował jeszcze oponować, lecz wiedział, że to nic nie da. Pożegnał się cicho i już miał wyjść na ulicę, kiedy nagle usłyszeli warkot nadjeżdżającej ciężarówki. Cofnęli się odruchowo, a po chwili dobiegły do nich wrzaski Niemców i tupot ciężkich buciorów na bruku.

Kiejstut nie mógł teraz wyjść z bramy, Matylda zmuszona więc była zaprosić go na górę. Po cichu pobiegli na piętro, do jej pokoju, gdzie skamieniali z przerażenia obserwowali przez szparę w zasłonie okna wypadki na ulicy.

Na dole Niemcy wywlekli z bramy całą rodzinę i brutalnie popychali wszystkich w stronę nakrytej plandeką budy samochodu. Drobna staruszka nie nadążała, potykała się, płacząc głośno. Kiedy w końcu upadła, mamrocząc coś błagalnym tonem, w dłoni młodego oficera pojawił się pistolet. Rozległ się ogłuszający huk, z pleców kobiety popłynął strumyk krwi. Nie oglądając się nawet, Niemcy załadowali pozostałych członków rodziny na pakę samochodu i odjechali tak szybko, jak się pojawili. Na ulicy pozostało tylko ciało starej kobiety. Wydawała się jeszcze drobniejsza niż chwilę wcześniej, za życia.

Siedzieli bez słowa w zaciemnionym pokoju, obejmując się jak przerażone dzieci, jeszcze długo po tym, jak za oknem zapanowała cisza. To, co się wydarzyło, wstrząsnęło nimi tak mocno, że nie byli w stanie się ruszyć.

– Za chwilę godzina policyjna. – Pierwsza ocknęła się Matylda; spojrzała ze strachem na wiszący na ścianie zegar. – Co teraz? Jak wrócisz do siebie?

Speszona wysunęła się z jego objęć, jakby dopiero teraz zdała sobie sprawę z tej nieoczekiwanej intymności.

– Jakoś tam wrócę, może mi się uda. – Kiejstut wzruszył ramionami, z nadzieją wyczekując jej sprzeciwu. Nie omylił się.

– Nie udawaj bohatera. Przecież teraz nigdzie cię nie puszczę.

Zasłoniła dokładnie okno i zapaliła lampę naftową. Od kilku dni znów nie mieli ani światła, ani gazu. Dobrze, że kuchnia węglowa była sprawna, a opału jeszcze nie brakowało. Przypomniała sobie, jak nalegała na wyburzenie starego pieca w chwili, gdy do ich kamienicy przyłączono gaz miejski, i jak w końcu uległa babci Michalskiej, która nie wyobrażała sobie kuchni bez ognia buzującego pod płytą. Znów w myślach dziękowała staruszce za jej upór.

– Zostaniesz tutaj, możesz przenocować w moim pokoju, a ja z Weroniką pójdę do pokoju babci. Teraz stoi pusty, bo babcia mieszka obok razem z Joasią i pomaga jej zajmować się dzieckiem. Martą, opowiadałam ci o niej?

Nie przypominał sobie, ale na wszelki wypadek kiwnął głową. Z trudem udało mu się ukryć zawiedzioną minę, ale był prawdziwie wdzięczny za troskę. Matylda stawała mu się coraz bliższa. Czuł, że jeśli tak ma wyglądać miłość, to właśnie się zakochał. Pragnął tej kobiety jak żadnej innej. I nie był to tylko pociąg fizyczny. Kiejstut chciał być przy niej, chronić ją przed niebezpieczeństwem, chociaż, paradoksalnie, teraz to ona go chroniła. Podziwiał jej odwagę i uczciwość. Lubił patrzeć na jej pełne gracji ruchy, na opadające na plecy lśniące, rude włosy i niesforne kosmyki zasłaniające jej oko. Uwielbiał ten pełen zniecierpliwienia ruch, kiedy je odgarniała z twarzy, to pochylenie głowy, gdy coś mówiła. I jej piękne, niebieskie oczy, czasami spoglądające ze złością, a czasami pełne czułości. To drugie uczucie pojawiało się zawsze wtedy, gdy patrzyła na córeczkę, żywą kopię siebie. Różniły się tylko kolorem włosów. Mała Weronika była blondynką, prawdopodobnie po ojcu. Z niechęcią myślał o tym nieznanym mężczyźnie. Mąż Matyldy stanowił dlań silną konkurencję, jeśli wziąć pod uwagę uczucia Matyldy. Kiejstut nie życzył mu źle, ale coraz częściej przyłapywał się na myśli, że dobrze by było, gdyby tamten po prostu nie wrócił do domu. Przecież los mógłby go na tej wojnie rzucić w każdy zakątek świata. A wtedy…

Marzenia o rozpoczynającym inne życie i z inną kobietą mężu Matyldy przerwało mu pytanie gospodyni.

– Nie masz czasem papierosa? Och, z jaką chęcią bym teraz zapaliła…

Cieszył się teraz, że udało mu się wymienić dzisiaj kartki „marmoladowe" na paczkę papierosów. I tak nie był w stanie przełknąć czegoś, co swoją konsystencją przypominało raczej beton, a smakiem wszystko inne, tylko nie owocową marmoladę. Dodatek buraków i innych tajemniczych wypełniaczy sprawiał, że na jej kupno decydowali się tylko ci, którzy w ten sposób starali się zaspokoić największy głód, zwłaszcza swoich dzieci. Kiejstut wolał zapalić papierosa. I tak zwykle mało jadał.

– Nie wypalę całego. – Ucieszyła się na widok wyciąganej z kieszeni pogniecionej paczki. – To byłaby zachłanność. Tak dawno nie paliłam, że nie jestem pewna, czy mi na nowo zasmakuje, ale muszę uspokoić nerwy. Daj, zaciągnę się tylko kilka razy.

Kiejstut podał jej ogień i z przyjemnością przyglądał się coraz droższej mu kobiecie w chybotliwym blasku płomienia zapalniczki. Wzruszył go widok przymkniętych teraz z zadowolenia oczu, okolonych nieprawdopodobnie długimi i gęstymi rzęsami. Rudymi, podobnie jak jej włosy. Blada cera, usiana drobnymi piegami, połyskiwała jak złoto; w migotliwym świetle lampy prawie nie widać było zmęczenia ani ciemnych cieni pod oczami. Na skroni lekko pulsowała błękitna żyłka. Kiejstut wpatrywał się w delikatnie drgające nozdrza i pełne usta wydmuchujące powoli, jakby z namaszczeniem, dym z papierosa.

– Dziewczyno, co ty ze mną robisz… – jęknął cicho.

Miał ochotę kochać się z nią teraz, tu, w tej chwili, bez względu na konsekwencje.

– Co? – Ocknęła się jak ze snu i zupełnie nieświadoma jego myśli i pragnień, z przepraszającym uśmiechem podała mu papierosa. – Oj, miałam się tylko zaciągnąć. Trzymaj.

Lekko wilgotny ustnik jeszcze bardziej pobudził jego zmysły, ale Matylda zerwała się już z miejsca i zaczęła się krzątać po pokoju.

– Zaraz przygotuję ci spanie. Możesz się wylegiwać rano, ile chcesz, nikt ci tu nie będzie przeszkadzał. Jeszcze tylko pójdę poprosić babcię, żeby zabrała Weronikę do swojego dawnego pokoju i przygotowała do snu, zanim przyjdę. Pewnie na razie bawią się jeszcze z Martą.

Wróciła szybko, z wypiekami na twarzy. Widać było, że bardzo się spieszyła.

– Mała już zasnęła, sama ją przeniosłam i zaraz do niej pójdę, tylko najpierw przygotuję ci pościel. Powinnam mieć tu jeszcze jakąś czystą – paplała nerwowo, kręcąc się po pokoju.

Kiejstut odłożył papierosa na brzeg popielniczki. Nawet nie zauważył, jak i kiedy się tu znalazła. Wyciągnął rękę do Matyldy.

– Zostań ze mną na noc, proszę. Pragnę cię jak żadnej innej kobiety na świecie.

Czuł, jak jej opór słabnie. Nie wyrwała dłoni, nie odeszła. Wręcz przeciwnie, pozwoliła się objąć i przytulić, jakby od dawna na to czekała. Przez cienki materiał bluzki czuł przyspieszone bicie serca Matyldy, a na twarzy jej gorączkowy oddech. Powoli, delikatnie prowadził ją w stronę łóżka. Na ułamek sekundy zawahała się jeszcze, lecz zaraz poddała mu się na nowo. Zegar na ścianie spokojnie odmierzał nocny czas.

Nagle w głębi mieszkania rozległ się płacz dziecka. Matylda zesztywniała.

– Mamusiu Nikusi! – usłyszeli zaspany głos Weroniki. – Mamusiu, chodź tutaj do mnie!

Zerwała się natychmiast i nawet nie patrząc w stronę Kiejstuta, wybiegła z pokoju, po drodze zapinając guziki bluzki.

Nazajutrz okazało się, że hitlerowcy zabrali całą żydowską rodzinę, ukrywającą się w opuszczonym mieszkaniu po drugiej stronie ulicy. Ciało staruszki sprzątnął ktoś nad ranem, na miejscu pozostała tylko zasypana piaskiem plama krwi.

– Donieśli na nich sąsiedzi. – Joasia spojrzała znacząco na Matyldę. – Nie myśl, że fałszywe papiery Rózi coś załatwią, jeśli ktoś sobie przypomni o jej istnieniu.

Joasia miała rację, trzeba było znaleźć dziewczynce bezpieczniejsze miejsce. Jej obecność w tym domu zagrażała jej samej, a także całej rodzinie.

Nocna wizyta Kiejstuta w domu na szczęście pozostała niezauważona; wyszedł o świcie, zostawiając tylko Matyldzie kartkę z krótkim „Dziękuję!".

Tak było lepiej dla nich obojga.

ROZDZIAŁ 11

_M_atylda z żalem musiała na jakiś czas zrezygnować z konspiracyjnych spotkań teatralnych. Głównie z powodu Kiejstuta. Bała się też samej siebie, wiedziała, że mogłaby zrobić coś, czego z pewnością żałowałaby do końca życia. Nie mogła już liczyć na swój zdrowy rozsądek i silną wolę. Miała na to najlepszy dowód, własne zachowanie pamiętnej nocy.

Kiejstut wszakże nie rezygnował, przychodził na Grodzką, ale Matylda już nigdy nie zostawała z nim sam na sam.

– Dlaczego walczysz z własnymi pragnieniami? – pytał, coraz bardziej tracąc jednak nadzieję, że uda mu się złamać jej opór. – Przecież nie robimy nic złego, jesteśmy tylko ludźmi. Kocham cię.

– Ale ja ciebie nie kocham, Kiejstut. I sam wiesz, że to, co do mnie czujesz, też nie jest miłością. Zostaw mnie w spokoju, proszę.

Uciekała do pokoju, żeby w samotności wypłakać swój żal i wściekłość na los. Przystojny adorator coraz bardziej zaprzątał jej myśli, a to ją przerażało. Rysy twarzy Julka powoli zamazywały się w jej pamięci. Z coraz większym trudem przypominała sobie jego zapach, dotyk i dźwięk głosu. Tak długo już nie miała żadnych wieści o mężu. Nie dopuszczała do siebie przypuszczenia, że mógł umrzeć, ale ta ewentualność zaczynała się wkradać do jej umysłu. Walczyła z czarnymi myślami, jak mogła. Wprawdzie nie miała pewności, że Julek żyje, jednak póki nie dostała oficjalnego zawiadomienia o jego śmierci, nadal żył. A ona nie mogła go zdradzić. Był miłością jej życia.

Poza tym jej głowę zaprzątała jeszcze inna sprawa. Matylda gwałtownie szukała domu dla Rózi. Przez chwilę myślała nawet o rodzinie, która przyjęła Romka, szybko zrezygnowała jednak z tego pomysłu. Ci ludzie wystarczająco już ryzykowali, ukrywając chłopca.

– Komu ją oddasz? – spytała pewnego dnia babcia.

Obie przywiązały się do dziewczynki, ale obie też wiedziały, że nikt w tym domu nie będzie bezpieczny, póki nie znajdzie się dla niej inne miejsce.

– Nie wiem, babciu. Nie znam nikogo, kto by się tego podjął. Czuję się bezsilna.

– To może ja spytam rodziców?

Obejrzały się przestraszone. Do kuchni niepostrzeżenie weszła Zośka, młoda służąca.

– Nie chciałam podsłuchiwać, ale swoje usłyszałam. Mogę spytać rodziców, u nich zawsze ktoś się ukrywał, więc to nie będzie pierwszyzna.

– Przecież Rózia jest...

– Dlatego najpierw ich zapytam. Wybieram się do nich jutro. Kończą nam się ziemniaki, a może jeszcze jakieś jajka i mleko uda się kupić. Jak nie u rodziców, to u sąsiadów. Pojedziemy znowu razem?

Niestety, nazajutrz Matylda musiała zostać przy Weronice. W nocy dziewczynka dostała wysokiej gorączki, kaszel nie dawał jej spać, a rano była tak chora, że musiały sprowadzić lekarza. Przyszedł staruszek, który pamiętał jeszcze Wiktorię jako młodą dziewczynę. Kiedyś zajmował się Matyldą, teraz Weroniką.

– Na razie nie słyszę tu niczego złego – powiedział, uważnie osłuchawszy małą – ale u takiego dziecka nietrudno o zapalenie płuc. Uważajcie na nią, byłoby najlepiej, żeby nie wychodziła z łóżka.

Przepisał leki, które na szczęście były jeszcze dostępne w ich aptece, i polecił, żeby go wzywać, gdyby małej się pogorszyło. Na szczęście gorączka wkrótce opadła, dziewczynka dość szybko zaczęła dochodzić do siebie i trudno ją było utrzymać w łóżku. Pomagały jedynie bajki czytane przez Rózię. Nikt w rodzinie nie potrafił tak się wczuć w rolę jak ona. Kiedy czytała o złej czarownicy, głos jej się zmieniał, stawał się gruby i straszny, a gdy o dobrej księżniczce, był delikatny i cienki. Nawet szczekała jak piesek, pojawiający się w opowieści. Kiedy więc Matylda próbowała czytać córeczce, zniecierpliwiona dwulatka zabierała jej książeczkę, głośno przy tym protestując. Niedawno zaczęła mówić pełnymi zdaniami i chętnie się tym popisywała.

– Mamusia nie umie. Lózia umie, ja chcem Lózię.

Tymczasem dziewczynka szykowała się do przeprowadzki. Zdawała sobie sprawę z powagi sytuacji i wiedziała, że nie ma innego wyjścia. Bardzo tęskniła za Romkiem i wolałaby mieszkać razem z nim, u tej samej rodziny, jednak zrozumiała, że to niemożliwe.

– Tamci już i tak dużo ryzykują – tłumaczyła ze smutkiem Matylda. – Nie możemy ich dodatkowo narażać. Zamieszkasz u rodziców Zośki, to dobrzy ludzie. Będę mogła cię odwiedzać od czasu do czasu, a kiedy wojna się skończy, wrócisz do nas. Obiecuję.

Rodzice Zośki zgodzili się przyjąć Rózię do domu. Dodatkowym argumentem, który ich do tego przekonał, były pieniądze i piękny, kosztowny pierścionek, który Matylda dostała od Michała. Bez żalu rozstała się z ostatnim wspomnieniem po byłym narzeczonym. Michał nie chciał przyjąć pierścionka, więc wrzuciła klejnot do szkatułki i niemal o nim zapomniała. Teraz mógł się przydać.

– Nie przyniósł mi szczęścia – stwierdziła, wyjmując złoty pierścionek z ogromnym szafirem. Okalające go drobne brylanciki zalśniły w świetle lampy. – Może lepiej przysłuży się komuś innemu.

Ustalono, że za kilka dni Rózia pojedzie z Zośką na wieś. Kobietom z Grodzkiej trudno było się rozstać z dziewczynką, ona też bardzo przeżywała rozstanie.

– Jak sobie tu dacie radę same? – martwiła się. – Jak ja wytrzymam bez Nikusi?

Na Weronikę wołano czasami Nika, a Nikusia wymyślona została przez Rózię i tak już zostało. Małej bardzo się to zdrobnienie spodobało.

– Nikusia bubi Lózię – powtarzała, przytulając się do dziewczynki jak do starszej siostry.

– A mamusi to nie bubi? – przekomarzała się z nią Matylda, całując wyrywającą się ze śmiechem córeczkę.

Weronika uwielbiała takie zabawy i domagała się ich, bezustannie wołając o jeszcze. A potem, kiedy już miała dość, biegła do Rózi, zapominając o całym świecie. Bawiły się razem w pokoju zajmowanym teraz przez Rózię, czyli w dawnej sypialni dziadka Matyldy, Franciszka Bernata. Najciekawszym miejscem była tam przepaścista szafa, w której można się było schować. Przechowywano w niej futra i palta zimowe całej rodziny, traktowana była jak dodatkowa ogromna garderoba i składzik chwilowo niepotrzebnych drobiazgów. Taka szafa to prawdziwie zaczarowany świat dla każdego dziecka i Matylda pamiętała, jak mama mówiła, że czasami udawało jej się tam schować. Niestety, ojciec szybko się zorientował i surowo zakazał tych zabaw. Zresztą nikt w domu nie miał prawa zbliżać się do jego pokoju, a już do szafy w szczególności.

Teraz nikt tego nie zabraniał i Weronika czuła się w tym pokoju jak w zaczarowanym królestwie. Razem z Rózią bawiły się tam w chowanego. Szafa służyła też za schronienie wszystkim misiom i lalkom Weroniki, a miała ich sporo. Pomimo trudnych czasów wszyscy znosili jej zabawki, a ciotka Ivonne zdążyła jeszcze przed wybuchem wojny przysłać całą paczkę misiów i lalek. Niektóre z tych lalek miały piękne, prawdziwe włosy, zamykające się oczy i śpiewały albo płakały.

Matylda chciała oddać część zabawek córeczki innym dzieciom, ale Weronika tak rozpaczała, że postanowiono poczekać z tym, aż dziewczynka wyrośnie. Pamiętała każdego zwierzaka, każdy miał też swoje imię i dziewczynka przed snem robiła coś w rodzaju apelu, wywołując je po kolei. Wystarczyło, że któryś zawieruszył się na chwilę, a rozpacz i płacz sprawiały, że cała rodzina rzucała się na poszukiwania zguby.

Pewnego dnia dziewczynki odkryły w szafie stary album ze zdjęciami. Leżał na półce, wciśnięty między kapelusze i czapki. Zaaferowana Rózia przybiegła do Matyldy i pokazała jej pożółkłą już fotografię pięknej kobiety. Sztywny kartonik miał nieco zniszczone rogi, jednak samo zdjęcie pozostało nietknięte.

– Co to za piękna pani?

Matylda pochyliła się nad albumem, a Weronika natychmiast wspięła jej się na kolana, przekonana, że czeka ją bajka. Rózia była w pobliżu, zapowiadała się więc świetna zabawa.

Stare zdjęcie przedstawiało piękną kobietę o smutnej twarzy. Długie blond włosy miała upięte w formie korony na czubku głowy, zgodnie z modą tamtego okresu. Jedną rękę trzymała na brzuchu, drugą uniosła, podpierając palcem twarz. Bogato zdobiony rękaw ciemnej sukni spływał w miękkich fałdach. Tajemnicza dama spoglądała gdzieś w bok, pogrążona we własnych myślach.

Matylda dawno nie oglądała tego albumu, nawet nie pamiętała, że znajdował się w szafie. Wróciło wspomnienie głosu mamy, wyjaśniającej jej, kogo przedstawiają poszczególne fotografie. Poczuła łzy pod powiekami.

– To jest przybrana mama mojej mamy, Klementyna Bernat – powiedziała drżącym ze wzruszenia głosem. – Zmarła, wydając na świat bliźnięta, jej jedyne dzieci, które przeżyły. Niestety, jedno z nich uszkodzono podczas porodu i później okazało się, że jest opóźnione w rozwoju. Wszystkie inne umierały zaraz po narodzinach. Babcia Klementyna aż do śmierci nie wiedziała, że moja mama nie była jej rodzoną córką.

– Jak to? – zdziwiła się Rózia, zabawnie marszcząc czoło.

– To długa historia, kochanie. Opowiem ci ją innym razem. Moją mamę urodziła inna kobieta, a inna ją wychowywała. Wszystko to przez długie lata trzymane było w tajemnicy przez akuszerkę, która odbierała porody.

– A te dzieci, bliźnięta, gdzie teraz są?

– To moi wujowie, Adam i Stefan. Adama nigdy nie miałam okazji poznać, bo w młodości popełnił jakieś przestępstwo i musiał uciekać za granicę. Natomiast wuj Stefan, ten lekko upośledzony umysłowo, mieszka teraz ze swoją żoną i dziećmi w Wiedniu. Zabrał go tam jego przybrany syn. Naprawdę był synem Adama, ale to Stefan go wychował. Jakież to wszystko skomplikowane – szepnęła sama do siebie Matylda, jakby dopiero teraz sobie uświadomiła ten fakt – jak wszystko w naszej rodzinie. Nie wszystkich nas łączą więzy krwi.

Rózia ze zmarszczonymi brwiami spojrzała na nią, oczekując dalszych wyjaśnień, jednak Matylda skupiła się już na kolejnym zdjęciu.

– O, a tutaj cała rodzina mojej mamy. – Uśmiechnęła się z nostalgią. – Jej ojciec, bracia, o których przed chwilą mówiłam, druga żona ojca i w końcu ona sama jako młoda dziewczyna. Moja mama.

Delikatnie pogładziła palcem sztywny kartonik z nadrukiem pracowni fotograficznej Walerego Rzewuskiego. Wiktoria, z ciasno splecionymi po obu stronach głowy warkoczami, ubrana w szkolny mundurek z marynarskim kołnierzem, stała obok siedzącego w fotelu ojca, położywszy jedną dłoń na wysokim oparciu. Po drugiej stronie ustawiła się nowa żona Franciszka, młoda kobieta w eleganckiej sukni opinającej smukłą kibić i ogromnym kapeluszu na głowie. Jeden z bliźniaków, Adam, siedział na kolanach ojca, Stefanek natomiast stał obok Wiktorii, trzymając ją kurczowo za spódniczkę mundurka. Widać było, że najbezpieczniej czuł się w towarzystwie ukochanej siostry. Obaj chłopcy ubrani byli w krótkie spodenki i mieli poobijane kolana. Franciszek Bernat z władczą miną spoglądał w obiektyw. Wysunięta do przodu kwadratowa szczęka i surowe spojrzenie spod gęstych brwi nawet teraz wywoływały dreszcz u patrzącego.

– Mama bardzo kochała swoich braci – mówiła dalej Matylda. – Opiekowała się nimi, bo jej ojciec nie miał na to ani chęci, ani czasu. Poza tym ponoć był bardzo surowy.

– Chybabym się go bała – przyznała cicho Rózia, spoglądając na Bernata.

– Z tego, co wiem na temat dziadka, małe dziewczynki powinny były się go bać… – przyznała Matylda.

Nie chciała rozwijać tego tematu, tym bardziej że nagle usłyszała dźwięk hamującego za oknem samochodu. Wyjrzała dyskretnie zza firanki i ku swojemu przerażeniu zobaczyła w dole głowę niemieckiego oficera, wysiadającego z auta. Przez chwilę poprawiał czapkę i pas, potem zerknął w stronę apteki, następnie ruszył w kierunku bramy kamienicy. Kiedy na moment podniósł twarz do góry, jakby lustrował okna, rozpoznała Niemca, z którym już dwa razy zetknęła się wcześniej. To był oficer ze świątecznego jarmarku na rynku, ten sam, który pomógł jej i Zośce, kiedy wracały ze wsi, wioząc do domu żywność. Czuła, że teraz też do niej przyjechał.

Wymieniły z Rózią przerażone spojrzenia. Obie doskonale wiedziały, co ta wizyta mogła dla nich oznaczać.

– Biegnij do siebie i schowaj się w szafie! – szepnęła Matylda, wypychając dziewczynkę z pokoju. – Szybko!

Rózia uciekła w popłochu, a kilka minut później w drzwiach ukazała się zdenerwowana babcia Michalska, prowadząc za sobą Niemca. Był sam, towarzyszący mu żołnierz prawdopodobnie został na straży przed bramą kamienicy. Babcia czym prędzej wycofała się na korytarz.

– Bardzo się cieszę, że znów się spotykamy. – Przybyły pokazał w uśmiechu rząd białych, równych zębów.

Pewnie miał zamiar ją oczarować, ale Matyldzie skojarzył się ów widok z psem szczerzącym kły. Bez słowa kiwnęła głową. Nie mogła mu się odwdzięczyć równie miłym powitaniem.

– Pewnie zastanawia się pani, co mnie tu sprowadza? Proszę się nie obawiać, nic złego.

Nadal nie była w stanie się odezwać. Miała nadzieję, że Rózia zdążyła uciec do swojego pokoju i nie spotkała Niemca na korytarzu. Z miny intruza trudno było coś wywnioskować. Matylda nie wiedziała, czy oficer nie bawi się z nią teraz jak kot z myszą. A może Rózię zabrał już do samochodu tamten żołnierz, pomyślała nagle, pocąc się ze strachu.

Oberleutnant Jurgen Schwartz, przypomniała sobie jego nazwisko nie wiadomo po co. Czy to ważne, jak nazywa się człowiek, który za chwilę zrobi ci krzywdę?

Niemiec przyglądał jej się, wyraźnie ubawiony sytuacją. Nie mógł nie zauważyć zdenerwowania Matyldy.

– No jak, nie jest pani ciekawa? A jeśli powiem, że chciałem po prostu panią zobaczyć, to uwierzy pani?

– Nie, nie uwierzę. – Ochłonęła na tyle, żeby odpowiedzieć zgodnie z prawdą. Co ma być, to i tak się stanie. Nie miała zamiaru mu pozwalać, by dalej się bawił jej kosztem. – Będę wdzięczna, jeśli mi pan wyjawi cel tej wizyty.

Przez jego twarz przebiegł ledwo dostrzegalny grymas.

– A jednak. Zajrzałem do apteki z nadzieją na miłą rozmowę, lecz tam pani nie było. Postanowiłem więc odwiedzić panią tutaj. Dawno się nie widzieliśmy.

Kłamiesz! – wszystko aż krzyczało w Matyldzie. Kłamiesz, widziałam, jak kierowałeś się prosto do domu, nie do apteki.

– Słyszałem, że można u pani wypić dobrą herbatę. – Udawał, że nie widzi tłumionej niechęci swojej
gospodyni. I jej strachu. Tak, ten strach musiał być
widoczny na pierwszy rzut oka. – Podobno pani ojciec
miał sklep z herbatą?

– Tak, to prawda – wykrztusiła Matylda.

Fakt, że ten niemiecki oficer tyle o niej wiedział,
przeraził ją jeszcze bardziej. Skąd wiedział, że ma jeszcze jakieś zapasy herbaty? Ostatnio częstowała nią Kiejstuta. Nie, aż pokręciła głową, to przecież niemożliwe...

– Nie poczęstuje mnie pani? – Zaskoczył go jej
przeczący ruch głową. – A gdzież słynna polska goś-
cinność?

– Ależ oczywiście, że pana poczęstuję. – Matylda
opanowała się szybko. – Po prostu zdziwiłam się, skąd
pan wie o mojej herbacie. Przy takiej reklamie zaczną
się do mnie schodzić goście z całego Krakowa.

– Mam swoje sposoby. – Zmrużył oko. – A już
zwłaszcza kiedy jestem ciekaw, kim jest kobieta, która mnie zainteresowała. A w sprawie herbaty obiecuję
zachować dyskrecję. To będzie w moim własnym interesie, bo nie wystarczy dla mnie, gdybym znów chciał
tu zawitać z wizytą.

Matylda pominęła milczeniem tę wypowiedź i prze-
prosiwszy go na chwilę, wyszła do kuchni, żeby za-
gotować wodę. Już na korytarzu usłyszała stukanie
podkutych oficerek i skrzypnięcie podłogi. Niemiec
najwyraźniej nie miał zamiaru siedzieć spokojnie
w fotelu. Zaczęła się zastanawiać, czego szukał w jej
pokoju.

Kiedy wróciła z herbatą, siedział już na swoim miejscu, jakby nigdzie się stamtąd nie ruszał. Dużo wysiłku kosztowało ją udawanie, że wszystko jest w porządku i że ona, Matylda, wcale nie ma ochoty natychmiast sprawdzić, co ruszał i co ewentualnie zginęło.

– Ładnie pani mieszka – pochwalił jej pokój. – Tyle tu pamiątek. A to zdjęcie, to z mężem? Co z nim?

Spojrzał na stojące na toaletce zdjęcie ślubne Matyldy i Julka.

– Mąż zaginął na wojnie. A czego innego się pan spodziewał? – nie wytrzymała. – Że pojechał na wywczasy?

Chciała natychmiast ugryźć się w język, niestety, było już za późno. Ku jej zaskoczeniu Jurgen Schwartz roześmiał się tylko.

– No proszę, jaki cięty języczek. Podoba mi się pani coraz bardziej.

Do pokoju wbiegła Weronika z misiem pod pachą, a za nią rozbawiona Marta.

– O! – ucieszył się Niemiec na widok starszej dziewczynki. – Moja znajoma księżniczka! Nie wiedziałem, że ma pani dwie córeczki.

– Marta jest córką mojej przyjaciółki, współwłaścicielki apteki – wyjaśniła chłodno Matylda.

Była zaniepokojona pojawieniem się dziewczynek w pokoju. Weronika w każdej chwili mogła spytać o Rózię.

– Dziewczynki, idźcie się bawić do swojego pokoju. Nie należy przeszkadzać dorosłym w rozmowie. – Dała ręką znak Marcie, żeby zabrała ze sobą małą.

– Nie ma takiej potrzeby – nieoczekiwanie zaprotestował po polsku. – Mówiłem pani już kiedyś, że sam mam dzieci. Wcale mi nie przeszkadzają.

Zdumiona Matylda znieruchomiała z wysuniętą ręką.

– Pan... pan mówi po polsku?

– Tak – zaśmiał się zadowolony z efektu. – Moja babcia była Polką. Niestety, już nie żyje, ale w dzieciństwie dużo ze mną rozmawiała w swoim ojczystym języku.

Mówił z twardym niemieckim akcentem, ale bez trudu można go było zrozumieć.

– Czy ja czasem nie widziałem jeszcze jednej dziewczynki z panią wtedy, na rynku?

Matylda zamarła. A jednak. Wyglądało na to, że jego wizyta wcale nie była przypadkowa ani towarzyska, jak usiłował ją przedstawić. Swoją drogą, zastanowiła się, kiedy on miał możliwość zauważyć Rózię? Przecież wtedy na rynku trzymała się na uboczu.

– Tak, to była córka mojej kuzynki – odparła, starając się, aby jej głos brzmiał normalnie i beztrosko. – Gościła u mnie przez jakiś czas. Później zabrała ją dalsza rodzina, prawdopodobnie do Włoch, skąd pochodzą. Dla niej to najlepsze rozwiązanie, zresztą mnie też trudno byłoby teraz wyżywić dodatkową osobę.

– No tak, oczywiście. – Niemiec kiwnął głową, jakby doskonale rozumiał. – Wojna to nie czas, żeby przyjmować gości. Trzeba dbać przede wszystkim o najbliższych. Kłopoty z zaopatrzeniem mają wszyscy.

Znów odwrócił się w stronę Weroniki.

– Jaki piękny miś! To pewnie twój ulubiony, tak?

Miś należał do Rózi, była to jej jedyna pamiątka z rodzinnego domu. Ale czasami pozwalała się nim bawić dziewczynkom, pod warunkiem że go nie zniszczą.

Matylda zaczęła intensywnie wpatrywać się w córkę, jakby chciała wzrokiem nakazać jej milczenie. Zapobiec wyjaśnieniom, że miś nie jest jej, tylko należy do Rózi. I nieuchronnemu pytaniu o towarzyszkę zabaw.

– Nikusiu, nie zawracaj panu głowy – rzuciła nerwowo, nie dając małej dojść do głosu. – Wracaj z Martą do pokoju, mamusia przyjdzie do ciebie później.

Dziewczynka zrobiła naburmuszoną minę i z niechęcią odwróciła się w stronę Marty. Miś, trzymany niedbale za ucho, obijał się jej o nogę.

– Ależ ona mi wcale nie przeszkadza – zaprotestował Niemiec, wyraźnie rozbawiony nerwowością Matyldy. – Wręcz przeciwnie.

Uśmiechał się, lecz jego oczy pozostały chłodne. Matyldę przeszedł dreszcz na widok tego obojętnego, nieruchomego spojrzenia. Znów odwrócił się w stronę małej.

– Gdzie masz więcej takich zabawek? Pokażesz mi?

Zadowolona Weronika ochoczo kiwnęła głową i wyciągnęła do niego rękę.

– Chodź – powiedziała po prostu.

W sypialni Franciszka Bernata, zajmowanej teraz przez Rózię, panował porządek. Nie było tam, jak u innych dzieci, porozrzucanych ubrań ani zabawek czy książek. Wszystko leżało na swoim miejscu i pokój wyglądał, jakby nie używano go od dłuższego czasu. Matylda odetchnęła z lekką ulgą. Idąc tu, bała się, że może Rózia nie doceniła niebezpieczeństwa i zamiast schować się do szafy, siedziała sobie w fotelu, czekając, aż niemiecki oficer wyjdzie. Na szczęście okazała się mądrą dziewczynką.

– To tutaj się bawisz?

Głos Niemca brzmiał łagodnie, niemal jak u dobrego wujka.

– Tutaj – potwierdziła ochoczo Weronika. – I Lózia, i Maltusia.

Zanim Matylda zdążyła wyjaśnić, że małej jeszcze mylą się czasy i nie zna pojęcia przeszłości, dziewczynka podbiegła do szafy.

– Tu! – zawołała z triumfem, uderzając otwartą dłonią w drzwi przepaścistego mebla. – Tu, a kuku!

– A, tutaj bawicie się w chowanego? – domyślił się Schwartz, podchodząc bliżej.

Matylda miała wrażenie, że wszyscy w pokoju muszą słyszeć łomot jej przerażonego serca. Na moment przestała cokolwiek czuć. Zamknęła oczy w oczekiwaniu na nieunikniony koniec. Wszystko stracone, już nic się nie da zrobić, Niemiec zaraz zajrzy do szafy i odkryje tam Rózię.

Skrzypnęły ciężkie, dębowe drzwi. W całym pokoju rozszedł się wyraźnie wyczuwalny zapach kamfory. Babcia Michalska używała ziela bagna pospolitego, nazywanego też leśnym rozmarynem, do odstraszania moli. To właśnie ono wydzielało ten ostry zapach.

– No proszę! Co ja tu znalazłem! – Z głębi szafy dobiegł stłumiony głos oficera. Po całej serii postukiwań
i szurania wydostał się stamtąd, trzymając coś w ręce.

– Kolejny miś! Tu rzeczywiście jest cały sklep z zabawkami. Aż ci zazdroszczę, Wehroniko. Sam bym się
chętnie pobawił, ale na mnie już czas.

Nagle jakby stracił zainteresowanie dziewczynką
i jej zabawkami. Pożegnał się krótko z Matyldą, po-
dziękował za herbatę, a małą przelotnie pogłaskał po
głowie.

– Aha... – Zatrzymał się na moment w drzwiach,
jakby coś sobie jeszcze przypomniał. – Nie wiem, co
pani ukrywa, i ze względu na naszą znajomość nie będę
teraz dociekał, na przyszłość jednak radzę zachować
ostrożność. I jako aktorka powinna pani popracować
trochę nad mimiką twarzy. Następnym razem może tu
przyjść ktoś inny.

Matylda przez dłuższą chwilę nie mogła się ruszyć.
Usiadła ciężko na łóżku, próbując wyrównać oddech
i uspokoić szaleńczo łomoczące serce. Wciąż jeszcze
nie mogła uwierzyć, że jej rodzina cudem uniknęła tragedii. Jak to się stało? Dlaczego Oberleutnant Schwartz
darował sobie dalsze poszukiwania, skoro coś podejrzewał? I gdzie się podziała Rózia, która przecież pobiegła do swojego pokoju? W jaki sposób udało jej się
wymknąć z domu?

Na to akurat pytanie odpowiedź przyszła szybciej,
niż można się było tego spodziewać. W pokoju rozległ się nagle jakiś dziwny dźwięk, coś jakby szuranie

i zgrzyt. Przerażona Matylda zerwała się z łóżka i spojrzała w stronę szafy, skąd dobiegały te tajemnicze dźwięki.

Z wnętrza przepaścistego mebla wyłoniła się brudna od kurzu Rózia. Rozejrzała się niepewnie dookoła, zanim odważyła się wyjść.

– Poszedł już? – spytała szeptem.

Matylda wprost nie wierzyła własnym oczom.

– Skąd... w jaki sposób udało ci się schować? Przecież on tam zaglądał. Jak to zrobiłaś?

– Tam jest schowek, ciociu. Wystarczy przesunąć tylną ściankę.

Zaskoczona kobieta zajrzała do środka. Za odsuniętą ścianką widać było jakąś wnękę. Była niewielka, mogła jednak pomieścić co najmniej jedną dorosłą osobę.

Skrytka za tylną ścianą szafy okazała się ciasnym pomieszczeniem niewiadomego pochodzenia i przydatności. Wewnątrz było wystarczająco miejsca, żeby mógł się tam schować dorosły człowiek w pozycji siedzącej. Dziecko mieściło się bez przeszkód, mogło nawet się położyć. Z powodu grubych w tym miejscu ścian kamienicy trudno było się zorientować, że szafa kryje w swoim wnętrzu taką niespodziankę.

Dziadek Matyldy musiał wiedzieć o tej skrytce i pewnie dlatego zabraniał komukolwiek tam wchodzić, a dzieciom nie pozwalał bawić się w szafie. Matylda nawet nie chciała się zastanawiać nad tym, po co Franciszek Bernat zbudował tę skrytkę i co albo kogo w niej przechowywał. Ta sprawa odeszła razem z nim i na zawsze już miała pozostać tajemnicą. Przewrotny los sprawił, że człowiek, który miał na sumieniu życie niejednego dziecka, teraz, zupełnie przypadkowo, uratował obcą dziewczynkę.

A może tak właśnie miało być? – zastanowiła się Matylda. Może właśnie w ten sposób próbujesz... – słowo „dziadku" nie mogło jej jednak przejść nawet przez myśl – ...próbujesz stamtąd choć trochę odkupić swoje grzechy?

Franciszek Bernat był potworem, ale dzisiaj czuła do niego coś w rodzaju wdzięczności.

ROZDZIAŁ 12

Przesiąknięte aptecznymi zapachami pomieszczenie na zapleczu koiło nerwy Matyldy. Z zaskoczeniem odkryła, że miejsce, które znała od najwcześniejszych lat i którego zawsze starała się unikać, kojarzyło jej się teraz z najpiękniejszymi wspomnieniami z dzieciństwa. Że tak naprawdę to było jej miejsce na ziemi.

To tutaj przybiegała, kiedy zatęskniła za mamą, to tu pod jej czujnym okiem bawiła się lalkami, sprzedając im tajemnicze maści na równie tajemnicze choroby. I w tym właśnie miejscu, podobnie jak przed laty Wiktorię, znajdowano ją często śpiącą gdzieś pod szafką albo w kącie, pośród pachnących dziwnie, tajemniczych pakunków.

Najbardziej lubiła dni, gdy do apteki dostarczano zioła z różnych części świata. Pomagała mamie je rozpakowywać, lubiła słuchać przy tym opowieści o egzotycznych krajach, z których je wysyłano. Mama pokazywała jej później obrazki w atlasie ziół oraz zdjęcia tych roślin na ukwieconych łąkach, gdzieś daleko, w miejscach o trudnych do wymówienia nazwach.

Matylda marzyła wtedy o dalekich podróżach, od początku nie chciała dać się zamknąć w aptece, która matce zajmowała tyle czasu i odrywała ją od życia i od rodziny. Teraz to ona znalazła się w tej samej aptece, chociaż w innej już roli, pomocnicy bez odpowiedniego wykształcenia.

Apteka nie pozwalała nikomu odejść, od pokoleń stanowiła nierozerwalną część rodziny, a rodziny się nie porzuca. Była przekleństwem Matyldy, a jednocześnie jej wybawieniem. Dzięki niej mogła przecież utrzymać rodzinę. Wymarzony od dziecka zawód aktorki nie dawał jej teraz żadnego oparcia. Polskie teatry zostały zamknięte, w niemieckich mało kto decydował się grać. Większość aktorów uważała to za współpracę z okupantem, czyli zdradę.

Sklep ojca, kiedyś dający jej dodatkowy dochód, został sprzedany parę lat przed wojną, mieszkanie nad nim, wcześniej wynajmowane, a potem przeznaczone na siedzibę fundacji „Wiktoria", zabrali Niemcy. Zakwaterowali tam swoich ludzi, a fundacja czasowo zawiesiła działalność. Nie tylko z powodu braku lokalu. Wojna wyznaczyła inne priorytety.

Śledztwo w sprawie handlu kobietami również utknęło w martwym punkcie. Czasami tylko, i to zupełnie przypadkowo, dochodziły do Matyldy wieści o znalezieniu kolejnych osób związanych z tym procederem. Ktoś kogoś takiego widział w Berlinie, ktoś inny słyszał o aresztowaniu kolejnych członków szajki poza granicami Polski. Wciąż jednak nie było żadnej wiadomości ani o Meli, ani o Michale. Ślad po nich urywał się w Argentynie, lecz teraz nikt nawet nie próbował ich szukać. Nie wiadomo też było, czy w ogrodzie Olbrychta znaleziono jakieś zwłoki. Wszyscy byli zajęci własnym bezpieczeństwem i walką z okupantem. Albo choćby szukaniem sposobów, by przeżyć.

Matylda otrząsnęła się z rozmyślań i wróciła do pracy. Postanowiła uporządkować zgromadzony na zapleczu towar, pochodzący z ich fabryczki kosmetyków. Niestety, musiały zrezygnować z ich wytwarzania, ponieważ nie było już z tego żadnych zysków. Coraz bardziej zubożałe kobiety nie miały pieniędzy na pielęgnowanie urody. Najważniejszą sprawą było teraz zdobycie coraz droższej żywności. Owszem, na tak zwanym czarnym rynku oferowano wszystko, czego tylko dusza zapragnie, począwszy od prawdziwej wędliny do kawioru, tylko kogo było na to stać? Tak jak nikogo nie stać już było, poza nielicznymi wyjątkami, na kosmetyki.

Pomieszczenia po fabryczce na obrzeżach miasta zostały zarekwirowane przez Niemców. Mieściły się tam jakieś magazyny, nikt nie bardzo wiedział jakie, bo teren został zagrodzony, a na rogach postawiono uzbrojonych wartowników.

Matylda z Joasią przewiozły cały towar wypełniający fabryczny magazyn do apteki i przeglądały teraz każde pudełeczko i buteleczkę z osobna. Kosmetyki wyprodukowane najwcześniej, które mogły już być przeterminowane, dodawały za darmo do większych zakupów w aptece albo wykorzystywały na własne potrzeby. Inne, nadające się jeszcze do użytku przez dłuższy czas, sprzedawały po mocno obniżonej cenie. Zawsze znaleźli się jacyś nabywcy. Zwłaszcza na ziołowe szampony i mydełka, których coraz bardziej brakowało.

– Szkoda, że nie robiłyście zwykłego mydła ani proszków do prania – westchnęła babcia Michalska, widząc Matyldę przy kosmetykach. – Teraz by były jak znalazł. A takimi pachnącymi to nie tylko żal, ale nawet grzech prać.

– Nie było zapotrzebowania, to i nie zajmowałyśmy się tym, babciu.

Matylda zmarszczyła brwi, jakby usiłowała coś sobie przypomnieć. Uśmiechnęła się nagle tajemniczo.

– Ale sądzę, że to jest do zrobienia.

– Jak to, teraz? Przecież nie macie już fabryki.

– Ale mamy aptekę. A w niej chyba wszystkie składniki potrzebne do domowego wyrobu mydła. A babcia chyba jeszcze ma gdzieś pochowane gazety z różnymi przepisami na wypadek wojny, czyż nie? O ile mnie pamięć nie myli, były tam też przepisy na mydło do prania.

Twarz staruszki rozjaśniła się jak słońce. Pani Helena zerwała się z miejsca i zapominając o bólu kolan i sztywnych stawach, wybiegła z kuchni jak młoda dziewczyna. Po dłuższej chwili wróciła z plikiem czasopism pod pachą.

– Uff... – sapnęła z ulgą. – Już się bałam, że poszły na rozpałkę do pieca, bo nigdzie nie mogłam ich znaleźć.

Zabrały się do przeglądania starych numerów „Mojej Przyjaciółki" i zanim dotarły do przepisów, ze wzruszeniem oglądały obrazki z tamtego szczęśliwego świata sprzed wojny. Moda, wykroje, robótki ręczne, relacje z podróży – to wszystko wydawało się tak bardzo odległe, że wprost nierealne.

Babcia Michalska zatopiła się w lekturze i zapomniała, po co właściwie przyniosła gazety, ale Matylda zdążyła już znaleźć właściwy numer.

– Mam. Czego więc potrzebujemy? O, widzę, że nie będzie żadnego problemu – mruczała pod nosem – ług sodowy i potasowy jest w aptece. Jeszcze tylko łój wołowy, z tym chyba nie powinno być większego kłopotu.

– Co mówisz? – ocknęła się w końcu babcia, podnosząc niewidzące spojrzenie znad gazety.

– Mówię, że znalazłam przepis na mydło domowej roboty, babciu. Na masową skalę tego nie naprodukujemy, ale dla nas wystarczy.

– To dobrze, bo powinnyśmy już zrobić pranie. Teraz, kiedy nie ma Rózi, sama sobie nie poradzę ze wszystkim.

– Babciu – Matylda objęła staruszkę – a mnie i Joasię od czego masz? Przecież nie pozwolimy, żebyś robiła wszystko sama. Jest jeszcze Zośka, niech babcia nie zapomina.

Staruszka doskonale wiedziała, że wszystkie chętnie jej pomogą, lecz nie mogła się pogodzić z odejściem Rózi i dawała temu wyraz na każdym kroku. Dziewczynka podbiła jej serce. Choć częściowo zapełniała lukę po Julku, o którym nadal nie było żadnych wieści. Pani Helena tęskniła ogromnie za ukochanym wnukiem, wychowywanym w jej domu od najmłodszych lat. A teraz los odebrał jej jeszcze Rózię. Babcia Michalska lubiła Martę, kochała maleńką Weronikę, ale to z Rózią dogadywała się najlepiej. I nie tylko dlatego, że dziewczynka była najstarsza ze wszystkich dzieci w domu. Miała też w sobie coś, co od pierwszego wejrzenia chwytało człowieka za serce.

Matylda zawiozła Rózię do rodziców Zośki zaraz na drugi dzień po dziwnej wizycie niemieckiego oficera. Odprowadziła ją na miejsce, a potem długo nie mogły się rozstać.

– Róziu, dziecko moje kochane – mówiła ze ściśniętym gardłem – obiecuję, że zaraz po wojnie wrócisz do domu. Teraz tu będziesz bardziej bezpieczna niż u nas.

– Wiem, ciociu. Nie martw się o mnie, dam sobie radę. Tylko jak wy tam poradzicie sobie bez mojej pomocy? Co będzie z babcią i Nikusią?

– Zaopiekuję się nimi, możesz być spokojna. Teraz najważniejsze, żebyś była ostrożna i nie narażała się niepotrzebnie. Słuchaj we wszystkim gospodyni, a gdyby przyjechali Niemcy, uciekaj gdzie pieprz rośnie. Nie daj się złapać.

Odjeżdżała stamtąd ze świadomością, że już drugiemu dziecku obiecała spotkanie po wojnie.

To „po wojnie" stało się czymś w rodzaju zaklęcia. Po wojnie człowiek będzie mógł się najeść do syta, po wojnie synowie, ojcowie i mężowie wrócą do domów, po wojnie będzie można wreszcie cieszyć się życiem, bez strachu o siebie i bliskich. Słyszało się te słowa w aptece i na ulicach. Znajomi pozdrawiali się pospiesznie, umawiając się na „po wojnie".

– A co u Romka? – spytała jeszcze Rózia na pożegnanie. – Na pewno jest bezpieczny? Bo śnił mi się ostatnio i był jakiś taki smutny.

– Nie wiem, mam nadzieję, że wszystko w porządku. Gdyby było inaczej, tamci ludzie daliby mi pewnie znać.

– A nie mogłaby ciocia pojechać i sprawdzić?

– Nie wiem, kochanie, czy to dobry pomysł i czy tą wizytą nie narażę jego i ukrywającej go rodziny na niebezpieczeństwo. I siebie przy okazji. Musimy wierzyć, że jest dobrze.

Sama nieraz się zastanawiała, jak sobie radzi Romek, ale nie miała odwagi tego sprawdzać osobiście. Zbyt dobrze pamiętała tamtą wyprawę na wieś i strach, jaki wtedy towarzyszył im obojgu.

– Brakuje mi tego dziecka – westchnęła znad gazety babcia. – Teraz to ona by mi czytała i nie musiałabym męczyć oczu.

Matylda uśmiechnęła się pod nosem. Wiedziała, że to po prostu kolejny objaw tęsknoty staruszki, bo co jak co, ale wzrok miała jeszcze, mimo swojego wieku, bardzo dobry. Właściwie to nawet nie potrzebowała okularów. Używała ich tylko od czasu do czasu, gdy czcionka w gazecie była zbyt mała. Książki natomiast czytała bez szkieł.

– No to teraz ja babcię wyręczę i powiem, co wyczytałam w tym przepisie. Mamy właściwie wszystko, co nam będzie potrzebne. Nawet formy do robienia mydła w kostkach.

– Naprawdę? A skąd je weźmiemy?

– Z apteki, babciu, z apteki – roześmiała się Matylda. – Piszą tutaj, że można użyć do tego małych szufladek, a tych u nas nie brakuje. Mnóstwo szafek z szufladkami stoi teraz pustych.

To była prawda. Joasia z ciocią Zosią zamawiały tylko najpotrzebniejsze leki i środki opatrunkowe. Zwłaszcza te ostatnie w dużych ilościach, odkąd w aptece zaczął pojawiać się regularnie pewien mężczyzna, mąż jednej z byłych podopiecznych fundacji „Wiktoria”. Przychodził zwykle wieczorem, kiedy w aptece był już najmniejszy ruch. Kobiety doskonale wiedziały, dla kogo przeznaczone były bandaże i inne środki opatrunkowe, ale nie rozmawiały głośno na ten temat. Bez zbędnych komentarzy podawały przygotowaną już paczkę klientowi, a ten oddalał się błyskawicznie, żeby zdążyć przed godziną policyjną.

– A wiesz, Matysiu, że ja pamiętam jeszcze czasy, kiedy u nas była taka bieda, że nie mieliśmy na mydło pieniędzy? Wtedy mama prała w mydlikach.

– W mydlinach?

– Nie, w mydlikach. To takie pieniące się rośliny. – Helena Michalska ucieszyła się, że może czymś zaskoczyć wnuczkę. – Razem z innymi dziećmi zbierałam na łąkach firletkę pospolitą, onieć czerwony albo biały. I kąkol, rosnący w zbożu.

– Onieć? Mogłabym się o niego potknąć i w życiu bym go nie rozpoznała! – zaśmiała się Matylda.

Uwielbiała babcine opowieści, pozwalały jej choć na chwilę zapomnieć o smutnej i strasznej codzienności.

– No, ale najlepsza była oczywiście mydlnica. Ta to się dopiero pieni jak prawdziwe mydło – kontynuowała rozczulona wspomnieniami z dzieciństwa babcia.

– No i co potem? Prałyście tylko latem, kiedy można było zbierać te rośliny? A co zimą?

– Oj, Matysiu, Matysiu... nie słyszałaś ty nigdy o suszeniu roślin?

Matylda zaczerwieniła się jak skarcone dziecko.

– No tak, prawda, nie pomyślałam.

– Mama starannie obmywała te korzenie z ziemi, a potem je suszyła. Sproszkowanymi można było od razu myć ręce, a po dodaniu do gliny prać. Pieniło się to wspaniale.

– I rzeczywiście można było doprać wszystko dokładnie?

– No, nie tak jak teraz w radionie na przykład, ale jeśli się jeszcze wygotowało bieliznę, to różnicy właściwie nie było.

– Niesamowite, jak kobiety potrafią sobie radzić w każdej sytuacji. Babciu, jest babcia prawdziwą skarbnicą wiedzy.

– E tam! – Zaczerwieniona z zadowolenia staruszka lekceważąco machnęła ręką. – Zaraz jakaś skarbnica. Po prostu żyję już wystarczająco długo, żeby pamiętać różne rzeczy. A wiesz, w czym moja mama prała wełnę?

– No nie mam pojęcia. Pewnie nie w mydle, boby się sfilcowała. Tyle to i ja wiem.

– No właśnie. W otrębach zbożowych. Ha! Trzeba było tylko dokładnie je wypłukać.

– A potem wydłubywało się te otręby przez kilka tygodni z każdego splotu swetra? Takie zajęcie na długie wieczory zamiast darcia pierza?

Babcia się zamyśliła, nie zauważając żartobliwego tonu Matyldy.

– Pamiętam takie darcie pierza, jak Juluś do nas przyszedł. – Uśmiechnęła się smutno do własnych wspomnień. – To było jakoś tak na początku. Bał się chłopaczyna wszystkiego. Chował się w swoim pokoju, zwłaszcza jak przychodzili obcy ludzie. A tu, do tej roboty schodziły się wszystkie sąsiadki. Skubałyśmy piórka do takich blaszanych wanienek, wiaderek, do wszystkiego, co tylko która miała. I nagle patrzymy, a nasz nieborak w końcu nie wytrzymał, podszedł do jednej z wanienek i dalejże wysypywać garściami pierze do góry. Bawił się w śnieg. Był wtedy taki szczęśliwy, że nie miałam sumienia go skarcić, chociaż dołożył nam sporo roboty. Możesz sobie wyobrazić te latające wszędzie pióra. A teraz... gdzie on się podziewa, biedaczek mój. – Rozpłakała się żałośnie.

Następnego dnia przyszedł w końcu tak długo wyczekiwany list od Julka. Przyniósł go nieznajomy mężczyzna, który znalazł worek z pocztą na poboczu torów kolejowych, niedaleko Krakowa.

– Mamy kilka takich stałych punktów – powiedział.
– Zaufani kolejarze wyrzucają tam worki z listami, a my staramy się dostarczyć je adresatom. Wiadomo, że naszej poczcie nie można wierzyć, bo jest kontrolowana przez Niemców.

Matylda chciała dać mu coś za fatygę, ale wręcz się obraził.

– No wie pani?! Wojna jest, to trzeba sobie pomagać.

Stanęło na tym, że dostał kawałek upieczonego przez Zośkę ciasta marchewkowego. To przyjął z wyraźnym zadowoleniem, zapewniając, że natychmiast zaniesie je dzieciom.

Matylda z niedowierzaniem oglądała kopertę ze wszystkich stron i chociaż rozpoznała charakter pisma męża, bała się, że wewnątrz mogą być złe wiadomości.

– Otwórz w końcu – ponaglała ją niecierpliwie babcia, wspinając się na palce, żeby dosięgnąć listu.

Matylda rozerwała kopertę i wyjęła złożoną na pół kartkę papieru. List nie był gruby. Odchrząknęła i zaczęła czytać drżącym głosem:

Matysiu najdroższa i wszyscy moi ukochani!
Znowu długo nie dawałem znać o sobie, ale mam nadzieję, że mi wybaczycie. I mam też nadzieję, że ten list jakoś do Was dotrze. Koledzy zrzucą pocztę nad Francją, jak będą lecieli na Niemcy, a stamtąd ktoś ją zabierze dalej koleją. Podobno tak to działa, zobaczymy.

W dalszej części listu Julek opowiadał, co się z nim działo od czasu planowanej, a pokrzyżowanej przez chorobę ucieczki z obozu jenieckiego.

Długo trwało, zanim w końcu się wylizałem i mogłem działać znowu. Zaplanowaliśmy w sześciu chłopa kolejną ucieczkę. Poszczęściło się nam dopiero po kilku miesiącach. Dokładnie opowiem Wam po powrocie, dość wiedzieć, że całej naszej szóstce udało się dotrzeć przez Słowację na Węgry, a stamtąd, z Budapesztu, pociągiem do Francji. Powiedziano nam, że na lotnisku pod Lyonem powstaje właśnie Lotnicza Eskadra Ochotnicza. Przybywali tam młodzi ludzie z kraju z nadzieją na odwet za wrzesień.

– O jakiej eskadrze lotniczej on pisze? – Babcia nie wytrzymała. – Przecież tyle miał do czynienia z samolotami, co w dzieciństwie. I to takimi robionymi z kartki papieru! Rozbije się gdzieś z tym całym samolotem, Matko Święta!

Julek wyjaśnił to w następnym akapicie listu, jakby czuł, że bliscy najpierw o to będą się dopytywać.

Nie miałem pojęcia o lataniu, ale to nikomu nie przeszkadzało. Nie ja jeden. Obiecali nam przeszkolenie. Na początku było naprawdę ciężko, nie dostaliśmy mundurów, żołd ledwo starczał na papierosy, listów nie mieliśmy jak wysyłać. W końcu przyjechali do nas Anglicy i zaczęli werbować ochotników do RAF-u. Zaciągnąłem się, bo chciałem wreszcie

gdzieś już walczyć, a nie dekować się po kątach. Po-
leciałem z nimi do Anglii, gdzie teraz intensywnie
nas szkolą, zanim w końcu usiądziemy za sterami
bombowca. Nie martwcie się o mnie, dam sobie ra-
dę, sroce spod ogona nie wypadłem. Już się nie mogę
doczekać, kiedy dam łupnia tym draniom Niemcom.

W dalszej części Julek pisał jeszcze o swojej tęsknocie i wielkiej miłości do Matyldy. Zakończył obietni-
cą kolejnego listu, jak tylko nadarzy się taka sytuacja.

Tej nocy Matylda długo nie mogła usnąć i tuliła
do twarzy zapisane przez Julka kartki. Te, których dotykał. Miała wrażenie, że czuje jego zapach, chociaż
zdawała sobie doskonale sprawę, że to tylko złudze-
nie. Ale nawet takiego właśnie złudzenia brakowało jej
od dawna. Teraz czuła się znacznie spokojniejsza. Wierzyła gorąco, że jej ukochany mąż wróci cały i zdrów.
Tacy ludzie nie giną ani nie umierają w obozach.

Im pisane jest życie.

ROZDZIAŁ 13

*M*usisz sama zobaczyć. – Joasia wsunęła głowę na zaplecze.

Zaskoczona Matylda zostawiła pracę i posłusznie ruszyła za przyjaciółką. Rozejrzała się dookoła, ale niczego szczególnego nie zauważyła. Ruch w aptece był taki jak zazwyczaj. Ludzie przychodzili tu już tylko w sytuacjach bez wyjścia, kiedy żadną miarą nie można było się obejść bez leku.

Joasia trąciła Matyldę lekko w bok, wskazując głową okno wystawowe. Na ulicy stał, przestępując z zimna z nogi na nogę, Romek.

– Co się stało? Czemu uciekłeś od tamtych ludzi?! – Matylda zarzuciła chłopaka pytaniami, nie dając mu dojść do słowa. Wciągnęła go do środka z ulicy, niemal wlokąc za kołnierz kusego płaszcza.

Co za kompletny brak odpowiedzialności, co za głupota. Ze złości miała ochotę przyrżnąć mu w ten chudy tyłek. Tyle zachodu, takie poświęcenie rodziców, a gówniarz po prostu uciekł. I jeszcze naraża innych.

– Nie... ja wcale nie uciekłem. Oddali mnie rodzicom.

– Ty durniu! Jak mogłeś!... Że co?... – Zamilkła nagle i spojrzała na niego z osłupieniem. Dopiero teraz dotarł do niej sens wypowiedzianych przez Romka słów. – Co ty opowiadasz! Jak to oddali?

Chłopak głośno przełknął ślinę.

– Powiedzieli, że sąsiedzi zaczynają coś podejrzewać, więc oni nie będą nadstawiać za mnie karku. I oddali mnie. Byłem tam tylko kilka tygodni.

– A pieniądze i biżuterię też oddali?

Prychnięcie i wzruszenie ramion było jedyną odpowiedzią na to pytanie.

Matylda bezsilnie opadła na krzesło. Nogi trzęsły jej się tak, że nie mogła dłużej ustać.

– I co teraz? – spytała raczej siebie niż przestraszonego jej reakcją chłopca. – Co teraz?

– No nic. – Wzruszył ramionami. – Jestem z powrotem z rodzicami. To nawet dobrze, bo bardzo za nimi tęskniłem, a oni za mną. Jakoś sobie radzimy, chociaż głód straszny, więc się wymykam po kryjomu i zdobywam gdzieś chleb albo co tam uda mi się zorganizować.

– Zorganizować, czyli ukraść?

Matylda skarciła siebie natychmiast w myślach za te słowa. Jakie miała prawo oceniać to wynędzniałe dziecko, pomagające swoim rodzicom?

– Nie kradnę! – Romek uniósł się honorem. – Zarabiam. Sprzedaję na ulicy gazetę, ten ich „Krakauer Zeitung". Dużo z tego nie mam, bo mało kto kupuje tę szmatę, ale zawsze na coś do jedzenia wystarczy.

– Przepraszam cię. – Przytuliła go do piersi. – Nie wiedziałam. Ale dlaczego nie przyszedłeś do nas wcześniej?

– Mama zabroniła mi tu przychodzić. Powiedziała, że nie możemy pani znowu narażać na niebezpieczeństwo.

Matylda poczuła się jeszcze gorzej. Poza tym czuła, że dzisiejsza wizyta Romka to nie tylko odwiedziny. Nie myliła się.

– Ale teraz musiałem... – Spojrzał na nią niepewnie. – Mama jest bardzo chora, potrzebuje leków, a nie mamy już pieniędzy. Mógłbym to u pani jakoś odrobić, jestem silny.

Na dowód zakasał rękaw koszuli i wyprężył drobne muskuły.

– Wiesz co, kura ma większe pięty – zaśmiała się, żeby ukryć wzruszenie. – Spokojnie, coś wymyślimy. Teraz mi tylko powiedz, co jest mamie i jakich leków potrzebuje.

Jego wyjaśnienia zmartwiły Matyldę. Z opisywanych przez Romka objawów wynikało, że jego matka nabawiła się zapalenia płuc. Wysoka temperatura, osłabienie, wyczerpujący kaszel, trudności w oddychaniu i ból. Niestety, w większości przypadków choroba kończyła się śmiercią, o czym Matylda, mająca styczność z pacjentami w aptece, doskonale wiedziała. Wprawdzie dochodziły do niej słuchy, że już ktoś w świecie wynalazł lekarstwo na zapalenie płuc, niestety, badania wciąż jeszcze trwały.

Trudne warunki, w jakich przyszło żyć ludziom w czasie wojny, a już zwłaszcza tym w getcie, sprzyjały różnym chorobom. W dodatku zima tego roku była dość ciężka, a rodzice Romka nie mieli czym opalać mieszkania. Chłopiec z ojcem jakoś sobie radzili, matka, najsłabsza z nich, zachorowała.

– No cóż. – Matylda westchnęła ciężko. – Mam nadzieję, że to nie zapalenie płuc, tylko jakieś wyjątkowo paskudne przeziębienie. Dam ci coś na kaszel, przede wszystkim na obniżenie temperatury i na wzmocnienie. Dopilnuj, żeby mama to wszystko brała.

– A jak zapłacę?

– Zapłatę odbiorę sobie po wojnie. Nie martw się. Zmykaj teraz do mamy, a jeśli znowu coś wam będzie potrzebne, zawsze możesz do mnie przyjść.

– A gdzie jest Rózia? – wydusił w końcu z siebie pytanie, które przez cały czas widać było w jego oczach.

Uspokojony wyjaśnieniami Matyldy, pobiegł jak na skrzydłach z powrotem. Tylko on i kilku jego kolegów wiedzieli, którędy można się wydostać z getta, nie ryzykując spotkania ze strażnikami. Najsłabiej pilnowany był rejon obejmujący górzyste Krzemionki i tamtędy właśnie, pomiędzy drutami kolczastymi, chłopcy wychodzili w poszukiwaniu jedzenia do miasta. I tą samą drogą wracali.

Romek jeszcze dwa razy przychodził po leki. Wyglądało na to, że matka po prostu była poważnie przeziębiona i w miarę szybko wracała do zdrowia. Matylda odetchnęła z ulgą. Polubiła tę rodzinę, tak ciężko doświadczoną przez los, i miała nadzieję, że wszystko dobrze się zakończy.

Znów zaczęła chodzić do Plastyków oraz spotykać się z innymi aktorami na tajnych spektaklach. Narażała się na niebezpieczeństwo, zdawała sobie z tego sprawę, ale chciała robić coś pożytecznego i ważnego, zwłaszcza dla siebie samej. Znów grała, a chociaż nie była to prawdziwa scena w teatrze, z kurtyną, budką suflera oraz widownią, Matyldzie to wystarczało.

Raz tylko miała ochotę zrezygnować z tych spotkań, kiedy jedynie cudem uniknęła łapanki. Była przeziębiona i fatalna chrypa uniemożliwiła jej udział w przedstawieniu, nie poszła więc na spektakl. Dowiedziała się później, że Niemcy wtargnęli do tego mieszkania i aresztowali wszystkich obecnych. Uczestnicy spotkania zostali brutalnie zapędzeni do stojącej już na ulicy ciężarówki i wywiezieni w nieznanym kierunku. Szczęśliwym zrządzeniem losu Kiejstut też wtedy tam nie poszedł. Był muzykiem, a nie aktorem, pojawiał się na spektaklach tylko ze względu na Matyldę. Feralnego dnia siedział wraz z innymi artystami w kawiarni.

Młody Litwin wciąż nie mógł pogodzić się z myślą, że nie udało mu się zdobyć pięknej koleżanki. Jego szanse znacznie zmalały, kiedy się okazało, że mąż Matyldy żyje. Mimo to Kiejstut wciąż jeszcze nie tracił nadziei, w końcu był tu, na miejscu, a tamten nie. Wiedział też, że Matylda lubi jego towarzystwo i że nie jest jej tak całkiem obojętny. Spotykali się nadal na przedstawieniach teatru marionetek i w kawiarni. Do domu Matylda już go nie zapraszała, nie chcąc kusić losu. Mimo wszystko nie była siebie tak całkiem pewna.

Wiosną zawieszono działalność teatrzyku marionetek. Pozostały po nim tylko wiszące smętnie na hakach lalki. Nie chowano ich do pudeł, każdy liczył na to, że lada dzień działalność zostanie wznowiona. Matyldzie trudno było się rozstać z tamtym miejscem, przychodziła więc nadal do znajdującej się piętro niżej kawiarni, żeby chociaż posiedzieć w towarzystwie ludzi kultury. I Kiejstuta, który, jak nikt inny, potrafił ją rozbawić, by choć na moment mogła zapomnieć o przygnębiającej wojennej rzeczywistości.

Miała dość ciągłego martwienia się o jedzenie dla rodziny i jej bezpieczeństwo. Choć na chwilę, na kilka godzin, chciała o tym wszystkim zapomnieć. Nie odziedziczyła charakteru swojej matki, gotowej bez reszty poświęcać się dla innych. Już i tak się zmieniła, była teraz bardziej odpowiedzialna, opiekuńcza, ale całkiem zmienić swojego charakteru nie mogła. Brakowało jej dawnych przyjemności i beztroski. Zdecydowanie nie była typem cierpiętnicy.

Pozorny spokój trwał aż do połowy kwietnia. Matyldzie z coraz większym trudem udawało się zapewnić byt swoim bliskim; czuła się zupełnie wyczerpana fizycznie i psychicznie. Musiała też zastąpić w aptece chorującą ostatnio panią Zofię. Wyglądało na to, że ciocia z niedożywienia wpadła w anemię. Poza tym była przepracowana. Mieszkała sama i nie miała nikogo, kto by o nią zadbał. Syn walczył gdzieś daleko na froncie, córka Małgosia zaangażowała się w działalność konspiracyjną i wyprowadziła z domu, żeby nie narażać matki.

Matylda odstąpiła cioci wolny teraz pokój po Rózi, należący kiedyś do Franciszka Bernata. W ten sposób chora miała zapewnioną opiekę oraz skromne, ale zawsze jakieś tam posiłki. Pracę papierkową z apteki wzięła ze sobą, upierając się, że głowę ma jeszcze sprawną, a chodzić przy tej robocie nie musi. Może pracować w łóżku.

– Czy ty wiesz, Matysiu, że w tym pokoju straszy? – zapytała kiedyś, jedząc przyniesioną jej przez Matyldę zupę kminkową.

Kartkowe jedzenie było ohydne i niesmaczne, w dodatku trudno dostępne. Babcia Michalska starała się, jak mogła, i przy pomocy nieocenionej Zośki dbała o to, żeby w domu był ciepły posiłek, zwłaszcza dla dzieci. Zupę kminkową, aromatyczną i gorącą, a już szczególnie pływające w niej grzanki, nadal wszyscy lubili.

– Jak to straszy? Nigdy tego nie zauważyłam, Rózia też nic nie wspominała.

– Tobie nie wspominała. – Ciocia uśmiechnęła się blado. – Ale mnie kiedyś mówiła, że nocami słyszy ciężkie kroki i jakby odgłos przesuwania czegoś w szafie. Dochodziły też stamtąd jęki i cichy płacz. Ja słyszę teraz to samo.

– To na pewno da się jakoś wytłumaczyć, ale żal mi biedaczki. Jakże ona musiała się bać, mój Boże. Dlaczego nie przyszła z tym do mnie?

– Nie chciała ci zawracać głowy. To wszystko działo się na początku, kiedy tu przyjechała, i bała się, że ją odeślesz z powrotem. Potem te odgłosy ucichły albo raczej osłabły. Podejrzewam jednak, że po prostu przyzwyczaiła się w końcu. Duch, jeśli rzeczywiście jest to duch, nie robi nikomu krzywdy. Po prostu sobie tu mieszka.

– Ciocia naprawdę w to wierzy? – Matylda spojrzała z niedowierzaniem na panią Zofię. – To znaczy wierzy ciocia w duchy?

– Wierzę, że zła energia może wnikać w mury domów. A tu, jak sama wiesz, dużo złego się wydarzyło. Coś w tym musi być, bo słyszę dokładnie to samo, co wcześniej Rózia.

– Ale przecież to stary dom, mury pracują, a wiekowa szafa rozsycha się i skrzypi. To samo dotyczy desek podłogi.

– Nie wiem, Matysiu, może i masz rację, ale te dźwięki są tak rzeczywiste. Takich jęków czy też odgłosów cichego płaczu nie może wydawać rozsychające się drewno. Ale nie przejmuj się – dodała szybko – nie boję się duchów i spokojnie mogę tu mieszkać, aż wydobrzeję. Przyślij do mnie dziś Martę z Weronisią, poczytam dziewczynkom bajki. I tak już właściwie nie mam co robić.

Matylda chętnie korzystała z takiej pomocy. Babcia Michalska nie miała już dość siły, więc to na nią, Matyldę, spadało coraz to więcej obowiązków. Cały wolny czas, jaki jej jeszcze pozostał, poświęcała dzieciom. Weronika i Marta stały się nierozłączne i wszędzie chciały być razem. Weronika patrzyła w starszą przyjaciółkę jak w obraz i starała się ją we wszystkim naśladować.

Tego popołudnia jednak Matylda mogła spokojnie się wybrać do kawiarni, spędzić trochę czasu w towarzystwie artystów oraz Kiejstuta. Z trudem przyznawała się przed samą sobą, że czasami brakowało jej przystojnego Litwina. Lubiła z nim rozmawiać, słuchać jego żartów i opowieści o muzyce, o której mógł mówić godzinami. Zapominał wtedy o całym świecie. Widać było, jak bardzo mu brak tego, co było jego pasją, a kiedy opowiadał o koncertach, jego palce poruszały się w powietrzu, przebiegając po wyimaginowanej klawiaturze. Matylda lubiła też, gdy na nią patrzył. W takich chwilach czuła się bardzo kobieco. Wiedziała, że Kiejstut wyraźnie miał nadzieję na więcej, ale nie planowała żadnego romansu. Już sam lekki, niezobowiązujący flirt sprawiał, że ogarniały ją wyrzuty sumienia. W myślach przepraszała Julka, że czerpie przyjemność z zainteresowania innego mężczyzny, ale nie potrafiła z tego zrezygnować.

ROZDZIAŁ 14
KWIECIEŃ 1942

Był jasny ciepły dzień, w powietrzu czuło się już prawdziwą wiosnę. W takie popołudnie Matylda mogłaby pojechać z Weroniką za miasto, szukać krokusów. Ale okupacja odebrała jej nawet tak proste przyjemności. Tak więc znów odwiedziła kawiarnię Plastyków. Była trochę zła na siebie, gdyż doskonale wiedziała, że nie powinna tam się więcej pokazywać ani spotykać z Kiejstutem. A mimo to przyszła. Kogo ty, głupia, chcesz oszukać? – myślała, wchodząc przez szklane drzwi do wielkiej sali, w której o tak wczesnej porze było zaledwie kilkunastu klientów. Przecież to właśnie dla niego tutaj przychodzisz. Chcesz czuć się atrakcyjna, tak jak w czasach, kiedy byłaś młodziutką aktorką i wszyscy mężczyźni wokół cię adorowali.

Niestety, nie była już tamtą beztroską dziewczyną ze sceny. Miała prawie trzydzieści lat, męża i małą córkę. Okupacyjne warunki sprawiły, że twarz i włosy Matyldy straciły dużo ze swego dawnego blasku.

Pod oczami pojawiły się cienie. O sukienkach, które nosiła, lepiej w ogóle nie wspominać – wszystkie stare, wyblakłe od ciągłego prania. Jednym słowem, czuła się zmęczona i wręcz brzydka. Cóż więc dziwnego, że jakaś część jej dawnej natury pragnęła choć przez jakiś czas czuć się znów piękna i pożądana.

Tak na bezpieczny dystans. Przecież to nie grzech.

Usiadła przy okrągłym stoliku w głębi sali, z mocnym postanowieniem, że zabawi tu tylko godzinę, najwyżej dwie. Natychmiast podszedł do niej tyczkowaty kelner z wąsikiem, pan Marian. Nie miał na twarzy swego zwykłego uśmiechu, co ją nieco zdziwiło.

– Dzień dobry pani – przywitał ją. – Nie wiem, czy powinna pani tu dzisiaj być.

Zaskoczona Matylda przez chwilę patrzyła mu prosto w twarz. Czyżby czytał w jej myślach? Nie, to przecież absurd.

– To niebezpieczne – wyjaśnił kelner. – Szwaby są dzisiaj wściekłe.

– A co się stało?

Mężczyzna pochylił się i zniżył głos do konspiracyjnego szeptu.

– Podobno nad ranem znaleziono dwa niemieckie trupy. Wygląda to na porachunki żołnierzy z pomocniczego personelu lotniczego, ale wiadomo: kowal zawinił, Cygana powiesili, jak to się mówi.

Nic nie odpowiedziała, tylko wyjęła z torebki paczkę papierosów, wyciągnęła jednego i włożyła go do ust. Kelner natychmiast podał jej ogień. Matylda zaciągnęła się, wydmuchnęła dym, po czym odrzekła z namysłem:

– To rzeczywiście nie wygląda zbyt dobrze. Nic na ten temat nie słyszałam, a nasz stróż zawsze zna wszystkie najnowsze wieści. No cóż, zaraz sobie pójdę. Muszę tylko czegoś się napić.

– Może kieliszeczek wina?

– Nie, dziękuję. Szczerze mówiąc, marzę o prawdziwej, gorącej herbacie.

– Już służę.

Czekając na herbatę, paliła papierosa i apatycznie spoglądała przez okno na skąpaną w wiosennym słońcu Łobzowską. Przejeżdżał właśnie wóz z węglem, za nim rowerzysta, gdzieś z oddali dobiegał stukot tramwaju. Tymczasem do kawiarni weszło kilku nowych klientów, roześmianych i hałaśliwych. Rozpoznała w nich stałych bywalców lokalu. Należeli do jakiejś modnej ostatnio grupy malarskiej. O jednym z nich – niskim blondynie z brzydką blizną na policzku – mówiono, że to nowy Wyspiański. Młodzi mężczyźni zdjęli kapelusze i od razu podeszli do baru, aby się napić czegoś mocniejszego. Nie wyglądali na ludzi, którzy przejmują się niebezpieczeństwem. Może nic takiego się nie wydarzyło, pomyślała Matylda, może kelner powtarzał jakieś plotki?

– Pani herbata.

– Dziękuję.

Podczas gdy popijała drobnymi łyczkami gorący napój, lokal zapełniał się coraz szybciej. Na pogrążonej jeszcze w półmroku scenie przygotowywał się do występu fortepianowy duet, jeden z muzyków rozgrzewał palce, grając gamy i fragment argentyńskiego tanga.

Do kawiarni napływali wciąż nowi goście, w tym dwóch Niemców w mundurach SS. Dosyć szybko wokoło zrobiło się aż sino od papierosowego dymu, mimo że był to duży lokal, mogący pomieścić nawet dwieście osób.

Matylda dopijała już herbatę, kiedy zauważyła wchodzącego Kiejstuta. No to doczekałaś się wreszcie, pomyślała z ironią. Twój adorator. Był sam. Jak zwykle wpadł niczym wicher, powiewając połami rozpiętego płaszcza. Z kącika ust nonszalancko zwisał mu palący się papieros.

Kiejstut przeczesał palcami swoje nieco za długie włosy, rozejrzał się po sali i szybko dostrzegł Matyldę. Uszczęśliwiony jej widokiem, w biegu zdejmował płaszcz, walczył z plączącymi się rękawami.

– Tak dawno cię nie widziałem. – Podszedł do stolika i nakrył jej dłoń swoją. – Tęskniłem.

Matylda ze spokojem cofnęła rękę.

– Mnie też miło cię widzieć – odrzekła, odruchowo wygładzając spódnicę. – Co słychać?

Ze smutkiem zauważyła nowe skaleczenia na jego smukłych dłoniach. Jeden z palców był mocno spuchnięty. Nie śmiała pytać, co się stało, wiedziała przecież, że jej adorator pracuje w kamieniołomie, gdzie o wypadek nietrudno. Zastanawiała się tylko, czy kiedyś, po wojnie, Kiejstut będzie jeszcze w stanie grać tymi palcami na swoim ukochanym fortepianie.

– Zaraz ci wszystko opowiem – powiedział, pocałowawszy w przelocie jej dłoń. – Zaniosę tylko płaszcz na górę. Nigdzie stąd nie odchodź.

Spojrzenie, jakie jej przy tym rzucił, zwykle powodowało, że oblewała ją fala gorąca, dzisiaj jednak poczuła lekkie ukłucie w podbrzuszu.

Aby pozbyć się nawet tego lekkiego podniecenia, rozejrzała się po sali. Za oknami zapadł już zmrok, zapalono więc małe lampki. Pod piecem rozmawiała półgłosem grupka rzeźbiarzy, Matylda znała ich z widzenia. Co chwilę przychodził tam ktoś znajomy, pozdrawiał krótko pozostałych i przysiadał się na moment. Dwa stoliki dalej, w kącie pod filarem, jakiś mężczyzna przyglądał się Matyldzie bezceremonialnie znad płachty gazety. Posłała mu spojrzenie tak lodowate i odpychające, że natychmiast wrócił do lektury.

– Wreszcie ruszyłem z tym swoim koncertem fortepianowym – powiedział triumfalnym tonem Kiejstut, powróciwszy do stolika z dwoma kieliszkami wina. Cały on – nawet nie zapytał, czy ona też się napije.

– To wspaniale – odparła bez przekonania.

Trudno jej było wykrzesać większy entuzjazm, ostatnio miała trochę dość tych wszystkich kawiarnianych artystów. Może dla mojego małżeństwa, pomyślała, ta znajomość z Kiejstutem oraz innymi pięknoduchami to najlepsze, co mogło się zdarzyć? Dopiero na ich tle mogła docenić, jakim wspaniałym człowiekiem jest jej mąż. Odpowiedzialnym, odważnym. Nikt nie nazywał go nowym Wyspiańskim, ale za to mówiono o nim: bohater. Podczas gdy ci wszyscy tutaj marnowali czas na popijaniu i dyskusjach o swoich obrazach i symfoniach, Julek walczył jako żołnierz z tymi samymi Niemcami, którzy upokarzali ich tutaj na co dzień i wydawali się nietykalni.

– Zacząłem go jeszcze przed wojną, znaczy ten koncercik – ciągnął Kiejstut, jakby nie dostrzegając jej rezerwy. – Miał być żartobliwy, coś w rodzaju capriccia. Ale teraz całkowicie zmieniłem koncepcję.

– Tak? – Sięgnęła po kieliszek.

– Teraz będzie to utwór ciemniejszy, poważniejszy. Podsumowujący wszystkie lata okupacji.

– Kiedy będę mogła go wysłuchać?

– Dopiero po wojnie. Sam wtedy siądę przy fortepianie. A dyrygować będzie, zgadnij kto?

Udała, że się namyśla.

– Toscanini?

– Przestań! – roześmiał się. – Witold Rowicki. Już z nim wstępnie rozmawiałem.

– Czy tak łatwo urządzić koncert z orkiestrą? – spytała, unikając jego wzroku.

– Po wojnie wszystko będzie łatwe. Zobaczysz! – Nachylił się ku niej. – Ale pracuje mi się teraz wyśmienicie, nuty same się piszą. Kiedy już znalazłem ogólną koncepcję, wszystko stało się łatwe. Początek będzie się wydobywał z ciszy i głębi, wiesz, niskie rejestry, kontrabasy i wiolonczele, potem wejdzie monolog fortepianu w oktawach unisono, przechodzący w dialog z orkiestrą. Ten żartobliwy fragment sprzed wojny zostanie jako taki przerywnik, lecz potraktowany diabolicznie, jakby ilustracja do balu na „Titanicu".

Matylda uśmiechnęła się lekko, obracając w palcach kieliszek. Z jednej strony jego entuzjazm i niespożyta energia były urocze, z drugiej jednak nie mogła oprzeć się wrażeniu, że ten mężczyzna jest bardzo dziecinny. A może to ona stała się zgorzkniałą, pozbawioną złudzeń kobietą w średnim wieku? Coś dzisiaj zupełnie nie miała nastroju na kawiarniane rozmowy. W ogóle nie powinna była tu przychodzić.

– A potem melodia fortepianu oparta na skali arabsko-perskiej i...

Nagle w gwar kawiarni wdarł się jakiś dziwny świst.

Matylda nawet nie zdążyła się przestraszyć. Wstała z kanapy, spojrzała w okno i zauważyła na ulicy hamujące w pełnym pędzie ogromne ciężarówki przykryte plandekami. Zanim ktokolwiek zdążył zareagować, do sali wbiegli esesmani w stalowych hełmach, z gotową do strzału bronią, wrzeszcząc: *Alles ruhig!* Muzyka umilkła, rozległ się kobiecy pisk. Niektórzy z gości zaczęli się podnosić z miejsc, zrzucając przy okazji kieliszki i szklanki, inni siedzieli jak sparaliżowani. Jakiś staruszek próbował się ukryć pod stolikiem.

Wszystko to wydarzyło się tak szybko, że Matyldzie aż się zakręciło w głowie. Świat zawirował i stał się nierealny, musiała przytrzymać się stolika, aby nie upaść. Przez chwilę łapała powietrze, jakby się topiła. Co się teraz stanie z Weroniką? – myślała w panice. Dlaczego byłam taka nieodpowiedzialna? Tak głupia? Wywiozą mnie na roboty albo nawet rozstrzelają, a ona pozostanie bez matki. Dlaczego jej to zrobiłam?

Kazano im wszystkim przejść z podniesionymi do góry rękami w stronę okna. Tymczasem stojący w drzwiach niemiecki oficer wyszedł z cienia i zaczął przyglądać się zebranym. Miał jakieś czterdzieści lat, wychudłą, cyniczną twarz, jasne oczy i usta wąskie jak ślad od brzytwy.

Kobiety ustawiono za barem, a mężczyzn pod oknami. Każda próba opuszczenia cierpnących rąk karana była natychmiast bolesnym uderzeniem w tył głowy. Trwała rewizja. Na podłodze leżały blankiety fałszywych kenkart, banknoty, zegarki i pierścionki. Cała sala wyglądała jak pobojowisko: zerwane ze stolików serwety, przewrócone krzesła, stłuczone szklanki.

Matylda poczuła, że bardzo jej się chce do toalety, zawsze tak reagowała w chwilach zdenerwowania. Niestety, nikt nie mógł nawet się ruszyć ze swojego miejsca. Zauważyła ciemne plamy na podłodze za barem, widać ktoś już nie wytrzymał. Całą siłą woli skupiła się na powstrzymywaniu parcia na pęcherz, jakby teraz było najważniejsze to, żeby nie zsiusiać się na podłogę.

Po długiej, przerywanej gardłowym pokrzykiwaniem Niemców rewizji otwarto w końcu drzwi kawiarni. Przepychanych przez nie mężczyzn pakowano na czekające już na ulicy budy. Matylda zdążyła tylko pochwycić przelotne spojrzenie Kiejstuta, nakazujące jej spokój. Uśmiechnął się nawet, jakby dając do zrozumienia, że przecież to musi się wyjaśnić, że niedługo wróci i wszystko będzie po staremu.

Miała jednak przeczucie, że nic już nie będzie po staremu. Że stało się coś nieodwracalnego, a ona, tak jak bliscy zabranych przed chwilą ludzi, będzie musiała dalej z tym żyć. Owszem, w Krakowie zdarzały się łapanki i aresztowania, ale takiej akcji jeszcze nie było.

Kiedy wszystko się uspokoiło, a ciężarówki odjechały, Matylda poczuła nagle ciepło po wewnętrznej stronie ud. Spływało po nogach w dół, tworząc na podłodze sporą kałużę. Nawet nie próbowała już tego powstrzymywać. Nie miała na nic siły.

Przez kilka następnych tygodni starała się nie wychodzić z domu bez specjalnego powodu. Nastąpił okres wzmożonego terroru hitlerowskiego, nasiliły się uliczne łapanki. Nikt nie był pewien, czy wróci do domu, i często ludzie nie wracali. Dowiedziała się później, przez znajomych, którzy przyszli do apteki, że zatrzymanych w kawiarni mężczyzn zabrano do więzienia Montelupich, a tydzień później wywieziono do obozu w Oświęcimiu.

Miesiąc później przyszła wiadomość, że młody muzyk, wraz z innymi artystami, został zastrzelony na dziedzińcu bloku karnego przez esesmana o twarzy dziecka, a oczach diabła.

Matylda bardzo przeżyła śmierć Kiejstuta. Był jej w szczególny sposób bliski, nie jako kochanek, którym nigdy nie został, lecz jako serdeczny kolega, z którym przeżyła wiele ekscytujących i miłych chwil w teatrzyku marionetek oraz podczas tajnych spektakli teatralnych. Zbliżyła ich wspólna pasja, a przede wszystkim chyba stałe poczucie zagrożenia. Oboje starali się nie myśleć o niebezpieczeństwie, oboje z nim igrali, niestety, jemu nie udało się uniknąć tragicznego losu.

Pewnego poranka w aptece pojawił się Jurgen Schwartz w towarzystwie funkcjonariuszy gestapo, budząc panikę wśród nielicznych tego dnia klientów. Zarządził rewizję, a sam kazał Matyldzie iść na zaplecze. Była pewna, że to już koniec, i tylko modliła się w duchu, żeby Niemcy nie pobiegli na piętro i nie zrobili krzywdy dzieciom. O nic więcej nie prosiła.

Tymczasem Jurgen Schwartz oparł się ciężko o ścianę. Na jego twarzy odmalowało się zmęczenie. Dopiero teraz zauważyła, że nie był już wcale taki młody. Wokół jego oczu i ust widniały głębokie zmarszczki. Machnął ręką, nakazując Matyldzie, by usiadła. Wciąż jeszcze niepewna, osunęła się na krzesło, starając się nawet na chwilę nie spuścić Niemca z oczu.

– Niech pani uważa, gdzie i z kim się spotyka – powiedział, zniżając głos. – I kogo ukrywa. Nie warto ryzykować, ma pani dla kogo żyć. Naprawdę z trudem udawało mi się do tej pory odwracać uwagę innych od waszej apteki i was samych. Poza tym – dodał, patrząc gdzieś w dal – dobrze, że w końcu pozbyła się pani tej dziewczynki z domu.

Matylda poczuła, jak cierpną jej usta, nie mogła wydobyć z siebie głosu. Nie wiedziała zresztą, co ma odpowiedzieć, jak zareagować.

Ten człowiek o wszystkim wiedział...

– Następnym razem może się to skończyć naprawdę źle – dokończył jeszcze ciszej. – Tym bardziej że przenoszą mnie gdzie indziej i już nie będę mógł pani pomóc.

– Dlaczego pan to robi? – Z trudem wydobyła głos ze ściśniętego gardła.

Stalowe spojrzenie oficera na chwilę złagodniało.

– Nie wiem. Naprawdę sam nie wiem.

ROZDZIAŁ 15
KRAKÓW, 1943

Kolejne miesiące nie przynosiły wyczekiwanych zmian. Wojna trwała nadal, a życie w mieście stawało się coraz trudniejsze. Niemal do każdego domu zaczął zaglądać głód. Matylda ograniczyła racje żywnościowe swoim najbliższym, z wyłączeniem dziewczynek i babci Michalskiej. Udawała potem, że nie widzi, jak staruszka oddaje część swojego przydziału Weronice i Marcie. A nawet Filipowi, który jako brat Paweł nadal przebywał w zakonie bonifratrów.

Pani Helena odwiedzała go tam tak często, jak tylko mogła. Dla niej, niezależnie od błędów, jakie popełnił w młodości, był zawsze i przede wszystkim synem. I nic tego nie mogło zmienić. Zrezygnowała z tych wizyt dopiero na jego wyraźną prośbę, wręcz nakaz, żeby się niepotrzebnie nie narażała. Zapewnił ją, że doskonale sobie radzi, chociaż widziała, że wyglądał na zagłodzonego.

Natomiast Matylda wciąż nie mogła się oswoić z myślą o śmierci Kiejstuta. Zaczęła się nawet zastanawiać, czy ona sama, kobieta z przeklętej rodziny, nie przynosi innym pecha.

– Głupoty opowiadasz! – Ciocia Zosia nawet nie chciała tego słuchać. – Niby mądra dziewczyna, a wierzy w takie brednie!

Chodziły słuchy o planowanej likwidacji żydowskiego getta i związanej z tym masowej wywózce. Wiosną zapłakany Romek przyniósł wiadomość, że zabrano już jego matkę. Matylda nie wiedziała, jak pocieszyć zrozpaczonego chłopaka. Wprawdzie dzieciom powtarzano, że niedługo spotkają się ze swoimi matkami, ale nikt w to nie wierzył. Razem z innymi chłopcami wymykał się z getta, żeby zorganizować jedzenie i znaleźć kryjówkę na wypadek wywózki. Niestety, nikt nie chciał się podjąć ukrycia Żydów.

– Mama wciąż jeszcze jest słaba – bez przerwy powtarzał roztrzęsiony. – Przecież nie powinni zabierać chorych, niechby chociaż trochę wydobrzała.

Mówił, że sytuacja dzieci trochę się poprawiła, ludzie mieli więc nadzieję, że nic groźnego się nie szykuje. Chłopców i dziewczęta wysłano do pracy w zakładzie, który pełnił też funkcję sierocińca. Dostawali tam jeden ciepły posiłek dziennie i mieli nawet jedną lub dwie lekcje. Pozostały czas spędzali na klejeniu toreb z arkuszy pakowego papieru w małej fabryczce.

Matylda jednak miała złe przeczucia. Wiedziała, że prędzej czy później nastąpi spodziewana od dawna likwidacja getta i Romek znajdzie się w niebezpieczeństwie. Obiecała jego matce, że się nim zajmie, ale teraz zupełnie nie wiedziała, jak to zrobić. Jakubowiczowie oddali całe swoje oszczędności i biżuterię, ufając rodzinie, która ostatecznie ich oszukała i okradła. Jeśli Matylda mogła zrozumieć strach tych ludzi przed wpadką, sama też się przecież bała, to już zupełnie nie pojmowała, jak można było zatrzymać to, co za spodziewaną opiekę dostali. Teraz te pieniądze bardzo by się przydały. Sama też nie miała już żadnych oszczędności. Niewielkie dochody z apteki pozwalały jedynie na utrzymanie przy życiu jej własnej rodziny.

Trzynastego marca o świcie ojciec Romka przeciął obcęgami druty kolczaste na tyłach wartowni SS, w miejscu niewidocznym dla strażników, pożegnał się krótko z synem i kazał mu uciekać. Uciekać i nigdy już tu nie wracać. Chłopak kręcił się jednak w pobliżu, do momentu, kiedy zauważył kolumnę więźniów, eskortowaną przez uzbrojonych Niemców. Była to już ostatnia grupa mieszkańców getta. Romek pobiegł za nimi, chcąc dołączyć do ojca, wołał go nawet, ale ten udał, że go nie zauważa, i uparcie odwracał głowę w drugą stronę. Zapłakanego chłopca powstrzymał w końcu ktoś z grupki gapiów. Jakiś starszy mężczyzna, który doskonale zdawał sobie sprawę z rozgrywającej się na jego oczach tragedii.

– Uciekaj, chłopcze, gdzie pieprz rośnie. Ojciec chce cię ratować, nie widzisz tego? Nie pogłębiaj jeszcze jego bólu i rozpaczy. Zmykaj stąd jak najdalej.

Tak więc Matylda znów stanęła przed problemem, co zrobić z kolejnym żydowskim dzieckiem. Na szczęście Romek miał typowo aryjską urodę, był drobnym blondynem z niebieskimi oczami, tak więc nikt, kto go wcześniej nie znał, nie posądziłby go o żydowskie korzenie. Niemniej jednak zawsze istniało takie niebezpieczeństwo.

Pomoc przyszła zupełnie niespodziewanie ze strony ciotki Zosi, która na szczęście doszła już do siebie po chorobie i mogła wrócić do własnego mieszkania.

– Nie dziękuj – mówiła uradowanej Matyldzie. – Zastanawiam się tylko, dlaczego wcześniej mi to nie przyszło do głowy. Jestem teraz sama, miejsca mam dość. A w razie wpadki trudno. Swoje już przeżyłam, dzieci daleko, więc im nie zaszkodzę w żaden sposób. Sąsiadom powiem, że to sierota po kimś z mojej bliskiej rodziny. Coś tam się wymyśli.

– Ciociu – Matylda przytuliła się do niej z wdzięcznością – jest ciocia prawdziwym aniołem.

– Nie, moje dziecko, po prostu jestem matką. Ja ryzykuję znacznie mniej niż ty, bo Romuś nie wygląda na Żyda. Z Rózią było inaczej, a jednak się nie wahałaś. Mama byłaby z ciebie dumna. Jesteś coraz bardziej do niej podobna.

Przyszła wiosna wraz ze świeżą zielenią, drobnymi jeszcze listkami na drzewach i kwitnącymi baziami, budząc nadzieję w sercach ludzi. Powtarzano sobie, że przecież wojna nie może trwać w nieskończoność, kiedyś musi się skończyć. Coraz śmielej wypuszczano się na pierwsze wiosenne spacery nad Wisłę i w okolice Wawelu, gdzie można było śledzić postępy prac nad budową bramy wjazdowej od strony Bernardynów. Obok hotelu Royal zaczęto przebudowywać narożne domy, stojące na Plantach, zakończono też budowę mostu nad Wisłą, a na Prądnickiej i Warszawskiej stanęły prowizoryczne wiadukty nad torowiskiem.

Wszystko to wlewało otuchę w serca mieszkańców Krakowa. Idzie ku lepszemu, pocieszano się nawzajem. Nawet Niemcy świętowali swój *Heldentag*, czyli Dzień Bohaterów, skromniej niż zwykle. Ot, tylko tu i ówdzie wiszące chorągwie i parada na rynku. Bez specjalnych fajerwerków i rozmachu.

Warunki życia nie poprawiły się jednak, nadal trudno było zdobyć jakąkolwiek żywność, dodatkowo Niemcy nałożyli na mieszkańców obowiązek zbierania wszelkich odpadów i starych materiałów i przynoszenia ich do specjalnych punktów co kwartał. Na każdego dorosłego przypadało po pół kilograma szmat lub metali albo gumy, trzy kilogramy papieru lub dwa kilogramy szkła. Najtrudniej było zebrać kilogram kości – z czego, jeśli zdobycie jakiegokolwiek mięsa graniczyło z cudem? Jeszcze bardziej absurdalne wydawało się polecenie, by fryzjerzy zbierali wyczeski oraz obcięte włosy swoich klientów.

Te zarządzenia stały się prawdziwą udręką dla krakowian, którzy zmuszeni byli czekać w wielogodzinnych i niekończących się kolejkach, nieraz na deszczu, z naręczami żelastwa i butelek przed wyznaczonymi składami. Później należało jeszcze odnieść otrzymane tam poświadczenie do komisariatu.

Byli też jednak, jak zwykle, ludzie, którym sprzyjała wojenna atmosfera i potrafili zbijać majątki nawet w tym trudnym czasie.

– Czy dasz wiarę, Matysiu, że ktoś dał w naszym kościele ofiarę z intencją, żeby ta wojna trwała jak najdłużej? – Babcia Michalska wróciła właśnie z niedzielnej mszy i musiała natychmiast podzielić się nieprawdopodobną wręcz informacją z Matyldą.

– Żartuje babcia? I co na to proboszcz?

– Odmówił oczywiście. Wezwał tego człowieka z ambony, żeby się zgłosił po odbiór swoich pieniędzy.

– Po nazwisku?

– Nie, ktoś dał na mszę anonimowo. Ale pomyśl tylko, jakie to okropne.

Matylda wybrała się z Weroniką na spacer, na Planty. Zniknął śnieg przykrywający do tej pory wszelkie brudy i zniszczenia, wyłoniła się zdeptana trawa i zdewastowane ławki. Nieliczne ocalałe okupowane były teraz przez staruszków i emerytów, którzy z minami strategów i polityków komentowali ostatnie wydarzenia.

– Mamusiu, pić! – Zasapana od biegania Weronika złapała matkę za rękaw i zaczęła ciągnąć w stronę budki z wodą sodową.

Matylda ruszyła posłusznie w tamtą stronę, sama też chętnie by się napiła, bo ubrała się zbyt ciepło jak na tę pogodę i czuła, jak się poci pod grubą warstwą odzieży.

Kiedy już dochodziła do okienka, wręcz zmartwiała na widok sprzedawczyni, która najspokojniej w świecie wyczesywała wszy z głowy i urządzała im pogrom. Matylda poczuła, jak żołądek podchodzi jej do gardła.

– Chodź, Nikusiu, kupimy gdzie indziej – powiedziała, z trudem ukrywając obrzydzenie. Pociągnęła protestującą córkę za rękę mocniej, niż tego wymagały okoliczności.

– Patrzcie ją, jaka delikatna! – zakpiła tamta kobieta, wykrzywiając usta w szyderczym uśmiechu. – Jeszcze się paniusi w uszy nie nalało.

Matylda kupiła coś do picia dla Weroniki, kiedy weszły na rynek. W pobliżu Sukiennic stała grupka gapiów przyglądających się w ponurym milczeniu pracującym tam robotnikom, którzy wykopywali cztery latarnie, stojące wokół pozostałości po pomniku Mickiewicza. Pamiętała, jak prawie trzy lata temu strącano z wysokiego cokołu figury, a statua wieszcza leżała rozbita, na lewym boku, z nadtłuczoną głową. Zupełnie jak żywy człowiek. Widok był tak wstrząsający, że ludzie, którzy to widzieli, płakali.

– Matylda Borucka? – usłyszała nagle pełen radości głos za sobą. – Tak, Matylda!

Obejrzała się zaskoczona i zobaczyła niepozornego, szczupłego mężczyznę, którego zupełnie nie rozpoznawała.

– Tak – odparła zaskoczona. – Czy my się znamy?

Zenon, jak chwilę później przypomniał jej swoje imię mężczyzna, był kurtyniarzem w czasie, kiedy

Matylda grała w przedstawieniu *Dziadów*. Dla niego to również był debiut. Przypomniała sobie jego nerwowość i wręcz panikę w tym dniu. Zupełnie nie mógł zrozumieć wskazówek starszego kolegi, objaśniającego mu zawiłości obsługi kurtyny.

– Denerwowałem się, bo chciałem wypaść jak najlepiej, od tego zależała moja dalsza praca, a jednocześnie nie mogłem spuścić z ciebie wzroku. Byłaś chyba najładniejszą aktorką z całego zespołu.

Matylda uśmiechnęła się z nostalgią. Ileż to już czasu upłynęło od tamtych chwil, ile się wydarzyło. I tych złych rzeczy, i tych dobrych.

– Przepraszam, że cię nie rozpoznałam.

– Nie przepraszaj. – Niedbale machnął ręką. – Ty byłaś aktorką, ja zwykłym kurtyniarzem, a tacy są tylko tłem w teatrze. Takim szarym, niezauważalnym! – Zaśmiał się głośno. – Ale zniknęłaś gdzieś po tym przedstawieniu i już nie mogłem cię znaleźć. Dlaczego?

– Tego dnia dowiedziałam się o wypadku mojej mamy i zaraz po przedstawieniu musiałam biec do szpitala.

– Oj, nie wiedziałem. Mam nadzieję, że nic złego się nie stało?

– Niestety, wkrótce potem mama zmarła. Ale nie chcę rozmawiać na ten temat, wybacz. Co u ciebie?

– Rozumiem. Bardzo mi przykro. A ja... – zawahał się chwilę – pewnie się zastanawiasz, czemu nie walczę gdzieś za ojczyznę, tylko siedzę w mieście?

Nie odpowiedziała, chociaż przemknęło jej to przez głowę.

– Nie bardzo się nadawałem.

Dopiero teraz zauważyła, że prawy rękaw jego marynarki jest pusty.

– Kiedyś, podczas spuszczania kurtyny, ręka zaplątała mi się w liny i koniec, musieli mi ją amputować. Ale też nie chcę wracać do szczegółów.

– Przepraszam. – Matyldzie zrobiło się głupio. – Nic mi przecież do tego, nie miałam zamiaru cię osądzać.

– Wiesz, że naszego dyrektora wywieźli do Oświęcimia? Śmieszny był z tym swoim tupecikiem i skłonnością do młodych aktorek, ale za to poczciwy i nikomu by krzywdy nie zrobił.

Porozmawiali jeszcze o starych znajomych, Matylda wysłuchała ploteczek z okresu, kiedy z powodu żałoby przestała się już pokazywać w teatrze. Wyglądało na to, że Zenon nie pamiętał Meli, więc sama nie poruszała jej tematu. Nie miała ochoty tłumaczyć tego wszystkiego obcemu w końcu człowiekowi. Przypominanie okoliczności całej sprawy i samego zniknięcia Meli nadal sprawiało jej ból.

Zaczęli się żegnać. Weronika nudziła się już od dłuższej chwili i ciągnęła mamę za rękaw w stronę gołębi.

– Śliczną masz córeczkę – powiedział Zenon, a Matylda rozpromieniła się, słysząc te słowa.

Zachowała się przy tym jak każda matka na świecie.

– Tak uważasz? To mój największy skarb.

– Nie wątpię. A wiesz, że i ja niedługo zostanę ojcem? No, może nie tak niedługo, za jakieś sześć miesięcy – dodał z dumą. – Ślub brałem akurat w sylwestra i było zabawnie.

– Zabawnie?

– No tak, bo wiesz, że z powodu godziny policyjnej nie można było organizować żadnych przyjęć do późna w nocy. Wobec tego wszyscy goście przyszli od razu ze szczoteczkami do zębów i piżamami, a potem siedzieli w naszym pokoiku do samego rana. Nie powiem, żeby mi się to specjalnie podobało.

Zaśmiał się serdecznie, płosząc przy tym gołębie, które zleciały się do nich w poszukiwaniu jedzenia.

– Teraz powinny od nas uciekać gdzie pieprz rośnie – zauważył, poważniejąc. – Biedne ptaki, teraz mogą niejednego uratować od śmierci głodowej.

Widząc, że Matylda nie bardzo rozumie, o co chodzi, wyjaśnił:

– Nie jadłaś nigdy rosołu z gołębia? Jest smaczny i pożywny.

– Ale jak to tak, z gołębia? Chyba nie masz na myśli takich stąd, z miasta. Słyszałam o hodowlanych.

– Hodowlane są, a raczej były przeznaczone do zupełnie innych celów, pocztowych. Albo na wystawy. Teraz idą do garnka, niestety. Moja żona, ze względu na swój stan, musi się teraz lepiej odżywiać, więc czasami gotujemy taki rosołek.

– Przychodzisz tu i je łapiesz?

Matylda nie bardzo wiedziała, jak na to zareagować. Gołębie kojarzyły jej się od dzieciństwa z miłymi, bajkowymi nawet historiami. Babcia opowiadała legendy o zaklętych w gołębie rycerzach, o gołębiach przynoszących wieści do oblężonego w zamierzchłych czasach Krakowa, ale żeby je zjadać? Nie...

– Wiem, że to brzmi strasznie, pomyśl jednak, że w taki sposób, dzięki tym ptakom można uratować czyjeś życie. Jeśli będziesz miała do wyboru nakarmić swoje głodujące dziecko albo ocalić gołębia, bo go nie poświęcisz na ten cel, to co wybierzesz?

– Nie chciałabym stanąć przed takim dylematem – odparła Matylda. – I mam nadzieję, że nigdy nie stanę.

Myliła się. Przyszedł czas, że nie miała wyboru. Sama rozrzucała ziarno na parapecie okna, a kiedy zwabiła tam gołębia, pociągała za sznurek umocowany do okna i zamykała je gwałtownie, odcinając ptakowi drogę ucieczki. Na szczęście wszystkie okna kamienicy na Grodzkiej otwierały się na zewnątrz. I wtedy dziękowała w myślach Zenonowi za ten pomysł.

Gdyby nie gołębie, ciężko chorująca rok później na płuca Weronika mogłaby nie przeżyć. Matylda nazywała je cichymi bohaterami tej wojny i obiecała sobie, że kiedy to wszystko się skończy, będzie dbała o nie każdej zimy i nie pozwoli, żeby chociaż jeden ptak pozostał wtedy głodny.

ROZDZIAŁ 16

Na pierwszych stronach „Gońca Krakowskiego" pojawiła się sensacyjna wiadomość o wykryciu pod Smoleńskiem mogił oficerów polskich, bestialsko pomordowanych przez bolszewików. Ludzie nie bardzo wiedzieli, co o tym myśleć. Podejrzewano Niemców o sianie wrogiej propagandy, bo niby dlaczego ktoś miałby tak daleko wywozić skazańców na egzekucję i dlaczego wyszło to akurat teraz, gdy trwały inne akcje antybolszewickie.

Ciocia Zosia przyniosła właśnie wiadomość o rozklejonych na niektórych kioskach w mieście afiszach w formie urzędowego obwieszczenia, w obu językach.

– Wyobraźcie sobie – opowiadała z przejęciem – że napisali tam o mordzie bolszewickim, przeciwstawiając go metodom zabijania stosowanym przez Niemców. Te drugie oczywiście mają być humanitarne.

– To znaczy? Podane były jakieś przykłady owego humanitarnego mordowania?

– Tak, Matysiu. Napisano tam, że bolszewicy do mordowania ludzi używają przestarzałych metod, natomiast w obozach niemieckich, takich jak w Oświęcimiu, Dachau czy Mauthausen, stosowane są nowoczesne urządzenia, czyli komory gazowe, spalarnie ciał...

Pani Zofia przerwała na chwilę, bo głos jej się załamał ze zdenerwowania. Żadna z kobiet nie była w stanie tego skomentować.

– I że po wojnie będą uruchomione specjalne pociągi, by móc oglądać te nowoczesne i kulturalne urządzenia i systemy.

– Nie wierzę. Po prostu nie wierzę. Widziała ciocia te afisze na własne oczy? – Dość długo trwało, zanim Matylda zdołała ochłonąć na tyle, by mogła coś powiedzieć.

– Nie, ale kilka osób mi o nich opowiadało. Podobno Niemcy szybko się zorientowali i już po dziesiątej rano zaczęli je zrywać. Był też fragment z przemówienia Hitlera, który oświadczył, że „Gdyby bolszewizm miał zapanować w Europie, to powtórzyłby się najazd Hunów i zniszczenie cywilizacji" – dodała na koniec ciocia. – Tak więc je pozrywali, ale kto miał przeczytać, ten przeczytał. Niemcy naszymi dobrodziejami niemal, wyobrażasz to sobie? „Jedźcie do pracy w Rzeszy i wracajcie zdrowi i weseli" – ze złością przypomniała słynne hasło. – Prawdziwe eldorado, doprawdy.

Wobec takich akcji mało kto wierzył w zbrodnię bolszewicką pod Smoleńskiem.

Jedynym jaśniejszym wydarzeniem w tych smutnych i ciężkich dniach była kolejna wiadomość od Julka. Tym razem list został przekazany pod koniec lata przez Polski Czerwony Krzyż. Julek pisał o swoich postępach w lataniu. Był w jakiejś małej nadmorskiej i deszczowej miejscowości, której nazwy Matylda nie potrafiła wymówić. Został tam przeniesiony ze szkoły pilotażu, z której skreślono go za to, że podczas lotu ćwiczebnego, kiedy miał wykonać jeden korkociąg, zrobił ich kilka, i to na niedużej wysokości. W nowym miejscu rozpoczął szkolenie jako bombardier. Jako taki mógł pełnić każdą funkcję, chwalił się, że w razie potrzeby będzie musiał zastąpić i pilota, i nawigatora, i radiotelegrafistę. Matylda bez trudu potrafiła wyobrazić sobie chłopięcą dumę swojego męża. Jednocześnie martwiła ją bardzo jego niepotrzebna brawura.

I w końcu, po ostrym przeszkoleniu, dostaliśmy się wszyscy do OTU (to skrót od Operational Training Unit), gdzie zgrywane są i formowane załogi do Polskich Dywizjonów Bombowych. Tu przyszło mi spędzać czwartą już Wigilię na obczyźnie, z dala od Was, moje kochane. Z dala od Ciebie, moja najdroższa.

Matylda ze łzami w oczach czytała ten list. Czuła smutek i tęsknotę Julka, ale i radość z tego, co robił. Jak sam przyznał, nigdy by nie przypuszczał, że latanie kiedyś będzie jego ogromną pasją.

Niczego nie da się porównać do uczucia, jakie ogarnia człowieka, gdy jest w powietrzu i czuje się wolny jak ptak. Zdaję sobie sprawę, że trochę inaczej będzie to wyglądało, kiedy w końcu polecę

na pierwszą prawdziwą akcję. Nie wszyscy z nich
wracają, niestety. Kilku moich kolegów zginęło w dro-
dze na Berlin albo utonęli w Kanale czy też zostali
zestrzeleni. Ale nie martw się o mnie, skarbie, będę
ostrożny, nie mam zamiaru ryzykować niepotrzebnie.

No tak, pomyślała z przekąsem Matylda, teraz to
już na pewno nie będę się martwiła. Po co mi o tym
wszystkim piszesz? Żebym teraz częściej umierała
ze strachu o twoje życie?

– Czy on zwariował? – Babcia Michalska załamała ręce, kiedy Matylda odczytała jej ten list na głos.
– Chce nas tu do grobu wpędzić tymi rewelacjami?
Przecież teraz to i ja nie zmrużę oka, jak on zacznie
w końcu latać tym swoim wymarzonym bombowcem.

– Kompletny brak wyobraźni – skwitowała krótko
Joasia. – Niestety, u mężczyzn to dość częsta przypad-
łość. Rzuci taki nieopatrznie jakieś słowo i zupełnie
nie pomyśli o tym, że jego bliscy będą się teraz bez
przerwy zamartwiać.

– Napisał coś optymistycznego na koniec? – chciała wiedzieć staruszka.

– Tak. – Matylda uśmiechnęła się rozbawiona,
a jednocześnie zakłopotana. – Ale to już bardzo osobiste, przeznaczone tylko dla mnie.

Tamte dwie popatrzyły na siebie domyślnie i przestały nalegać.

Pod koniec listu Julek pisał o swojej ogromnej
tęsknocie i snuł marzenia o tym, jak będzie wyglądała
ich pierwsza noc po zakończeniu wojny. Te fragmenty

zupełnie nie nadawały się do głośnego odczytania. Matylda przeglądała je sobie później każdego wieczoru przed zaśnięciem, żeby mieć wspaniałe i odprężające sny.

– Mogę wam przeczytać tylko jeden fragment – ustąpiła w końcu. – Taki, który mnie rozśmieszył.

Jest tu z nami niejaka Betty, ruda szoferka, odwożąca nas do samolotów. Wielu chciałoby się z nią umówić, ale, niestety, przynosi pecha. Kto w końcu się z nią spotka, albo nie wraca do bazy, albo zostaje zestrzelony i dostaje się do niewoli, więc raczej się jej wystrzegamy. Mnie przychodzi to o tyle łatwiej, że w kieszonce munduru, na sercu, noszę zdjęcie innego rudzielca. Takiego, który mi przynosi tylko samo szczęście... Już niedługo czeka mnie pierwszy lot, ale nie martw się o mnie, będzie dobrze. Powtarzano nam tu ciągle, że koszt takiego szkolenia zwraca się Anglii dopiero po trzech lotach, nie będę więc narażał rodziny królewskiej na straty finansowe i mam zamiar przykładnie wracać do bazy.

W ciągu następnych miesięcy Julkowi udało się wysłać kolejne listy, dzięki czemu Matylda i babcia czuły się znacznie spokojniejsze. Wprawdzie w jednym z nich pisał o locie do Essen, skąd wrócił „podziurawiony jak sito", ale dopiero po chwili zorientowały się, że ma na myśli swój samolot, a nie siebie. Nie zmniejszyło to obaw ich obu o jego bezpieczeństwo, ale przynajmniej wiedziały, że nie był ranny. Dwie kochające go kobiety modliły się gorąco o jego życie. I o bezpieczny powrót do domu.

Tymczasem w mieście nasiliły się łapanki, Niemcy zabierali nawet kobiety z dziećmi, więc Matylda i Joasia bały się wychodzić z domu z dziewczynkami. O ile Weronika przyjmowała konieczność siedzenia w domu raczej spokojnie, bo wciąż była słaba po chorobie, jakiej nabawiła się zimą, o tyle ruchliwą i ciekawą wszystkiego Martę trudno było utrzymać w mieszkaniu. Wymykała się po kryjomu, kiedy tylko nadarzyła się okazja, przyprawiając wszystkie cztery kobiety niemal o zawał serca. Tłumaczyła, że w domu jest zimno i chce się trochę rozgrzać, biegając po ulicach.

Brak opału najbardziej dał się we znaki niedożywionym dzieciom. Babcia zdecydowała się już palić pod kuchnią starymi meblami. Z żywnością też było krucho. Masło na czarnym rynku kosztowało ponad dwieście złotych, jedno jajko nawet dwadzieścia, a dzieci musiały jeść. Coraz trudniej było z zaopatrzeniem u rodziców Zośki. Padła im krowa, przyszedł też pomór na świnie, a dla pozostałego inwentarza brakowało paszy. Zostały jedynie mało wymagające, jeśli chodzi o utrzymanie, kury, tak więc przynajmniej były, od czasu do czasu, jajka dla dzieci.

Matylda z rozrzewnieniem wspominała swoją ostatnią wizytę na wsi. Kiedy już siedziała w kuchni, weszła tam wysoka dziewczyna, w której z trudem rozpoznała Rózię. Miała obcięte i ufarbowane na blond włosy i gdyby nie czarne jak węgiel oczy, mogłaby uchodzić za słowiańską piękność. Wyrosła na śliczną panienkę, cichą i dobrze ułożoną. Jak zapewniała matka Zośki, Rózia była dla nich prawdziwym skarbem; pracowita i grzeczna, zastępowała im nieobecną w domu córkę. Na szczęście nikt się nie interesował nową mieszkanką domu. Sąsiedzi byli przyzwyczajeni, że stale tam ktoś przyjeżdżał, bo rodzina była liczna. Przed wojną również zaglądali do nich goście. Rodzice Zośki mówili teraz, że przyjęli pod swój dach osieroconą córkę bliskich kuzynów z Warszawy. Nikogo to specjalnie nie zdziwiło ani nie zaalarmowało.

– Ciociu kochana... – stęskniona Rózia tuliła się do Matyldy – dobrze mi tu u nich, ale marzę o dniu, kiedy do was wrócę. Jak tam moja Nikusia? Wspomina mnie czasem?

Niestety, już ponadczteroletnia Weronika nie pamiętała swojej starszej „siostry", jednak Matylda potwierdziła gorliwie, nie chcąc sprawiać dziewczynie zawodu. Była pewna, że po wojnie, gdy Rózia przyjedzie do domu, wszystko będzie jak dawniej i Weronika z pewnością pokocha ją na nowo.

– A co u Romka? Dawno go tu nie było.

Matylda czekała na to pytanie, uśmiechnęła się więc na widok zdradzieckich rumieńców na bladej twarzy Rózi. Dziewczyna i tak długo z tym czekała.

– Nie martw się, kochanie, jest bezpieczny, ale, niestety, nic więcej na ten temat nie wiem. Dla wszystkich jest lepiej, jeśli się nie zna szczegółów.

Ciocia Zosia musiała przekazać chłopca dalej. Niestety, nie był już u niej bezpieczny. Obcym

młodzieńcem w jej mieszkaniu zainteresował się sąsiad, folksdojcz. Pan Pionteck, dawniej swojski Piątek,
zaczepił kiedyś Zofię na schodach.

– A u sąsiadki to ktoś mieszka? Bo chyba widziałem kiedyś jakiegoś młodego człowieka. Wszedł i do tej
pory nie wychodził.

Ciotka Zosia z trudem ukryła zdenerwowanie wy-
wołane tym pytaniem, lecz starała się zachować zimną
krew.

– A sąsiad to tak cały czas stoi przy drzwiach,
że wszystko zauważa? Jeśli ktoś do mnie wchodził,
to z pewnością i wyszedł, bo nie mam warunków, by
przenocować kogokolwiek. Zresztą często ktoś mnie
odwiedza. Przecież sąsiad musi na chwilę odejść
od drzwi, choćby do toalety. Pewnie przegapił.

Herr Pionteck wycofał się jak niepyszny, ale Zofia
wiedziała, że Romek musi natychmiast zniknąć z jej
mieszkania. Nigdy nie powiedziała Matyldzie, jak to
załatwiła, prawdopodobnie naruszyła swoje prywatne
zasoby, jednak zaraz na drugi dzień przyszła do niej
kobieta z kilkunastoletnią, wyrośniętą mocno córką.
Dziewczyna narobiła sporo hałasu na klatce schodo-
wej, tupiąc zimowymi butami – wystarczająco, żeby
zaalarmować czujnego sąsiada, który wysunął z gniewem nos zza drzwi. Kiedy godzinę później obie opuś-
ciły mieszkanie, również z hałasem, nikt się nie zorientował, że tym razem wyszedł przebrany w dziewczęce
ciuszki Romek. Jego przydługie już, jasne włosy wystawały spod wełnianej czapki, podobnie jak dziewczynie,
do której należała. Wieczorem owa kobieta wróciła,

już po cichu, niosąc pod pachą zawiniątko z ubraniem. Wyszła później razem z córką jakby nigdy nic. Miały tylko cichą nadzieję, że sąsiad nie zwrócił uwagi na niekoniecznie zgadzający się bilans wyjść i przyjść w mieszkaniu pani Zofii.

Kiedy tej samej nocy do cioci Zosi wpadło gestapo, nie znaleziono żadnych śladów wskazujących, że przebywa tam ktoś inny poza gospodynią. Niemcy przewrócili mieszkanie do góry nogami, a samą Zofię dotkliwie pobili, usiłując ją zmusić do przyznania się, że kogoś ukrywa. Kiedy wyszli z niczym, usłyszała jeszcze łomot do drzwi mieszkania pana Piontcka. Z mściwą satysfakcją zauważyła kilka dni później, że folksdojcz jest równie solidnie poturbowany jak ona. A może nawet bardziej. Od tego dnia starannie jej unikał.

O nowym miejscu pobytu Romka wiedziano tylko tyle, że jest to jakaś leśniczówka. Nikt, oprócz organizatorów akcji, nie wiedział, gdzie, w jakim lesie, a nawet w jakiej miejscowości znajdowała się owa kryjówka. Tak było lepiej dla wszystkich zainteresowanych osób.

Cała rodzina na Grodzkiej odetchnęła z ulgą. Tylko Matylda bała się w skrytości ducha, żeby nie zakończyło się to tak jak w przypadku tamtych ludzi, do których sama go zaprowadziła. Nie dzieliła się jednak z nikim swoimi obawami. Piorun nie uderza dwa razy w to samo drzewo, powtarzała sobie w myślach. Bez większego przekonania zresztą.

Teraz rzadziej spotykała się z innymi artystami na tajnych przedstawieniach w mieście. Coraz częstsze

naloty na te mieszkania i nasilający się terror hitlerowski zmusiły ją do zachowania większej ostrożności. Nie
chciała już zbytnio ryzykować, miała dziecko i rodzinę,
za którą była odpowiedzialna. Nie chciała, żeby Weronika, gdyby, co nie daj Boże, stało się coś Julkowi,
straciła na tej wojnie oboje rodziców. Brak jej było jednak teatru i filmu, które zajmowały tyle miejsca w jej
sercu i życiu przed wojną. Gnana tęsknotą za choćby
odrobiną kultury, czasem wypuszczała się do kina.

Zrezygnowała w dniu, kiedy przed seansem jakiś
kręcący się tam w większej grupie wyrostek wcisnął jej
w rękę ulotkę z wypisanym tłustym drukiem hasłem:
„Dzisiaj w kinie tylko świnie, niedługo na nie przyjdzie
kolczykowanie".

Wróciła do domu zdenerwowana i niemal z płaczem. Na afiszu reklamującym film widniało zdjęcie
aktorki do złudzenia przypominającej Melę. Te same
długie blond włosy, ten sam wyraz rozmarzenia na lal-
kowatej nieco twarzy. Tej nocy wspomnienia nie dały
jej spać, do rana przewracała się na łóżku, wspominając chwile spędzone z przyjaciółką, a później smutek
w ogromnych niebieskich oczach Meli, gdy żegnały się
na dworcu. Miała taką nieszczęśliwą minę, jakby prze-
czuwała, że już nigdy więcej się nie zobaczą.

Nad ranem udało jej się w końcu usnąć, mimo hu-
ku jakiegoś pościgu za oknem. Łomot ciężkich buciorów niemieckich żandarmów nakładał się na spłoszony
tupot czyichś kroków. Ostre strzały poderwały Matyldę
na nogi; martwa cisza, jaka po nich zapadła, w końcu
uspokoiła szaleńczy rytm jej serca.

Znów ktoś zginął, pomyślała ze smutkiem. Ktoś, kto mimo godziny policyjnej miał nieszczęście znaleźć się poza domem. Naciągnęła mocniej kołdrę na głowę i chwilę później zasnęła zmęczona. W jej śnie znów pojawiła się Mela, uśmiechnięta i zadowolona, jak wtedy, gdy marzyła o swoim księciu, który miał przyjechać na białym koniu i porwać ją w świat. Rankiem Matylda usiłowała zatrzymać ten piękny obraz pod powiekami. Jeszcze przez błogą chwilę trwała w przekonaniu, że ta szczęśliwa Mela to prawda, że tak właśnie jest. Niestety, szary i nieprzyjemny świt uświadomił jej, że to był tylko sen, projekcja jej marzeń o szczęśliwym zakończeniu historii przyjaciółki.

– Mamusiu. – Do jej łóżka przybiegła zaczerwieniona jeszcze od snu Weronika. Na buzi miała odciśnięty ślad poduszki. – Babcia mi powiedziała, że mój tatuś niedługo wróci. Tak się cieszę, bo bardzo kocham tatusia.

– Ja też się cieszę, skarbie mój jedyny. I też kocham tatusia. Oczywiście, że wróci, babcia ma rację.

Matylda była zaskoczona. Córeczka nie mogła pamiętać Julka, przecież kiedy poszedł na wojnę, miała zaledwie kilka miesięcy. Nigdy też o nim nie rozmawiały, ponieważ nie chciała budzić w małej tęsknoty za kimś, kto mógł już nigdy nie wrócić. Wystarczyło, że ona cierpiała z tego powodu i żyła w ciągłej niepewności. Rozmowy na ten temat zostawiła na czas, kiedy Weronika trochę podrośnie i lepiej wszystko zrozumie. Zdziwiło ją więc, że dziewczynka nagle zaczęła sama z siebie mówić o ojcu. Postanowiła spytać babcię Michalską, co ją skłoniło do rozmów na ten temat z dzieckiem.

– Co też opowiadasz, Matysiu! – zdziwiła się pani Helena. – Nigdy z nią nie rozmawiałam na temat ojca, musiała coś sobie wymyślić. Jak to dziecko.

Matyldzie przyszła do głowy pewna myśl.

– Nikusiu – spytała podczas skromnego śniadania. – Jak wyglądała babcia, z którą rozmawiałaś? I gdzie to było?

Mała, zajęta pochłanianiem pajdy ciemnego chleba z namiastką marmolady, nie mogła od razu odpowiedzieć, musiała najpierw przełknąć spory kęs.

– Przyszła do mnie w nocy, do mojego łóżeczka – wyjaśniła z buzią znowu pełną chleba. – Miała takie same włosy jak ja, tylko długie.

Brudną od marmolady rączką pokazała na plecach, dokąd sięgały włosy tamtej babci.

– Powiedziała mi, że tatuś niedługo wróci, bo mnie bardzo kocha. No to ja też go chyba kocham. Prawda, mamusiu?

– Prawda. A skąd wiedziałaś, że to twoja babcia? – pytała zaintrygowana Matylda.

– Powiedziała mi przecież. – Mała wzruszyła wątłymi ramionkami, zdziwiona, że mama pyta o tak oczywiste sprawy.

ROZDZIAŁ 17
KRAKÓW, 1945

Po mroźnych i suchych dniach w końcu roku w styczniu zaczął padać gęsty śnieg. Ulice opustoszały, a niektóre dzielnice miasta wyglądały na całkowicie wymarłe. Nie spotykało się prawie żadnych przechodniów, nawet dzieci nie zjeżdżały na sankach z krakowskich skarp i górek. Wszystko jakby zastygło w oczekiwaniu. Czuło się w powietrzu, że nadchodzi coś nowego i przełomowego.

I rzeczywiście, niedługo potem wśród Niemców zapanowało gorączkowe ożywienie. Okupanci zaczęli pospiesznie przygotowywać schrony przeciwlotnicze, ładować sprzęt na ciężarówki, wyprowadzać żołnierzy z jednostek. Widać było podenerwowanie, a nawet strach. Silniki ryczały bez przerwy, koła buksowały w śniegu, kierowcy przeklinali, a oficerowie wrzeszczeli głośniej niż zazwyczaj. Przyglądający się temu wszystkiemu zza firanek mieszkańcy Krakowa rozumieli, co się dzieje: do miasta zbliżają się Rosjanie.

Niemcy przegrywali wojnę.

Wreszcie, po ponad pięciu latach okupacji, znienawidzeni okupanci szykowali się do opuszczenia Krakowa. I wyglądało na to, że wyjadą bez typowej dla siebie pompy oraz buty.

Jeszcze zanim zaczęły się pierwsze radzieckie naloty, Matylda oraz babcia Michalska zeszły do znajdującej się pod apteką dużej piwnicy, aby sprawdzić, czy nadaje się ona na schron, jeśliby miało dojść do bombardowania miasta. Nadawała się wprost znakomicie. Wprawdzie obie kobiety nie miały pojęcia, czy strop oraz podtrzymujące go filary odporne są na eksplozje, ale pomieszczenie było przestronne, suche i – dzięki wybudowanemu tam jeszcze przez Franciszka Bernata dużemu piecowi – ciepłe. Miało też betonową podłogę. Nic dziwnego, normalnie piwnica służyła przede wszystkim jako magazyn apteczny. Bernat powiększył ją kiedyś, wyburzając ścianę dzielącą to pomieszczenie od sąsiedniego.

Teraz wszystkie leżące tu paczki i pudła należało wynieść na górę, aby zrobić więcej miejsca. Z pomocą przyszły Joasia i Marta. W piwnicy znajdowało się całkiem sporo niepotrzebnych sprzętów, tak więc opróżnianie jej okazało się skomplikowane i czasochłonne, wchodziło się tam bowiem nie drzwiami, lecz przez sporej wielkości klapę w podłodze, za kontuarem apteki, a drewniane schody, strome i wąskie, nie miały poręczy. Dawniej wejście było od strony piwnicznego korytarza, jak do piwnic wszystkich lokatorów tej kamienicy, ale dziadek Matyldy zamurował je i zrobił obecne, bezpośrednio z apteki. Tak było wygodniej i poręczniej.

– Może trzeba by tu zawołać jakiegoś mężczyznę? – odezwała się w pewnym momencie babcia Michalska, odbierając od Matyldy wielką siatę zakurzonych słoików. – Właściwie czemu same się tak męczymy? My tylko będziemy tu siedzieć?

– Możemy zawołać, czemu nie? – Matylda otarła czoło. – Ale wydaje mi się, że szybciej i sprawniej zrobimy to bez niczyjej pomocy.

– Gadanie. A co innego mają teraz do roboty? Marta! Biegnij no, dziecko, na górę i zawołaj tu pana Leśniewskiego. Jakby stróż był u siebie, to niech też zaraz przyjdzie.

Jak się okazało, mężczyźni mieli jednak coś innego do roboty. Pan Leśniewski, mieszkający na drugim piętrze łysawy pięćdziesięciolatek, przed wojną pracujący jako kelner w kawiarni „Bogota”, właśnie smarował rozgrzewającą maścią kolano, które „niefortunnie odmówiło mu posłuszeństwa”, a stróż, sędziwy pan Melchior, był tak pijany, że w ogóle nie rozumiał, co Marta do niego mówi. Gdy usłyszał o piwnicy, pomyślał, że ma przynieść stamtąd sanki. Wstał nawet z krzesła, pełen dobrych chęci, lecz zaraz usiadł na nim z powrotem, nalał sobie wódki do szklanki i natychmiast zapomniał nie tylko o sankach, ale i o samej Marcie.

– Ach, te chłopy – westchnęła babcia Michalska, kiedy dziewczynka zdała jej relację z tych rozmów. – Nigdy nie można na nich liczyć.

Matylda uśmiechnęła się tylko smutno.

Zamiast mężczyzn z pomocą przyszła ciotka Zosia. Mimo że od lat cierpiała na bóle kręgosłupa, dzielnie nosiła i układała skrzynki. Uporały się z pracą w przeciągu kilku godzin – piwnica na koniec okazała się tak przestronna i duża, że z powodzeniem mogła pomieścić dużo więcej osób.

Tuż przed decydującą bitwą miasto całkowicie zamarło. Zamarzła Wisła, a tramwaje stanęły na ulicach, gdyż w całym mieście zabrakło prądu. Nastała prawdziwa cisza przed burzą.

– Chyba niedługo się zacznie – powiedziała Matylda. Stała przy kuchennym oknie, paląc papierosa, i patrzyła na ciemną, całkowicie opustoszałą ulicę. – Byle tylko nie zniszczyli miasta.

Wszyscy wiedzieli, co zrobili okupanci w Warszawie.

– Sami Niemcy mogą powysadzać najważniejsze budynki, kiedy będą się wycofywać – odparła Joasia, która siedziała przy stole i przy świetle naftowej lampy cerowała pończochy. Lata wojennego kryzysu sprawiły, że stała się w tej dziedzinie prawdziwą mistrzynią. – Leśniewski mówi, że mają zburzyć nawet Wawel. A także Sukiennice i kościół Mariacki. Podobno zaminowali też wszystkie hotele i restauracje.

Matylda westchnęła, nie odwracając się od okna.

– I naszą aptekę także – odparła ironicznie.

– Powtarzam tylko, co mówił.

– Leśniewski to w ogóle jest zawsze najlepiej poinformowany o planach Hitlera – powiedziała Matylda.

– Choć przez całą wojnę siedzi u siebie w pokoju i tylko karmi gołębie.

– Nie znasz się – odrzekła poważnym tonem Joasia.

– Może to właśnie gołębie przekazują mu te ściśle tajne informacje.

– Chyba tak – zaśmiała się Matylda.

Przeprowadzka do piwnicy nastąpiła szesnastego stycznia, zaraz po tym, jak cała kamienica aż zadygotała od eksplozji bomby, która musiała upaść gdzieś bardzo blisko. Z początku w schronie znaleźli się tylko mieszkańcy domu, jednak w miarę upływu czasu przybywało coraz więcej obcych ludzi, najczęściej przyprowadzanych przez stróża prosto z ulicy, gdzie zaskoczyły ich naloty. Na szczęście miejsca na dole było wystarczająco dużo, a dzięki Melchiorowi nie brakowało też alkoholu, tak więc atmosfera w piwnicy szybko zrobiła się prawdziwie karnawałowa. Podczas gdy z zewnątrz dobiegały odgłosy syren i terkot karabinów maszynowych, w podziemiach domu przy Grodzkiej rozbrzmiewał śmiech i śpiew, jakby wojna dawno już się skończyła. Pan Leśniewski przyniósł nawet z mieszkania gramofon na korbkę i kolekcję płyt.

Początkowo Matylda dała się porwać radosnemu nastrojowi i śpiewała wraz ze wszystkimi piosenki z przedwojennych filmów oraz kabaretów, ale nocą, kiedy zgaszono już karbidówki i oszołomieni alkoholem ludzie posnęli, jej dobry humor całkowicie się ulotnił. Nie mogła zasnąć. Słuchając nieregularnych oddechów i chrapania śpiących, tuliła do siebie głowę Weroniki, rozmyślając o tym wszystkim, co zdarzyło się

przez pięć ostatnich lat. O wiecznym strachu, upoko-
rzeniach, głodzie. O ludziach, którzy zginęli lub prze-
padli bez śladu. O Rózi i Romku. A także o Kiejstucie,
jego uśmiechu, nadziejach, niedokończonej symfonii,
której partytura być może nigdy się nie odnajdzie. Zdawała sobie sprawę, że jest szczęściarą, bo przecież żyje
i – co najważniejsze – nic się nie stało jej córeczce.

Wszystko wskazywało też na to, że Julek powróci
do domu cały i zdrowy. Niedawno dostała od niego list,
w którym pisał, że całkowita kapitulacja Niemiec to
kwestia tygodni, najwyżej miesięcy, i że nawet już się
nie obawia zestrzelenia, bo szwaby ze strachu kiepsko
celują. Ale mimo to wojna odebrała najlepsze lata jej
życia, przyszła właśnie w tym momencie, kiedy była
młodą mężatką i młodą matką. Ten okres, który powinna wspominać najlepiej, Niemcy zamienili w koszmar.

Za to jeszcze bardziej ich teraz nienawidziła.

Wiedziała również, że życie od razu nie wróci
do normalności. Przecież wejdą tu teraz Sowieci. Jak
będą się zachowywać? Delikatnie mówiąc, nie mieli
najlepszej opinii. Nie, nie ma powrotu do świata przed
wojną, do tamtego życia. Trzeba będzie układać je sobie na nowo, od podstaw, w trudnej powojennej rzeczywistości.

Dwa dni później, osiemnastego stycznia, do piwnicy
wprowadziła się nowa „lokatorka”, niejaka Olga. Od razu wzbudziła sensację, w szczególności pośród męskiej
części towarzystwa, gdyż wyglądała jak luksusowa dama
lekkich obyczajów. Wyzywająco ubrana i mocno uper-
fumowana, wciąż szczebiotała, przyciskając do piersi

białego pudelka. Miała może dwadzieścia lat i była bardzo ładna. Trochę podobna do młodej Meli, pomyślała smutno Matylda. Jednocześnie zdała też sobie sprawę, że minęły czasy, kiedy to ona wzbudzała takie poruszenie w męskim towarzystwie.

– Nie chcę być niesprawiedliwa – szepnęła jej do ucha babcia Michalska – ale ta panna wygląda tak, jakby dopiero co zostawił ją któryś z uciekających niemieckich oficerów. Takich ubrań w Krakowie na kartki się nie kupi.

No tak, wielu z Niemców miało tu jakieś kochanki.

Od pewnego już czasu dochodziły wieści o umykających hitlerowskich dygnitarzach. Opowiadano, że sam gubernator Frank czmychnął z Wawelu, wywożąc ze sobą zrabowane dzieła sztuki. Matyldzie stanął przed oczami Jurgen Schwartz. Ciekawa była, czy przeżył i czy udało mu się do końca zachować ludzkie odruchy. Czy też ta wojna jednak go zdemoralizowała.

Panowie zdawali się zupełnie nie interesować przeszłością Olgi. Od razu poczęstowali dziewczynę wódką i zaczęli zabawiać rozmową. Nagle okazało się, że każdy z nich, nawet pan Leśniewski, podczas okupacji prowadził jakąś niebezpieczną konspiracyjną działalność. No i każdy, jak mało kto, znał się na strategii wojennej. Pewien malutki, siwowłosy mężczyzna w okularach zaczął opowiadać dziewczynie o słabościach niemieckiej taktyki, szczegółowo i tak mentorskim tonem, jakby całą wojnę spędził w sztabie generalskim, a nie w domu.

Olga, na którą alkohol podziałał niemal natychmiast, słuchała tego wszystkiego, robiąc wielkie oczy i wydając głośne okrzyki podziwu. Matylda zastanawiała się, czy była aż tak głupia, aby wierzyć w podobne bajki, czy – wręcz przeciwnie – tak doskonale nauczyła się manipulować mężczyznami, utwierdzając ich w przekonaniu, jacy to są wspaniali. W każdym razie panowie byli w swoim żywiole. Zadowolony był też pudelek, gdyż pod wpływem alkoholu jego pani rozluźniła żelazny uścisk i piesek mógł się wreszcie wyślizgnąć z jej ramion. Przez jakiś czas biegał po całej piwnicy, merdając krótkim ogonkiem i obwąchując kąty, a potem zaczął się bawić z zachwyconą nim Weroniką.

Znowu uruchomiono gramofon, powróciły solowe i chóralne śpiewy. W pewnym momencie, kiedy Olga, mocno już podchmielona, wstała, aby sama coś zaśpiewać, rozległ się potężny huk eksplozji. Z pieca buchnął nagle kłąb tłustej sadzy, całkowicie zasłaniając siedzące najbliżej osoby. Olga spojrzała bezradnie na swoje uczernione nagle futerko i przez chwilę wydawało się, że wybuchnie płaczem, jakby to było najgorszą rzeczą, jaka ją spotkała podczas wojny.

– Pewnie Niemcy wysadzili most na Wiśle – zawyrokował pan Leśniewski, kiedy minął pierwszy szok.

Chwilę potem otworzyła się klapa i wszyscy ujrzeli zaglądającą w dół płaską twarz o lekko skośnych oczach.

– *Diawoły!* – zawołał ze śmiechem przybyły na widok pokrytych sadzą ludzi, a potem twarz zniknęła.

– Rosjanie – szepnęła Matylda, czując, że serce zamiera jej w piersi.

A więc to już się stało. Czerwonoarmiści są w Krakowie. Co teraz będzie? Mówiono, że to prymitywni, wiecznie pijani Azjaci. Ale opowiadano także, że lubią dzieci i na pewno ich nie skrzywdzą. Więc może nie są aż tacy źli?

– Co on powiedział? – niepewnie spytała Olga.

– I gdzie się podział?

– Powiedział: diabły – odparł siwowłosy mężczyzna w okularach. – A gdzie się podział, tego akurat nie wiem. Ale dowiem się w najbliższym czasie. Może przeszukuje mieszkania.

– Sam wyglądał jak diabeł – mruknęła babcia Michalska.

Przy wejściu do piwnicy znowu pojawiła się jakaś twarz. Wszyscy zamarli, ale chwilę później dało się słyszeć jedno wspólne westchnienie ulgi: oblicze należało do stróża Melchiora.

– Możecie już wychodzić! – zawołał gromko. – Niemców nie ma! Hitler kaput!

Pierwsze dni po wyzwoleniu Matylda zapamiętała jako czas olbrzymiego chaosu. Z jednej strony czuła radość, że nie musi już oglądać hitlerowców, z drugiej bała się, przytłoczona skalą zmian. Pokrytymi brudnym śniegiem ulicami, na których leżały jeszcze niemieckie trupy, wciąż przejeżdżały konwoje sowieckich ciężarówek, przewożących nie tylko żołnierzy, sprzęt wojskowy i olbrzymie portrety Lenina i Stalina, lecz także ukradzione kredensy, komody oraz najróżniejsze inne sprzęty. Część z tych samochodów miała drewniane nadwozia i zupełnie nie przypominała pojazdów niemieckich, do których krakowianie zdążyli się przyzwyczaić. W ogóle cała ta zwycięska armia prezentowała się raczej nędznie. Żołnierze byli wymizerowani, nosili filcowe buty, często nie mieli nawet porządnych karabinów.

Ale tym, co uderzyło Matyldę najbardziej, była duża liczba kobiet w mundurach.

Pewnego zimnego i mokrego dnia stała wraz z Joasią na rogu Grodzkiej i Poselskiej, przyglądając się, jak gruba żołnierka o brzydkiej, zaciętej twarzy sama dźwiga bogato zdobione lustro w kierunku zaparkowanego w pobliżu ziła.

– Ciekawe, czy je dowiezie do domu – powiedziała ze śmiechem Matylda do Joasi. – Popatrz, a myślałyśmy, że to my jesteśmy twardymi i zaradnymi kobietami.

Euforia z powodu wycofania się Niemców nie trwała zbyt długo. W ciągu paru następnych tygodni w Krakowie panował straszliwy głód, większy niż za okupacji, a zdobycie żywności graniczyło niemal z cudem. Szukano jej nawet na śmietnikach. Dziwnie było patrzeć na mieszkańców miasta snujących się niczym widma, często poubieranych w porzucone przez hitlerowców płaszcze i mundury.

Kobietom z Grodzkiej znów udało się przetrwać ten ciężki okres dzięki skromnym już zapasom i zaradności babci Michalskiej. Ta staruszka o niespożytej energii wciąż jeszcze potrafiła zrobić coś z niczego, żeby wykarmić swoją rodzinę.

Pierwsza do domu wróciła Rózia. Wprawdzie polubiła rodziców Zośki i dobrze się u nich czuła, ale kiedy tylko się okazało, że nikomu nie grozi już żadne niebezpieczeństwo z powodu jej obecności na Grodzkiej, nie chciała czekać ani dnia dłużej. Spakowała swój skromny dobytek w tobołek, pożyczyła rower od gospodarzy i jak na skrzydłach popędziła do miasta. Ani Joasia, ani babcia Michalska z początku nie rozpoznały małej Rózi w tej smukłej, wysokiej dziewczynie z widocznymi ciemnymi odrostami na blond włosach. Babcia pierwsza się zorientowała. Długo nie chciała jej wypuścić z objęć, jakby wciąż nie mogła uwierzyć, że jej podopieczna wróciła. Matylda widywała Rózię częściej, ale i ona była zaskoczona przemianą drobnej, wystraszonej dziewczynki w śliczną siedemnastolatkę. Tylko Weronika boczyła się nieco z początku, szybko jednak pokochała na nowo swoją przyszywaną siostrę. Przypomniała sobie ich dawne zabawy i ulubione miejsca, zwłaszcza tajemną skrytkę w szafie.

Radość z powrotu do ukochanej rodziny mącił Rózi jedynie brak wiadomości o losach Romka. Nikt nie miał pojęcia, kto i gdzie go ukrywał. Znajomy cioci Zosi, ten, który odebrał od niej chłopca i przekazał go dalej, zginął w ostatnich dniach wojny od zabłąkanej niemieckiej kuli, na ulicy. Tylko on jeden mógł znać ludzi, którzy zajęli się Romkiem. Matylda pocieszała Rózię, jak mogła, ale dziewczyna smutniała coraz bardziej. Wieczorami można było zobaczyć jej bladą twarz majaczącą niewyraźnie za szybą jednego z okien na piętrze. Wpatrywała się w ulicę, daremnie szukając ukochanego wśród przechodniów na dole.

Tymczasem życie toczyło się dalej. Trzeba było zająć się codziennymi obowiązkami, walką o przetrwanie w tym trudnym okresie. Rózia nie była jedyną osobą, która czekała na powrót kogoś bliskiego z wojny. W podobnej sytuacji znajdowało się mnóstwo osób, zwłaszcza matek i żon.

– Wrócą na wiosnę – pocieszały jedna drugą. – Teraz zła pogoda, wszędzie śnieg na drogach, nie ma czym dojechać. Zobaczycie, niech no tylko skończy się ta zima...

A potem nadeszła wiosna i wrócił Julek.

Pod koniec maja, dokładnie w dniu urodzin Weroniki, Matylda zobaczyła przez okno znajomą sylwetkę na ulicy. Nikt inny nie poruszał się z takim wdziękiem, nikt nie chodził z tak dumnie podniesioną głową. Wprawdzie mężczyzna ubrany był w obcy mundur, ale jej serce od razu go rozpoznało. Zbiegła na dół po schodach i z okrzykiem radości rzuciła się w objęcia ukochanego. Szorstki materiał *battle dressu* drapał ją w twarz, ale nie zwracała na to uwagi. Kątem oka zauważyła naszywkę z napisem „Poland" na jednym z rękawów i poczuła dumę, że ten dzielny Polak to jej mąż. Chciała głośno wykrzyczeć swoje szczęście, lecz ściśnięte gardło na to nie pozwalało.

– Czy to naprawdę ty, Lulku mój najdroższy? – powtarzała tylko między pocałunkami, nie mogąc jeszcze uwierzyć własnym oczom.

– Ja, Matysiu, ja. Tyle lat śniłem o tobie i o tej chwili, a teraz nie mogę uwierzyć, że to prawda. Jesteś jeszcze piękniejsza niż w moich snach.

Przechodzący chodnikiem ludzie uśmiechali się do nich życzliwie. Takie sceny zawsze cieszyły, nawet jeśli dotyczyły kogoś obcego. Po tylu latach wojny, głodu i obcowania na co dzień ze śmiercią wszyscy spragnieni byli widoku zwykłej ludzkiej radości i szczęścia.

Z domu wybiegła Weronika i zatrzymała się jak wryta na widok mamy w objęciach jakiegoś nieznajomego mężczyzny. Nie spodobał jej się ten widok. Sześcioletnia już dziewczynka nie pamiętała swojego ojca, ten ze zdjęć wyglądał zupełnie inaczej.

– Mamusiu… – Wykrzywiła usta w podkówkę, jakby miała zaraz wybuchnąć płaczem. – Mamusiu, co ty robisz?

Matylda i Julek oderwali się od siebie, wciąż jeszcze jakby nie zdając sobie sprawy z tego, co dzieje się obok nich. Pierwszy ochłonął Julek.

– Moja córeczka? – spytał drżącym ze wzruszenia głosem. – Czy to jest moja ukochana córeczka, Nikusia?

Mała niechętnie pozwoliła się przytulić temu obcemu. Ostry zarost żołnierza i szorstki materiał munduru drapały ją w buzię, pachniał też jakoś dziwnie. Zupełnie inaczej niż mama i babcia Michalska. Nie spodobał jej się, wolałaby, żeby sobie wrócił tam, skąd przyszedł.

Matylda i Julek zdawali sobie sprawę, że dużo jeszcze czasu upłynie, zanim życie w domu przy Grodzkiej powróci do normalności, ale mieli siebie, a to było przecież najważniejsze. Razem poradzą sobie ze wszystkim.

Byli też pewni, że teraz już nic ani nikt nie będzie w stanie zakłócić ich szczęścia.

EPILOG
PARYŻ, SIERPIEŃ 1957

*E*legancka, starsza dama w czerni rozłożyła szeroko ramiona w geście powitania, zobaczywszy dwie kobiety, które wyszły z pociągu. Już na pierwszy rzut oka było widać, że to matka i córka, chociaż różnił je kolor włosów. Jedna z podróżnych, rudowłosa, wyglądała na niewiele starszą od blondynki o nieprawdopodobnie długich nogach i zgrabnej sylwetce i była równie piękna jak tamta. Miała wciąż gęste, lśniące włosy i gładką cerę. Jedynie ledwo uchwytny wyraz zmęczenia na twarzy oraz delikatne zmarszczki wokół oczu zdradzały, że ta kobieta wkroczyła już w wiek średni. Obie wyróżniały się z tłumu gracją i elegancją, mimo skromnych sukienek i niemodnych już bucików.

– Matti, *ma chérie*! – zawołała Francuzka, obejmując starszą z nich, a potem z zaskoczeniem spojrzała na jej córkę.

Odsunęła ją na odległość ramion i nie zwracając uwagi na potrącających je podróżnych na dworcu, z wyraźną przyjemnością oglądała dziewczynę ze wszystkich stron.

– Veronique? *Oh, mon Dieu*, jakaż ty jesteś podobna do swojej babki! To aż nieprawdopodobne! Mów mi babciu, będę szczęśliwa.

Rzeczywiście, osiemnastoletnia Weronika wyglądem bardzo przypominała Wiktorię, swoją babkę. Miała piękne, długie blond włosy, łagodny wyraz twarzy i niebieskie oczy. Po matce odziedziczyła złotawe piegi na nosie, dodające jej tylko uroku.

Takich podobieństw, jak się miała niebawem przekonać Ivonne, bo to właśnie ona witała obie podróżniczki na dworcu kolejowym, było znacznie więcej. Ku ogromnej radości całej rodziny Weronika postanowiła kontynuować rodzinną tradycję i tuż przed wyjazdem do Francji została studentką Wydziału Framaceutycznego krakowskiej Akademii Medycznej. Jak sama twierdziła, z apteką związana była od dziecka, nie wyobrażała więc sobie, że w dorosłym życiu mogłaby robić coś innego.

Dziewczyna z trudem zaczęła sobie przypominać francuskie zwroty, żeby jakoś odpowiedzieć nowo poznanej babci, ale ta i tak nie miała zamiaru dopuścić nikogo do głosu. Zasypywała je pytaniami przez całą drogę do taksówki.

Weronika uśmiechnęła się w duchu do siebie; cioteczna babcia była dokładnie taka, jak ją opisywała mama. Gadatliwa, żywiołowa i serdeczna.

– Matti, a Jules gdzie? – Ciotka przystanęła nagle, rozglądając się wokół w poszukiwaniu męża bratanicy.

Idący za nią zażywny grubasek z trudem wyhamował, żeby na nią nie wpaść. Sapnął zirytowany, ale Ivonne ani tego nie zauważyła, ani nie usłyszała.

– Niestety, ciociu, nie udało mu się załatwić paszportu.

– Dlaczego?

– Opowiem wszystko w domu, to długa historia.

Matylda była zmęczona po wielogodzinnej podróży pociągiem i marzyła tylko o tym, żeby się odświeżyć i trochę odpocząć, ale nie wzięła pod uwagę niecierpliwości ciotki. Chcąc nie chcąc, musiała więc zacząć opowiadać już w taksówce, wiozącej je z dworca do apartamentu wujostwa.

A właściwie należącego już tylko do Ivonne, ponieważ Victor Antoine, mąż ciotki, zmarł miesiąc wcześniej. Telegram z tą smutną informacją oraz imienne zaproszenia od Ivonne doszły na czas, ale formalności związane z załatwieniem paszportu uniemożliwiły Matyldzie i Weronice przyjazd na pogrzeb wuja.

– Niestety, ciociu, mój mąż jako ktoś, kto służył w obcej armii, nie dostał paszportu. Cały czas jest jeszcze na tak zwanej czarnej liście.

– Jak to w obcej armii? – Ivonne nie mogła tego zrozumieć.

– Mam wrażenie, że pisałam już o tym w listach, zaraz po wojnie... – Matylda umilkła i popatrzyła znacząco w stronę kierowcy taksówki.

– Może i tak, moje dziecko – ciotka machnęła dłonią – ale opowiedz jeszcze raz, bo musiałam zapomnieć.

Kierowca również nastawił ucha. Matylda pochwyciła jego spojrzenie w lusterku, czym go wyraźnie speszyła. Natychmiast zwiększył głośność radia, żeby dać do zrozumienia, że wcale nie obchodzi go, o czym mówią pasażerki. Taksówkarz był ciekawski jak chyba wszyscy taksówkarze na świecie, a ona przekonała się już, że należy uważać na to, co i do kogo się mówi, i zareagowała zbyt nerwowo. Postanowiła bardziej nad sobą panować. Wojna dawno się skończyła.

– Po ucieczce z obozu jenieckiego Julek przedostał się do Anglii i tam wstąpił do RAF-u – krótko przypomniała ciotce. – Latał wprawdzie w polskich batalionach bombowych, jednak to u nas nie jest dobrze widziane. Przez długi czas po powrocie z wojny był traktowany jak szpieg. Nawet już nie mógł wrócić do pracy w banku i jeszcze do niedawna był zatrudniony jako magazynier w fabryce.

– A tak. – Ivonne kiwnęła głową. – Teraz sobie przypominam. Nawet mój biedny mąż był zbulwersowany takim traktowaniem człowieka, który narażał swoje życie w słusznej sprawie. Ale mówisz, że do niedawna. Czyli coś się jednak zmieniło?

– Owszem, rok temu przyszło coś, co nazwano odwilżą. Niewielka to zmiana, lecz już jest trochę lepiej. Na tyle, żeby Julek znów mógł pracować w banku, nie na tyle jednak, żeby dostać paszport. Zresztą ja i Weronika także miałyśmy kłopoty i gdyby nie moje znajomości, pewnie też byśmy nic nie załatwiły. Kosztowało nas to sporo pieniędzy i jeszcze więcej czasu, dlatego nie zdążyłyśmy na pogrzeb wuja. Przykro mi, ciociu.

– Szkoda, ale cieszę się ogromnie, że w ogóle wam się udało przyjechać. – Ivonne ze wzruszenia zaszkliły się oczy. – Przyznam, że straciłam już nadzieję, iż kiedykolwiek was zobaczę. Veronique, jak ci się podoba Paryż?

Wciąż jeszcze oszołomiona dziewczyna nie zdążyła odpowiedzieć, bo taksówka zatrzymała się już pod bramą budynku przy ulicy Ferdinand Duval. Zresztą Weronika potrzebowała trochę więcej czasu, żeby móc bez trudu posługiwać się językiem, którego od najwcześniejszego dzieciństwa uczyła ją matka.

Apartament ciotki mieścił się przy tej samej ulicy, przy której Ivonne wynajmowała kiedyś pracownię. Teraz w pracowni mieszkał młody artysta, również malarz, co można było odgadnąć po widocznych przez okna sztalugach. Wuj zaś wykupił całe piętro w kamienicy naprzeciwko.

Wysokie i jasne pokoje w amfiladzie zachwyciły Matyldę. Jak się okazało, niewiele pamiętała z dzieciństwa, gdy była tu z mamą. Teraz przechodziła wraz z Weroniką z pomieszczenia do pomieszczenia i na nowo zachwycała się każdym szczegółem. Ogromny, wiszący nad marmurowym kominkiem portret natychmiast zwrócił jej uwagę. Widniejąca na nim młoda kobieta z rozpuszczonymi blond włosami miała dziwnie znajome rysy.

– Czyżby to była…? – Zaskoczona Matylda obejrzała się na ciotkę.

– Tak, to Wiktoria, twoja mama – potwierdziła Ivonne. – Skończyłam malować ten obraz tuż przed jej wyjazdem z Paryża. To chyba mój najbardziej udany portret. I najmilszy memu sercu.

– Taka młodziutka.

– Była chyba niewiele starsza od Veronique. I patrz, jaka ona jest podobna do Wiktorii.

Weronika usłyszała swoje imię i wytężyła uwagę, żeby coś zrozumieć z tej rozmowy.

– Mamo – spytała cicho po polsku – to babcia?

– Tak, kochanie. Mówimy właśnie, jak bardzo ją przypominasz.

Matylda starała się teraz mówić do Ivonne po francusku powoli, tak żeby jej córka mogła też cokolwiek zrozumieć.

– Ma smutne spojrzenie. Czyżby to było już po spotkaniu z… Pascalem? – Słowo „ojciec" nadal nie chciało jej przejść przez gardło.

– Nie. – Ivonne szybko dostosowała się do sposobu mówienia bratanicy. – Do tego portretu pozowała wcześniej, a historia z Pascalem wydarzyła się tuż przed jej powrotem do Krakowa.

– To skąd ten smutek? – spytała Weronika.

– Filip – odparła krótko matka.

– Filip?

Matylda kiwnęła głową, dając dyskretny znak córce, że wytłumaczy jej to później. Dotarło do niej, jak mało jeszcze Weronika wiedziała o przeszłości własnej rodziny. Postanowiła jak najszybciej nadrobić te braki.

Kto wie, przemknęło jej przez głowę, czy gdyby nie ten wyjazd do Francji, pomyślałabym o szczerej rozmowie z córką? Powielam błędy mojej mamy...

Głos Ivonne wyrwał ją z zamyślenia.

– Obie są prześliczne, *n'est-ce pas*?

– To dla mnie prawdziwy komplement. – Zawstydzona Weronika mówiła powoli, starannie dobierając francuskie słowa. – Ale to prawda, babcia naprawdę była, jak widzę... – zaczęła szukać odpowiednich wyrażeń i form gramatycznych, jednak powiedziała po prostu: – Piękna.

– Tak, była prawdziwą pięknością – powiedziała Ivonne, a Matylda potwierdziła z uśmiechem.

Weronika z zainteresowaniem przyglądała się portretowi. W domu, oprócz zdjęcia z dzieciństwa babki, nie zachowały się żadne późniejsze jej podobizny. A ta była zachwycająca.

– Kochane – zwróciła się Ivonne do swoich gości – proponuję, żebyście teraz trochę odpoczęły. Weźcie ciepłą kąpiel, może nawet zdrzemnijcie się trochę, a potem spotkamy się na kolacji. Przygotowałam dwa osobne pokoje, wybierzcie sobie, który której bardziej odpowiada.

Przestronna łazienka z dużym oknem, przysłoniętym białym muślinem, i ogromną wanną wzbudziła w Weronice największy zachwyt. Ta w ich domu wydawała jej się piękna i nowoczesna, nie wytrzymywała jednak porównania z paryską. Wysokie ściany pomieszczenia pokryte były akwarelkami przedstawiającymi złotą plażę i niebieskie morze.

To z pewnością prace babci Ivonne, pomyślała Weronika, wchodząc do wanny wypełnionej ciepłą, pachnącą olejkami wodą. Z rozkoszą zanurzyła się w niej po samą szyję i musiała się pilnować, żeby nie usnąć.

Ponieważ do kolacji zostało jeszcze sporo czasu, obie postanowiły pójść za radą ciotki i zdrzemnąć się trochę. Z chwilą gdy tylko przyłożyły głowy do miękkich poduszek, natychmiast zapadły w sen.

Podczas kolacji ciotka, chcąc nadgonić lata stracone z powodu wojny, poprosiła Matyldę o szczegóły z ich życia w tamtym okresie. Weronika, która, jak się szybko okazało, odziedziczyła po swojej babce nie tylko urodę, lecz i zdolności językowe, dość szybko przestawiła się na francuski i chwilami mogła nawet wyręczać matkę w niektórych fragmentach opowieści.

Ale części z nich sama wysłuchała po raz pierwszy.

Jak choćby historii Rózi i Romka, ukrywanych żydowskich dzieci. Ona sama była wtedy zbyt mała, żeby pamiętać tamte wydarzenia. Traktowała Rózię, która po wojnie znów u nich zamieszkała, jak starszą siostrę i wydawało jej się, że tamta była w domu od zawsze. Może z małą tylko przerwą, kiedy gdzieś zniknęła. Ale o tym, że komukolwiek groziło wtedy jakieś niebezpieczeństwo, dowiadywała się dopiero teraz. Owszem, słyszała o ukrywanych podczas wojny Żydach, o hitlerowskich zbrodniach, nie wiedziała jednak, że coś takiego mogło się zdarzyć komuś z jej najbliższej rodziny. W domu nigdy o tym nie rozmawiano.

– Uratowałaś ich oboje od niechybnej śmierci. – Ivonne popatrzyła na Matyldę z podziwem. – Imponujesz mi swoją odwagą.

– To żadna odwaga, ciociu. Oni oboje byli dla mnie jak własne dzieci, miałam im nie pomóc? Poza tym, jeśli chodzi o Romka, złożyłam obietnicę jego rodzicom, że go ocalę. To zobowiązuje.

– Co się teraz z nimi dzieje? Macie jakiś kontakt?

Matylda uśmiechnęła się z macierzyńską czułością.

– Tak, oczywiście. Ta dwójka dzieciaków kochała się od dawna, więc mogło się to skończyć tylko w jeden sposób: pobrali się, kilka lat po wojnie. Właśnie teraz Rózia spodziewa się drugiego dziecka i będę musiała wrócić na czas, żeby ją wspierać.

– Mamo – wtrąciła się Weronika. – Ale z tego, co wiem, Romek wrócił do Krakowa dopiero kilka lat temu. Dlaczego nie szukał jej ani nas wcześniej?

– Bo powiedziano mu, że Rózi nie udało się ukryć i zginęła w obozie koncentracyjnym w Oświęcimiu.

– Jezu… kto mu to powiedział?

– Prawdopodobnie dziewczyna, która nie chciała dopuścić do jego wyjazdu. Miała nadzieję, że Romek z nią się ożeni.

– A nie mógł sam sprawdzić? – Teraz to Ivonne nie wytrzymała.

– Niestety, wywieziono go niemal na drugi koniec Polski. Kiedy dowiedział się o rzekomej śmierci Rózi, nic już go nie łączyło z Krakowem. Do nas, jak później opowiadał, miał zamiar napisać list, ale wciąż to odwlekał. Zadomowił się w nowym miejscu, skończył wyższą szkołę muzyczną i...

– Niech zgadnę... – Ivonne z przejęcia aż podskoczyła w fotelu. – Pewnie przyjechał na koncert do Krakowa...

Matylda roześmiała się głośno.

– Tak, właśnie tak było, ciociu! A Rózia wybrała się na jego koncert.

– Jaka piękna historia – rozmarzyła się ciotka. – Prawie gotowy scenariusz na film. Albo temat na książkę. Lubię takie.

– I ja lubię historie ze szczęśliwym zakończeniem. A dzięki tej udało mi się spełnić dwie obietnice dane matce Romka: pomogłam go ocalić i podarowałam Rózi, już jako jego żonie, broszkę w kształcie motyla. Tę, którą dostałam podczas swojej wizyty u nich w getcie.

Opowieść o wojnie trwała jeszcze długo. Ciotka ze zgrozą wysłuchiwała historii z życia codziennego Matyldy i jej rodziny podczas tych trudnych lat.

– Mój Boże, straszne to były czasy – westchnęła Ivonne, kiedy Matylda zamilkła na chwilę. – Dla was, w mieście, szczególnie. Aż mam wyrzuty sumienia, że kiedy wy głodowałyście, nas obojga wojna prawie wcale nie dotknęła. Gdybym wiedziała wcześniej, ściągnęłabym was tutaj, na wieś.

– To byłoby niemożliwe, ciociu. – Matylda pokręciła głową. – A co z babcią, Joasią, Martą i tamtymi dziećmi? No i co z apteką? Dzięki niej udało nam się jakoś przeżyć. Ludzie zawsze potrzebują leków.

– No właśnie, apteka. Jak to dobrze, że ją masz. Myślę, że i teraz jest wam dzięki niej łatwiej.

– Niestety, ciociu, teraz to już własność państwa, nie nasza.

– Jak to?

– Po prostu. Komuniści ją zabrali.

– Aż trudno w to wszystko uwierzyć. – Ciotka zastygła nieruchomo z widelcem w ręku. – Naprawdę zabrano wam wszystko? Nam tutaj ciągle mówią, że komunizm to dobra rzecz. Nawet intelektualiści tak twierdzą.

– To niech do nas przyjadą i pomieszkają choć przez krótki czas – mruknęła Weronika, przysłuchująca się w milczeniu rozmowie.

Kobiety z Grodzkiej ciężko przeżyły utratę apteki. To miejsce od zawsze miało w sobie coś magicznego. Matylda czuła obecność mamy w każdym aptecznym meblu, niemal widziała jej przelotne odbicie w wypolerowanym do połysku moździerzu, od którego apteka wzięła swoją nazwę. Nie był złoty, ale lśnił, jakby zrobiono go z tego cennego kruszcu. Nikt nie pamiętał, kiedy i jak się u nich znalazł, wydawało się, że był tak stary jak sama apteka. Mama opowiadała kiedyś, że zostały w nim zaklęte duchy poprzednich właścicieli, a Matylda święcie w to wierzyła. Jako dziecko miała nawet wrażenie, że słyszy wydobywające się stamtąd cichutkie głosy. Były przyjazne i łagodne, dawały poczucie bezpieczeństwa. Jak cała apteka, pachnąca tajemniczo i swojsko egzotycznymi korzeniami i ziołami.

Teraz jednak straciła całą swoją magię. Stała się zwykłym, bezdusznym sklepem, kierowanym przez obcych ludzi. Nikt już nie kochał tego miejsca, nikt nie dbał o nie tak jak rodzina Franciszka Bernata. Joasia, która jedyna zachowała swoją posadę, nie była w stanie zatrzymać owej szczególnej atmosfery. Matyldzie udało się ocalić z dawnej apteki tylko moździerz, gdyż nowi właściciele zamierzali go oddać na złom. Nie chcieli starych rupieci, ich apteka miała być na wskroś nowoczesna.

Matylda zabrała moździerz do mieszkania i postawiła na honorowym miejscu. Pomyślała, że przekaże go kiedyś Weronice.

Otrząsnęła się ze smutnych wspomnień. Zdała sobie nagle sprawę, że ciotka Ivonne o coś pyta, i dłuższą chwilę zajął jej powrót do rzeczywistości.

– A co z tobą? Wróciłaś do teatru?

– Nie, to też nie było takie proste. Musiałam poszukać czegoś innego, żeby pomóc Julkowi utrzymać naszą rodzinę. Skorzystałam z tego, że po wojnie wszędzie brakowało nauczycieli.

– Przecież ty nie byłaś nauczycielką?

– Teraz już jestem, ale tylko dzieci od pierwszej do trzeciej klasy szkoły podstawowej. Miałam maturę, mogłam więc się zapisać na roczny kurs nauczycielski. Wprawdzie przekroczyłam nieco limit wieku, nikt jednak nie zwracał na to specjalnej uwagi. Nauczyciele byli potrzebni od zaraz. No i teraz uczę maluchy w szkole. – Matylda uśmiechnęła się niemal z macierzyńską dumą. – Dzięki mojemu wcześniejszemu

doświadczeniu mogłam też zorganizować dla nich kółko teatralne. Nawet sobie ciocia nie wyobraża, jakie
mamy zdolne dzieci!

– Widzę, że lubisz swoje zajęcie, *chérie*.

– Bardzo.

– A co z waszą fundacją? – przypomniała sobie
ciotka. – Tą, o której mi tyle pisałaś.

– Z „Wiktorią"? Została zamknięta, bo to była ini-
cjatywa prywatna, ciociu. Ale może uda nam się za-
interesować tą sprawą odpowiednie władze, przecież
problem sam z siebie nie zniknie. Kobiety nadal są wykorzystywane i krzywdzone.

Ivonne napełniła ich kieliszki czerwonym winem. Głęboka czerwień zaślniła w cieniutkim szkle. Oświetlony był
tylko stół, reszta apartamentu pogrążyła się w półmroku,
w którym majaczyły niewyraźnie kontury starych mebli.

– Właśnie, à propos krzywdzonych kobiet... – Ivonne delikatnie odstawiła butelkę na podstawkę. – Pisałaś kiedyś o swojej przyjaciółce, zapomniałam imienia.
Odnaleźliście ją?

– To była Mela. – Matylda westchnęła ciężko.
– Niestety, ślad po niej zaginął. Zupełnie jakby zapadła się pod ziemię. Obawiam się, że ta sprawa nigdy już
nie zostanie wyjaśniona i będzie mnie to prześladować
do końca życia.

– Nie powinnaś się obwiniać, przecież...

– Ciociu, sama ją tam wysłałam. Nigdy sobie tego
nie daruję.

Matylda się zamyśliła. Wprawdzie Michał obiecywał, że nie spocznie, póki nie odnajdzie Meli, lecz i on

gdzieś znikł i przestał się odzywać. Ostatni list od niego przyszedł jeszcze przed wojną, czyli kilkanaście lat temu. Nie wierzyła już w szczęśliwe zakończenie tej historii.

Mela. Biedna, naiwna i dobra Mela o duszy dziecka. Śliczna blondynka o złotych włosach i niebieskich, ufnych oczach, marząca o światowej karierze gwiazdy filmowej.

Czy udało jej się przeżyć w tamtych warunkach?

Dawno już zapomniana scena w krakowskiej kawiarni nagle stanęła przed oczami Matyldy jak żywa. Dwie młode, marzące o karierze filmowej aktorki, zapach kawy i dymu papierosowego, w tle filiżanki stukające delikatnie o talerzyki. Beztroska i radość życia… Wtedy ich największym problemem był brak scenicznego pseudonimu!

Pamiętała doskonale tę rozmowę, jakby odbyła się nie dalej niż kilka dni temu.

„Zatem postanowione. Od teraz jesteśmy Mata Boruc i Mela Wit! Dwie słowiańskie nimfy, które wkrótce podbiją Amerykę!".

Jak na ironię, jedna z nich rzeczywiście znalazła się w Ameryce. Południowej wprawdzie i nie w takiej roli, jaką sobie wymarzyła, ale tam właśnie pojechała. I wyglądało na to, że pozostanie tam na zawsze. Matylda przypomniała sobie słowa babci Kasperkowej, która zawsze starała się ją sprowadzić na ziemię: „Uważaj, o czym marzysz, bo może się to ziścić!".

Kiedy już skończyły kolację i pomogły Ivonne sprzątnąć i pozmywać naczynia, Matylda marzyła tylko o odpoczynku. Krótka drzemka przed kolacją nie wystarczyła. Weronika natomiast czuła się wspaniale i wcale nie miała zamiaru kłaść się spać. W jej wieku wystarczyła godzina, dwie snu, żeby odpocząć. Postanowiła wyjść na wieczorny spacer po Paryżu.

– Oszalałaś? – Matylda zrobiła wielkie oczy. – Sama, nocą w obcym mieście?!

– Mamo...

– Nie „mamo", tylko nie zgadzam się i już.

Ivonne pospieszyła z pomocą dziewczynie.

– Matti, czy ty aby nie przesadzasz? Veronique ma już skończone osiemnaście lat, zna język, a tutaj ruch na ulicach nie ustaje niemal do rana. Nic jej nie będzie, niech sobie dziewczyna trochę pospaceruje.

Matylda niechętnie, ale zgodziła się w końcu. Wymogła tylko na córce obietnicę, że ta wróci za godzinę, nie później. Ivonne dała dziewczynie klucze od bramy i apartamentu i niemal wypchnęła ją za drzwi, zanim nadopiekuńcza matka zmieni zdanie.

Ciepły wietrzyk wiejący od strony Sekwany delikatnie rozwiewał włosy Weroniki. Poczuła się wolna i szczęśliwa. Wszystkie ławeczki na bulwarach były już zajęte przez zakochane pary, zeszła więc niżej i usiadła bezpośrednio na kamieniu, wpatrując się w połyskującą od świateł miasta rzekę. Przy brzegu, nieopodal mostu, kołysała się z chlupotem ciemna barka. Ruch na niej wskazywał, że była zamieszkana. Przez krótką chwilę pozazdrościła tym ludziom swobody i fantazji. Odpowiadałoby jej takie życie.

To gdzieś tutaj moja babcia spotkała dziadka i tu dali życie mojej mamie, pomyślała, wdychając pełną piersią wilgotne i chłodne już powietrze. W jakiejś więc części i ja stąd pochodzę. Tu też są moje korzenie.

Podobnie jak Wiktoria, jej babcia, Weronika pokochała Paryż od pierwszego wejrzenia. Nie zamieniłaby Krakowa na stolicę Francji, ale gdyby kiedykolwiek musiała go opuścić, nie zastanawiałaby się, w jakim mieście zamieszka.

Ruch na świeżym powietrzu i bliskość wody zdziałały swoje. Weronika poczuła w końcu ogarniającą ją senność. Kiedy wróciła na ulicę Ferdinand Duval, mama i babcia Ivonne już spały. Weszła na palcach do salonu i włączyła punktową lampkę, podobną do tych w muzeum, nad portretem Wiktorii. Mogłaby przysiąc, że zauważyła błysk w oku babci i porozumiewawczy uśmiech.

– Babciu – szepnęła cicho, żeby nikogo nie obudzić. Miała wrażenie, że rozmawia z kimś żywym. Oczy z portretu zdawały się śledzić każdy jej ruch.

– Tak bardzo się cieszę, że udało mi się przyjechać tu, gdzie wszystko się zaczęło. Cieszę się, że w końcu cię zobaczyłam i poznałam.

Kobieta z portretu spoglądała na stojącą przed nią piękną dziewczynę, na jej delikatne rysy, ogromne niebieskie oczy i pięknie wykrojone usta. Być może sprawiło to specjalne oświetlenie, lecz wyraz smutku i melancholii, malujący się do tej pory na twarzy Wiktorii, na ten ulotny moment zmienił się w dumę i miłość.

– Dobranoc, babciu. – Weronika zgasiła lampkę i już miała wyjść z salonu, kiedy nagle coś sobie jeszcze przypomniała.

– Aha – zapaliła ją na nowo – wiesz, że będę studiowała farmację? Obiecuję ci, że odzyskam kiedyś naszą aptekę.

Zachichotała, przypominając sobie wierszyk: „Mówił dziad do obrazu...". Zachowywała się dokładnie tak samo, ale naprawdę miała wrażenie, że rozmawia z kimś, kto żyje.

Dobrze, pomyślała wciąż rozbawiona, gasząc lampkę nad portretem. Dobrze, że nikt tego jednak nie słyszał!

Kiedy zniknęła w swoim pokoju, w salonie zapanowała cisza i ciemność. Tylko portret Wiktorii zdawał się lśnić w półmroku jakimś magicznym wewnętrznym blaskiem.

Sierpniowy Paryż był piękny. Wyszły z domu na zalaną słońcem ulicę i przez chwilę z trudem przyzwyczajały oczy do światła po półmroku panującym w bramie. Po drugiej stronie, pod ścianą sąsiedniego domu jakiś starszy mężczyzna zasłabł, prawdopodobnie od upału, i gdyby nie natychmiastowa pomoc przypadkowego przechodnia, mógłby sobie zrobić krzywdę. Letni skwar bywał zabójczy dla starszych i słabych ludzi. Weronika, która po babce odziedziczyła również wrażliwość na cierpienie, pomyślała, że w taki dzień staruszek nie powinien był wychodzić z domu.

Po kilku minutach znalazły się nad rzeką. Upał nie był tu tak dokuczliwy, przyjemny wiatr od Sekwany nieco chłodził powietrze. Usiadły przy stoliku przed kawiarnią i zamówiły kawę oraz jeszcze ciepłe croissanty.

Matylda w milczeniu i z przyjemnością spoglądała na ruchliwy o tej porze Pont au Double, żelazny most prowadzący na wyspę Cité, gdzie widać było wyraźnie koronkową sylwetkę katedry Notre Dame. Następnym etapem zwiedzania miała być właśnie ta świątynia.

Weronika natomiast z ciekawością obserwowała młode paryżanki, czując przy tym lekki zawód, że jednak nie są aż tak pięknie ubrane, jak to widziała w żurnalach u koleżanek. Z rzadka tylko można było zauważyć jakąś modną kreację. Przeważały suknie z *crêpe romain* w grochy, jedwabna pika w prążki lub *crêpe fleurette* dla kobiet, które utraciły już dziewczęcą smukłość i musiały kryć niedostatki figury pod wzorzystymi materiałami.

Ale było też coś, co ją zachwycało od chwili przyjazdu do Paryża – zapachy. Najpierw woń perfum babci Ivonne, potem mijanych na ulicy kobiet i mężczyzn. Wdychała to wszystko z lubością, mrużąc oczy. Teraz też otaczała ją pachnąca chmurka perfum podarowanych jej przez cioteczną babcię poprzedniego wieczoru. Ivonne musiała zauważyć poruszający się bez przerwy nos Weroniki i wyraz błogości na jej twarzy.

Kawiarniany ogródek mieścił się na chodniku, tuż przy wąskiej uliczce, po której spacerował tłum przechodniów. Od czasu do czasu przejeżdżał tamtędy również jakiś elegancki samochód. Nikt na nikogo nie pokrzykiwał, nikt się nie złościł, wszyscy mieli uśmiechy na twarzy. Zupełnie inaczej niż u nas, pomyślała zdumiona Weronika. Tak była przyzwyczajona do ponurych min krakowian, iż wydawało jej się, że wszyscy ludzie na całym świecie są właśnie tacy. A tu, proszę, można inaczej.

– Mamuś – musiała się podzielić tą myślą z matką – zauważyłaś, że tutaj wszyscy się uśmiechają do siebie na ulicy? Może wprowadzimy taką modę u nas, pomyśl, jak mogłoby być przyjemnie.

– Myślę raczej, że wzięto by nas za wariatki. – Matylda nie wytrzymała i parsknęła śmiechem na samą myśl o reakcji krakowskich przechodniów na takie zachowanie. – My nie mamy zwyczaju uśmiechać się do obcych. Wiecznie musimy się czymś martwić, coś komuś mieć za złe. Ech, lepiej chodźmy trochę pozwiedzać.

Kiedy ruszyły w stronę Notre Dame, Weronika znów poczuła mrowienie w karku. Już w kawarnianym ogródku wydawało jej się, że jest obserwowana, chociaż nikogo takiego nie zauważyła. Każda kobieta w jej rodzinie miała tę zdolność, jakby wyczuwały szóstym zmysłem, że ktoś na nie patrzy.

Obejrzała się, nadal jednak nikogo nie zauważyła. Mijający ją ludzie zajęci byli własnymi sprawami albo rozmawiali ze sobą. Weronika potarła dłonią kark i uczucie mrowienia znikło.

Siedzący przy stoliku w kawiarni mężczyzna złożył gazetę, którą na wszelki wypadek do tej pory się zasłaniał. Wprawdzie tamte kobiety na ulicy nie powinny go zauważyć, ale wolał być ostrożny. Nie chciał jeszcze się ujawniać.

Przygładził posiwiałe na skroniach rude włosy.

– *Mon Dieu...* – westchnął zdumiony – ależ ona jest podobna do mojej mamy! Kiedy mówi, tak samo przechyla głowę jak ona. Wiktoria nie kłamała, to chyba naprawdę moja córka. A ta druga... niesamowite...

Jeszcze nie mógł dojść do siebie po zasłabnięciu przed domem Ivonne.

Siostra zadzwoniła do niego z wiadomością o przyjeździe Matyldy i jej córki. Nalegała, żeby przyszedł je poznać, ale wciąż nie miał na to ochoty. Jednak jakaś nieznana siła zaprowadziła go dzisiaj pod dom Ivonne. Wiedział od siostry, o której godzinie wybierają się na spacer, i chciał je zobaczyć z daleka, bez nawiązywania bliższego kontaktu. Przekonać się, czy naprawdę ta kobieta jest choć trochę do niego podobna.

Ich widok dosłownie zwalił go z nóg. Gdyby nie pomoc przypadkowego przechodnia, upadłby na chodnik i zrobił sobie krzywdę. Nawet teraz nie mógł opanować drżenia i przyspieszonego bicia serca.

Kiedy stara zabytkowa brama otworzyła się ze skrzypieniem, stanęła w niej... Wiktoria. Ta sama sylwetka, smukła i zgrabna, a także długie blond włosy i ta sama twarz, przynajmniej o tyle, o ile mógł to dostrzec z drugiej strony wąskiej uliczki. Miał wrażenie, że nagle czas się cofnął i dziewczyna, która kiedyś zawładnęła jego zmysłami, pojawiła się znów przed nim jak żywa.

Nie miał już żadnych wątpliwości, że te roześmiane, piękne kobiety to jego córka i wnuczka. Nie wiedział tylko na razie, co zrobić z tym odkryciem. Przez całe lata wypierał ze swojej świadomości fakt posiadania dziecka, mimo pokazywanych mu przy każdej okazji zdjęć małej Matyldy. Owszem, można było się doszukać jakiegoś podobieństwa, ale były to tylko fotografie. Można je odpowiednio podkolorować, wyretuszować, upiększyć. Ale teraz, na żywo, już nie mógł się jej wyprzeć.

Wstał od stolika, zapłacił za kawę i wciąż jeszcze oszołomiony, ruszył w stronę najbliższej budki telefonicznej.

Wnętrze katedry powitało Matyldę i Weronikę przyjemnym, chłodnym półmrokiem. Przesączające się przez kolorowe witraże światło sprawiało wrażenie, iż przebywa się w jakimś bajkowym, podwodnym świecie. Matylda z zachwytem odkrywała coraz to piękniejsze fragmenty, szeptem zwracając na nie uwagę córki. Weronika również była oczarowana pięknem tego miejsca.

– W tak pięknym miejscu ma się wrażenie, że Bóg jest jakby bliżej i chętniej zwraca uwagę na nasze modlitwy – powiedziała cicho, żeby nie zakłócać spokoju świątyni.

– Chyba właśnie taki był zamiar budowniczych kościołów. Mnie przede wszystkim zachwyca kunszt tych, którzy coś takiego potrafili stworzyć. Co zaś do tej bliskości…

Po minie widać było, że nie podziela zdania córki, ale została uciszona dość stanowczym szeptem, dochodzącym z sąsiedniej ławki. Siedząca tam starsza kobieta spoglądała na nie z wyraźną dezaprobatą. Matylda umilkła i pogrążyła się w swojej własnej rozmowie z Bogiem. Sądząc po zmarszczonych gniewnie brwiach, nie była to jednak pokorna prośba, a raczej lekka wymówka.

Do obiadu pozostało jeszcze mnóstwo czasu, postanowiły więc zwiedzić chociaż część Luwru. Początkowy zachwyt zmienił się po kilku godzinach w potworne zmęczenie. Weronika z młodzieńczą energią mogła jeszcze tak chodzić bez końca, ale Matylda przesuwała się z sali do sali i z piętra na piętro, mając wrażenie, że schody w tym muzeum są znacznie wyższe niż gdzie indziej.

– W życiu nie obejrzymy tego wszystkiego w jeden dzień – jęknęła, dyskretnie zsuwając z nóg pantofle. Kamienne stopnie przyjemnie chłodziły stopy. Jak się po chwili zorientowała, nie była jedyną kobietą, która wpadła na ten pomysł.

– Zostawmy sobie resztę na inny dzień. Nie wiem jak ty, moje dziecko, ale ja już mam dość.

Weronice nie pozostawało nic innego, tylko się zgodzić. W końcu dopiero co przyjechały. Nie na długo wprawdzie, ale na tyle, żeby jeszcze raz się wybrać do Luwru za kilka dni.

– Nie możecie przedłużyć sobie pobytu? – spytała Ivonne podczas obiadu. – Mogłybyście pojechać ze mną do Le Gravier, na wieś. Już dawno tam nie byłam, a ty pewnie nawet nie pamiętasz tego miejsca,

Matti. Podczas ostatniej wizyty byłaś jeszcze dzieckiem.

– Niewiele pamiętam – przyznała Matylda. – Jedyne, co mi się wbiło w pamięć, to odciski psich łap na ponadstuletnich kafelkach w salonie.

– O tak, a może nawet starszych. Te kafelki dawno temu sprowadziła moja mama, gdy rozbierano jakiś stary zamek, a sam nasz dom ma ponad sto lat.

– Oj, szkoda – zmartwiła się Weronika. – Chciałabym go zobaczyć.

– To może jednak? Matti?

Matylda pokręciła przecząco głową.

– Nie, ciociu, nie możemy. Pod koniec sierpnia Rózia będzie rodziła drugie dziecko i nie może mnie przy tym zabraknąć. Wspominałam już, że ona i jej mąż są jak moje własne dzieci. Muszę przy nich być, tym bardziej że trzeba będzie się zająć jej synkiem. Maluch ma dopiero dwa latka, a jak znam życie, Romek, jak każdy mężczyzna w takim przypadku, straci głowę i będzie myślał tylko o ukochanej żonie. Nawiasem mówiąc, chętnie wybrałabym się na zakupy i poszukała jakiegoś prezentu dla nowego członka rodziny.

– No cóż, rozumiem. Mam nadzieję, że to nie jest wasza ostatnia wizyta we Francji. A na zakupy możemy się wybrać któregoś dnia razem. Może będę umiała coś doradzić. Wiem, gdzie są niedrogie, a całkiem przyzwoite sklepy.

– Mamuś – Weronika spojrzała na matkę z nadzieją – to może ja jeszcze na trochę zostanę i pojadę z babcią na wieś? Studia zaczynam dopiero w październiku, a podobna okazja może się szybko nie powtórzyć. Proszę.

– No nie wiem. Zastanowię się jeszcze.

– To świetny pomysł! – zawołała uradowana Ivonne. – Przecież możesz ją tu spokojnie zostawić. Szkoda, żeby wracała z tobą, przecież i tak za bardzo się nie przyda. Nie wyobrażam sobie lepszej opiekunki i niańki niż ty, *chérie*.

Roześmiała się głośno, ale zaraz spoważniała. Rozważała coś przez chwilę.

– Matti – zaczęła ostrożnie. – Nie myślałaś o tym, żeby się spotkać z ojcem, skoro już tu jesteś?

Matylda natychmiast się usztywniła.

– Nie czuję takiej potrzeby. Żyłam bez niego ponad czterdzieści lat, przeżyję i resztę.

– Ale ja chciałabym poznać swojego dziadka, mamo – nieoczekiwanie odezwała się Weronika.

– Nikusiu – Matylda z trudem ukryła irytację – do czego jest ci ten człowiek potrzebny? Zupełnie tego nie rozumiem.

Ivonne wodziła pytającym spojrzeniem od jednej kobiety do drugiej.

– Przepraszam, babciu. – Weronika zorientowała się, że rozmawiają po polsku. Szybko przeszła na francuski. – Chciałabym poznać swojego dziadka, choćby z samej ciekawości. Poza tym tyle się nasłuchałam o klątwie w naszej rodzinie i o tym, w jaki sposób można by się od niej uwolnić, że może chociaż spróbujmy w końcu mu wybaczyć? A przynajmniej posłuchać, co ma na swoje wytłumaczenie. Może już dawno zrozumiał swój błąd i tylko czeka na taką szansę? Nie wierzę, mamuś, że możesz być aż tak zapiekła w swojej złości.

– Zawsze twierdziłaś, że nie wierzysz w żadną klątwę – mruknęła zbita z tropu Matylda. – Poza tym wcale nie jestem zapiekła, tylko całkiem po prostu nie mam ochoty go widzieć. Ten człowiek skrzywdził moją mamę. I przy okazji mnie, nie chcąc uznać swojego dziecka.

Weronika wzruszyła ramionami.

– Ciebie, mamo, nie skrzywdził, tylko po prostu nie chciał cię poznać. Poza tym, jak sama mówisz, przecież miałaś kochającego ojca, więc cóż to za krzywda? Pascalowi można najwyżej zarzucić chłód i brak uczuć. A co do klątwy, to prawda, nie wierzę w nią. Uważam, że to tylko wygodne tłumaczenie dla wszelkich niepowodzeń w naszym życiu.

– Przesadzasz.

– A nie, mamuś? Coś się nie udało – wiadomo, klątwa. Spotkało nas nieszczęście? Klątwa. A z klątwą nie ma sensu walczyć, bo to i tak nic nie da. I w ten sposób nie robimy nic, żeby odmienić nasz los. A teraz nawet nie próbujemy wybaczyć, żeby przynajmniej się przekonać, czy to zadziała.

Ivonne słuchała swojej ciotecznej wnuczki z dumą i wzruszeniem. Mimo nieuniknionych jeszcze potknięć językowych jej punkt widzenia był jasny i zrozumiały.

– Mój Boże, Veronique, szkoda, że twoja babcia nie może cię słyszeć. Ona też mocno wierzyła w tę klątwę.

– I też nie potrafiła wybaczyć swojemu ojcu…

– To prawda – wtrąciła Matylda – ale w jej przypadku to wcale nie było takie proste. Mogła mu wybaczyć własne krzywdy, i właściwie tak zrobiła, opiekując się nim do końca, ale nie mogła wybaczyć tego, co robił innym ludziom. Zwłaszcza swoim nieślubnym dzieciom i małym dziewczynkom...

– Nie można wybaczyć za kogoś. Wybacza się tylko własne krzywdy i myślę, że babcia tak właśnie zrobiła, opiekując się swoim ojcem pod koniec jego życia. Może nawet sama nie zdawała sobie z tego sprawy, ale mu wybaczyła i osłabiła w ten sposób działanie klątwy. Bo popatrz tylko: przecież ty, mamuś, miałaś wspaniałego ojca. Co z tego, że nie był rodzony? Ale cię wychowywał i kochał. I masz cudownego męża, który nie zginął na wojnie, nie uciekł od ciebie i kocha cię nad życie. Masz mnie. Fakt, straciłaś jedno dziecko, ale tak w życiu się zdarza, nie ma to nic wspólnego z klątwą. I w końcu ja też mam najlepszego ojca na świecie. Uważam więc, że dla świętego spokoju i dla pewności powinnaś w końcu wybaczyć Pascalowi. Nie prowokuj losu, skoro tak dobrze nam się zaczęło układać.

Matylda poruszyła się niespokojnie na krześle. Czuła już, że nie wywinie się od tego spotkania, i sama nie wiedziała, co zrobić. Z jednej strony ciekawa była, jak wygląda człowiek, dzięki któremu pojawiła się na tym świecie, z drugiej bała się ponownego odrzucenia. Nie miała przecież żadnej pewności, że teraz, po latach, Pascal postąpi inaczej.

– Dobrze – odpowiedziała w końcu. – Miejmy to już za sobą.

Ivonne zadzwoniła do brata i oficjalnie zaprosiła go na kolację. Nie przyznała się Matyldzie, że już wcześniej z nim rozmawiała. Pascal zatelefonował do niej tego samego dnia i sam chciał takiego spotkania. Śledził je, gdy spacerowały po mieście, i był zszokowany podobieństwem Weroniki do swojej babki.

Ivonne zostawiła zmęczoną Matyldę w domu, a sama zabrała Weronikę na zakupy. Chciała przygotować coś specjalnego na tę specjalną okazję. U pobliskiego rzeźnika kupiła ładny kawałek wołowiny na pieczeń, u ulicznego sprzedawcy świeże szparagi, a w sklepiku obok coś słodkiego na deser. Dobrej marki szampan chłodził się już od dawna, ponieważ Ivonne planowała tę kolację niemal od dnia przyjazdu krewniaczek. Nie mogła przecież dopuścić, żeby jej brat w końcu nie poznał swojej córki i wnuczki.

Wieczorem wszystko było gotowe. W oczekiwaniu na gościa kobiety usiadły w salonie na kanapie. Gospodyni zaproponowała aperitif, a sama znowu znikła w kuchni, żeby dopilnować potraw.

Matylda była lekko zdenerwowana, Weronika natomiast czuła tylko miłe podekscytowanie na myśl, że już niedługo ujrzy swojego dziadka. Nie znała żadnego innego.

Nawet ojciec pojawił się w jej życiu dość późno, na tyle, że długo musiała się do niego przekonywać. Ale w końcu pokochała go całym sercem. Tatuś, jak go pieszczotliwie nazywała, stał się największą miłością jej życia, z czym Matylda musiała się pogodzić. Tu, w Paryżu, miała córkę tylko dla siebie i na nowo cieszyła się ich bliskością.

Czy ten mój nowy ojciec i dziadek Weroniki nie zechce mi odebrać córki? – zastanawiała się. A co będzie, jeśli wręcz przeciwnie, nadal nie będzie się do nas przyznawał?

Kilka przecznic dalej Pascal wybierał odpowiedni strój na uroczystą kolację. Chciał zrobić odpowiednie wrażenie na córce i wnuczce. Jego pokój przypominał teraz pokój młodej dziewczyny szykującej się na randkę. Wyjęte z szafy ubrania leżały niemal na każdym fotelu, na łóżku, a nawet na podłodze.

Siedząca na skraju kanapy Matylda wycierała spocone dłonie w sukienkę, aż w końcu musiała przestać w obawie, że cienki materiał za chwilę będzie wyglądał jak ścierka do naczyń. Już dawno tak się nie denerwowała. Co chwila spoglądała na stojący na kominku stary zegar. Wskazówki przesuwały się tak wolno, że miała ochotę wstać i je przesunąć. Niechby już przyszedł, niech się skończy to denerwujące oczekiwanie!

Jeszcze ostatni rzut oka w lustro, ostatnia poprawka przy przekrzywionej muszce i już mógł wychodzić. Zawrócił jeszcze od drzwi po elegancką laseczkę zakończoną srebrną rączką. Wiedział, że dodaje mu szyku. Jeszcze tylko cienki jedwabny płaszcz, ostatni nabytek. Wcale nie taki tani, ale wydatek się opłacił. Pascal wiedział, że wygląda w tym płaszczu naprawdę dobrze.

Na schodach pomyślał o odrobinie perfum, dyskretny zapach na pewno nie zaszkodzi. Znów wrócił, lecz zaraz tego pożałował. Mała, ozdobna buteleczka wypadła mu z drżących rąk i roztrzaskała się o kafelki w łazience. Nie miał czasu tego sprzątać. Prawdę mówiąc, już i tak był mocno spóźniony.

Minęła godzina umówionej kolacji, a po upływie następnej stało się jasne, że Pascal już raczej nie przyjdzie. Mięso, trzymane cały czas w cieple, zdążyło wyschnąć na wiór, szparagi straciły swoją świeżość.

Ivonne z rezygnacją wyjęła oszronioną butelkę szampana z kubełka z lodem.

– No cóż – powiedziała, napełniając kieliszki – obawiam się, że mój brat po raz kolejny okazał się tchórzem.

Tymczasem stojący po drugiej stronie ulicy mężczyzna wciąż nie mógł się odważyć na wyjście z cienia. Tak jak ponad czterdzieści lat temu pod hotelem, w którym mieszkała Wiktoria, tak i teraz spoglądał w jasno oświetlone okna na piętrze. Podobna sytuacja, chociaż inne mieszkanie, inne okna i inna kobieta. A raczej kobiety. Dziś była tam jego córka i wnuczka, teraz już w to uwierzył.

Wiedział, że to one, nie wiedział jednak, co mógłby im teraz, po tylu latach, powiedzieć. Nie mógł, nie był w stanie. Może kiedy indziej.

Poprawił kołnierz płaszcza i odszedł, nie oglądając się za siebie. Po chwili zniknął za zakrętem ulicy Rivoli, postukując elegancką laseczką o płyty chodnika.

Matylda z kieliszkiem szampana w ręku podeszła do Weroniki. Podniosła go w górę w żartobliwym toaście.

– Wypijmy za nas, bo wygląda na to, że już na wieki pozostaniemy przeklęte. Nie mamy komu wybaczyć.

– Myślisz, mamo, że same nie poradzimy sobie z tą klątwą?

Matylda spoważniała nagle.

– Poradzimy, córeczko. Przecież zawsze sobie radzimy. Jesteśmy silne.

– Ale może mu jednak wybaczmy, mimo wszystko. Tak na wszelki wypadek. – Weronika zmrużyła oko.

–.Wybaczam ci, ojcze, którego nigdy nie miałam okazji poznać! – Matylda uniosła kieliszek z szampanem. Chciała jeszcze coś dodać, ale Weronika położyła jej palec na ustach.

Wypiła więc do dna i razem z córką dołączyła do Ivonne. Kolacja nie mogła już dłużej czekać.